それでも、生きてゆく

c o n t e n t s

それでも、生きてゆく

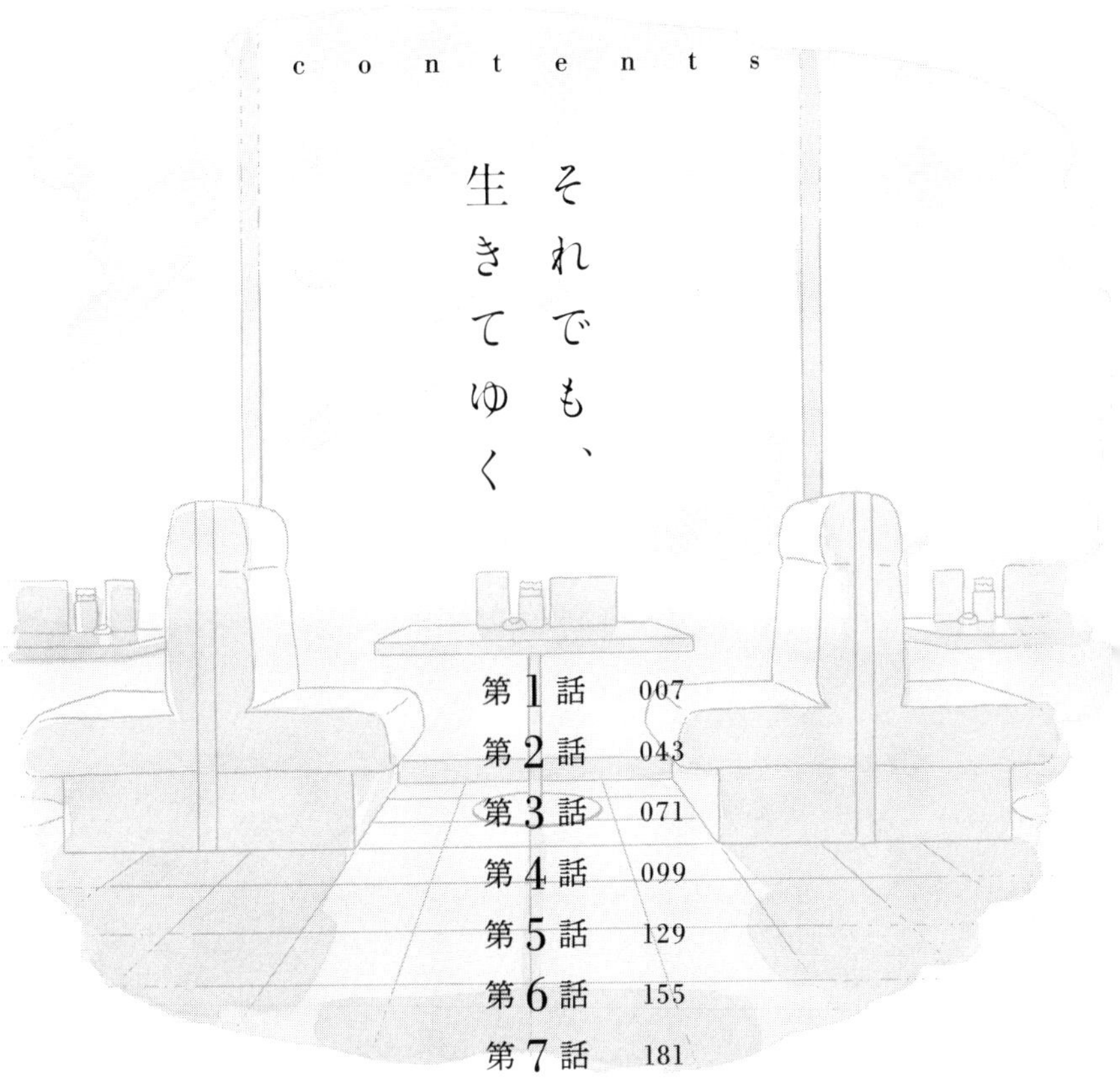

第1話　007
第2話　043
第3話　071
第4話　099
第5話　129
第6話　155
第7話　181
第8話　207
第9話　231
第10話　257
第11話　283

スケッチ
連続ドラマ企画「クラウディ・ハート（仮）」　310

巻末座談会
「12年経った今だからこそ、消化できたものがある」　322

ふりかえって　347

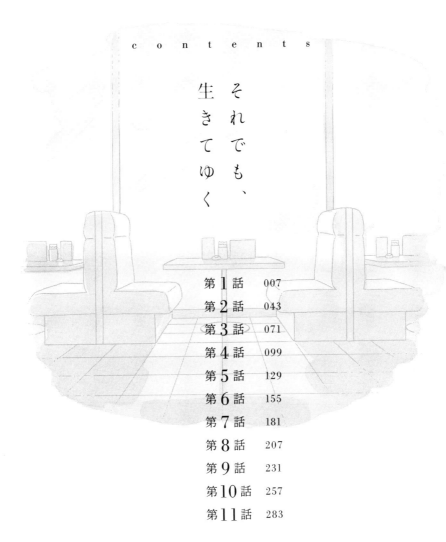

characters

深見洋貴（29）
父と釣り船店を営む。中学時代に当時7歳の妹を友人に殺された。

遠山（三崎）双葉（25）
洋貴の妹を殺した少年Aの妹。

雨宮健二（三崎文哉）（29）
少年A。医療少年院退院後に名前を変え、五郎の果樹園農家に住み込み、働いている。

日垣（深見）耕平（26）
洋貴の弟。妻の家に婿養子に入っている。

草間真岐（31）
シングルマザー。5歳の娘を連れて出戻り、果樹園を手伝っている。

遠山（三崎）灯里（15）
双葉の妹。事件当時はまだ母のお腹の中にいた。

日垣由佳（25）
耕平の妻。1歳の息子がいる。

藤村五月（25）　五年前に母を通り魔に殺された被害者遺族。

臼井紗歩（24）　健二の働く果樹園農家で働くことになる。

深見達彦（55）　洋貴の父。釣り船店を経営している。

日垣誠次（57）　耕平の義理の父。会社を経営している

草間五郎（62）　果樹園経営。少年院卒の若者を
受け入れており、健二も引き受けた。

遠山（三崎）隆美（55）　双葉の母。

三崎駿輔（54）　双葉の父。事件後に、
家族を守るため妻と形だけ離婚した。

野本（深見）響子（55）　洋貴の母。事件後に達彦と離婚、
今は耕平の家で同居する。

それでも、
生きてゆく

デザイン　坂野公一（welle design）
イラスト　大白小蟹

それでも、生きてゆく

第1話

1　夏の空に白い凧が舞っている

風に吹かれて不安定に揺れている。

木々の上まで届く長い糸を引き、凧《たこ》をあげているのは七歳の女の子、深見《ふかみ》亜季《あき》である。

しかしその顔ははっきりと見えず、以降もその時が来るまで顔は不確かなまま描かれる。

亜季がいるのは、小さな湖の岸。

山間にあり、周囲を森に囲まれている。

走る亜季は、右足に難があるのか、引きずっている。

亜季の後方に、細い体の彼の後ろ姿がある。

彼の手には金槌《かなづち》が握られている。

凧はゆらゆらと落ちそうで落ちない。

2　同じ頃、美容室

客の髪にパーマする支度をしている女、深見響子《きょうこ》（40歳）。
店主も慌ただしく髪を切りながら響子に。
店主「ごめんね、急に頼んで。文化ホールに杉良太郎《すぎりょうたろう》が来るんだってよ」
待っている者も含め五、六人の客が来て、忙しい店内。
響子「あーそれで」
店主「亜季ちゃんはお家？　ひとりで大丈夫？」
響子「上のお兄ちゃんが見てくれてるから」

3　同じ頃、国道沿いのパチンコ店

大型トラックが行き交う中、車体に釣具店のロゴが入ったワゴン車が駐車場に入ってくる。

大型店舗のパチンコ店である。

駐車し、降りてくる男、深見達彦《たつひこ》（40歳）。

歌謡曲を鼻歌で歌いながら車のキーホルダーを回し、機嫌良く店に入っていく。

4　同じ頃、レンタルビデオ店

目深に帽子を被っているものの、どう見ても中学生の二人組、深見洋貴《ひろき》（14歳）と西口《にしぐち》（14歳）が店員の目を気にしながらアダルトコーナーに入ってくる。

興奮して棚を見回して、手に取ってみて。

洋貴「こ、これ、おっぱいすげ！　すげ、すげ！」

5　森に囲まれた湖

凧をあげている亜季の後ろ姿に声がかけられる。

彼の声「亜季ちゃん」

凧を気にしつつ、振り返る亜季。

足を引きずり、前に進む。

湖を囲む木々が風にざわめき、揺れる。

上空の凧がふいに失速し、落下しはじめた。

6　同じ頃、美容室

響子、髪を切りながら客と話している。

客「そう言えば寅《とら》さん、死んじゃったってよ」

響子「渥美清《あつみきよし》!?　嘘!?」

7　同じ頃、国道沿いのパチンコ店の中

年輩の男と並んで台に向かって打っている達彦。

玉はよく出ており、達彦は夢中だ。

達彦「(年配の男に) 最近の女の子はませてるよ。お嬢さんみたいな革靴が欲しいとか言ってさ」

8　同じ頃、とある家の前

表札に三崎《みさき》と書かれた、一軒の家の前、洋貴と西口がインターフォンを押している。

洋貴は大事そうにレンタルビデオの袋を抱えている。

応答がなく困っていると、後ろから誰か来た。

ジュディアンドマリーの「そばかす」を歌いながら来る女の子、三崎双葉《ふたば》(10歳)。

洋貴たちを素通りし、家に入ろうとする。

洋貴「おい、お兄ちゃんは?」

双葉「(知らないと無愛想に首を振り)」

自分の鍵を出し、家の中に入っていった双葉。

困った様子の洋貴と西口、歩き出し。

西口「洋貴んちは?」

洋貴「駄目だよ、ウチの妹、すぐ部屋入ってくるし」

9　三崎家の中

「そばかす」を歌いながら階段を上がってくる双葉、自室に入ろうとして、隣の部屋の、少しだけ開いている扉を見る。

双葉「お兄ちゃん?　まだ寝てんの?」

開けてみると、綺麗に整頓された部屋は誰もいない。

机の上にトランプを積み重ねて作った、一

メートル近くありそうなトランプタワーがある。
双葉、凄《すご》い！と思って、そっと指先を伸ばす。

10　森に囲まれた湖岸（夕方）

湖面に先程の白い凧が落ちて、浮かんでいる。
静まり返った中、水面で揺れている。

11　深見家・玄関（夜）

帰ってきた洋貴、ビデオの袋を脇に抱え、そそくさと二階に上がっていこうとすると。
夕食の皿を持った響子が居間から出てきた。

響子「おかえり。（洋貴の背後を見て）亜季は？」
洋貴「……（首を傾《かし》げ）」
洋貴はただビデオの袋を気にしている。
響子「遊びに連れて行ってくれたんじゃないの？」
洋貴「（首を振って）」
響子「（動揺し、居間に）お父さん！　亜季、洋貴と一緒じゃなかった！」
洋貴、二階に行こうとする。
響子「頼んだじゃない！」
逃げるように行ってしまう洋貴。
達彦が新品の革靴が入った箱を持って出てきて。
達彦「何だ、驚かせようと思ったのに……」
響子「（嫌な予感を抑え）みかちゃんのところよね？」

12　同・亜季の部屋

誰もいない亜季の部屋。
机の椅子にかけられた赤いランドセル。

13　同・洋貴の部屋（日替わり・早朝）

カーテンから朝の日差しが漏れる中、普段着のまま眠っていた洋貴、窓外からの車の音に目を覚まし、見ると赤いランプの色が窓に映る。

14　同・廊下

出てきた洋貴、階段の上から玄関の様子を見る。
達彦と響子がドアを開けると、刑事らしき男が数人入ってきた。
洋貴、何だ⁉と思いながら、隣の部屋を見る。

扉のノブに手製のプレートがかかっており、『亜季の部屋』とあり、『外出中』とある。

洋貴、歩み寄り、ノブに手をかけ、回した瞬間。

階下より、響子の叫び声。

洋貴、え⁉と振り返ると、階下に見える達彦は呆然と立ち尽くし、響子はしゃがみ込んでいる。

亜季の部屋の扉が開き、室内が見えた。

机の椅子にかけられた赤いランドセル。

再び聞こえる響子の叫び声を聞きながら、呆然と亜季の部屋を見つめる洋貴。

赤いランドセル。

15　三芙根《みふね》湖の全景

字幕、『15年後』。

16　釣り船屋『ふかみ』・外

湖に隣接して、古びた木造の貸し釣り船屋がある。

数人の釣り客が到着しており、出迎える作業着姿の達彦（55歳）。

髪も、伸びた髭《ひげ》も白く、随分と老けた。

客の荷物を受け取って運び、案内し。
達彦「道混んでましたか？　お疲れ様です」

17　同・店内

釣り道具などが飾ってある店内。

達彦、事務デスクから帳簿を取って、置いてあるラジオのスイッチを入れる。

年代物の歌謡曲が流れはじめる。

達彦「(奥の座敷に向かって) 三人だ。あと3Bのガン玉」

と釣り用具の指示をし、出ていく。

座敷に寝転がって漫画を読んでいた、二十九歳の洋貴、起き出す。

ぼさぼさに伸びた髪、よれよれのジャージ姿。

備品ケースから釣り道具を幾つか出し、出ていきかけて、ラジオのチューナーを変える。

洋楽に変わる。

18　湖岸

桟橋に何台か係留してある内の一艘《そう》の釣り船のロープをほどいている洋貴。

釣り船客が乗り込み、洋貴が釣り道具を渡す。

洋貴「はい、どうぞ。はい、どうぞ」

乗り込みながら話す客たち。

客Ａ「昔ほら、中学生が小学生の女の子を殺しちゃった事件」

洋貴「（聞いていて）はい、どうぞ……」

客Ｂ「あー、32号線沿いの何とか山の池に浮かんでた」

客Ａ「検問で大渋滞になってさ、（洋貴に）知ってる？」

洋貴「（さぁ、と首を傾げて）はい、どうぞ」

１９　釣り船屋『ふかみ』・店内

洋貴、荷物を抱えて戻ってくると、ラジオは歌謡曲に戻っている。

厨房から二人分のチャーハンを持って出てきた達彦。

達彦「昼からまた三人だ。今のうち」

達彦、自分のチャーハンにウスターソースをざーっとかけ、洋貴の分にもかけようとする。

洋貴、かけられる前にチャーハンを避け、スプーンをくわえて出ていこうとする。

達彦「あ……（と、呼び止める）」

洋貴、立ち止まる。

達彦「明日、亜季の誕生日だ」

洋貴「……ん」

洋貴、曖昧に返事し、そのまま出ていこうとする。

達彦「お父さんな、しばらく……」

出ていった洋貴。

達彦、再び食べようとして、ふと腹部に手を当てる。

達彦「（痛みがあって、呻《うめ》き）……！」

痛みに必死に堪えながら立ち上がる。

壁に手を付いて、吊ってあった額が落ちて割れる。

２０　湖岸

静かな中、腰掛け、チャーハンを食べている洋貴。

口にスプーンを運びかけて、風が吹いて、ふっと洋貴の頭をよぎる風景。

×　×　×

回想、十五年前の深見家の居間。

十四歳の洋貴、入ってくると、扇風機とスイカを傍《かたわ》らに置き、畳に寝転んで本を読んでいる亜季。

洋貴、冷蔵庫を開けていると。

亜季「あのさ、お兄ちゃん」
洋貴「へ?」
亜季「フランダースの犬って何のためにあるの?」
亜季、フランダースの犬の本を見ながら。
亜季「ネロはさ、お父さんもお母さんもいなくて、いじめられたり騙《だま》されたりして、最後には死んじゃうのよ。犬も一緒に……何のためにこんな悲しいお話があるの?」
洋貴「何のためって……」
亜季「ネロは、生まれない方が良かったんじゃない?」
洋貴「……(答えられない)」
風鈴の音がして、亜季が振り向く。
しかしぼやけていて、その顔はよく見えない。
亜季「お兄ちゃん、どう思う?」
×　×　×
洋貴「……(息をつき)」
洋貴、チャーハンを口に運ぼうとした時、店の方から、何か物が倒れたような大きな音が聞こえた。
思わずスプーンを落としてしまう洋貴。
洋貴「(店の方を、何してんだ?と見て)」
湖に沈んでいくスプーンを、あーあと見る。

○　タイトル

21　東京都内・とあるカフェ

テーブルに向かい合って座っている男女。

男(高木《たかぎ》)に睨《にら》まれ、恐縮した様子で俯《うつむ》き、ラフな服装で化粧っけもない女は、遠山《とおやま》双葉(25歳)。

双葉、バッグから畳んだハンカチを出し、テーブルに開いて置く。

中に入っていたのは指輪。

高木、指輪をしまって、ハンカチを双葉に戻す。

高木「携帯の僕の番号、消しておいてください」

双葉「……はい」

22　団地・廊下（夕方）

落胆した様子で帰ってきた双葉、気付く。

表札プレートに『遠山』と小さくある部屋の前、扉に凭《もた》れている男・三崎駿輔《しゅんすけ》（54歳）。

タクシーの運転手らしきジャケットを着ていて、手にした帽子をくるくる回したりしている。

どんな風に部屋に入るべきか考えているのだ。

双葉「……」

23　同・遠山家の中（夜）

質素な部屋の中、食卓で食事している双葉、駿輔、母の遠山隆美《たかみ》（55歳）、妹の灯里《あかり》（15歳）。

駿輔「匿名で会社に電話があったらしい」
隆美「双葉の彼も？」
双葉「うん（と、淡々と食べながら）」
駿輔「退職金も出ないと思う」
隆美「静岡のお兄ちゃんが来ないかって言ってくれてるの」
灯里「わたしだけここに残ろうかな」
双葉「学校でバレたらイジメられるよ」
灯里「それはお姉ちゃんの時でしょ。わたしはまだ生まれる前のことだし」
双葉「じゃ、試してみたら？　生徒だけじゃなくて、先生もだからね」
灯里「……」
隆美「駄目よ、引っ越す時はみんな一緒」
灯里「今度の学校は友達作るのやめよっと」
と箸を置き、自分の部屋に行く。
駿輔「灯里」
隆美「後で話しとくから」
駿輔「……俺とお婆ちゃんがいなければ済むのかもしれない」
双葉と隆美、え、と。
駿輔「おまえたちは籍抜いてるから大丈夫だよ。お父さんの住民票が原因で見つかってるのかもしれない……」
隆美「（首を振り、強く見つめ）離婚届出した時に約束したでしょ。絶対に離れないって」
駿輔「（頷き）……介護アパートの契約書どこに置いた？」
双葉「（動揺し）あそこは設備も不十分だったって……」
駿輔「これ以上お婆ちゃんを連れていくのは無理だ」

隆美「（頷《うなず》く）」
双葉「（寂しげに奥の部屋を見て）……」

24　同・奥の部屋

双葉、入ってくると、介護用ベッドの中に寝ている祖母・三崎泰子《やすこ》（78歳）。

双葉、濡れタオルで泰子の首筋を拭《ふ》いてあげる。

朦朧《もうろう》として、言葉にならない声をあげる泰子。


双葉「気持ちいい？　お婆ちゃん」

泰子を見ていて、思いが込み上げそうになる双葉。

しかしそれを振り払って、バッグから何か取り出す。

釣りガイド本から切り取ったような、釣り船屋『ふかみ』の案内。

双葉「（見つめ）……（泰子に）お婆ちゃん、心配しないで。わたしが何とかするから（と、決意の眼差し）」

25　病院・病室（日替わり）

達彦が眠るベッドの傍らに居心地悪そうに座って、診断表の端を丸めたりしている洋貴。

見ると、周囲には他の患者もおり、その誰もが痩《や》せ細《ほそ》り、生きているのか死んでいるのかよくわからない。

洋貴「（ぽかんと見ていて）……」
気が付くと、達彦は目を覚ましていて。
達彦「聞いたか？」
洋貴「……ん（と、返事）」
達彦「そういうことだから。貯金はないけど、借金もないし、ま、後は何とかやってくれ」
洋貴「……何で放《ほ》っといた」
達彦「うん……」
洋貴「何で」
達彦「そりゃあ……（遠い視線で）亜季に会えるからな」
洋貴「……」
達彦「昨夜も、亜季を肩車する夢見た（と、嬉しそう）」
洋貴「……ん」
立ち上がり、病室を出ていく洋貴。
見送った達彦、片側に置いてあった荷物を脇に寄せ、体を起こす。
目眩《めまい》がするが、そのままベッドから足を降

ろす。
達彦「……（ある思いがあって）」

26　道路〜釣り船屋『ふかみ』・外（夜）

走ってくる軽トラ、釣り船屋の駐車場に停まる。
降りてくる洋貴、家に入りかけて、敷地に軽自動車が一台停まっているのに気付く。
車内を覗き込むと、座席に女物のバッグがある。

27　湖岸

船着き場に立って、湖の方を見ている双葉。
背後で明かりが点《つ》いた。
え？と振り返ると、電灯の下に洋貴が立っていて、スイッチを入れたところ。
双葉「……」
洋貴「……」
お互いにきちんと相手を見られずに、盗み見るようにして窺《うかが》いながら。
洋貴「……あ」
双葉「え？」
洋貴「や……車、あれすか」
双葉「あ、は、すいません」
洋貴「や、別に、何にも、あれなんで……」
双葉「は……」
双葉、洋貴の顔を見ようとしている。
洋貴「え？」
双葉「や」
洋貴「なんすか？」
双葉「や」
洋貴「はい？」
双葉「や……（釣り船屋を示し）あ、あのお店の方ですか？」
洋貴「ま……ちょ、あれなんで、自分」
双葉「へ？」
洋貴「いいすか」
洋貴、釣り船屋の方に戻ろうとする。
双葉「……あ！」
洋貴「へ？」
双葉「や」
洋貴「なんすか？」
双葉「や……お腹すいちゃって（と、照れたように微《わ》笑《ら》う）」
洋貴「（見て）……」

２８　釣り船屋『ふかみ』・店内

店のパイプ椅子に座っている双葉、周囲を観察していると、二階から洋貴が戻ってきた。

双葉「（慌てて目を伏せて）……」
洋貴、手を伸ばしてカップ焼きそばを渡す。
双葉「（手を伸ばして受け取り）おいくらですか？」
洋貴「いいっす」
双葉「でも」
洋貴「個人的な食品なんで。あ、店のじゃないってことです」
洋貴、湯沸かしポットをテーブルに置いて、コンセントの差し込み口を探す。
電話台の横に幾つかの書類が貼ってある。
自殺志願者を発見した場合の、ボランティアスタッフの連絡先が書いてある。
洋貴「（横目に双葉を見つつ）……東京、からですか？」
双葉「あ、まぁ……」
洋貴「ひとりでですか？」
双葉「はい……」
洋貴「……（怪訝《けげん》に感じて）」

双葉「あ、ありました」
双葉、ビニール袋の捨て場所を探していて。
双葉、エアコン近くにある差し込み口を示す。
洋貴、コンセントを差すものの、湯沸かしポットが下まで届かず、中途半端に掲げたまま立ち尽くす。
双葉「あ、わたし、持ちます」
洋貴「や、すぐ沸くんで」
双葉「でも」
洋貴「や、いいんで。（カップ焼きそばを示し）用意して」
双葉「はい」
双葉、蓋《ふた》を開け、乾燥具材を入れたりしながら。
双葉「ここの方ですよね？」
洋貴「え？　あ、はい、今日はちょっと……あの」
双葉「はい？」
洋貴「お湯入れる前にソース入れちゃったら」
双葉、見ると、乾麺にソースをかけてしまっていた。
双葉「あ……だ、大丈夫です、食べれます！」
洋貴「無理です！　相当無理だと思います！　あの、

おにぎりとかそういうおにぎりのとか買ってきます！」
双葉「や、ほんとよくて！」
洋貴「おかかか梅か、どっちがいいすか」
双葉「あ、え、じゃ、シャケ」
洋貴「あ、すいません、シャケ、気付かなくて」

２９　同・外

洋貴、軽トラに乗ろうとすると、車が入ってきた。
降りてくる日垣耕平《ひがきこうへい》（26歳）。
洋貴「（え、と）……」
耕平、手を挙げて洋貴に挨拶し、車の後部座席に行き、ドアを開ける。
何やら買い物袋を大量に抱えて、眠っている達彦。
靴を脱いでおり、靴下には穴が開いている。
洋貴「（え、と）……」
耕平「（息をつき）いきなりタクシーでウチ来たんだよ」
洋貴「病気のこと……」
耕平「病気？」
洋貴「や……」
耕平「母さんに会いたいって言ってさ」
洋貴「……!?」
耕平「勿論居留守使ったけど」
洋貴「会ってないんだ……」
耕平「家にも入れてないよ。離婚して十年以上だよ。俺、あの家じゃ婿養子だし、母さんまで世話んなってるのに。向こうのお義父《とう》さんに迷惑かけたくないんだよ」
洋貴、眠っている達彦を見ていて。
洋貴「何で今更母さんに会いたいなんて……」
耕平「亜季の話がしたいって」
洋貴「（え、と）」
耕平「（苦笑し）今日、亜季の誕生日だったんだって？」
洋貴、達彦がケーキの箱を抱えているのに気付く。
洋貴「……」
耕平「俺も母さんも、そういうの無いことにしてるから。じゃ、俺、足持つから、兄ちゃん、頭持ってくれる？」
耕平、達彦が抱えている荷物を乱暴に外に出す。
ケーキの箱が転がり落ちる。

洋貴、耕平を制し、達彦を背中に背負おうとする。

洋貴「気を付けて帰れよ」

と言って、何とか達彦をおんぶして歩き出す。

出てきている双葉、その様子を見ていて。

双葉「（緊張していて）……」

30　同・達彦の部屋

達彦をおんぶして入ってくる洋貴。

双葉、達彦の顔を見て困惑しながら、付いてきて。

洋貴「（どこに寝かせようかと）……」

双葉「あ、お布団敷きますか？」

洋貴「すいません」

双葉、押し入れの戸を開けると、同時にダンボールの箱が落ちてきて、中身がぶちまけられる。

双葉「ごめんなさい！」

洋貴「いえ」

双葉、布団を降ろし、敷く。

洋貴、達彦を寝かせる。

洋貴、ふぅと息をついて見ると、落ちた荷物の中に2年3組深見洋貴と名前が書かれた数学のノートなども混ざっている。

洋貴「あ、昔の……」

双葉、見ると、レンタルビデオの袋からはみ出したVHSのテープ。

レンタルビデオ店のシールが貼られたAVだ。

洋貴「あ……」

双葉「（気を使って）あ、わたし、こういうの平気なんで」

と言って袋に戻そうとすると、洋貴が横から取る。

双葉「（え、と）」

洋貴、テープを見て、袋を開けて中の伝票を見ると、返却日として1996年8月15日の日付がある。

洋貴「……幾らになんのかな、十五年延滞したら」

双葉「はい？」

背後で呻き声がした。

振り返ると、目を覚ます達彦。

目が合う双葉。

達彦「（ん？と）……」

双葉「（はっとして、顔を伏せ）……」

洋貴「起きた？」
達彦「家か……」
双葉「（顔を伏せつつ）お水持ってきます」
部屋を出ていく双葉。
達彦「（見送って、意外そうにし洋貴に）彼女か？」
洋貴「（小声で）自殺志願者、多分」
達彦「え……ど、どうすんだ!?」
洋貴「あんま騒がない方がいい」
達彦「電話したか、電話の横にあの、ほら……」
洋貴「何で今更母さんのところなんか」
達彦「ん……まぁな（と、口ごもって）」
洋貴「……」

×　×　×

回想、十五年前の深見家の庭。
燃えている亜季の写真やビデオテープの山。
響子が火の中から取り出そうとするのを、
達彦が後ろから羽交い締めにして止めていて。
達彦「いつまでも泣いてたって亜季は帰ってこないんだ！」
洋貴と耕平（11歳）が呆然と見ている。
達彦「忘れた方がいい！　忘れた方がいいんだ！」
達彦、暴れる響子を後ろから必死に抱きしめながら。
達彦「また子供作ろう」
ふいに動きが止まる響子。
達彦「また作ればいいじゃないか」
励まそうとして必死に言った達彦。
洋貴と耕平、達彦が見ていない響子の表情を見る。
響子「（凍り付いていて）」
呆然としている洋貴の顔。

31　同・店内

ひどく崩れてしまっている誕生日ケーキ。
かろうじてわかる『亜季』の文字。
汲んだ水を持ったまま、見つめている双葉。

32　国道沿いのファミリーレストラン・店内

店内は空いていて、突っ伏して寝ている者、向かい合ってPSPをしている男三人組、隣り合って座って耳元で話し合っている男女。
洋貴と双葉、無愛想なウエイトレスに注文している。

洋貴「（メニューを見て）和風ハンバーグとライス」
双葉「（指さし）この、タンドリーチキンのと、パン」
戻るウエイトレス。
洋貴「……タンドリーチキン」
双葉「はい？」
洋貴「よく食べるんですか？」
双葉「え？　あ、タンドリーチキンですか？　前ここの系列でバイトしてたことあって」
洋貴「へぇ…………あ、自分、深見です（と、会釈《えしやく》して）」
双葉「あ……遠山、です（と、会釈して）」
洋貴「（見回し）遠山さんがバイトしてたところもこれぐらい空いてました？」
双葉「（見回し）周りに大学とかあったんで、混む時は結構混んでました」
洋貴「へぇ。さっきみたいなユニフォーム着て？」
双葉「ああいうの好きなんですか？」
洋貴「いや、そういうのは……僕のこと、だいぶ気持ち悪いと思ってますよね？」
双葉「え、何でですか、思ってませんよ」
洋貴「や、でも、自分……いいや」
双葉「あれ、言いかけてやめるのやめましょうよ」
洋貴「や、こんな話しても」
双葉「気になるんで」
洋貴「……ま、なんてゆうか、ま、自分、二十九で」
双葉「はい」
洋貴「女の人と付き合ったことないんすよ」
双葉「……へぇ」
洋貴「やばくないですか？」
双葉「（首を傾げ）結構いるんじゃないですか」
洋貴「さっきのビデオあるじゃないですか」
双葉「あ、はい」
洋貴「あれ、借りてた時に妹が殺されたんです」
双葉「……」
双葉「……」
洋貴「自分、そういう時におっぱいのこと考えてたんです」
双葉「……」
洋貴「それで、まぁ、なんていうか……あ、引いてます？」
双葉「や、引くっていうか、なんか、何でいきなりそんな話なのかなって」
洋貴「ですよね」
双葉「別にいいんすけど、深見さんの好きな感じで……」
洋貴「（見回し）遠山さん、地震の時どうしてました？　自分ここにいて、そん時店員さんでニコラス・ケイジに似てるインド人の人がいて、その人……」
双葉「(他のことを考えている様子で) あの」
洋貴「はい」
双葉「何で妹さんは……その……」
洋貴「殺されたかですか?」
双葉「はい……」
洋貴「……」
傍らを通るウエイトレス。
洋貴「すいません、書くものありますか?」
ウエイトレス、ペンを出し、洋貴に渡す。
洋貴、ナプキンの紙を広げ、線を一本書き、そこに三角屋根の家を書いて。
洋貴「これ、僕が中学ん時まで住んでた家です」
双葉「……あ、はい」
洋貴、続けて線を何本も引き、手早くどんどん記号を書き込んでいって、早口で。
洋貴「駅で、商店街で、中学校で、小学校で、ここがレンタルビデオ屋で、こっち行くと国道で、歩道橋で、当時僕らが三日月山って呼んでた山があって、奥に湖があります。あ、これ、妹が殺されたところです」
湖のところに、×印を書き込む。
双葉「……」
洋貴、地図の上に『1996.8.8』と書き込み、ペンを自宅の上に戻して。
洋貴「妹、亜季っていうんですけど、その日亜季が、お兄ちゃん、凧揚げしよって言って」
双葉「(内心動揺しながら聞いていて)……」

× × ×

回想、十五年前、深見家。

居間のソファーに寝転がって、テレビで昼の再放送を見ながら子機で電話している十四歳の洋貴。

洋貴「嘘、まじで? 店の人、何も言ってこねぇの? おお、行く行く絶対行く!」

と起き上がって出かけようとして、気付く。

白い凧を抱え、出かける支度をして立っている亜季。

顔は見えない。

洋貴「(あ、と)……」

家の前になって。

靴を履きながら出かけようとしている洋貴。

亜季「お兄ちゃん!」

凧を持って足を引きずりながら追いかけて

くる亜季。

亜季「お兄ちゃん」

洋貴「今度でいいだろ」

泣きそうになって、鼻をすする亜季。

洋貴「泣いたら一生遊ばないからな」

亜季「（頷き、泣きそうな声で）うん」

洋貴「付いてきたら一生遊ばないからな」

亜季「（頷き、泣きそうな声で）わかった」

洋貴、背を向けて歩き出す。

少し行って振り返ると、亜季はまだこっちを見ている。

気になるものの走り出す洋貴。

洋貴の声「ま、そん時が生きてる妹を見た最後ってゆうか」

× × ×

洋貴はナプキンの地図を示しながら、淡々と。

洋貴「妹はその後ひとりで小学校の途中のこの道を凧持って歩いてて、で、犯人から声をかけられたんですけど」

双葉「（緊張が高まりながら聞いていて）はい……」

洋貴「国道の歩道橋を歩いてる二人を見かけた人がいて、亜季は凧持ってて……あ、そもそも何で妹が少年Aに付いて行ったか気になりますよね」

双葉「はぁ……」

洋貴「犯人が中学の僕の友達だったからです」

双葉「……そうですか」

洋貴「で、亜季はこの湖のところで凧揚げをして、で、その犯人、少年Aに金槌で頭殴られて殺されました。五回か、六回か、七回（と、手振り付きで）」

双葉「（顔を伏せ、辛《つら》く）……」

洋貴「で、動かなくなった亜季の体は湖に投げ込まれて……」

双葉「（聞いていられず）あの……！」

と止めようとした時、ウエイトレスが洋貴と双葉の前に料理を置く。

洋貴「タンドリーチキン、美味《おい》しそうじゃないですか」

双葉「（俯いていて）……」

洋貴「あ、具合悪いんですか？　なんか汗がすごい……」

と、おしぼりを渡そうとする。

双葉「ごちそうさま」

双葉、財布を出して千円札を置き、立ち上がる。

礼をし、逃げるようにして出ていく双葉。

洋貴「（おしぼりを持ったまま）……」

３３　同・駐車場

店から走って出てきた双葉、行こうとすると。
追いかけてきた洋貴。

洋貴「東京じゃないし、タクシー走ってないですよ」
双葉「歩きます！」
洋貴「送りますよ」
洋貴、思わず双葉の腕を摑む。
双葉「な、何してるんすか⁉」
洋貴、慌てて離す。
反動で転ぶ双葉。
洋貴「すいません！（と、手を差し出す）」
しかし双葉、それを避け、洋貴を見据えて。
双葉「何なんすか⁉　ああいう話とかした後で、よくご飯とか食べられますよね⁉」
洋貴「（え、と）……」
双葉「普通きつくないすか⁉　普通もっときつくないすか⁉」
洋貴「……普通じゃないから」
双葉「（え、と）……」
洋貴「普通のことじゃないんで、妹殺されんの」

双葉「……」
洋貴「（自分の手のおしぼりに気付いて）あ、おしぼり持ってきちゃった……」
参ったなという感じで縁石に腰掛ける洋貴。
双葉もまた、洋貴を窺い見ながら隣に腰掛ける。
洋貴、おしぼりをねじったりしながら。
洋貴「思い出せないんすよね、この頃、亜季の顔」
双葉「（え、と）……」
洋貴「ウチ、写真とか一枚もなくて、だんだん、だんだんなんか、亜季の顔がどんなだったかわからなくなってて……」

×　　×　　×

回想フラッシュバック、十五年前の深見家。
振り返った亜季の顔。
ぼやけていて、よく見えない。
亜季「生まれない方が良かったんじゃない？」

×　　×　　×

洋貴「自分、ずっと亜季に冷たくて。ほんと冷たくしたのが千回だとしたら、優しくしたのが一回ぐらいで、それなのに亜季、いつも、お兄ちゃんお兄ちゃんって……」
双葉「（小さく呟《つぶや》く）お兄ちゃん、って……」
洋貴「でも、思い出せないんです」
自嘲的な、笑《え》みにならない笑みを浮かべる洋貴。
双葉「（見つめて）……」
洋貴、立ち上がり、双葉に頭を下げて。
洋貴「あの、歩いて帰ります？」
双葉「……じゃ、お願いします」
洋貴「あ、はい」
軽トラに向かって歩き出す洋貴と双葉。
双葉「何でですか？」
洋貴「はい？」
双葉「何で会ったばかりのわたしにそういう話……」
洋貴「あ……なんか同じようなの感じて」
双葉「同じ？」
洋貴「すいません、なんか、あなたも同じような目に遭ったことあるんじゃないかなって……なんか、被害者的な」
双葉「……（曖昧に薄く微笑《ほほえ》んで）」

34　釣り船屋『ふかみ』・厨房
暗い台所に立ち、手にした包丁を見つめている達彦。
外で車が到着した音が聞こえた。
小窓から見ると、洋貴と双葉が帰ってきた。
達彦、包丁を新聞紙に挟み、行く。

35　同・店内
襖《ふすま》の間から手だけ出して、ジャージを双葉に渡し、行こうとする洋貴。
双葉「あの……！」
洋貴「はい？」
双葉「今でも恨んでるんですよね？　その、犯人のこと」
洋貴「（表情が止まり）……」
双葉「犯人のこととか、犯人の、家族のこととか」
洋貴「……（首を振って）少年Aは、あ、三崎文哉《ふみや》ってゆうんすけど」
双葉「はい……」
洋貴「文哉は、何であんなことしたのかとか、今どうしてるのかとか全然わかんないし、どっちかっていうと、妹殺したのは自分だと思ってるし……よくわかんないんで」
双葉「そうですか」
洋貴「フランダースの犬あるじゃないですか。あの主人公の男の子って、何にもいいことないじゃないですか」

双葉「あ、はい……」

洋貴「生まれてこない方が良かったんですかね？」

双葉「……妹さんのことですか？」

洋貴「……」

双葉「妹さんのこと、そういう風に思ってるんですか？」

洋貴「……や！　いいですいいです！　おやすみなさい！」

と頭を下げ、戸を閉めて出ていった洋貴。
力が抜けたようにしゃがみ込む双葉。

双葉「……」

36　達彦の部屋

新聞のおくやみ欄を見ている達彦。
高田《たかだ》進一郎《しんいちろう》という元保護司の葬儀の情報に丸がついている。
立ち上がり、部屋を出ていく達彦。

37　三芙根湖の全景（日替わり・朝）

38　釣り船屋『ふかみ』・外

駐車してある軽自動車の中、双葉の姿がある。
窓の外を見て、店の方から誰か出てこないか気にかけながら、携帯で話している。

双葉「友達だよ、友達と。何も、何も変なことしてないよ。大丈夫。はい。はいはい。はい。はい。はい、じゃあね」

携帯を切って外に出ると、湖の方から何か焦った様子の洋貴が来た。

双葉「（会釈し）どうしたんですか？」

洋貴「朝起きたら、父がまたいなかったんです」

双葉「……！」

洋貴、軽トラの方に行こうとした時。
双葉、店で電話が鳴っているのに気付いて。

双葉「あ、電話！」

39　同・店内

双葉が心配そうに見守る中、洋貴が受話器を置き、しかしぽかんとしている。

双葉「（不安げに、問うようにして見て）あの……？」

洋貴「なんか、包丁持って東京行きの電車に乗ろうとして、なんか、警察に任意同行されたって……」

双葉「⁉」

洋貴、出ていこうとする。

双葉「……あの、わたしも！」

40　警察署・外

双葉、軽トラの傍《そば》で待っていると、中から出てくる達彦に肩を貸した洋貴。

達彦の顔は青ざめ、目は虚《うつ》ろだ。

双葉、驚きつつ軽トラのドアを開け、迎える。

洋貴、達彦を乗せようとした時、達彦が口を開く。

達彦「見つけた」

洋貴「……？」

達彦「少年Aのことがわかった」

洋貴「（え？と）……」

双葉「（びくっとして、内心驚き）」

達彦「畜生、もうちょっとだったのになぁ……畜生！」

双葉「（激しく動揺し）……」

洋貴「（動揺しつつ達彦を乗せようとし）病院行くよ」

達彦「（首を振り）家」

洋貴「家帰ったって……」

達彦「違う！」

洋貴「は？」

41　住宅街の一角

停車している軽トラ。

洋貴と達彦と双葉が立っており、目の前にある一軒家を見上げている。

古びて廃屋同然になっている、かつての深見家。

洋貴「……まだ残ってたんだ」

達彦「誰も買わんさ」

双葉「（二人とは別の思いで見ていて）……」

42　廃屋・廊下〜部屋

埃《ほこり》がひどく積もり、蜘蛛の巣が張り、空気がひどく淀んでいる中、洋貴、階段を上がってくると、亜季の部屋だった部屋が見える。

洋貴、傾いた『亜季の部屋』のプレートを直す。

伏し目がちに中に入る。

顔をあげると、ところどころに面影が残っており、壁に貼られたシール、ピンの跡、フック、折り紙の切れ端、カーテン、柱の傷。

柱の傷は下から順に、日付とともに上がっていき、最後は一九九六年の七月で終わっている。
洋貴、自分の胸の下ぐらいの高さの傷を見下ろし。

洋貴「……」
床にしゃがみ込んだ達彦と支えている双葉。

双葉「大丈夫ですか？」
達彦「(双葉の顔を見て、ん？と思って)……」
双葉「(その表情に、え？となって顔を伏せ)……」
達彦「あなた……」
洋貴「(息をつき)もういいんじゃないの？　帰ろ」
達彦、落ちていた髪留めのゴムを拾って見て。

達彦「(微笑み)不思議だな。ここに来ると、いつでも亜季に会える気がする。この前なんか亜季と葡《ぶ》萄《どう》狩《が》りに行った時の話をして……」

洋貴「わかったよ！　もういいだろ。あんただけだよ、そんなこと言ってるの。大体さ、自分でしょ、亜季のことは忘れようって言ったのは！　母さんも耕平も人生やり直してるよ」
達彦「ああ、洋貴には感謝してる」
洋貴「え……？」

達彦「おまえだってあんなところから抜け出すチャンスはあったのに、お父さんに付き合ってくれたんだもんな」
洋貴「俺は別に……」
達彦「でもなぁ、でも、無理だったんだ」
洋貴「何で？」
達彦「お父さんさ、あの日、亜季があげてる凧を見たんだ」
洋貴「……！」
双葉「……！」
達彦「見たんだよ、夏の空に白い凧が飛んでんのを」

×　×　×

回想、十五年前、パチンコ屋の駐車場。
車に置いてあった煙草を取り、また意気揚々と店内に戻ろうとした達彦。
なにげに空を見上げ、気付く。
国道の向こうの山から真《ま》っ直《す》ぐ糸が伸び、夏の青い空に向かって高く高く白い凧が飛んでいる。
見つめ、思わず笑みがこぼれる達彦。

達彦の声「よく飛んでた」
ふいに凧が失速し、ゆらゆら落下しはじめ

た。

達彦の声「ところがな、凪が急に落っこって。風かな。どうしたかな。お父さん、なんだかよくわかんないんだけど、急に胸騒ぎしはじめてな」

日差しは強く、達彦の額から汗がだらだらと流れる。

達彦の声「見に行こうかなと思った。見に行こうかなと思ったんだけど、あの日は暑くて、暑くてさ……」

踵《きびす》を返し、店内に戻っていく達彦。

×　×　×

達彦「お父さん、クーラーの効いてる店に戻った……！」

苦渋の思いで言った達彦。

呆然と聞いている、それぞれの思いの中の洋貴と双葉。

達彦「お父さん、亜季を助けられなかった」

達彦の目から涙が流れる。

達彦「夜んなって亜季が帰ってないことに気付いて、それから、長い、あの一日がはじまった……」

洋貴「今更そんなこと言ったってしょうがないだろ」

達彦「（頷き、何度も頷き）……」

洋貴「そんなこと言ったら、俺だって……」

達彦「いや（と、首を振り）すまん、すまんすまん」

袖口で乱雑に涙を拭《ぬぐ》う達彦、何とか少し落ち着きを取り戻し、話す。

達彦「去年の今頃かな、がんの告知を受けた。これでやっと亜季のところに行けると思った。人生なんてあっという間だよ。ただその中にあの一日がある。人生は短かったけど、あの一日は長かった……それも、もう終わる」

洋貴「勝手なこと……」

達彦「ただな、ただひとつだけやり残したことがあった……」

達彦、言いかけて、双葉を見て。

達彦「悪いが、ちょっと席外してもらえるかな」

双葉「……（頷き）」

気になりながらも廊下に出る双葉。

達彦、扉が閉まるのを見届け。

達彦「死ぬ前にどうしても知りたいことがあった。少年Aが今どこでどうしてるかだ」

洋貴「……！」

達彦「あの子に会って、どうしてこんなことになったか、本当のことを聞いてみたかった」

洋貴「だって居場所は絶対教えてもらえないはずじゃ

……」

達彦「あの子が入ってた医療少年院に勤めてらした看護師さんを見つけたんだ。看護師さん、彼が少年院にいた頃のことを教えてくれた」

洋貴「(え、と)……外に出てるのか?」

達彦「八年前にな」

洋貴「……!」

× × ×

廊下に立っており、扉越しに聞いていた双葉。

双葉「(驚いていて)……!」

× × ×

達彦「お父さんもな、短いな、って思った」

洋貴「たった七年で……」

達彦「(遮り)看護師さん、絵見せてくれた」

達彦、懐から封筒を出し、中から折り畳まれた紙を取り出し。

達彦「少年Aが退院する前に描いた絵だって。美しい絵だよ」

洋貴に渡す。

洋貴、広げて見ると、鉛筆で描かれた絵。

森に囲まれた湖、空からひと筋の光が射し込み、湖面に落ちている。

湖面には少女が浮かんでいる。

亜季である。

洋貴「……」

洋貴、絵を見つめていると、ぎしぎしと音がする。

洋貴、顔を上げ、達彦を見る。

達彦の顔は怒りと憎しみの思いに満ちていた。

ぎしぎしと鳴らし、歯を食いしばっている。

洋貴「……!」

抑えきれない怒りをたたえ、達彦が言う。

達彦「あの子は反省してない」

洋貴「……」

達彦「あの子にとって、それは美しい思い出なんだ」

洋貴「……」

達彦「何で……何で亜季を殺した奴が生きてるんだ」

洋貴「!」

× × ×

扉越しに聞いていた双葉。

双葉「!」

× × ×

達彦「亜季はもう帰ってこないんだぞ⁉　亜季はもう大きくなれないんだぞ⁉　なのに何であいつはたった七年で外に出てるんだ⁉　何で、何で大人になってるんだ⁉」
洋貴「（呆然と）……」
達彦「罪を償ってない。反省もしてない。前科もない。自由だ。どこかの町で名前を変えて平気な顔して人に紛れて暮らしてる。だけど……（絵を見据え）こいつは、またやる。また人を殺す」
洋貴「！」
　洋貴、激しく動揺しながら。
洋貴「包丁持って東京行こうとしたのは……」
達彦「あいつを殺そうと思った」
洋貴「！」

× × ×

　扉越しに聞いていた双葉。
双葉「！」

× × ×

達彦「あいつの保護司だった人が先週亡くなった。明日東京で葬式がある。東京の、善苑寺《ぜんえんじ》だ。洋貴、お父さんをそこに連れていってくれ」
　達彦、洋貴の肩を掴み、しがみついてくる。
洋貴「（臆《おく》し、首を振り）……」
達彦「あいつは葬儀に来るかもしれない。いや、来る」
洋貴「（必死に首を振り）……」
達彦「お父さんもう動けないんだ。連れていってくれ。そしたら俺がこの手で殺すから」
洋貴「無理だよ……無理だって！」
達彦「お願いだよ洋貴、お父さん、亜季の仇《かたき》取らなきゃ死んでも死にきれないんだよ……」
　突っ伏す達彦。
達彦「悔しいんだよ。死んでも死にきれないんだよ……」
　動かなくなる達彦、意識を失った。
洋貴「（ただただ呆然と）……」

43　同・家の前の通り

　家から飛び出してくる双葉。塀《へい》に体をぶつけたり、転んだりし、起き上がり、逃げるようにして走っていく双葉。

44　病院・病室

人工呼吸器をされた達彦がベッドに眠っている。

45　釣り船屋『ふかみ』・達彦の寝室

洋貴、敷きっぱなしになっていた布団を畳んでいる。

押し入れを開け、布団をしまう。

戸を閉めかけて、何か小さな箱があるのに気付く。

取り出して開けて見ると、子供用の革靴である。

あの日達彦がパチンコの帰りに買ってきたもの。

今も埃ひとつなく、綺麗なまま。

押し入れの中にはまだ箱があった。

開けてみると、これもまた革靴で、前のものよりも、少し大きいサイズ。

押し入れを見ると、箱はまだまだある。

次々に開けて、そのすべてが革靴である。

だんだんとサイズが大きくなっていく。

最後の箱を開けると、大人用のパンプス。

洋貴、周囲を見回すと、開けた箱と革靴が洋貴を囲むように並んでいて、全部で十五足ある。

洋貴「……（小さく苦笑し）」

振り返って気付く。

押し入れの奥に残された少し大きめの包み。

洋貴、取り出し、開けてみると、赤いランドセル。

少し色がくすみ、傷んでいるが、亜季のもの。

洋貴「（ぽかんと見つめ）……」

思わずまたすぐに包みに戻し、置いて、部屋を出ていこうとする。

出ていきかけて、立ち止まる。

洋貴「……（思い直して）」

急いでもう一度包みを取り出し、開ける。

夢中になってランドセルの蓋を開ける。

しかし中には何も入っていなかった。

洋貴「あ……（と、落胆）」

諦めてしまいかけて、気付く。

内側のポケットが少し膨らんでおり、何か入っている。

洋貴、手を差し入れ、取り出してみる。

折りたたんだ画用紙だった。
洋貴、開いてみると、クレヨンで描かれた亜季の絵。
青空の下、亜季らしき女の子が凧をあげている。

洋貴「！」
絵の中の亜季を見つめる洋貴。

洋貴「（じっと見つめ、込み上げてくる思い）……」
洋貴の中で蘇《よみがえ》ってくる記憶。

× × ×

回想、十五年前。
ゆっくりと振り返った亜季。
はっきりと見える、笑顔の亜季。

亜季「お兄ちゃん！」

× × ×

洋貴、亜季の顔を思い出した。
凧揚げをする亜季の絵を見つめ、亜季を思う洋貴。

洋貴「……（顔をあげて）」

46 同・店内

洋貴、テーブルの上にある物をすべてなぎ払う。
模造紙を広げ、定規を使って、線を引く。

× × ×

回想フラッシュバック。
十五年前、スイカを食べている亜季。

× × ×

洋貴、模造紙を丁寧にカッターナイフで切り取る。
長い竹製の棒を採寸し、これもまた切り取る。
切った棒を模造紙に貼り付けていく。

× × ×

回想フラッシュバック。
十五年前、柱に背を付け、身長を測っている亜季。
背伸びしているのが響子にばれて、へへっと笑う。

× × ×

洋貴、模造紙の四隅と対角線上に糸を取り付ける。
均等に揃うように調整する。

×　×　×

回想フラッシュバック。
十五年前、自転車の練習をしている亜季。
よろよろと進んでいるが、だんだん真っ直ぐ進みはじめ、嬉しそうに笑う。

×　×　×

洋貴、尻尾を二本貼り付け、また採寸して、少し曲げたりして強度を確認する。
大きな凧が完成した。

47　道路

走る軽トラの車内に、運転している洋貴。
助手席には完成した凧がある。

48　山道

凧を持って歩いている洋貴、上り坂を登っていく。

49　森の中の湖（夕方）

草むらをかき分け、出てくる洋貴。
目の前に広がっている湖。
心を決め、踏み出し、岸辺に向かって歩いていく。

×　×　×

岸辺を走っている洋貴。
徐々にスピードをあげていく。
全速力で走る、叫びながら走る。
風が木々を揺らす。
次の瞬間、凧が空に舞い上がった。
振り返り、見上げる洋貴。
力強く飛び続けている凧。
洋貴、はっと気付く。
すぐ傍らに亜季が立っている。
あの頃のままの亜季が嬉しそうに、満面の笑みで凧を見上げている。

洋貴「亜季……」
洋貴の目から涙が流れはじめる。
嗚咽《おえつ》し、泣く。
上空から見た、凧を見上げる洋貴と亜季の

二人の姿。

洋貴、気付くと、亜季の姿は消えている。

飛び続ける凧。

× × ×

日が暮れようとしている。

岸辺に立っている洋貴、水の中に足先を入れる。

どんどん入っていき、腰まで浸《つ》かり、泳ぎはじめる。

中央まで泳いでいき、仰向けになって浮かぶ。

森の木々に切り取られた、暮れはじめた空が見える。

洋貴の表情が厳しく変わっていく。

洋貴「……待ってろ、亜季（と、決意の表情）」

50　団地・遠山家の部屋（夜）

引っ越しの支度がはじまっている。

駿輔と隆美と灯里が手分けして、食器棚の皿を梱包材でくるんではダンボールに詰めている。

テーブルの上には、介護アパートの契約書があり、既にサインされている。

51　同・泰子の寝室

傍らに座って、泰子の手を握っている双葉。

双葉「あの人じゃなかったよ、今までウチの家族のことを密告してたのは……」

泰子を見つめ、思いが込み上げてくる双葉。

双葉「ごめんね、お婆ちゃん、わたし、何も出来なかったよ。ごめんね、ごめんね………（と、涙を流して）」

泰子に寄り添う双葉。

52　釣り船屋『ふかみ』・風呂場（日替わり・朝）

湯船に浸かり、風呂に入っている洋貴。

湯船の中でハサミを髪に入れ、短く刈りはじめる。

お湯に浮かぶ髪。

53　同・厨房

ラジオから流れている歌謡曲。

髪を短くした洋貴、チャーハンを作っている。

出来上がったのを皿に盛って、ウスターソ

ースをざぁーっとかけ、食べる。

54 同・達彦の部屋

洋貴、クローゼットを開け、達彦の喪服のスーツを出し、自分に合わせてみる。

55 同・店内

ＰＣの画面に、昨日達彦が話していた善苑寺の地図が表示されている。

喪服を着た洋貴、新聞紙を広げる。

新聞紙の間に登山ナイフを置き、丁寧に畳む。

新聞紙にくるんだナイフを自分の腹にあてがって、押さえながらガムテープを巻き、結ぶ。

スーツの前を閉め、不自然じゃないか確かめる。

電話が鳴っているのが聞こえる。

洋貴「(ある予感があって)……」

56 住宅地の、ある家の前

なかなか立派な家があり、表札には、『日垣』、並んで『野本《のもと》』とある。

玄関が開き、出かける支度をした野本響子(55歳)が出てきた。

自転車を押して出て、乗ろうとした時、気付く。

喪服の洋貴が立っている。

洋貴、会釈し、歩み寄ってくる。

響子「もう、びっくりさせ……(と言いかけた時)」
洋貴「さっき父さんが死にました」
響子「……」
響子の表情は変わらない。
洋貴「(もどかしく)あ、あの……」
響子「今ね、赤ちゃんのミルク買いに行くとこなの。由佳《ゆか》さんがいるから中で待ってて」
洋貴「時間ないんで……伝えに来ただけなんで」
響子「そう。じゃあまたご飯食べにいらっしゃいね」
響子、洋貴の傍らを通って、行こうとする。
洋貴「……そんなもんなのかな?」
立ち止まる響子。
洋貴「あの人は、あの人なりに、弱いところもあったけど、それはそれで弱いなりに、家族とか守ろうとしてて……」
響子「……」
洋貴「それでも駄目で、全然駄目駄目で、後悔したま

ま、死んでも死にきれないって言って死んでって

洋貴「……」

響子「……」

洋貴「それで、それで、そんなもんなのかな？　少しは、少しはあの人のために泣いてやっても……」

響子「もう涙なんかなくなったわ」

洋貴「……」

振り返る響子、微笑んでいる。

響子「あれより悲しいことなんてこの世に無いもの」

洋貴「……」

響子「あれより」

と言って背を向け、自転車に足をかけ。

響子「よいしょっと」

と自転車に乗った響子。

洋貴「……母さん」

響子「うん？」

洋貴「まだ俺のこと、許してないんだな」

響子「……」

洋貴「許してないんだよね？」

響子「……」

洋貴「でも俺は、それでも俺は生きてくから」

響子「……」

洋貴「亜季が生まれてきても良かったんだって思えるように」

洋貴、背を向け、歩き出す。

響子「……」

しばらくその後ろ姿を見ていた響子もまた自転車で走っていく。

57　都内・葬儀会場・受付

喪服を着た多くの弔問客が訪れている。
受付に香典を出し、記帳している洋貴。
本名を記し、礼をして、会場に向かう。
洋貴、歩きながら周囲の弔問客の顔に目を配り、目的の男の姿を探している。

58　団地・前

ワゴン車が停まっており、車椅子の泰子を押してきた駿輔と隆美。
少し離れたところに近所の主婦数人の姿があり、駿輔と隆美の方を見ながら何か話していた。
駿輔と隆美、会釈するが、立ち去る主婦たち。
泰子を抱き上げ、後部座席に乗せる駿輔。

駿輔「母さん、ちょっとの我慢だから」

思い切ってドアを閉め、と同時に立ち尽くす。

駿輔「（呆然としてしまい）……」

隆美「大丈夫、あなたは精一杯やってる」

駿輔「親を老人ホームに入れて、自分の息子を捜そうともしないのにか？」

隆美、駿輔に向かって手を出す。

隆美「（諭すように）今いる家族を守って」

駿輔「……（頷き）」

駿輔、隆美の手を強く握り返す。

59 葬儀会場・会場内

壇上に遺影が飾られ、お焼香が行われている。

洋貴、焼香をし、弔問客を見渡しながら会場を出る。

60 同・洗面所

丸めた新聞紙をごみ箱に投げ込み、内ポケットにしまったナイフを一瞬確認し、出ていく洋貴。

61 同・通路

弔問客や葬儀会社のスタッフが出入りしているのを見ながら歩いてくる洋貴。

控え室に入ろうとした時、背後から声をかけられる。

双葉の声「深見さん」

洋貴、⁉と振り返ると、喪服の双葉が立っている。

双葉「どうも」

62 同・外の敷地内

会場から少し離れ、様子を見渡せる場所に来て、対峙している洋貴と双葉。

洋貴「昨日急に……」

双葉「すいません、あの時、立ち聞きして」

洋貴「……や、あの、心配してくれるのは嬉しいけど、全然、あの、遠山さんには全然関係ないことですし……」

洋貴、会場の方を気にかけ、焦りながら。

洋貴「早く……」

双葉「深見さん、少年Aを殺そうとしてるんですよね？」

洋貴「遠山さんには全然関係……」

双葉「関係なくないんです」

洋貴「……はい？」

双葉「わたし……わたし、深見さんの妹さんのこと知ってます。深見亜季ちゃんのこと知ってます」

洋貴「（混乱し）……ちょっと意味わかんない」

双葉「この間、深見さん言ってましたよね。妹さんに冷たくしてばかりいたって。わたし、思うんです。妹って、兄から千回ひどいことされても、一回優しいのがあったら、なんか、お兄ちゃんって感じ、するんですよね。なんか、また遊んでもらいたくなるんですよね。優しい時知ってるから、またって思うから、だから、だからどうしてもそんなに嫌いになれなくて……」

洋貴「あんた、誰？」

双葉「……」

洋貴「誰？　あんた、誰だよ⁉」

双葉「……」

　双葉、顔をあげて、洋貴を見て。

双葉「わたしは……（と言いかけた時）」

　洋貴は既に別のものを見ていた。

　双葉の頭越しに向こうを見ている。

　双葉、洋貴の視線の先を追って、振り返り見る。

　葬儀会場の外には多くの車が行き交う大通りがあり、スクランブル交差点がある。

　歩道橋がある。

　歩道橋の上に、ひとりの男が立っている。

　喪服を着ている。

　葬儀会場に向かって、手を合わせ、目を閉じ、祈るようにしてる。

双葉「あ」

　顔を上げた男、雨宮健二《あまみやけんじ》（三崎文哉、29歳）。

洋貴「……文哉」

　洋貴、確信し、歩き出す。

　徐々に足を速め、走り出す洋貴。

　双葉、健二の顔を見ていて。

双葉「（呆然と）……」

63　交差点の歩道橋

　走ってくる洋貴。

　歩道橋の上に健二の姿を確認し、通行人を押しのけながら階段を駆け上がっていく。

　階段を上がりながら、懐に手を入れる。

　葬儀場を見つめていた健二、引き返しはじめた。

　階段を上がってきた洋貴、歩いていく健二の後ろ姿を真正面に見据えた。

懐に入れた手が震える。
洋貴「……（決意の表情となって）」
歩いていく健二の無防備な背中に向かって歩み寄りはじめた、その時。
双葉の声「逃げて！」
背後からの叫び声。
洋貴、⁉と振り返ると、階段を上がってきた双葉。
双葉、健二の背中に向かって、もう一度叫ぶ。
双葉「お兄ちゃん！」
洋貴「⁉」
双葉「逃げて！　お兄ちゃん！」
必死に叫ぶ双葉。
混乱する洋貴。
声を聞いた健二、ゆっくりとこちらを振り返った。
洋貴「（見て）……」
双葉「（見て）……」
健二もまた洋貴を見て、双葉を見る。
朴訥《ぼくとつ》な印象の、その表情。
健二「……（双葉に、こくんと頷いて）」
背を向けて歩き出し、階段の向こうに消える健二。
遅れて、追いかけようとする洋貴。
しかし転ぶ。
双葉が倒れ込みながら洋貴の足を摑んでいる。
洋貴、抗《あらが》う。
洋貴、双葉の腕を蹴り、肩を蹴る。
しかし双葉は離さない。
洋貴「離せ！　離せ！」
頭部を強く蹴り、双葉の腕はようやく離れた。
立ち上がり、走る洋貴。
しかし橋の反対側までたどり着き、見下ろした時、路上より出発しているタクシー。
健二の姿は消えている。
洋貴「（愕然《がくぜん》とし）……」
前へ出ようとした時、足下が何か蹴った。
見ると、それは日向夏《ひゅうがなつ》。
洋貴「……？」
肩を押さえながら歩いてくる双葉。
額から血が流れている。
振り返った洋貴、怒りの表情で双葉を見据える。

双葉「……」

× × ×

回想、十五年前、三崎家の前の通り。
十歳の頃の双葉がジュディアンドマリーの「そばかす」を歌いながら帰ってくる。
曲がり角を曲がって家に着くと、数台の車が停まっていた。
家の中から数人の男たちに囲まれるようにして、頭から上着をかけられた誰かが連れてこられる。
文哉だった。
ぽかんと見つめている双葉。

× × ×

歩み寄っていく双葉、洋貴と対峙する。

双葉「わたしが少年Aの妹です」
洋貴「……」
双葉「三崎文哉の妹、双葉です」
洋貴「……」

64　果樹園周辺の道

青い空に凧があがっており、不安定に揺れている。
見上げながら帰ってきた喪服の上着を脱いだ健二。

65　果樹園・畑の中

畑で、脚立《きゃたつ》に乗って、木にたくさんなった果物に袋がけなどの作業をしている作業着姿の健二。
黙々と手際よく働いている。
コンテナを押してくる男、草間《くさま》五郎《ごろう》(62歳)。

五郎「ちゃんとお礼言ってきたか?」
健二「はい」

二人で作業していると、入ってくる女とその幼い娘。
草間真岐《まき》(31歳)と、草間悠里《ゆり》(5歳)。

真岐「健ちゃん、お帰り」
健二「(頭を下げ)」

五郎、真岐のひらひらしたスカートを見て。

五郎「おい、そんな恰好でウロウロすんな」
真岐「出戻りはスカートも履いちゃいけませんか」

悠里は凧を持っていて、健二の服を引っ張って。

悠里「健ちゃん、上手に飛ばないの」

健二「（爪を見て）尻尾が揃ってないんじゃないですかね」

66　同・広い敷地

悠里が走って凧をあげている。
腰掛けてその様子を眺めている健二と真岐。
健二は鉛筆で絵を描いている。

真岐「（絵を覗き込んで見て）上手」

健二が描いているのは、凧をあげている悠里の姿。
亜季の絵と同じ筆致で、空からひと筋の光が差し、悠里を照らしている。

真岐「昨夜健ちゃんがくれた絵本、悠里に読んであげたの」
健二「フランダースの犬」
真岐「うん。救いのない話だよね。悠里が聞くの。何でこんな悲しいお話があるのって。何でかな？」
健二「……多分」
真岐「多分、何？」
健二「人間って悲しい生き物だから（と、かすかに微笑む）」

第1話終わり

それでも、
生きてゆく

第2話

1　前回の続きより、歩道橋

歩み寄っていく双葉、洋貴と対峙する。

双葉「わたしが少年Aの妹です」

洋貴「……」

双葉「三崎文哉の妹、双葉です」

洋貴「……」

洋貴、何を言ってるんだ?と混乱して。

洋貴「ちょっと……言ってる意味わかんないし」

と背を向けて歩き出す。

双葉「……!」

洋貴を追う双葉。

2　駐車場

隅に停めてある軽トラの、開けたドアの裏側に隠れ、喪服から普段着に着替えている洋貴。

双葉、距離を置いて見ないようにしながら。

双葉「あの、お着替え中のところすいませんが」

返事せず、着替え続ける洋貴。

双葉「深見さん、何度かウチに遊びにいらしてますよね? 晩ご飯もわたし一緒に食べたことあって、深見さん、わたしが葉書出して当てたTシャツにミートソース飛ばしたことあって、わたしその時すごい泣いて……」

洋貴、ズボンを履き終え、出てきて。

洋貴「(双葉を見据え)……」

双葉「あ、や、Tシャツは別にいいんですけど……」

洋貴「文哉の居場所知ってるんすか?」

双葉「(首を振って)」

洋貴「(疑っていて)」

双葉「本当です! 今たまたま口ごもっちゃったけど、本当知らないんです! ウチの家族誰も、お兄ちゃ……兄のことはわからないんです。逮捕された後とかも父にも母にもわたしにも全然会おうとしなくて、ずっと今日までどこにいるのかもわからないまんまで、ほんと、ほんとに今さっきのがお兄ちゃん十五年ぶりで……」

洋貴「何で今まで探さなかったんすか?」

双葉「(え、と)……」

洋貴「あんな人殺し、放っとくのは無責任、てゆうか、あいつはまた人を殺すかもしれないのに」

双葉「!」

洋貴「放っておいたらまた犠牲者、てゆうか、もう遅いかもしれないですよね? この八年の間に二度三度って……」

双葉「そ、それは考え過ぎじゃ……」
洋貴「行方不明になってる子供とか大勢いるでしょ。そういうのって……」
双葉「そんなわけないじゃないですか！　あ、や、すいません。でも、だからって……（と、見る）」
車内に置いた洋貴の上着の間に、ナイフがある。
双葉「本気で兄を殺す気だったんですか?」
洋貴「（内心動揺しながら）本気ですよ。あなたがあんな、庇《かば》ったりしなかったら……」
双葉「庇うってゆうか……」
洋貴「もういいです、どっちみちあなた、僕の敵ですから」
洋貴、車に乗り込み、ドアを閉める。
双葉「（窓越しに）あの！」
洋貴「（窓を開け）どいてください、動くんで、危ないんで」
双葉「や……」
洋貴「轢《ひ》きますよ?」
双葉「や……じゃ、じゃあ」
双葉、ポケットから手帳とペンを出して、ささっと書き込み、窓の隙間から渡す。
双葉「わたしの携帯です」
受け取られず、車内にぽとっと落ちる。
洋貴、窓を閉め、勢いよく走り去る軽トラ。
双葉「……」

3　高速道路（日替わり）

走っているライトバン。
後部トランクと天井にゴムで縛られて、大量の家財道具などが積んであり、ゆっくり走っている。
運転している駿輔、助手席に隆美、後部座席に多くの荷物とともに双葉と灯里。
灯里「おじさんちの近くってツタヤあんのかな」
隆美「あるわよ、チェーン店とかじゃないと思うけど」
灯里「絶対シーズン4置いてないよ」
駿輔「お父さん、配達の合間に探してやるよ」
灯里「あーあ、嫌だよわたし、イジめられたり、内定取り消しなったり、彼氏に捨てられたり……」
双葉「（窓外を見ていて、薄く苦笑し）……」
灯里「お姉ちゃんはお兄ちゃんのこと知ってるし、しょうがないけどさ」
隆美「灯里（と、たしなめて）」
双葉、外を見ていて、上空のヘリコプター

に気付く。

双葉「（見上げ）……」

4　回想、十五年前の夏

空にヘリコプターが飛んでおり、田舎道を歩いて帰る小学生の集団下校の列がある。
十歳の双葉と、友人の朋美《ともみ》がいる。

双葉「お婆ちゃんに浴衣買ってもらったの！　薄いピンクのでさ、紫陽花《あじさい》の柄なんだよ」

朋美「ママが夏祭り中止かもって言ってたよ」

双葉「……」

朋美、示すように空を見上げる。
双葉も見ると、ヘリコプターが数機。
周囲には警察官の姿、報道のバン、記者が主婦にインタビューしたりしている。

双葉「……お祭り中止になったら犯人死刑だよ！」

×　×　×

十歳の頃の双葉がジュディアンドマリーの「そばかす」を歌いながら帰ってくる。
曲がり角を曲がって家に着くと、数台の車が止まっていた。
立ちすくむ双葉、呆然と見つめていると、家の中からまた数人の刑事たちが出てきた。
腕を掴まれて連れられて来る、頭からジャンパーをかけられた彼の姿がある。
刑事たちの声、無線のノイズ、さらに大きくなる。
停車していた車のドアが開けられ、刑事たちに促され、ジャンパーの彼が乗り込もうとした瞬間。

双葉「お兄ちゃん」

大きな声ではなかったが、彼の耳に届き、止まる彼。

双葉「どこ行くの？」

普段通りに、素直に問いかける双葉。
刑事が双葉に気付き、歩み寄ってくる。
彼がジャンパーから顔を出した。
十四歳の文哉である。

双葉「……お兄ちゃん？」

文哉、双葉を見つめながら、まるで双葉を安心させるように、ふっと微笑んだ。

双葉「……（安心し、微笑み返して）」

次の瞬間、文哉の笑顔は視界から消えて、車に押し込まれた。
ぽかんと見つめる双葉を残し、走り出す車

の列。

×　×　×

刑事や警官が出入りする中、エプロンをかけた母の隆美がソファーの背もたれに腰を降ろし座っている。

少しお腹が大きい。

洗濯物をぶら下げた物干しを持ったままだ。

双葉、来て。

双葉「あのさ、お母さん。お兄ちゃん、どこ行ったの？」

隆美は虚ろで、わずかに首を傾げる。

双葉、隆美の手から物干しハンガーを取ってあげ、ソファーに置く。

廊下の先にスーツ姿の父・駿輔の姿。

刑事からの質問に虚ろに頷いたり首を振っている。

振り返って双葉がいるのに気付いて。

駿輔「部屋にいなさい（と、厳しい顔つきで）」

双葉「うん。あのさ、お兄ちゃん、帰ってくる？」

しかし駿輔はもう答えない。

双葉、諦め、二階に上がっていく。

文哉の部屋に刑事たちの姿があり、物色している。

開けた天井に顔を突っ込んでいた刑事が声を出す。

刑事「あーあったあった」

天井から取り出した刑事の白い手袋をした手には金槌が握られている。

廊下より見ていた双葉、自室に戻る。

廊下からの喧噪がまた一層大きくなる中、ベッドに腰を降ろし、壁を見上げる。

薄いピンクで、紫陽花の柄の浴衣がかかっている。

5　古い家屋

兼業農家の、なかなか大きな家屋。

車から荷物を運び出している双葉と灯里と隆美。

お囃子《はやし》の音が聞こえている。

双葉「（ふっと振り返って）……」

隆美「お祭りが近いのね」

母屋とは別に、奥にもうひとつの家屋の玄関がある。

駿輔と、隆美の兄・遠山悟志《さとし》（57歳）が話していて。

悟志「仕事って言ってもクリーニングの配達だから、メーカーさんで働いてたあんたには申し訳ないな」
駿輔「（頭を下げ）とんでもありません、（頭を下げ）何から何まで、（頭を下げ）お世話になります」
　双葉がお囃子の音を聞いていると、背後から自転車に乗った警察官が来た。
　表情が曇る双葉、灯里、隆美。
警察官「（隆美に）お引っ越しですか？」
隆美「はい……」
　警察官、自転車に積んだ束からビラを一枚抜き。
警察官「表にでも貼っておいてください（と、渡す）」
　双葉と灯里と隆美、見ると、行方不明の小学三年生の女子児童・野《の》田《だ》凜花《りんか》ちゃん捜索に関するビラだ。
　写真があり、特徴が書かれてある。
隆美「お近くの子なんですか？」
警察官「ええ。防犯カメラにも映っててね、帽子をこう深く被った男に連れていかれたらしい」
双葉「……」
　自転車で立ち去る警察官。
　灯里と隆美も荷物を持って家に入っていった。
　双葉、空を見上げると、ヘリコプターが飛んでいる。

×　×　×

　回想フラッシュバック。
洋貴「てゆうか、もう遅いかもしれないですよね。この八年の間に二度三度って……」

×　×　×

双葉「（不安）……」
駿輔「双葉！　麦茶戴《いただ》いたぞ！」
双葉「はーい！」

○　タイトル

6　火葬場・敷地内（日替わり）

　煙突の煙を眺めながら、縁石あたりに腰掛けてカップラーメンを食べている洋貴。
　来て、隣に座る耕平。
耕平「美味《うま》そうじゃん（と、横から取って食べながら）あ、これ、ウチから」
　懐から香典を出し、洋貴の手元に置く。

洋貴、いいよという感じで戻すが、耕平、
ポケットに無理矢理押し込んで。

耕平「お義父さんがさ、かみさんのね、帰りにウチに寄りなさいって……来るよね、メシ用意してあるから」

洋貴「（不満げに）何で……」

耕平「母さんが来なかったのはしょうがないでしょ。でも兄ちゃんのことは心配してるって」

洋貴「……（煙を見上げ）あいつに会ったよ」

耕平「あいつ？」

洋貴「少年A、三崎文哉」

耕平「（え、と）……刑務所じゃないの？」

洋貴「（自虐的に）結構元気そうだったなぁ」

耕平「（洋貴に詰め寄って）それ、母さんに言うなよ」

洋貴「……（ラーメンを）返せよ」

7 遠山家・居間

部屋にはまだダンボールの荷物が残っている。

新聞を広げ、女児行方不明の記事を読んでいる双葉。

防犯カメラに写された女児の手を引いて帽子を被った男の後ろ姿の写真が載っている。

双葉「（不安げに見つめ）……」

クリーニング店の作業着を着ながら入ってくる駿輔。

駿輔「お母さんと灯里は学校か？」

双葉「うん（と、なにげに新聞を閉じて）」

駿輔「老眼鏡、どっかしまっちゃってさ……」

駿輔、ダンボールを開けて探す。

双葉「（後ろ姿を見ながら）……お父さんさ、最後にあっちの人たちに会ったのいつ？」

駿輔「あっちの人たちって？」

双葉「あっちの家族、深見亜季ちゃんの」

駿輔「（手が止まって）……（平静を装い）どうして」

双葉「うん……」

駿輔「全然だよ。もうずっと……（はっとし）会ったのか？」

動揺している駿輔。

双葉「（そんな駿輔を見て）会ってないよ、会うわけない。でもここ、そんなに遠いわけじゃないし、もし駅とかですれ違ったらって……」

駿輔「知らないふりして、出来るだけ早く通り過ぎるんだ」

双葉「ちゃんと話せばわかってもらえないかな？　十五年経《た》つんだし、昔と違って謝罪、とかも受け入れてくれるかもしれないし、ウチの事情もわかって……」
駿輔「双葉、ごめん。それは望んじゃ駄目だ」
双葉「……うん」
駿輔「加害者家族の言葉は何も伝わらないんだよ」
双葉「……うん」
双葉、出ていきかけて、振り返って。
双葉「もしさ、もし……」
駿輔「うん？」
双葉「お兄ちゃん、帰ってきたらどうする？」
駿輔「（静止し、怖れるような表情）……」
双葉「……って、部屋ないか（と、苦笑し）嘘嘘、冗談」

8　日垣家・外景（夜）

9　同・居間

耕平に連れられて来た洋貴が骨壺を持って立っている。
エプロンをした日垣誠次《せいじ》（57歳）と日垣由佳（25歳）が出迎えていて。
日垣「嫌いなものはあるかな？」
洋貴「いえ……」
由佳「（少し緊張していて）どうぞ座ってください」
由佳、洋貴に座るように促し、骨壺に違和感を覚えながら台所に行く。
洋貴、座って、骨壺をテーブルに置く。
台所には響子がいて、夕飯の支度をしている。
洋貴「（俯き加減で、横目に見ていて）……」
料理の大皿を持ってくる響子。
響子「上着かけておきなさい」
洋貴「ん……（と、脱ぐ）」
響子、視線で耕平に骨壺を示す。
耕平、理解し、骨壺を脇の方に置く。
響子、テーブルに大皿を置く。
洋貴「（上着をかけながら見ていて）……」

×　×　×

洋貴、耕平、由佳、日垣、響子が食事している。
由佳は乳児の涼太《りょうた》（1歳）を膝《ひざ》に乗せ、離乳食をあげている。
洋貴、食べている響子を盗み見る。
響子の背後に棚の上の骨壺が見える。
響子「（由佳に）アスパラちょっと硬いかな？」

由佳「全然硬くないです。（洋貴に気を使い）届きますか？」

　由佳、洋貴にとりわけようとする。

耕平「いいよ、自分でやるって。（洋貴に）店いつ閉めんの？」

洋貴「……（食べている）」

日垣「洋貴くん、数学得意だそうだね。ウチの経営の手伝いで来てもらえると助かるな」

洋貴「……店、明日から開けようと思ってるんで」

耕平「は？　兄ちゃんひとりで？　無理でしょ」

日垣「ウチの仕事が嫌だったら他にも紹介が……」

耕平「（日垣に）大丈夫です。（洋貴に）ウチ、人手足りてるんだよ。それを兄ちゃんのためにわざわざ……」

洋貴「（響子に）父さんが死ぬ前に謝ってたよ」

響子「……」

洋貴「ひどいこと言ったって、後悔してた」

×　×　×

　回想フラッシュバック。

　達彦、暴れる響子を後ろから必死に抱きしめながら。

達彦「また作ればいいじゃないか」

響子「（凍り付いていて）」

×　×　×

洋貴「父さんは父さんなりにさ……」

響子「（日垣に）ワイン開けましょうか？」

　席を立つ響子、台所に向かう。

洋貴「（響子の背中に）恨むんなら父さんじゃなくて、亜季を殺した三崎文哉なんじゃないの⁉」

　立ち止まる響子の背中。

　全員、！となって、由佳、コップを倒してしまう。

耕平「（由佳に）大丈夫？　（洋貴に）そんな名前、ウチで出すのやめてよ」

洋貴「あいつは生きてるんだよ。母さんはさ、亜季を殺した奴が今どうしてるか知りたくない？　父さんは……」

　憤《いきどお》り、立ち上がろうとする耕平。

　日垣、それを制して。

日垣「洋貴くん。今はお父さんのためにも楽しく……」

洋貴「父はそんなこと望んでませんでした。父は……」

　由佳が涼太を抱き、怯《おび》えるようにしているのが見えた。

洋貴「……ごめんなさい。お邪魔しました」

頭を下げて立つ洋貴、骨壺を手にして出ていく。
内心安堵《あんど》したような由佳の肩に手をやる耕平。
耕平「(日垣に)すいません」
日垣「(大丈夫だよと微笑み、響子に料理を示し)持たせてあげたらどうかな?」
響子「はい」

10　同・前庭

車に乗り込もうとしている洋貴。
耕平、来て、洋貴が助手席に骨壺を置くのを見て。
耕平「……亜季がさ、死んだ年のクリスマスにさ」
洋貴「(え?と耕平を見て)」
耕平「俺、母さんと買い物の帰りに、なんか、サンタの飾り付けとか見てたら急に淋しくなっちゃって、店に親父迎え行って、三人して帰ったの。そしたらさ、駅前にケーキ屋あったじゃん?　あの家族がいたんだよね。犯人の父親と母親と妹で……クリスマスケーキ買ってって」
洋貴「……!」
耕平「ショーケースの前で、あれにしようか、これにしようかみたいな……(と、悔しさを滲《にじ》ませ)」
洋貴「……」
耕平「俺だって思うよ。兄ちゃんみたいに思ってる。でもさ、ジンベエだって言ってたよ。失ったものばかり数えるな、今残ってるもののことを考えろって」
洋貴「ジンベエって誰?」
耕平「読んでないの?　ジンベエは……」
言いかけた時、響子が来て、紙袋を差し出す。
響子「家にレンジある?」
洋貴「ん(と、困惑しつつ受け取る)」
響子「あったためる時は緑の蓋のを……」
洋貴「母さんも見たんでしょ?」
響子「うん?」
洋貴「あの家族がケーキ買ってたところ」
響子「…… (苦笑し) 忘れたわ、そんな昔の話」
洋貴「父さんは忘れてなかったと思うよ。だから最後の最後に復讐を……」
響子「(苦笑)」
洋貴「(苛立《いらだ》って) 俺、今なんか面白いこと言ったかな?　笑うところじゃないと思うんだけど」
響子「はいはい。気を付けて帰りなさい」

と微笑み言って、家に戻っていく。
耕平もまた、じゃあと手を挙げて戻っていく。

洋貴「(不満)……」
エンジンをかけ、ふと足元の何かに気付き、拾う。
双葉が残した携帯番号のメモだ。

11　遠山家・風呂場

双葉、お風呂に入ろうとして来ると、灯里が鏡の前におり、メイクしている。

双葉「今から出かけんの?」
灯里「明日から学校だからさ、練習」
双葉「学校行くのにメイクすんだ?」
灯里「普通するでしょ」
双葉、ふと鏡の中の化粧気のない顔を見る。
双葉「……」
灯里「お姉ちゃん、何でメイクしないの?」
双葉「そういう機会ないし……」
灯里「(苦笑し)メイクしないからそういう機会ないの」
灯里、口紅を双葉に塗ろうとする。
双葉「ちょ……(と、避けて)」
灯里「(そんな双葉を見て)……わたし、お姉ちゃんみたいにはならない。ちゃんと自分で自分の人生を選ぶの」
双葉「何よ……」
灯里「お姉ちゃんはお兄ちゃんのせいで人生決められちゃったじゃない?」
双葉「……(なんか笑ってしまって)」

12　同・廊下〜居間

双葉、お風呂から出て、髪をばさばさと拭きながら歩いてくると、居間で駿輔と隆美が話している。

駿輔「灯里、学校大丈夫かな」
隆美「(困った表情をし)お姉ちゃんみたいにしっかりしてくれるといいんだけど」
駿輔「双葉はへこたれないからな」
隆美「うん、灯里じゃあの頃の暮らしには耐えられなかったと思う……双葉で良かったわ。(どこか冷めた様子で)あの子の妹が」
双葉「(聞いていて)……」

13　同・双葉と灯里の部屋

既に布団に入って眠っている灯里。

双葉、ダンボールの中から自分の本などの荷物を整理していると、小さなポーチが出てきた。
ハンカチとともに小さな口紅が一本だけ入っている。
見つめ、自分の口元に当てようとした時、ヘリコプターの音が頭をよぎる。

双葉「（困惑し）……」

口紅を戻そうとして、携帯のバイブ音に気付く。

双葉「（出て）はい……あ……あ、どうも……」

14　草間家・食卓（日替わり・朝）

五郎が朝ご飯を食べていると、健二が入ってきた。

健二「おはようございます」

五郎「おお。昨夜どこか出かけてたか？」

健二「（座りながら間があって）はい」

五郎「どこ行ってた？」

真岐が薬缶のお茶を入れながら割って入って。

真岐「いちいち詮索しないの」

五郎「いや、おまえが昨夜心配して……」

真岐「あれ、健ちゃん、どうしたの？」

健二は手のひらに怪我をしてるらしく、適当に巻いた包帯から血が滲んでる。

健二「あ、ちょっと」

真岐「何これ、ちゃんと消毒した？　何したのよもう」

と、薬箱を持ってきて手当をはじめる。

五郎「（そんな二人を見て、不安そうにしていて）……」

15　釣り船屋『ふかみ』・店内

店の帳簿を開き、書き込んでいる洋貴。
書き方がよくわからず戸惑っていると、戸が開く。

洋貴「いらっしゃ……（と、見ると）」

控えめに顔を覗かせているのは、双葉だ。

双葉「（内心緊張しつつ）気持ちいい朝ですね」

洋貴「（答えず、再び帳簿を続け）」

双葉「入っていいですか？」

洋貴「（帳簿を続けながら）車どこ置きました？」

双葉「あ、バスで来たんで」

洋貴「バス？」

双葉「色々あって、引っ越したんで、今、静岡で」

洋貴、帳簿がよくわからず、ペンを置く。

双葉「(覗き見て) あ、ここ間違ってますよ。支出がここで、合計はここだから……」
洋貴「え？　あ……」
双葉「後で計算合わなくなりますよ……あ、そうじゃなくて」
双葉、直そうとして鞄を置くと、何か転がった。
洋貴、見ると、口紅だ。
洋貴「(拾って見て) ……」
双葉「あ、や、それは……拾ったやつで」
洋貴「別に、加害者家族が口紅塗るななんて思ってませんよ」
双葉「すいません……」
洋貴「文哉から連絡ありましたか？」
双葉「(首を振り) 無いです、無いです無いです」
洋貴「聞いてみただけですよ」
双葉「…… (覚悟を決めたような表情になって) でも」
双葉、鞄から何か取り出し、洋貴の前に置く。
洋貴、見ると、新聞記事の切り抜きだ。
小三女児行方不明の事件の記事。
洋貴「(え、と) ……」
双葉「わりと近くです、三日月山の」
双葉、防犯カメラに映った男の後ろ姿を示し。
双葉「なんか後ろ姿も、そんな感じ、あって……」
洋貴「(動揺し、写真に見入って) ……」
外からヘリコプターが飛ぶ音が聞こえる。
双葉、気にして、動揺が込み上げながら。
双葉「深見さん、この間言ってましたよね、兄は、またやるんじゃないかって、二度目三度目のって……」
洋貴「(絶句し) ……」

16　果樹園・畑の中

五郎、木箱を運んできたりしながら。
五郎「ひと雨来そうだな。今のうちに……」
しかし脚立だけ残っていて、誰もいなかった。
五郎「健二……？」

17　釣り船屋『ふかみ』・店内

洋貴、自室のテレビを点け、チャンネルを切り替えると、ヘリコプターによる空撮画面で、上空より捉えられた一軒の家が映る。

周囲には警察官、報道陣の姿がある。

見入る洋貴と双葉。

記者の声「野田凜花ちゃんの行方は依然として不明で、県警は捜索範囲を広げるとともに、凜花ちゃんと共に防犯カメラに映っていた人物の特定を急いでいます……」

洋貴、空撮による家を見ながら。

洋貴「僕には、今あの家の中で何が起こってるかわかります」

双葉「(息を飲み)……」

洋貴「時間がゆっくり流れてて、すごく静かで、家がぴしって鳴る音あるじゃないですか、立て付けの、あの音だけでいちいち家族全員、びくってするんですよね」

双葉「……やっぱりわたし、考え過ぎですよね」

洋貴「もしこの事件の犯人が文哉なら、もしそうなら、(画面に映る少女を見て)あの子は今頃三日月山の湖に……」

双葉「……」

洋貴「(首を振って)や、やっぱり考え過ぎ……」

双葉「行ってみましょうか、三日月山」

洋貴「(え、と)……」

18　国道沿いのラブホテル

使用済みシーツを抱えて出てくる駿輔。停めてあったバンに運び入れていると、頭上をヘリコプターが飛んでいるのに気付く。見上げ、汗を拭う駿輔、バンに乗り込もうとした時、携帯が鳴った。

駿輔「(出て)おお、どうした……え!?(と、驚き)」

19　国道沿いの山道前

路肩に軽トラを停め、降りてきて、山道の入り口に立つ洋貴と双葉。

森に続く暗い道を見つめる洋貴と双葉。

大きな音をたて、上空をヘリコプターが飛んでいる。

洋貴「よく飛んでましたよね、当時、ヘリコプター」

双葉「はい、よく飛んでました」

山道へと先に入っていく洋貴、付いていく双葉。

双葉「また中止になるんですかね、夏祭り……」

20　森の中の山道

周囲を木々に覆われた薄暗い山道を歩いてくる洋貴と双葉。

洋貴は作業用の薄手のジャンパーを羽織っ

ている。
双葉「（その内ポケットを気にして）あれ、今日も持ってきてるんですか？」
洋貴「ナイフですか？　持ってたら何ですか？」
双葉「いえ……」
洋貴「何で文哉は僕の妹を殺したんですか？」
双葉「……（首を傾げる）」
洋貴「や、家族じゃないですか」
双葉「……兄は優しかったし」
洋貴「優しいわけないじゃないですか」
双葉「すいません、わたしには優しかったんです。よく遊んでくれたし、わたし、お兄ちゃん子だったし」
洋貴「ふーん……どう思ったんですか？　自分のお兄さんが七歳の子供を殺したって知って」
双葉「……いいじゃないですか」
洋貴「（問いかけ、見据え）」
双葉「……」
　双葉、手元の葉っぱをちぎったりしながら。
双葉「わたしは……全然あれです、十歳だったんで、お父さんもお母さんもあれだったから、なんか晩ご飯どうすんのかなとか、そういうことばっかし思ってたら、したら電話あって、お兄ちゃん、自白したって……したらすぐ色んな人来て、もうこの家には住めませんよって言って、わたし、小田《おだ》原《わら》のお爺ちゃんお婆ちゃんの家に預けられることになって……」

×　×　×

　回想、十五年前の夜、三崎家の前。

　報道陣の記者とカメラマンが群がっている。

　玄関が開き、出てくる駿輔。

　頭から毛布を被された双葉の手を引いている。

　双葉は学校の鞄やぬいぐるみなどを提《さ》げている。

双葉の声「時間あんましなかったから、何持ってけばいいのかわかんなくて、全然遊んでない人形とか何でか持って」

　報道陣が迫ってくる。

　双葉にもマイクが突き付けられ、鞄を落とし、国語ノートなどが落ちる。

　報道陣に踏みつけられる。

双葉の声「靴とかも全然きついの履いちゃって」

　祖父の家、祖父と祖母が動揺してテレビを見ている傍ら、淡々と宿題をしている双葉。

双葉の声「お父さんとお母さん、すぐに行くからって言ったけど、全然来なくて、わたしは、今考えたらしなくてもいい宿題とか、ずっとやりながら待ってて」

画面に、仰々しいテロップとともに、空撮で三崎家が映り、思わず見つめる双葉。

画面が切り替わって、記者の質問に答えている駿輔が映り、顔にはモザイクがかけられている。

双葉の声「お父さんがテレビに出てて、謝ってて、顔はなんかモザイクってゆうか、あれがあって、顔はなんかよくわかんなかったけど」

双葉、近付き、モザイクのかかった父を見つめる。

双葉の声「お父さん、テレビに映ってるのに毛玉付いてるジャージ着てるって、そんなこと思ったり……」

× × ×

足元を踏み外し、転ぶ双葉。

洋貴、倒れた双葉に手を貸そうとし、双葉もまた手を伸ばす。

しかしふと思って、同時に手を引く。

双葉、自力で立ち上がり、また歩き出す二人。

双葉「思ったりして……思ったり、して……」

言葉に詰まる双葉。

洋貴「(ん？と見て)」

双葉、ふっと感情が込み上げてくるようにして。

双葉「猫！ 猫、好きですか？」

洋貴「は？」

双葉「猫、可愛い子猫……わたしが、わたしが幼稚園の時、兄と一緒に川に遊びに行ったことがあったんです。そしたら川を、こう、ダンボールが流れてきたんですよ。中に猫の捨て猫の子猫が何匹も乗ってて。お兄ちゃん、それを川に飛び込んで助けたんですよ。でも岸に上がった時には一匹しか残ってなくて、動物病院に走ったんですけど、着いた時にはその子も死んじゃってて、で、わたしはまだよくわかんなかったんですけど、お兄ちゃんはすごいショック受けたみたいで、一週間ぐらい泣いてて、ご飯とかも食べなくなったんですよ。ほんと動物好きで、優しいお兄ちゃんで、テレビとかで貧しい国のとか見るとお年玉募金したり、お年寄りに席譲るし、わたしがご飯作ると、いつも美味しい美味しいって言って、ほんと優しいってゆうか……」

兄を庇うように必死に話す双葉。

洋貴「（そんな双葉を不満げに見つめていて）……」

双葉「一回だけ兄から手紙が来たことがあるんですよ」

洋貴「手紙？（と、驚き）」

双葉「や、あの日から今までずっと兄と話したことはないけど、でも一回だけ手紙届いたんです、わたし宛てに」

洋貴「両親じゃなくて？」

双葉「逮捕されてから一年ぐらいして、多分東京の医療少年院に入ってた頃で」

洋貴「どんな手紙？」

双葉「一行だけです。一行だけ……」

×　×　×

回想、祖父の家の玄関。

十一歳の双葉が届いたばかりの手紙を見ている。

白い便箋のはじめに、ただ一行だけ。

双葉の声「夏祭り、中止になってごめんな」

×　×　×

双葉「それ一行だけ（と、思い返すようにして）」

洋貴「（意味がわからず）……？」

双葉「夏前にわたし、浴衣買ってもらったんです。お兄ちゃん、わたしが夏祭りすごく楽しみにしてたの知ってたから！　お兄ちゃん、そのこと覚えててくれてたから！」

目を輝かせて話す双葉。

洋貴「（強く見据えて）」

双葉「だから、ごめんなって言って……」

洋貴「ごめんなって（と、怒りの眼差しで）」

双葉「（洋貴の眼差しに、はっと気付き）……！」

洋貴「あなた、今でもお兄ちゃんのこと大好きなんですね」

双葉「や……（と、俯き）」

洋貴「七歳の子供の頭を金槌で何回も何回も殴って、手足摑んで物みたいに湖に放り投げて、冷たい湖に置き去りにした、そんな殺人鬼を……」

双葉「（思わず顔をあげ）違います！」

洋貴「（え、となって）何が違うんですか？」

双葉「や……」

洋貴「何が違うんですか⁉」

双葉「(俯いたまま)……えん罪、かもしれないですよね」
洋貴「……え？」
双葉「えん罪の可能性だってありますよね？　そういうことたまにあるじゃないですか。もしかしたら犯人は別にいて、無実の罪なのに……」
洋貴「何言ってんの？」
双葉「だってお兄ちゃんがあんなことするはず……！」
次の瞬間、突き飛ばされた双葉。
地面に倒れる双葉。
洋貴、双葉に馬乗りになり、胸ぐらを掴む。
怒りに駆られ、双葉を揺さぶる洋貴。
されるがままの双葉。
洋貴「何言ってんの⁉　あんた、何言ってんの⁉」
激しく揺さぶり、洋貴、ふっと止まって。
洋貴「クリスマス、楽しかったですか？」
双葉「(え、と)……」
洋貴「クリスマスケーキ、おいしかったですか？　あなたたち、あの年家族でクリスマスケーキ買いに行ったでしょ？」
双葉「(理解し)……」
洋貴「ウチの家にはクリスマスなんてなかったです。クリスマスだけじゃない。正月も雛祭りも七夕も誕生日もありませんでした。十五年間ずっとありませんでした。でしょうね、やられた方は忘れられないけど、やった方は忘れるんですよね……そしたらさ、そしたらあんたも同じ目に遭わせてやろうか？」
双葉「……！」
洋貴「亜季と同じ目に遭わせてやろうか？　じゃなきゃ、わかんないだろ？　わかんないんだろ⁉」
洋貴、双葉の首元に両手をやる。
見合う洋貴と双葉。
双葉「……」
洋貴「……」
双葉「……どうぞ」
洋貴「……」
双葉「いいですよ」
洋貴「……」
双葉「わかってます。ウチの家族全員わかってます。日本中から言われてましたから。犯人の家族は死んで謝れって」
洋貴「……」
双葉「責任取って一家心中しろって言われてましたから」
洋貴「……」

21　遠山家・玄関〜居間

作業着姿のまま急いで帰ってきた駿輔。
険しい表情の隆美が出てきた。

駿輔「ただの間違いじゃないのか？」
隆美「でも今朝から何回も……」
駿輔「いや、おととい引っ越してきたばかりなのに……」

ふいに家の電話が鳴る。
びくっとする隆美。
駿輔、大丈夫だと隆美の肩に手をあて、居間に行く。
鳴っている電話を取る。

駿輔「……もしもし？」
しかし切れた。

駿輔「……！」
隆美「朝から三十分ごとにずっと……」
駿輔「……」

22　森の中の山道

倒れている双葉に馬乗りになって、その首筋に手をあてている洋貴。

双葉「いいですよ、別に、死にたいって思ったことはないけど生きたいって思ったこともないし」
洋貴「……」
双葉「妹とかにも言われるんです。お姉ちゃん、自分で人生選んでないねって。でもわたし、全然そんなことないんですよ。わたし、選んだんです。選んだ結果がこうゆう感じなんです。後悔とかしてません。こうゆう人間のこうゆう人生だったんです」
洋貴「……」
双葉「どうぞ。平気です。あなたに殺されたなんて言わないから……って、死んだら言えないか（と、微笑う）」

自分の言ったことがおかしくて微笑う双葉。

洋貴「……」

双葉の首筋から手を離し、離れる洋貴。
洋貴、地面を殴る。
笑みが消える双葉。
洋貴、背を向け、来た道を引き返しはじめる。

双葉「ケーキは食べてません」
洋貴、え、と立ち止まる。
双葉「ケーキ屋さんがくれたので、わたし持って帰ったんです。父は駄目だって言いました。多分ご覧になったのは、家族でケーキ買うところじゃなくて、ケーキ返しに行ったところです」

洋貴「……」

双葉「父はちゃんと、駄目だって言いました」

洋貴「……」

洋貴、思うところあるが、そのまま歩き去った。

空を仰いだままの双葉。

かすかに聞こえるヘリコプターの音。

双葉「お兄ちゃん……」

ぽたんと頬に落ちる雨粒。

23　釣り船屋『ふかみ』・店内

雨に濡れて帰ってきた洋貴、置いてあったタオルを掴んで、髪を拭きながらなにげにテレビを点ける。

髪を拭いていると速報の音が聞こえた。

振り返り、テレビの画面を見る。

行方不明の女児が無事に保護されたとのテロップ。

洋貴「……」

24　森の中の山道

雨が降り注いでいる。

倒れたまま雨に濡れている双葉。

25　釣り船屋『ふかみ』・店内

洋貴、双葉の携帯の番号が書かれたメモを見ながら、電話の前に立っている。

迷いながらも、かけはじめる。

相手が出た。

洋貴「もしもし……」

しかし留守電だった。

応答メッセージがあって、洋貴、切ろうと思うが、再び受話器を持ち。

洋貴「あ……あの、伝言です。行方不明だった女の子が見つかりました。事件とかじゃなくて、離婚したお父さんと一緒にいたみたいで……文哉じゃなかった、です」

26　草間家・食卓

五郎が帳面を見たりしていると、買い物かごを持った真岐が来て。
真岐「買い物行くから悠里見てて。表で自転車乗ってる」
五郎「自転車って、あのボロ……」

真岐「健ちゃんが直してくれたの。最近姿見えなかったり、怪我してたじゃない？　悠里のために自転車直してくれてたのよ！　新品みたいに！」
五郎「へぇ、あんな鉄屑みたいなのを……（真岐の胸の開いた服を見て）おまえ、ちょっと、あれじゃないか、ここ」
真岐「今日は焼き肉にしようかなぁ」
　と機嫌よく出ていく。
五郎「……」

27　果樹園・畑の中

　健二、黙々と作業をしていると、五郎が来た。
　五郎、座り、やれやれという感じでため息つく。
健二「何かありましたか？」
五郎「いや……おまえ、ウチの馬鹿娘のこと、どう思う？」
健二「はい？」
五郎「いや……」
　五郎、居心地悪げに座り直したりしながら。
五郎「まぁ、何と言うか、俺も昔は悪さしたからな、その罪滅ぼしのつもりで、代々刑務所を出所した男を雇ってきたし、みんなよく働いてくれた。根っから悪い奴なんていないんだよ」
健二「（何となく話を察し）……」
五郎「ただな、健二。正直おまえを雇う時だけは、迷った。事情を聞いて、何度も断ろうと思った」
健二「はい」
五郎「いや、今となっちゃ、おまえはそんなことしてなかったんじゃないかとさえ思ってるんだ。ただ、ただな、娘のこととなると、俺は駄目だ。心配で心配で。あれは、出戻ってきやがった馬鹿娘だが、俺なりに必死に育ててきた……真岐はおまえに惚れとる。いや、おまえは悪くねぇ。ただ、真岐は何も知らないし……（言いかけ、思い直し）いや、すまんすまん、何でもねぇ、忘れてくれ」
　と立ち上がって、行こうとすると。
健二「社長、大丈夫です」
五郎「あ？」
健二「自分は人を思ったり、思われたりすることは、もう一生無いものと思ってます。安心してください」
五郎「あ、いや、俺はそういうつもりじゃ……すまん（と、頭を下げて）」
健二「（同じく頭を下げて）」

28　釣り船屋『ふかみ』・店内

洋貴、落ち着かない様子で片付けをしたりしていると、店の電話が鳴った。

はっとして、受話器を取る。


洋貴「あ、あの……え？　あ……はい、深見です。はい、もう営業してます。はい、明日ですか。はい、三名様」

帳簿を開き、書き込む。

ふと目に止まる、双葉が忘れていった口紅。


洋貴「……あ、はい。はい、よろしくお願いします」

受話器を置き、口紅を開けてみる。

帳簿に塗ってみると、ほとんど色が残らなかった。

洋貴「……」

29　遠山家・居間

灯里、入ってくると、食卓に座った駿輔と隆美が深刻な顔をしていた。

灯里「あれ、お父さん。どしたの？」

隆美「（微笑み）晩ご飯何にしようかって」
灯里、何か差し出し。

灯里「なんかこれ、お姉ちゃんのダンボールから出てきた」

駿輔、ん？と受け取って見ると、古い封筒で、双葉宛のものだ。

開けてみると、便箋に一行だけの文哉の言葉。

駿輔と隆美、見て、⁉と。


灯里「あと、一緒にこんなのも……」

灯里、封筒を出す。

裏には双葉の住所と名前、そして表の宛先に、『東京医療少年院　三崎文哉様』と書かれてある。

二〇〇八年頃の日付で、宛先人不明で戻ってきたハンコが押してある。

30　森の中の山道

激しくなってきた雨の中、ずぶ濡れになって山道をひとり歩いている双葉。

ぬかるんだ中、転びそうになりながら進む。

×　×　×

回想、十五年前、三崎家の文哉の部屋。

風邪を引いた様子でベッドに入っている十四歳の文哉に、お粥《かゆ》をあげている十歳の双葉。

文哉「置いといて」

双葉「食べないとお祭り行けないよ？」

文哉「（少し表情が曇り）……」

双葉「お兄ちゃん、見た？　双葉の浴衣。すごい可愛いの」

と嬉しそうに想像している。

文哉「……」

双葉、片付けていて、気付くと、文哉は上を見ている。

何かと思って視線を追うと、天井の隅。

少し板がずれている。

双葉「（ん？と思いつつ）……中止なるわけないよ」

少しむっとして出ていこうとすると、何かを踏んだ。

足の裏にくっついたものを見ると、ひなげしの花の種だ。

双葉「お兄ちゃん、これって（と、振り返る）」

31　森の中の湖

双葉、草むらを通り抜けると、湖がある。

激しく降る雨が湖面を無数に打っている。

見回す双葉、何かに気付き、歩み寄っていく。

立ち止まり、しゃがみ込んで、見つめる。

赤い花がたくさん咲いている。

双葉、じっと見つめ、そして、わっと手のひらで顔を覆い隠す。

震える背中を雨が打つ。

双葉の声「お兄ちゃん、元気ですか」

32　遠山家・居間

封筒から出し、手紙を読んでいる駿輔、隆美、灯里。

双葉の声「毎日暑い日が続きますね。ちゃんとご飯食べてますか。体調どうですか。双葉はもちろん元気です。毎日銀座線に乗って通勤しています」

え？と思う駿輔と隆美と灯里。

双葉の声「カーナビってわかりますか？　お兄ちゃんが子供の頃にはあまり無かったと思うけど、車の道案内をしてくれる機械を作る会社に勤めています。十歳の双葉のことしか知らないお兄ちゃんには、ちょっと想像つかないかもだけど、わたしは今では立派なＯＬさんなのですよ」

写真が挟まっている。

丸の内あたりのオフィス街の一角で、スー

ツを着て、モデル風に立っている双葉の姿。

双葉の声「化粧だって上手になったし、スーツもなかなか似合うのです。写真も一緒に入れたからご覧ください」

×　×　×

回想イメージ。

丸の内のオフィス街に、スーツを着た双葉。あまり来たことのない場所、着慣れていない服のため、緊張しておどおどしている双葉。

双葉の声「とてもやり甲斐《がい》のある仕事です。上司からも信頼されて、君はしっかりしてるねとよく言われます」

周囲を見回し、立派なビルの前で、カメラを出す。

通行人に声をかけ、撮ってくださいと頭を下げる。

ウインドウに映し、髪を直し、襟を直す。

道行くOLたちの赤い口紅が目に入る。

双葉、口紅を出し、塗ってみるが、色が薄くあまり変わらない。

双葉の声「仲間にも恵まれ、中学高校の時の友達とは今でも仲良しで、よくご飯を食べに行くんです。三崎さんといると楽しいねとよく言われます」

通行人にお願いしますと頼み、ポーズを取る。

こうかな、こうかなと何度も変えて迷う。

ようやく決まって、撮ってもらった。

双葉の声「そういう時双葉は決まってこう答えるのです。わたし、お兄ちゃん子なもんで、似てるんですよ、って」

×　×　×

双葉の手紙を読んでいる駿輔、隆美、灯里。

双葉の声「お父さんもお母さんも元気ですよ。お父さんは今もあの時計工場で働いていて、今年は遂に部長さんになりました。昔より少し太ってお腹も出てきたかな」

駿輔「……」

双葉の声「お母さんはずっと習ってきたパッチワークの腕を生かし、生徒さんたちに教えるようになりました」

隆美「……」

双葉の声「それから妹の灯里。灯里はお兄ちゃんのことが大好きです。一度も会ったことないのに何故《なぜ》かって？　勿論わたしがお兄ちゃんのことを毎日話して聞かせているからなのです」

灯里「……」

双葉の声「みんな、お兄ちゃんの帰りを待ってますよ。お兄ちゃんがただいまって言って帰ってくるのを心待ちにしています。なーんにも心配なんかしなくていいから、真っ直ぐお家に帰ってきてください。待ってるよ。双葉はちゃんと、ちゃんと今でも……」

３３　森の中の湖

赤い花の前、しゃがみ込んでいる双葉。

双葉の声「お兄ちゃんの無実を信じています」

３４　遠山家・居間

手紙を読んでいる駿輔、隆美、灯里。

双葉の声「追伸。そこに窓はありますか？　困った時は朝日を見ると良いですよ。双葉はいつもそうしています。朝日を見ると、生きる希望が湧いてくるのです」

駿輔、隆美、灯里、……。

３５　森の中の湖

雨が止《や》んだ。

草を踏みしめ、入ってくる足元は、洋貴だ。

見回すと、湖岸にしゃがんだ双葉の後ろ姿がある。

洋貴、歩み寄り、傍らに立つ。

震えている双葉の肩。

洋貴「（深い息を吐き）……寒いでしょ？」

応えず、震え続ける双葉の肩。

洋貴「帰ったら？　今頃こんなところに来たって、なんも証拠ないですよ。あなたが無実だって言い張ったって……」

顔を手のひらで覆ったまま首を振る双葉。

双葉「兄です」

洋貴「はい？」

双葉「犯人は兄です」

洋貴「……」

双葉「亜季ちゃんを殺したのはお兄ちゃんです」

洋貴「……何で」

双葉、手のひらを下ろし、涙も雨も混じり合った顔で、赤い花を見つめて。

双葉「わたしとお兄ちゃんは溺れた猫のお墓にたくさん花を植えました」

洋貴「……」

双葉「赤い花をたくさん植えました」
洋貴「……」
双葉「ひなげしの花です」
洋貴、双葉の前の赤いひなげしの花を見て。
洋貴「……」
双葉「ごめんなさい……ごめんなさい……ごめんなさい……ごめんなさい……ごめんなさい……！」
泣き伏す双葉。
洋貴「……そういうの、謝るのとか、いらないし」
双葉、顔をあげ、洋貴に訴えるようにして。
双葉「兄はまた、また誰かを殺すかもしれません！　兄は殺人鬼なのかもしれなくて……」
洋貴「（遮るように首を振り）言い過ぎました。それは僕は、考えすぎてたのかもしれないし、わかんないし……」
双葉「わかります」
洋貴「どうして」
双葉「兄は、わたしを殺そうとしたことがあったからです」
洋貴「⁉」
双葉「……」

×　×　×

回想フラッシュバック。
十五年前、双葉の部屋。
眠っている双葉の首筋に回されるマフラー。
薄く目を覚ます十歳の双葉。
目の前にぼんやりと見える十四歳の文哉。

×　×　×

双葉「あの時わたしが死んでれば、亜季ちゃんは殺されずに済んだかもしれません」
洋貴「（呆然と）……」

36　果樹園・広場（夕方）

真岐、買い物から帰ってくると、自転車に乗っている悠里を見守っている健二。
転びそうになる悠里を支える健二。
健二「大丈夫？（自転車の車体を見て、うーんと）」

37　同・物置あたり

健二、自転車の部品の一部を金槌でがんがんと叩き、修理している。
入ってきている真岐、その後ろ姿を見つめていて。
真岐「健ちゃんって不思議だよね。わたしより年下のくせに、なんか色んなこと知ってる気がする」

答えず、叩き続けている健二。

真岐「ねぇ、ここに来る前はどこにいたの？」

答えず、叩き続けている健二。

真岐「ねぇ」

真岐、健二の背中に向かって手を伸ばす。

健二、その腕を摑んだ。

真岐「（え、と）……」

健二「……危ないですよ」

健二、立ち上がって行こうとすると、真岐、素早く健二の肩に腕を回し、キスした。

健二「……！（と、表情がひきつって）」

健二、真岐を突き飛ばした。

健二、激しく動揺したように、倒れた真岐を残し、逃げるように行く。

真岐「（呆然とし）……」

健二「（動揺していて）……」

38　神社近くのバス通り（夜）

提灯《ちょうちん》が幾つか並んでおり、道の向こうから祭囃子が聞こえている。

綿飴などを持って浴衣を着た人々が行き交っている。

脇道から出てきた洋貴と双葉、それを見て。

洋貴「その浴衣、もう持ってないんですか」

双葉「持ってないです、あってもこんなちっちゃい」

洋貴「そうですか」

双葉「あの、こっち行くとお祭りの方ですよ」

洋貴「そうですね」

双葉「あの……」

洋貴「お祭り、ちょっと寄ってみましょうか」

双葉「（え、と）……」

洋貴「あ、渡りましょう」

横断歩道を走って渡る洋貴と双葉。

祭囃子の聞こえる方へと歩いていく。

双葉「（何でかなと思っていて）……あの」

洋貴「なんかよくわかんないんです」

双葉「（え、と）」

洋貴「文哉はあの頃友達だったし、友達だった時のことしか知らないし、あなたが優しいお兄ちゃんだった時のことしか知らないのと同じような感じで……」

双葉「はぁ……」

洋貴「あなたのことも、普通に恨んだり出来たらいいんだけど、全然、そういうあれな風に見れないし、あの、話変わりますけど、去年ワールドカップ見ました？」
双葉「はい？」
洋貴「ワールドカップ、サッカーの」
双葉「あ……バイト先のテレビで映ってました」
洋貴「遠藤《えんどう》選手わかりますか？」
双葉「金髪の人ですか？」
洋貴「それは本田《ほんだ》選手です」
双葉「（首を傾げ）」
洋貴「遠藤選手がすごいフリーキック決めたんです。選手たちが抱き合って、日本中がやったぁってなって」
双葉「バイト先もそんな感じでした」
洋貴「あなたも、やったぁってなりました？」
双葉「いえ……」
洋貴「僕も、なってません」
双葉「そうですか……」
洋貴「そこは、そこんところは、同じですね。あんまり、変わんないですね、被害者の家族と加害者の家族なのに」
双葉「（そうなのかなと）……」
洋貴「僕ら……」
双葉「（少し驚き）僕ら……？」
洋貴「この先、ああいうのってあるんですかね」
双葉「ああいうの……」
洋貴「やったぁって思って、こう、ガッツポーズしたり」
洋貴、ガッツポーズの真似をして、双葉も、それを見て真似をして。
双葉「（洋貴を見て）……」
洋貴「（双葉を見て）……」
するとその時、傍らのバス停にバスが停車する。
洋貴と双葉に苦笑混じりの笑顔が浮かびかけた時。
洋貴の表情が止まった。
双葉、その表情に気付き、振り返る。
バスから降りてきた人々の中、浴衣を着た響子、涼太を抱いた由佳、の姿があった。
由佳と笑顔で話していた響子、振り返った。
洋貴と双葉に気付く。
顔を合わせる三人。
響子、双葉を見て、洋貴を見て、……と。
双葉、響子を見て、誰なのだろうと。
洋貴、緊迫して。

第２話終わり

それでも、生きてゆく

第3話

1　前回の続きより、神社近くのバス通り（夜）

顔を合わせた洋貴、双葉、響子。

響子「（双葉を見て怪訝な目で）……」
双葉「（誰なのだろう？と）……」
洋貴「（緊張し）……」

緊張した間。
涼太を抱いた由佳が洋貴に気付いて。

由佳「お義兄《にい》さん……！」

洋貴たちの緊張が解けて。

洋貴「（どうもと会釈して）」
由佳「（響子に）偶然ですか？」
響子「うん。（洋貴に）お祭り？」
洋貴「や……」
響子「（双葉を見て微笑んで会釈して）」
双葉「（とりあえず会釈しようとすると）」
洋貴「（双葉に）母」
双葉「！（と、内心動揺して）」

響子、双葉が濡れているのに気付いて。

響子「どうしたの？　雨降られたの？」

手足に少し泥が残っているのにも気付く。

響子「転んだの？」
双葉「（動揺し）あ、や、たいしたこと……」

響子、素早くバッグからカーディガンを取り出し、双葉の肩にかけてあげる。

双葉「（あ、となって）……」
響子「ごめんなさい、おばさんぽいですね」
双葉「（首を振って）……」
響子「（洋貴に）駄目じゃない、風邪引かせちゃうわよ」
双葉「大丈夫です」
響子「（双葉に微笑み）女の子でしょ、冷やしちゃ駄目」
洋貴「……（双葉に）じゃ、いったん帰りますか？」
双葉「はい」
洋貴「（響子たちに）じゃ」

洋貴と双葉、踵を返し歩き出す。
響子と由佳たちも神社の方へと歩き出す。

双葉「わたしが誰なのか、言わないんですね」
洋貴「そんなこと言ったら、あの人、動揺するし」
双葉「……優しそうなお母さん（と、振り返る）」

歩いていく響子の後ろ姿。

洋貴「あの人、僕のこと許してないんで」
双葉「（え、と）……」
洋貴「僕が妹置いて出かけたこと（と、苦笑）」
双葉「……」

2　遠山家・近くの通り

走ってくる軽トラの車内、洋貴と双葉。

洋貴「昔、母に謝ったことがあって。別々に暮らしてる頃ですけど、今みたいにたまたま駅前で会って、なんか、今かなって思ったから、ごめんなさいって、亜季のこと謝ったんです。そしたら母、大丈夫って」

双葉「大丈夫……？」

洋貴「いいのよとか、わかったわとかじゃなくて」

双葉「大丈夫って言ってるなら……」

洋貴「大丈夫な時は大丈夫なんて言わないでしょ。大丈夫じゃない時に大丈夫って言うでしょ」

双葉「……」

洋貴「まだ先ですか？」

双葉「あ、そこの停めやすいとこで、ありがとうございます」

洋貴、軽トラを停める。

降りてくる洋貴と双葉。

洋貴「すぐ近く？」

双葉「（道の先を示し）はい、おじさんの家に今住んでて」

洋貴「色々あって引っ越したってあれですか、マスコミが押しかけたとか」

双葉「とか」

洋貴「とか？」

双葉「今はなんか、そういう電話、とか」

洋貴「……嫌がらせ、みたいな？」

双葉「すいません。わたし、それ、きっと深見さんがしてるんだと思って、だからあの時会いに行っちゃって……」

洋貴「僕はそんなこと……」

双葉「（頷き）はい、思い違いでした。別の人だと思います」

洋貴「別の人って……（ふっと頭をよぎって）」

×　×　×

回想フラッシュバック。

笑顔で会釈する、浴衣姿の響子。

×　×　×

洋貴「（もしかしたら、と）……」

双葉、響子に借りたカーディガンを示して。

双葉「深見さんのお母さん、素敵な人でした」

洋貴「（動揺していて）……」

双葉「わたし、こんなんだし、こんなんじゃ何にもなんないけど、いつか、いつか兄の代わりに償えたらって、こんなんですけど、思ってます」

洋貴「……そうですか（と、響子のことを考えていて）」

双葉「はい。（頭を下げ）おやすみなさい」

駆け出していく双葉、一度振り返って会釈して、また走っていく。

洋貴「（後ろ姿を見送って）……」

3　神社の裏手あたり

祭囃子が聞こえる中、川を見下ろしている響子。

川を流れてくる燈籠《とうろう》がひとつ。

燈籠には浴衣を着た女の子の絵。

響子「（苦痛を感じているように見つめ）……」

「お母さん」と声が聞こえる。

響子、はっとして振り返る。

悲壮な表情。

立っていたのは涼太を抱いた由佳で、響子のその顔を見て、驚いている。

響子「（あ、と）……」

由佳「ごめんなさい、びっくりさせちゃいました?」

響子「ううん（と、首を振って）」

まだどこかおびえたような響子。

由佳「（怪訝に感じつつ）お手洗い行ってきますね」

響子「はい」

由佳、涼太を連れていく。

響子、再び川を見下ろすと、流れ去っていく燈籠。

響子「（行ってしまった、と見送り）……」

○　タイトル

4　日垣家・玄関（日替わり）

耕平と由佳と涼太が出かけていくのを見送る響子。

響子「（微笑み）いってらっしゃい」

5　遠山家・玄関

登校する灯里を見送っている隆美。

隆美「もしまた何か言ってくる人がいたら……」

灯里「そしたらまた転校するから」

と捨て台詞のように言って出ていく。

双葉と駿輔も出かけようとして来た時、家の電話が鳴り出した。

三人、びくっとして。

6　日垣家・風呂場

袖と裾をまくって浴槽に入り、力を入れて浴槽内を洗っている響子。

7　遠山家・居間

電話に出ている駿輔。
双葉と隆美、それを見守っていて。

駿輔「もしもし？　もしもし？」
返事なく、駿輔、受話器を置き、首を振る。
双葉、隆美、……と。

駿輔「何かあったら連絡して」
隆美「（頷きつつ、双葉を横目に見て、駿輔に目配せ）」
駿輔「（受け、双葉に）双葉、バイト探しに行くなら送るぞ」
双葉「うん、すぐ用意する」
出ていく双葉。
顔を見合わせ、駿輔に不安を伝える隆美。
双葉「（何となくその遣《や》り取《と》りに気付いている）……」

8　日垣家・居間

椅子に立って、照明の傘の拭き掃除をしている響子。
携帯が鳴った。
降りて、携帯を手に取り、着信画面を見て、すっと表情が消える。
響子「（出て）はい……これから行きます」
響子、携帯を切って、置いてあった自分のバッグから通帳を取り出す。
開いて残高を見ると、残り十万円ほど。
響子「……」

9　国道

大型店舗が建ち並んでいる一角に駿輔のライトバンが停まり、降りてくる双葉。
双葉「ありがとう（と、降りようとすると）」
駿輔「双葉。おまえ、文哉に手紙書いてたのか？」
双葉「（はっとし）……しまっといたんだけどなあ」
駿輔「無実がどうとかって……」
双葉「……（微笑って）もうそんなこと思ってないよ」
駿輔「（安堵し）お母さんも心配してる」
双葉「（ふっと思って）何を？」
駿輔「（え？と思いながら）おまえのことに決まってるだろ」

双葉「うん、わかった」

10　喫茶店

客の少ない店内の、奥の席に座っている響子、四十過ぎの没個性のスーツを着た男・平田《ひらた》に銀行の封筒を差し出す。
平田、一万円札の数を十枚確認すると、興信所の社名入りの報告書を響子の前に置く。

平田「ご確認ください」
響子「(触れず、見下ろしたまま)……」
遠山家に無言電話をかけた時刻が表示されている。
平田「先方の住所もお知りになりたいですか?」
響子「結構です」
平田「次女の転校先の中学校もわかってますが」
平田、報告書を開き、写真を見せようとする。
響子「(目を背《そむ》け、首を振る)……」
平田「顔も見たくありませんか」
報告書を閉じる瞬間に見えた写真は、制服姿で登校している灯里を盗撮したもの。
平田「では料金を受け取り次第、こちらのビラを配布します」

平田、一枚の紙を出して置く。
仰々しい文字で『告発! あなたの家の隣に児童殺害犯が住んでいます!』などとあり、三崎駿輔、遠山隆美、遠山双葉、遠山灯里と名前が書かれてある。
平田「よろしいですか?」
響子「……はい」

11　道路

喫茶店から出てきた響子、淡々と歩く。
ふいにクラクションが鳴らされた。
気付くと、響子は赤信号を渡ろうとしていた。
慌てて戻る響子、おぼつかない足取り。

12　居酒屋・店内

開店前の店内で、店主からの面接を受けている双葉。
店主「(履歴書を見)遠山さん。元々は静岡なんだね」
双葉「はい」
店主「あ、松見台《まつみだい》小学校じゃないの。二十五歳ってことは後藤《ごとう》くんと同じ学年じゃないかな」
双葉「(え、と)……」

店主「新陽町《しんようちょう》の後藤実《みのる》、知らない？　ウチの常連でね、よく来るんだけど、知ってるでしょ？」
双葉「（意気消沈し）いえ……」

13　商店街

居酒屋から出てくる双葉、落胆した様子で歩いていこうとすると、後ろから声をかけられる。

響子の声「あの！」
気付かず、歩いていく双葉。
呼んでいるのは響子である。

響子「あの！　ゴリラの！」
双葉の着ているTシャツにはゴリラのプリント。

響子「ゴリラのTシャツの方！」
双葉、自分のTシャツを見て気付き、振り返ると、響子が立っている。

双葉「……！」
響子「（微笑み）やっぱり」
嬉しそうに歩み寄ってくる響子。

双葉「（内心動揺しつつ、頭を下げて）……」
響子「ごめんなさい、ゴリラのなんて言っちゃった」
双葉「（緊張していて）いえ……」
響子「可愛い。スカートも」
双葉「どうも……（と、落ち着かない様子）」
響子「あ、ごめんなさい、お邪魔ね」
双葉「あ、いえ、全然、邪魔とかじゃなくて……あの、あれなのは、バイトの面接、上手く行かなくてそれで」
響子「あ……お名前、聞いてもいいですか？」
双葉「名前。上の名前ですか？」
響子「出来れば両方」
双葉「……板東《ばんどう》、さく」
響子「さくちゃん。可愛い名前ですね」
双葉「（曖昧に微笑って）」
響子の背後に選挙ポスターが貼ってあり、厳《いか》つい顔の候補者の名前が、板東作蔵《さくぞう》とある。

14　釣り船屋『ふかみ』・店内

洋貴、ノートPCで医療少年院のサイトを見ている。
住所をメモしていると、店に誰か入ってきた。
見ると、耕平であり、土産のトウモロコシを示し。

耕平「かみさんと子供、友達の家に送ってきた帰りです」

と座って、トウモロコシを生で囓《かじ》る。

洋貴「何してんの?」

耕平「生で食べられるやつだよ。食ってみ」

洋貴「(トウモロコシを見つめ、囓ろうとすると)」

耕平「彼女出来たって? 由佳が可愛い子だったたって。母さんも気に入ってるぽかったし」

洋貴「……母さん、最近どう?」

耕平「どうって?」

洋貴「なんか、おかしいとことか……」

耕平「(食べつつ、少し真顔になって)おかしいって?」

洋貴「や……」

耕平「興信所のこと?」

洋貴「こ……」

15 ボウリング場・場内

ぽかんと立っている双葉。

響子がボールを持ってレーンの前に立っていて。

響子「落ち込んだ時はこれが一番なんですよ」

となかなか上手にボールを投げる。

九本倒れて一本残った。

響子「あ、クソ!(と、笑って)」

双葉「(呆気《あっけ》に取られて見ていて)……」

16 釣り船屋『ふかみ』・店内

耕平、トウモロコシを食べ終え、冷蔵庫から出してきたお茶を飲みながら。

耕平「結構な金払って、あの家族のこと調べさせて嫌がらせの電話させたりとか、ここ四、五年そんな感じ」

洋貴「(愕然として)は?」

耕平「何?」

洋貴「おまえ、それ知ってて、今まで放っといたの!?」

耕平「何、デカい声出してんの」

洋貴「何で止めなかったんだよ!」

耕平「そりゃそれが母さんの生き甲斐だからだよ」

洋貴「……!?」

耕平「兄ちゃんは殻《から》に籠もってたから知らないだろうけど、亜季が殺されてから母さんが日本中から何言われたか知ってる? 母親のくせに何であんな小さな子供から目を離したんだって」

洋貴「……」

17　ボウリング場・場内

双葉、慣れない様子で首を傾げながらボールをレーンに投げるが、即座にガーターとなる。
見ていた響子、大笑いする。

耕平の声「何で娘殺されて、まだ死んだことも理解出来ないような母親を責めたりするんだろうね。生きてるのが、生きてるのが不思議なくらいだよ」

18　釣り船屋『ふかみ』・店内

話している洋貴と耕平。

耕平「あの頃母さん、ちゃんと俺たちにメシも作ってたし、掃除もしてた。だけど毎日同じ服着てた。わかる？　何かを選んだりとか出来なくなっちゃってたんだよ」
洋貴「(呆然と)……」
耕平「誰も知らないし、教えてくれないもんな、子供が殺された後の生き方なんて。だから今は、あの家族に嫌がらせすることだけが母さんの生き甲斐なんだよ……」
洋貴「でも、そんなんで母さん、幸せになれるのか？」
耕平「……(苦笑し)自分だって色々調べてんじゃん」

と置いてあったノートPCを表に向け、医療少年院のサイトを示す。
洋貴「……」

19　ボウリング場・場内

双葉の指がボウリングの玉にはまってしまって、横から手を貸して抜こうとしている響子。

双葉「痛いです痛いです痛いです。引っ張るなら引っ張るって言ってください」
響子「引っ張ります」
双葉「ちょ、ちょ、ちょ、待って。落ち着いてください」
響子「落ち着いてます」
双葉「はい、自分に言いました」
響子「引っ張ります」
双葉「いやいやいや、痛いです痛いです痛いです！」
響子、引っ張って、何とか抜けた。
響子「ふう」
双葉「(虚脱し)……」
響子「(双葉のTシャツを見ながら)知ってます？　ゴリラの血液型は全員B型なの」
双葉「そうなんですか？　なんか大変そうですね」

響子「(双葉を見つめ)今頃、こんな感じのお姉さんになってたのかな」

双葉「……娘さん、ですか」

響子「あ、ごめんなさい。娘も耳かきするだけで大騒ぎしてたから……洋貴から聞きました？」

双葉「はい……」

響子「そう……(思い返すようにして)ゴリラの血液型は全員B型。亜季がね、お布団の中で教えてくれたの」

双葉「へえ」

響子「あのねお母さん、カンガルーの袋の中は赤ちゃんのウンチのにおいですごく臭いんだよって」

双葉「……そういう話、しないいんですか？　息子さんと」

響子「……」

双葉「洋貴、さん、お母さんと話したがってると思います」

響子「……」

双葉「すいません。余計なこと……」

響子「……(首を振って)」

20　湖岸

釣り客が船に乗り込み、洋貴が釣り道具を渡している。

洋貴「はい、どうぞ。はい、どうぞ。はい、どうぞ」

21　釣り船屋『ふかみ』・店内～厨房

戻ってきた洋貴、奥から物音がして、見ると、台所に双葉と響子がおり、トウモロコシを焼いている。

洋貴「……」

双葉「(気付き)あ、おかえりなさい」

響子「おかえりなさい。さくちゃん、焼けてきたよ」

双葉「はい、お醤油行きますか」

双葉、見回し、戸棚を開けると、そこは配水管。

響子「ウチは冷蔵庫にお醤油入れるの」

双葉、冷蔵庫を開けると、醤油がある。

双葉「あ、ほんとだ」

双葉、醤油を渡し、響子、トウモロコシにかける。

双葉「わあ、いい匂い」

響子「ね」

洋貴はまだ棒立ちしている。

双葉「どうしたんですか？」

響子「どうしたの？」

洋貴「……それ、生で食べると美味しいやつ」
双葉・響子「(声を揃えて) そうなの⁉」
と言って、顔を見合わせて笑う双葉と響子。
洋貴、双葉の腕を摑み、店の方に連れ出す。
双葉「え……」
洋貴、双葉を連れて店の反対側に行き。
洋貴「さくちゃんて」
双葉「すいません、調子乗って打ち解けちゃいました」
洋貴、息をつき、帰るようにとドアを開けて促す。
双葉「はい……お母さんにご挨拶だけ」
と戻っていこうとする。
洋貴「(小声で) あなたの家に嫌がらせしてたの母だから」
双葉「……!」
洋貴「もしあなたが文哉の妹だってわかったら……」
双葉「……はい」
洋貴「母にはやめさせます。あなたたちがどうこうじゃなくて、母にとって、いいことじゃないと思うんで……(そういうこと) なんで」
双葉「はい……はい」
店から出ていく双葉。
洋貴、厨房《ちゅうぼう》に行きかけて、気付く。
置いてあった響子のバッグから興信所の報告書が少しはみ出して見えている。
洋貴「(手に取って、見て) ……」
厨房からトウモロコシの皿を持った響子が来て。
響子「さくちゃんは? 喧嘩したの?」
響子、洋貴が報告書を手にしているのに気付く。
響子「……人のもの、勝手に見て」
響子、そっと取り戻し、バッグにしまう。
洋貴「耕平も知ってるよ。母さんがあの家族に嫌がらせ、とかしてること」
響子「お母さん、帰るね。あったかいうちに食べなさい」
と言って、出ていこうとする。
洋貴「馬鹿なことやめなよ」
洋貴、追いかけ、響子の前に立って。
響子「どいて」
洋貴「父親の仕事奪ったり、家住めなくしたり、娘が学校通えなくしたり、そういうのなんかちょっと違うでしょ」
響子「何がなんかちょっと違うの?」

洋貴「そういうことしてると母さんの方が……」
響子「やめるわけないわ、やめるわけないでしょ！」
強い口調で言い返した。
洋貴「！（と、臆し）……」
響子「亜季を殺したのよ。なのに平気な顔して生きてる」
激しい憎しみを含んだ響子の顔。
洋貴、動揺するが、首を振って。
洋貴「亜季を殺したのは文哉だよ。親とか兄弟は……」
響子「家族も同じ。家族も同じなの」
洋貴「そんなこと……」
響子「洋貴、あなた、どっちの味方なの？」
洋貴、どきっとして、動揺しながら。
洋貴「母さんの味方に決まってるだろ。母さんの味方だから、もうそんな嫌がらせみたいなこと続けてほしくないから、俺は、母さんには幸せに……」
響子「亜季はね、お母さん、助けてって言ったの。お母さん、助けてあげられなかったの。子供の命を守れなかった大人は生きてる資格なんかないの」
洋貴「（首を振り）俺のせいだよ。俺があの時亜季置いて出かけたから」
響子「……」
洋貴「そうだろ？　だから母さんは俺を許せなくて……」
響子「ごめんね、洋貴」
洋貴「え……」
響子「亜季が死んだら、お母さんも死んだの」
洋貴「……」
響子「お母さん、死んだの」
と言って、洋貴の脇を通り、店を出ていく。
洋貴「（振り向けず）……」

22　同・前の敷地

帰るに帰れず、待っていた双葉、松ぼっくりを並べたりしていると、響子が出てきた。
響子「……（松ぼっくりを見て、微笑み）」
双葉「（なんとなく微笑み返して）」

23　国道のバス停（夕方）

歩いてくる双葉と響子、バス停の前に来た。
響子、時刻表を見、道路の方を見ながら。
響子「さくちゃん、あっちでしょ？　気を付けて帰ってね」
双葉「はい」
バス停のベンチに腰掛ける響子。
小さなたたずまい。

　双葉、そんな響子を見つめ、決心し、響子の隣に腰掛ける。
　響子の視線が双葉の足下にある。

双葉「あの……わたし……（と、話そうとすると）」

双葉「はい……？」

響子「（微笑み）うん。スカート履いて座ると、丈がちょっとあがるでしょ」

双葉「え？」

　双葉、少し膝の方まであがったスカートの丈を見て。

双葉「あ、はい」

響子「亜季は何でかそれが好きだったの。わたしが座るたびに面白がって、二歳ぐらいから短いスカートを履きたがったんです」

双葉「へえ」

響子「でもわたし、短いスカートは買ってあげなかった」

双葉「どうしてですか？」

響子「亜季は右足を少し引きずってたんです。生まれてすぐにすごい熱出して。幸いに命は無事だったけど、足に少し残ってね……多分心の底で見えないように見えないようにってしてたのかもしれません」

双葉「そうですか……」

響子「あと……（と、止まって）」

双葉「……？」

響子「（言いかけるがやめて）……どうして短いスカート買ってくれないの？って亜季に聞かれると、いつもわたし、膝小僧さんを守るためよって。転んでもすりむかないでしょって（と、微笑む）」

双葉「（微笑み）可愛い言い訳」

響子「だからあの子の膝はいつも綺麗だったんです。こう、触ると、くすくすって笑うんです」

双葉「（微笑み）くすくすって」

響子「だけど、一年生になって、夏になって、どうしても短いの履きたいって言うから、とうとう根負けして、デパート連れていって」

双葉「買ってあげたんですか」

響子「座ると膝が出るスカート。亜季、帰りの電車でもそれ履いて、何回も座ったり立ったり」

双葉「嬉しかったんですね」

　響子、ふっと遠い目をして。

響子「最後の日もあのスカート履いてました」

双葉「……」

響子「あの子残して仕事行く時も少し気になったの。スカート短すぎないかなって。でも時間なくて、菓子パンひとつ置いて出かけて……」

双葉「（辛く）……」

響子「ごめんなさいね、こんな話」

双葉「（首を振り）……」

響子「バス、まだかしらね」

響子、立ち上がり、道路の方を見ながら。

響子「霊安室の、白いシーツ、剝《は》がしたらそこに亜季がいて、小さな亜季が、短いスカート、履いていました」

× × ×

回想、十五年前、霊安室の中。

立っている響子。

台の上に横たわった亜季の遺体を見ている。

足下を見ると、スカートが少しだけまくれている。

響子、……。

スカートを直して、気付く。

膝小僧に傷がある。

響子、……。

響子、亜季の膝に手を伸ばす。

響子の声「膝小僧に触っても、亜季はもうくすぐったがったりしませんでした」

膝に触れる響子、何かを思っている。

靴下が脱げた足、傷の残った膝、短いスカート。

響子、何か恐ろしい考えが頭に迫る。

× × ×

響子の肩が震えている。

双葉「（見て）大丈夫ですか？」

響子「怖かった。怖くて、警察の人にも聞けなかったの……」

双葉「何を、ですか？」

響子「……（首を振る）」

通りの向こうからバスが来るのが見えた。

響子「バス来た」

バスが停車する。

乗り込もうとする響子。

双葉「気を付けて（と見送ろうとした時）」

響子、財布を開けて震える手で小銭を出しながら。

響子「どうして短いスカート履かしちゃったんだろ……」

悲しむような、おびえるような、響子の表情。

双葉、その表情を見て、何か感じて。

双葉「……（はっとして、何かに気付いた）！」

響子、小銭をぼろぼろ落としながら、構わず百円玉を握って、バスに乗り込む。

双葉「（声をかけようとする）！」

扉が閉まった。

扉の向こう、微笑んでいる響子を乗せ、走り去るバス。

双葉、落ちた小銭を拾いながらある思いが浮かび上がってきて。

双葉「……（確信に変わる）」

24　釣り船屋『ふかみ』・店内（夜）

洋貴、医療少年院の住所を書いたメモと地図を照らし合わせていると、ふいにドアが開く。

見ると、重い表情の双葉が立っている。

洋貴、地図を閉じ、何だ？と思って立つと。

双葉「お母さんを助けてあげてください」

洋貴「（え、と）……？」

双葉「深見さんのお母さん、この十五年間悲しんでただけじゃありません……お母さんは、怖かったんです」

洋貴「はい？」

双葉「怖くて怖くてずっと震えてたんだと思います。誰にも言えなくて、誰にも聞けなくて、ずっと……」

洋貴「何が？」

双葉、口に出すのが怖く、声を震わせながら。

双葉「……亜季ちゃんが……亜季ちゃんが……何を、されたのか、です」

洋貴「亜季は……」

双葉「殺される前にです」

洋貴「え？」

双葉「……兄は男で……亜季ちゃんは女で……」

洋貴「……（まさか、と）」

双葉「もしも、もしかしたら、殺される前に、そういう、そういうひどいこと、されてたんだとしたら……」

洋貴「（察してきて）……」

双葉「されてたんだとしたらって、お母さん、それ思ったら、怖くて怖くて……」

洋貴「や、そんな……！」

双葉「お母さんだから！」

洋貴「……」

双葉「お母さんだから！　お父さんじゃなくて、お兄ちゃんじゃなくて、お母さんだから、どうしても、娘のことだから、娘が、娘が、娘が最後に、そんなふうにって……！」
洋貴「（愕然とし）……」
座り込んでしまう洋貴。
双葉「お母さん、怖くて確かめられなかったんだと思います」
洋貴「妹は七歳だったんだよ」
双葉「そういう人、いて、そういう事件、あるから……」
洋貴「だってあなた、あいつの妹でしょ。自分の兄貴がそんなのだったかどうかぐらいわかる……」
双葉「わかりません。もうわかんないんです」
言葉を失う二人。
双葉「……事実を確かめて教えてあげた方がいいと思います」
洋貴「そんなのどうやって……」
双葉「何か、そういう証拠とか、多分お医者さんとか警察が確認したと思います……」
洋貴「（首を振って）それでもしそれが、そうだったら！」
双葉「それでも知った方がいいと思います！　本当のことを知らない方がずっと苦しいはずなんです」
洋貴「……何で他人のあんたにわかるんです」
双葉「ごめんなさい、息子さんよりはわかると思います。女同士だから」
洋貴「……」
洋貴、立ち上がり、事務デスクの引き出しを探る。
名刺ホルダーが出てきた。
洋貴、めくっていき、気付き、一枚を抜き出す。
古びた、法律事務所の弁護士の名刺だ。
双葉「一緒に行っていいですか？（と、懇願《こんがん》するように）」
洋貴「……」

25　果樹園・畑の中（日替わり）

健二、作業をしていると、真岐が入ってきた。
真岐「おはよう」
健二「おはようございます」
作業を続け、淡々とした様子の健二。
真岐「……あのさ、一応傷ついてるんだけど？」
健二「すいません」

真岐「すいませんじゃなくて……」
　入ってくる五郎。
　健二、五郎の後から入ってきた者に気付く。
健二「（少し警戒するようにし）……」
五郎「（健二に）昨日話した新人だ」
真岐「あ、女の子だったんだ」
　五郎の後から入ってきたのは、臼井紗歩《うすいさほ》（24歳）。
　伏し目がちにし、おどおどした様子。
健二「（どうもと会釈して）」

26　草間家・食堂
　帳面を見ている五郎にお茶を淹《い》れている真岐。
真岐「あの子、何したの？　前科者でしょ？」
五郎「そういう言い方すんな」
真岐「いいじゃない、別にわたしそういうので差別しないし、大体健ちゃんだって昔からいた人たちみたいに前科あるわけでしょ？」
五郎「あいつには前科なんかない」
真岐「わたし別に、もし健ちゃんが人を殺したことがあったとしても平気だよ（と、健二を思う）」
五郎「（困惑し）……」

27　果樹園・畑の中
　脚立に乗って果物の袋がけなどをしている健二。
　少し離れたところで作業をしている紗歩。
紗歩「（意味ありげな様子で健二を盗み見ていて）……」

28　東京・高層ビルの外景

29　國安《くにやす》法律事務所・オフィス内
　瀟洒《しょうしゃ》なオフィスの一角にパーテーションで区切られた応接コーナーがあり、居心地悪そうに緊張して座っている洋貴と双葉。
洋貴「（財布を覗き込んで）一時間一万円って言ってましたよね……三十分五千円とかにはならないすかね？」
双葉「カラオケじゃないから」
　立派なスーツを着た弁護士（高森宗治《たかもりむねはる》）が現れた。
　高森、洋貴が持参した名刺を返して。
高森「生憎《あいにく》その者は五年前に引退しております」
洋貴「あ……あ、あの、きょうじゅ……」

双葉「供述調書」
洋貴「（頷き）はどこに行けば」
高森「供述調書の保存期間は、裁判所で五年と定められてます」
洋貴「（ぽかんと）……」
双葉「どうしても必要なんです。何か方法ありませんか？（頭を下げ）お願いします！」
洋貴「（双葉を見て、頭を下げ）お願いします！」
　通路の方を歩いてくる清楚な佇まいの女性がいる。
　藤村《ふじむら》五月《さつき》（25歳）。
五月「（洋貴たちを見て）……？」
高森「十五年も前の少年犯罪です。加害者の人権にも配慮しなければなりませんし、難しいでしょうね」
　落胆する洋貴と双葉。
五月「（顔をしかめ、聞いていて）……」
３０　同・前の通り

　洋貴と双葉、落胆して、出ていこうとすると、五月が歩み寄ってきた。
五月「藤村五月といいます。あ、今、中でお見かけして」
洋貴・双葉「（ん？と思いつつ、同じように会釈する）」

３１　カフェ・店内

　テーブルを挟んで座っている洋貴、双葉、五月。
五月「わたしも五年前に母を殺されました。犯人の通り魔は十九歳の少年で、今も民事裁判の最中なんです」
洋貴「（痛ましく感じ、頷き）……」
双葉「（複雑な思いで聞いていて）……」
五月「そうでもしなければ調書だって見れませんからね。おかしいですよ、加害者の人権なんて」
洋貴「（頷き）はい」
五月「もし良かったらわたし、力になります。知り合いに少年犯罪をずっと追いかけてる記者の方がいます。調書をお持ちかもしれません」
洋貴「本当ですか……！」
五月「明日も東京にいらっしゃいます？　聞いておきます」
洋貴「お願いします！（と、深々と頭を下げる）」
　見合う洋貴と双葉。
双葉「（ストローでジュースを飲んでいて）」

五月「ひとつ聞いていいですか?」
洋貴「はい……?」
五月、打って変わって悲しみの表情を浮かべ。
五月「十五年経っても悲しみって消えないんですか?」
洋貴「……」
五月「……すいません、変なこと聞いて」
洋貴「(首を振り)自分は逃げてたんで」
五月「(洋貴を見つめ)……」
洋貴「でもわかんないすけど、藤村さんみたいにちゃんと向き合うってゆうか、そういう風にしてれば、消えはしないかもしれないけど、なんか、箱の中に閉じこめちゃったりは出来るんじゃないかなって、思います」
五月「……(微笑み)そうですね。ありがとう」
洋貴「や……」
双葉、ストローでジュースを飲みながら。
双葉「(なにげに窓外の景色を見たりしていて)」

32　漫画喫茶・店内(夜)
受付にて申し込みをしている洋貴と双葉。
店員「カップルシートしか空きがございません」
双葉「わたしは別にかまいませんけど……」
洋貴「じゃ、カップルで、カップルじゃないですけど」

33　同・個室
狭い部屋で距離を置き、リクライニングシートに横になっている洋貴と双葉。
洋貴、双葉が持ってきた漫画を覗き込む。
双葉「極道ものです、漫画ゴラクで連載してて」
洋貴「そういうの読むんすか」
双葉「バイト先にあったんでなんか。深見さんは?」
洋貴「グルメものです」
双葉「全然グルメじゃないのに」
洋貴「おかしいすか」
双葉「や、でもそういうの読むと、さっきの女の人とかに軽蔑されないですか」
洋貴「されますか?」
双葉「あ、そういうの気にするんですか」
洋貴「気にはしないですけど、まずいすかね?」
双葉「わかんないすけど」
双葉、背を向け、漫画をぱらぱらめくりながら。
双葉「向き合うってどんな感じですかね」

洋貴「はい?」
双葉「さっきなんか、箱に入れるとか、いいことげなこと言ってたじゃないすか」
洋貴「馬鹿にしてますか」
双葉「してませんよ、なるほどなって。わたし、いつも、深見さんの家行く時、バスで、あの、昔住んでた家通るんですけど、なんか目つむっちゃうんです、怖くて」
洋貴「……わかりますけど」
双葉「今度行ってみようかなあ」
洋貴「……この間、言ってましたよね?」
双葉「はい?」
洋貴「文哉に殺されそうになったことあるって。あれ、ほんとなんですか?」
双葉「……ほんとですよ」
洋貴「何でですか」
双葉「全然わかりません」
洋貴「どんな、感じだったんですか」
双葉「聞くんですか……マフラーで、です」

×　×　×

回想、十五年前、双葉の部屋。
眠っている十歳の双葉の首筋に回され、少しずつ締まっていくマフラー。
薄く目を覚ます双葉。
目の前にぼんやりと見える文哉。
双葉「お兄ちゃん?」
文哉の手が止まり、マフラーが緩む。
双葉「寝れないの?」
黙っている文哉。
双葉「お兄ちゃん?」
ふっと離れ、何も言わずに部屋を出ていく文哉。
双葉、何だろう?と思っていて、首に巻かれたマフラーに気付く。
ぽかんと見つめる。
双葉の声「夢かな、って思いました」

×　×　×

双葉「でも、夢じゃなかった。あの時わたしが目覚まさなかったら、妹さんは殺されなかったかも。ごめんな……」
洋貴「(遮って) 生きてて良かったですね」
双葉「……!」
洋貴「帰ったら、付き合いますよ、前の家行くの」
と言って毛布をかぶる洋貴。

洋貴「おやすみなさい」
双葉、もう見えなくなった洋貴の背中を見て。
双葉「（ありがとう、と頭を下げる）」

34　日垣家・居間

耕平、入ってくると、明かりのほとんど消えた中、洗濯物にアイロンをかけている響子。
耕平「そんなの明日にして、早く寝なよ」
響子「え？　あ、うん……（と、続ける）」
耕平「……聞いてる？」
響子「耕平、お願いがあるんだけど」
耕平「……お金？」
響子「ごめん、来週からまたパート行って……」
耕平「いいよ、そんなの気にしなくて」
安堵したように再びアイロンがけを続ける響子。
耕平「（心配し）……」

35　漫画喫茶・個室（日替わり・朝）

リクライニングシートで眠っている洋貴と双葉。
置いてあった洋貴の携帯が鳴っている。
双葉、起きて、洋貴の携帯を見て。
双葉「深見さん、深見さん、鳴ってますけど」
洋貴「あ、はい……」
洋貴、画面を見て、はっとして出て。
洋貴「はい、もしもし！　いえ、どうも。はい、はい、はい。供述調書がない……（と、落胆）」
双葉「（落胆）……」
洋貴「はい？　けんし、ちょうしょ……けんしちょうしょはある（と、よくわからず双葉を見る）」
双葉「（それでオッケーだと思うと頷く）」
洋貴「それ、戴きに行きます！　はい！」

36　日垣家・居間〜玄関

響子、報告書と金の入った封筒を用意して、出かけようとした時、インターフォンが鳴った。

ん？と思って玄関に行き、ドアを開けると、洋貴が大判の封筒を手に立っていた。

37　同・居間〜台所

息をつき、ソファーの背もたれなどに腰掛ける響子。

響子「お母さん、お友達と約束してるから……」
　洋貴、持っていた封筒から綴《と》じた書類を出す。
　響子に向かって差し出す。
洋貴「検視、調書」
響子「……」
洋貴「検視官?の人が亜季の遺体を確認してて、亜季が殺された時のことが書いてあるって。亜季が死ぬ時にどんなことがあって、文哉に何、されたのかも全部ここに……」
　立ち上がる響子。
　響子、台所に行き、片付けをはじめる。
洋貴「知らなくていいの!?」
　響子、脈略なく皿を移したりまた戻したり。
　洋貴、傍らに行き。
洋貴「ずっとひとりで抱えてたんだろ?」
響子「お母さんね、忙しいの、また今度ね」
　響子、コンロの台を開けて、磨きはじめる。
　洋貴、検視調書を開き、読みはじめる。
　難しい漢字にはあらかじめふりがなを書いてあるが、ところどころつっかえながら、言い淀みながら読む。
洋貴「検視調書。死者、静岡県駿府《すんぷ》市松見台三五三番地一二号、深見亜季。七歳。女」
響子「お母さん、忙しいの」
洋貴「本日午前三時頃に、静岡県藤枝市松見台三芙根湖水面にて、発見された……」
　無視し、黙々とコンロを磨く響子。
洋貴「検視所見。前頭部に一ヶ所、後頭部に五ヶ所の、かん、陥没《かんぼつ》を伴う、ざ、挫創《ざそう》あり、ハンマーなどの鈍体《どんたい》による打撃を……」
響子「ごめん、どいて。忙しいって言ってるでしょ」
洋貴「打撃を、被ったもの、と、推測される。左右膝前面に表皮《ひょうひ》、表皮剝脱《ひょうひはくだつ》あり、さ、擦過《さっか》による傷《きず》と目《もく》される。創傷《そうしょう》、の状態や程度から、まず前頭部に打撃を被り、膝をついて転倒、腹臥位《ふくがい》になったところで後頭部に複数回の打撃を被ったものと見て、矛盾、矛盾しない…」
　響子、力余って近くのコップを倒してしまい、割れる。
　しかし響子は動かない。
響子「……（聞いている）」
洋貴「（見て、続け）溺水《できすい》の所見を認めないことから、死後、遺体を湖に遺棄《いき》されたものと思料《しりょう》される。また、検察官からの要請による……姦淫《かんいん》の有無に関して」

響子「……」
洋貴「着衣に乱れや損傷《そんしょう》は認められず、創傷は頭部および膝にのみ認められる。下半身においての創傷が認められないことから……姦淫は、否定される」
響子「！」
顔を上げる響子。
洋貴もまた顔を上げ、響子を見つめて頷き。
洋貴「亜季は、母さんが心配してたようなことはされてない」
響子「……（受け止め）」
洋貴、涙ぐんで声を震わせながら、続きを読む。
洋貴「死因の推定。ハンマーなどの鈍体による前頭部への打撃によって、頭蓋内《ずがいない》損傷を生じて短時間で死亡したものとみられる……亜季は、即死だった」
響子「……」
洋貴、検視調書を響子の手に握らせて。
洋貴「亜季は苦しんで死んだんじゃなかった」
響子「……（俯き）」
洋貴「母さんのせいじゃない。母さんのせいじゃないんだ」
響子、深い深い息を吐く。
俯いたまま顔をあげない響子。
響子の手は自分の脚をきつく摑み、何か堪《こら》えるようにしている。
洋貴「（心配し）母さん……？」
顔をあげる響子。
目を潤ませ、薄く微笑んでいる。
響子「お母さんのために、調べてくれたの？」
洋貴「……（頷く）」
響子「ありがとう」
洋貴「……」
響子「ありがとう、洋貴」
洋貴、思いが込み上げながら必死に。
洋貴「……ごめん」
響子「……」
洋貴「俺が……俺が……亜季を……俺が亜季を置いて行ったから亜季は死んで、亜季は死んで」
響子「……」
堪えきれなくなった洋貴、台所に向かって水道をひねり、荒っぽく顔を洗う。
顔を水浸しにしながら、シンクに向かったまま。
洋貴「ごめんなさい……！　ごめんなさい……！」

涙を流している洋貴。
響子、タオルを取って、洋貴の手を取って
タオルを持たせながら握りしめて。
響子「違うよ、洋貴。洋貴のせいじゃないよ、お母さん、洋貴のせいだと思ってない」
洋貴「謝っても、謝っても謝れない！」
響子「そんなことない、亜季はわかってくれてる。亜季にはちゃんと届いてる」
洋貴「……（顔をあげ、響子を見て）」
響子「（微笑み、頷き）お兄ちゃんでしょ。お兄ちゃんが泣いたら、亜季が笑うよ？」
洋貴「……（苦笑し）」
洋貴、タオルで顔を拭って。
洋貴「励ますつもりで来たんだけど……」
テーブルの上、報告書と金の入った封筒がある。
洋貴「（見て）……」
響子「お母さん、もうあんなこともしない。あんなの意味ないことはじめからわかってるの（と、穏やかな顔）」
洋貴「（安堵し、頷く）」

38 同・外

軽トラに乗っていて、出発する洋貴。
バックミラーの中、手を振って見送る響子の姿。
洋貴「（少し微笑み、安堵していて）」

39 同・庭

庭にホースで水を撒《ま》いている響子。
思い返している。
亜季の声「あのねお母さん」

×　×　×

回想イメージ、十五年前の深見家の寝室。
薄明かりで、ベッドの中に入っている響子と亜季。
亜季「カンガルーの袋の中は赤ちゃんのウンチのにおいですごく臭いんだって」
響子「そうなの⁉」
亜季「そうなの。亜季、カンガルーのおウチの子供じゃなくて良かったよ。あとね、新聞紙をね、百回折ったら月まで届くの。あとね、シンデレラの本名はエラなの」
響子「へぇえ」

× × ×

水を撒きながら思い返している響子。

響子「（少し微笑んでいて）」

× × ×

回想イメージ、十五年前の深見家の寝室。

亜季「あとね、アリジゴクいるでしょ、こうなってて穴が滑るのやつ、あれね、アリが捕まるの一ヶ月に一回ぐらいなんだって。大変だよねえ（と、クスクス笑う）」

響子「大変ねえ」

亜季「あのね、お母さん」

響子「うん？」

亜季「あのね、じゃあ何で亜季は殺されたの？」

響子「……」

亜季「お母さんのせいじゃないでしょ。お兄ちゃんのせいじゃないでしょ。お父さんのせいじゃないでしょ。じゃ、何で亜季は殺されたの？」

響子「……」

× × ×

響子の手からホースが落ちる。

膝から崩れ落ちる響子。

響子「（重い呻き声をあげる）」

水が噴き出す中、涙を流し、呻き声を上げる響子。

響子「（慟哭《どうこく》）」

40　道路

走っている洋貴の乗った軽トラ。

携帯が鳴っており、軽トラが道路脇に停められる。

携帯に出ながら降りてくる洋貴。

洋貴「はい……あ、ええ、何とか伝えられました……あなたの家にしてたことも、もうやめるって言ってました……いえ、あなたのおかげ、だと思います」

41　遠山家・双葉と灯里の部屋

双葉、袋詰めの響子のカーディガンを持って、携帯で話していて。

双葉「そんなことありません……あの、カーディガン……はい？　あ、はい、出れます……はい、お願いします。行ってみたいです」

42　同・廊下

双葉、カーディガンを持って出かけようとすると、部屋から出てきた隆美。

隆美「(カーディガンを見ながら)どこ行くの？」
双葉「(曖昧に微笑み)晩ご飯までに戻ってくる」
と出ていこうとすると。
隆美「(カーディガンを示し)それ何？」
双葉「借り物」
隆美「誰に？」
双葉「友達のお母さん……」
隆美「友達って？(と、問い詰めて)」
双葉「……帰ったら説明する」
出ていく双葉。
隆美「(不審な目で見送って)……」
後ろから来る灯里、隆美の様子を見て。
灯里「どうしたの？」
灯里は双葉のゴリラのTシャツを着ている。

43　道路

タクシーが走っており、車内には響子の姿。

響子の声「はい、もう結構です。はい、全部です。その代わり、先日お断りしたんですけど、あの、遠山さんの住所を教えてください」
響子は遠山家の住所が書かれたメモを握っている。
響子「……」

44　住宅街

走ってくる軽トラが停まる。
降りてくる洋貴と双葉、周囲を見回しながら歩く。

双葉「すいません」
洋貴「いえ、僕も付き合ってもらったし……」
双葉「(俯き、ひどく緊張していて)」
洋貴「あの、息してますか？」
双葉「かろうじて」
曲がり角を曲がって、近づく。
俯いている双葉、洋貴に付いていく。
洋貴の足下が止まった。
双葉、家の前にいるのだと思って、不安を抱えたまま何とか顔をあげる。
目の前にあったのは、空き地。
双葉「(ぽかんと)……」

45　遠山家・近くの通り

タクシーを降りて歩いてくる響子。
住所を確認し、見ると、正面に家があり、遠山と表札がある。

響子「(伏し目がちに見て)……」

しかし響子、それ以上足を前に出すことは出来ず、踵を返し、引き返しはじめる。
俯きながら急ぎ足で歩いていると、前から誰かが歩いてくる。
すれ違う、その時、見えた、ゴリラのTシャツ。
響子、はっとして顔をあげると、コンビニの袋を提げた灯里だ。
何も気付かず、歩いていき、家に入っていく灯里。

響子「(振り返り、何故⁉と見て)」

46　空き地の前

立っている洋貴と双葉。
空き地は錆びた柵で囲われて入れない。

洋貴「もう何年もこんな感じみたいですね」

双葉、歩み寄って空き地を見つめる。
洋貴、見回していて、何かに気付く。
何だろう?と思いながら歩み寄っていく。

双葉「どうしたんすか?」

47　遠山家・前〜庭

臆しながらも吸い寄せられるように入ってくる響子。
怪訝に見回していると、背後から敷地内に入ってくるクリーニング店のライトバン。
響子、慌てて出ていこうとすると、バンのドアが開き、降りてくる足元。
降りてきた駿輔、タオルで汗を拭いながら顔をあげ、響子に気付く。
互いに一瞬にして気付く。

響子「……」
駿輔「……」

48　空き地の前

地面に打ち付けた支柱があり、その前に立った洋貴、手を伸ばす。
支柱の上にちょこんと乗っていた、日向夏。
洋貴と双葉、ぽかんと見つめる。

×　×　×

回想フラッシュバック。

第1話ラスト、歩道橋に落ちていた日向夏。

×　×　×

洋貴・双葉「(呆然と)……」

49　果樹園・畑の中

収穫中の日向夏が地面に落ちている。
拾い上げる健二、より分けの籠に入れて運ぶ。
紗歩が脚立に乗って、枝切りなどの作業をしている。

健二「弁当来てるんで先にメシ行ってください」
作業を続けたまま、小さく頷く紗歩。
健二、籠を運んで出ていこうとした時。

紗歩の声「あ、すいません、三崎さん」
立ち止まる健二。

紗歩の声「この枝、どうしましょ?」
健二、ゆっくりと振り返る。

紗歩「(微笑んでいて)どうしましょう?　三崎文哉さん」

健二「……」

第3話終わり

それでも、生きてゆく

第4話

1　遠山家・前庭

ライトバンから降りてきた駿輔、タオルで汗を拭いながら顔をあげて、響子に気付く。
互いに一瞬にして気付く。

響子「……」
駿輔「……」
響子、駿輔がしている高価そうな腕時計が目に入る。
響子「（おぼえがあって）……」
玄関の戸が開き、洗濯籠を抱えて出てくる隆美。
隆美「おかえりなさい」
駿輔「……！（と、動揺して）」
響子「（困惑していて）……」
隆美、怪訝そうに動揺している駿輔の様子を見て、響子の後ろ姿を見て。
隆美「（察し）……」
隆美、手を離して、洗濯籠を落とす。
地面にばらまかれる洗濯物。
隆美「お父さん、手伝って」
駿輔「……（響子を見て）」
響子「（困惑していて）……」
隆美「お父さん（と、促し）」
響子、歩き出し、出ていこうとする。
駿輔「（思わず）深見さ……」
隆美、駿輔の腕を掴み、引き留めた。
出ていった響子。
駿輔「（見送って）……」
隆美「わたしの方がちょっと老《ふ》けたかな」
駿輔「どうしてここが……」
隆美、駿輔が持っているタオルを取って籠に入れ。
隆美「あの人だったんでしょ、ウチに嫌がらせしてたのは」
駿輔「……」

2　空き地の前

支柱の上の日向夏を見つけた洋貴と双葉。
洋貴、日向夏を手にとって見て。
洋貴「前にも見ましたよね、文哉に会った時見ましたよね」
双葉「どうだったかな……」
洋貴「文哉、来たんだよ、ここに。つい最近、昨日か、おとといか、今日か、もしかしたら今さっき……」
周囲を見回す洋貴。

双葉「(動揺し) なわけないじゃないですか」

洋貴「(日向夏を双葉に突きつけ) 文哉があなたたち家族の誰かに宛てたメッセージじゃないんですか?」

双葉「(日向夏を受け取って) メッセージ……花言葉みたいなのですか」

洋貴「や……」

双葉「(動揺し) 果物言葉とかあるんですか。だってこれ、何の果物かわからないですよ、レモンですか、みかんですか、グレープ……」

洋貴「(遮って) 文哉はここに立ってたんだ」

洋貴と双葉、自分たちの間を見る。

双葉「……」

洋貴「……」

3　草間家・食堂（夕方）

真岐と悠里、晩ご飯の支度をしている。

真岐「はい、お皿お願いします」

悠里「はい、かしこまりました」

紗歩が来て覗き込む。

紗歩「わたし、晩ご飯いいです」

真岐「用意したよ」

紗歩「ダイエットしてるんで」

スナック菓子を持っている紗歩、悠里にあげて。

真岐「ご飯前だからお菓子あげないで」

紗歩「はい (と、悠里から取り上げる)」

真岐「いや、(取り上げなくても、と) ……」

紗歩「こんな小《ち》っちゃい子いると色々心配ですよねえ」

と言いながら出ていく。

入れ替わりに作業を終えた五郎が戻ってきて、悠里を抱き上げる。

真岐「あの子、感じ悪い」

五郎「(悠里に) ママ、機嫌悪いなあ」

4　同・洗面所

健二、ゴム手袋を洗ったりしていると、紗歩がお菓子を食べながら入ってきて、背後に立つ。

紗歩「三崎文哉さん」

健二「……」

紗歩「小野《おの》って人に訓練センターで会いませんでした?　ここにホクロある。元彼なんですよ。何でもぺらぺら喋るし、友達ボコってまた刑務所入ったから別れましたけど。ねえ、中学の時に小学生の女の子殺したんでしょ？　どうだった？」
無視し、ゴム手袋を干す健二。
紗歩、置いてあった悠里のものらしき靴を拾って。
紗歩「あの子、いつ殺すんですか？」
手が止まる健二。
紗歩「見てー。ねえ、やる時は教えてくださいよ」
振り返る健二。
健二「病院行った方がいいですよ」
紗歩「（ぷっと噴いて笑って）この家の金庫どこにあんの？」
健二「……」
紗歩「教えてくれないと、晩ご飯中みんなの前で三崎さんって呼んじゃうからあ」
健二「……」

5　釣り船屋『ふかみ』・店内（夜）

洋貴の帰りを待って、座っている響子。
外から車の停まる音が聞こえた。
はっとして立ち上がる響子。
足音が近づいてきて。
響子「おかえ……」
声をかけようとすると、ガラス戸の向こうに見えたのは洋貴と共に、双葉。
響子「！（と、表情が曇り）」
入ってくる、コンビニ弁当を二つ持った洋貴と双葉。
洋貴「あれ、何で？　何か忘れ物あった？」
双葉「（笑顔で）こんばんは」
響子「（何とか自分を抑えて）……こんばんは」
双葉「良かった」
双葉、持っていた響子のカーディガンを。
双葉「ありがとうございました（と、差し出す）」
しかし受け取らない響子。
双葉「（あれ？と思って）……」
洋貴「亜季の調書、彼女も一緒に探してくれたんだよ」
響子「（え、と）……」
双葉「わたしは全然、一緒に行っただけで何にも」
響子「……」
洋貴「（弁当を示し）お礼にご飯奢《おご》ろうと思ったんだけど、どこも休みで結局、あ、母さんも晩飯食ってないよね？」
響子「（双葉に）あれ、あなたも読んだの？」
双葉「え？　あ、はい」
響子「そう……」

双葉「ほんと、良かったですね」
響子「何が良かったの？（と、思わず強い口調で）」
双葉「(え、と)……」
洋貴「(え、と)……」
響子「……ごめん」
双葉「いえ、ごめんなさい、わたしが無神経なこと……」
響子「会いたくなかったな」
双葉「(え、と)」
響子「双葉ちゃん、でしょ？」
双葉「……！」
洋貴「……！」
響子「さっきお宅に行って、お父さんお母さんに会ったわ」
双葉「え、あ、や……」
響子「会いたくなかったな」
双葉「……」
洋貴「……」

6 コンビニの前の通り

コンビニで缶ビールを買った駿輔、帰ろうとすると。
地元の中学生らしき少年たちが三人、自転車を置き、地面に座り込んで各々《おのおの》携帯を見ている。

駿輔「(見つめ)……」

× × ×

回想、三年前、都内の住宅地。
タクシーを停め、客を降ろしている運転手の駿輔。
車を出そうとした時、前方のケーキ店前に軽トラがあり、荷物を降ろしている作業着の男が目に入る。
健二である。

駿輔「……文哉」

× × ×

ふと気付くと、中学生たちが振り返って、何だこのおじさんという感じで見返している。
駿輔、思わず曖昧な笑みを浮かべ、歩き出す。

駿輔「……」

○　タイトル

7　国道

　急ぎ足でバス停に向かって歩いている双葉。
双葉「（動揺していて）……」

8　釣り船屋『ふかみ』・店内

　双葉が帰って、洋貴と響子だけになっている。
　洋貴、残った二つの弁当に気付いて。
洋貴「（あ、と思って）……」
響子「（そんな洋貴を見て）ごめんね」
洋貴「何で謝んの。こっちが嘘ついてたんだから」
響子「彼女に冷たいこと言っちゃった」
洋貴「しょうがないでしょ」
響子「いい子だったから」
洋貴「……そうかな」
　洋貴、そわそわと灰皿を片付けたりしはじめる。
響子「何で気付かなかったのかな。随分大きくなったし、美人さんになったし」
洋貴「おぼえてんの？」
響子「亜季と遊んでくれたことあったもん」
洋貴「そうなんだ……」
響子「亜季が年長さんの頃かな、彼女、ほら、あれ。あれ、ほら、こういう人（と、背中を向けて）」
洋貴「へ？」
響子「こういうの、投げるの、ほら、野球の、こういう」
洋貴「野茂《のも》？」
響子「そう、野茂さん。彼女、亜季に野茂さんの物真似してくれたの」
洋貴「何で野茂の物真似？」
響子「亜季、喜んでたよ、野茂さん見て」
洋貴「ふーん……」
　洋貴、テーブルに残ったカーディガンを手にして。
洋貴「これ……」
響子「（首を振る）」
洋貴「……（頷き）」
　洋貴、カーディガンを椅子の上にでも置く。
響子「あの家に犯人はいないのね？」
洋貴「（頷き）探しもしてないって、あの親」
響子「……あの人、今でもいい時計してたな」
洋貴「時計？」

響子「昔、あの家の人たちとお店で一緒になったことあったの。お父さん、亜季にお酌《しゃく》されて、嬉しくて酔ってて。あのご主人に話しかけたの」
洋貴「へえ……」
響子「あのご主人、町で誘致した時計工場の課長さんだったから、どこ行っても目立ってて」
洋貴「エリートっぽい」
響子「感じだったから。ウチのお父さんの気安いのが嫌だったみたいで……大学どこですかとか、年収はとか。お父さんがスナックの開店一周年記念で貰った安物の時計見て、がんばってくださいよって言って肩叩いて……お父さん、へらへら笑ってたけどね」
洋貴「(憤りを感じていて)……」
響子「(洋貴を見て)あの時、あの子もそういう顔してた」
洋貴「……文哉?」
響子「うん……」
洋貴「何でだろ、自分の父親に……」

響子、二階への階段を見て。

響子「会ってっていい?」

9　同・達彦の部屋

棚の上に骨壺と位牌が置いてある。
洋貴が傍らで見守る中、響子、前に座って。

響子「お父さん、足崩すよ」

横座りになって、骨壺に向かう。

洋貴「(骨壺を)一番安いやつ」
響子「いいのよ、お父さん、かしこまってんの苦手だし。元々骨壺みたいな顔だったじゃない(と、笑う)」
洋貴「(苦笑し)ひどいなあ」
響子「だってこの人、はじめてデートした時、どこ連れてってたと思う? お母さんおしゃれして行ったら、書道展よ。書道展はないでしょ。(骨壺に)ねえ?」
洋貴「(苦笑し)」
響子「帰り際にこの人何て言ったと思う? あ、あの、ご苦労様でした、って」
洋貴「(笑って)」
響子「二度と会うもんかって思った(と、笑って)」
洋貴「(笑って)」
響子「(微笑みながら)お父さん、最後何て?」
洋貴「……文哉のこと探そうとしてた」
響子「そう……」

響子、真顔になって、骨壺に向かって。

響子「ご苦労様でした」
洋貴「……」

10　遠山家・居間（日替わり・朝）

起きてきた寝間着姿の双葉。
仕事着姿の駿輔、制服姿の灯里が既に朝食を食べており。

灯里「おはよう、お姉ちゃん」
駿輔「おはよう」
隆美、双葉にコーヒーのマグカップを渡して。
隆美「おはよう」
双葉「おはよう」
隆美と灯里のマグカップは揃いになっており、双葉と駿輔のは別物だ。
双葉、テーブルに着いて、食べかけて。
双葉「……（やっぱり言おう、と）昨日さ、深見亜季ちゃんのお母さん、ウチに来た？」
駿輔「（手が止まって）……」
隆美「（手が止まって）……」
灯里「え？」
双葉「昨日亜季ちゃんのお母さんから聞いた。（笑ってしまいながら）言うの忘れてたんだけど、わたし、あれなんだよ、あれ、結構最近何回か会ってたんだよね、深見さんのご家族と」
駿輔「（唖然とし）ご家族って……」
双葉「お兄さんとお父さんともお母さんとも、お父さんはこの間亡くなったんだけど」
駿輔「いつ来てたんだ？」
双葉「来たってゆうか、行ったってゆうか」
灯里「大丈夫だったの？」
双葉「……なんか、いい人たちだよ」
驚いている駿輔と灯里。
感情を抑え、何か考えている様子の隆美。
双葉「お父さんさ、わたし……」
隆美「（灯里に）間に合わないんじゃない？　用意したら？」
隆美、双葉の朝食をテーブルに置き。
灯里「もしかしてまた引っ越し？」
隆美「大丈夫よ」
灯里「警察に言お？」
双葉「何で警察に言うのよ」
灯里「だって無言電話は法律違反でしょ？　捕まえてもらった方がいいよ。そしたらウチも安心して……」
双葉「ウチは安心しちゃ駄目なのよ、加害者なんだから」
隆美「灯里には関係ないのよ。灯里には生まれる前のことなんだから」
双葉「(え?と、隆美の言い方に困惑し)……」
駿輔「(同じく困惑し)……」
双葉「お父さんたち、あの人たちに会った方がいいと思う。十五年前も謝ってなかったんでしょ?」
隆美「灯里、学校」
駿輔「会ってもらえなかったんだよ」
双葉「何回行ったの?」
駿輔「何回も行ったよ」
双葉「何十回も行った方が良かったんじゃない? 何百回でも何千回でも行った方が良かったんじゃない?」
灯里「今更そんなことして賠償金請求されたらどうすんの」
隆美「はいはい、もういいから」
灯里「お姉ちゃん、変だよ、お父さんとお母さんが頭下げるところ見たいの?」
双葉「見たくないよ。見たくないけど、こんなの絶対おかしいよ。ウチは加害……」
隆美「(駿輔に)コーヒーお代わり? (灯里に)八時よ」
灯里「やばい。お母さん、プリント、サインしてくれた?」
隆美「鞄に入れた。お父さん、靴洗ったから、今日はもう一個の履いて」
駿輔「おお、ありがとう」
朝食を終え、動き出した駿輔と灯里。
ふいに取り残された双葉。
双葉「……」

11　同・双葉と灯里の部屋〜廊下

双葉、出かける支度をしていると、駿輔が来て。
駿輔「面接か。(車の鍵を見せ)乗ってくか?」
双葉「うん」
駿輔、双葉の鞄の横に日向夏があるのに気付く。
駿輔「(え、と見て)……」
双葉「うん?」
駿輔「……いや(と、動揺がある)」
双葉「(動揺に気付き、日向夏を見せ)知ってるの?」
駿輔「うん? うん、日向夏だろ」
双葉「日向夏? へえ、日向夏ってゆうんだ」
駿輔、動揺を隠すように部屋を出て、玄関

へ行く。
双葉、怪訝に感じながら追ってきて。

駿輔「東口でいいか?」
双葉「お父さん、お兄ちゃんが今どこにいるか何か知ってるんじゃないの?」
駿輔「(え、と)」
双葉「わたし、お兄ちゃん、見たの」
駿輔「!」
双葉「東京で見た。元気そうだった。かっこよかった。声かけたけど、すぐにいなくなっちゃって」
駿輔「……声、かけたのか」
双葉、日向夏を示して、
双葉「松見台の家に置いてあった。お兄ちゃんが置いていったんだよね? お父さん、連絡取り合ってるんだよね?」
駿輔「……」
居間の方から出てきた隆美、来て。
隆美「(二人の表情を見て)……(すぐに微笑み、お弁当袋を出し)お父さん、お弁当」
駿輔「あ……ありがとう」
隆美「(双葉に)相手の目見て、姿勢よくね」
双葉「うん」
隆美「いってらっしゃい(と、笑顔で手を振って)」
出ていく双葉と駿輔。
隆美「(笑顔が消えて、影が残って)……」

12　国道あたり

ライトバンが停まり、車内の双葉と駿輔。
双葉、降りようとすると。
駿輔「文哉と会ったことはお母さんと灯里に言うな」
双葉「うん……」
駿輔「あと、二度とあの家の人たちに会うな」
双葉「……(拒否)」
駿輔「おまえのことを心配して言ってるんだ。俺たちはあの人たちに恨まれてるし、もしものことが……」
双葉「恨んでるのとは違うよ」
駿輔「(え、と)」
双葉「あの人たちは本当のことが知りたいんだよ。父親がどう思ってるのか、母親がどう思ってるのか知りたくて知りたくてしょうがないんだよ。恨んでるとかそういうのとは違う。もっとわたしたち近くにいる人たちなんだよ」
駿輔「……それはおまえの勝手な」
双葉「思いこみじゃない。だってわたしもお父さんが何考えてるかわからないもん」

と言って降りる双葉。
降りた双葉、商店街の方に歩き出そうとすると。

駿輔の声「双葉」

振り返ると、車から降りてきた駿輔。

駿輔「(頷き)お父さん、文哉に会ったことがある」

双葉「……!」

13　釣り船屋『ふかみ』・店内

店の帳簿を見ながらチャーハンを食べている耕平。
洋貴、水を出し、前に座る。

耕平「もうちょっとカナダっぽくリフォームするなりしたら客増えるかもよ」

洋貴「そんな金」

耕平「犯人の家族見つけたんなら賠償金貰えばいいじゃん」

洋貴「……」

耕平「嫌みだよ。何で今更そんな人たちと関わってんのって」

洋貴「別に……」

耕平「無駄だよ。こんなもんなんだ。争いに正しいも悪いも無い、どっちもが正しいと思ってるんだって、ドラえもんだって言ってたろ」

洋貴「ドラえもん……」

耕平「おぼえてないの? 記念すべきてんとう虫コミックス第一巻第八話ご先祖さまがんばれの回だよ」

洋貴、息をついて、帳簿を見ようとすると、携帯が鳴った。
画面を見ると、藤村五月とある。

洋貴「(慌てて出て)あ、もし、もしもし。はい。はい。大丈夫です。はい。え? はい。どうもありがとうございました。おかげさまで、はい」

耕平、相手は女性と判断し、からかって洋貴の口元にチャーハンを運ぶ。

洋貴「(逃げるが食べさせられて)はい。はい。ええ。あ、はい。是非。ええ。是非いらしてくだ……(咳き込む)」

14　国道あたり

ライトバンの傍らで話している双葉と駿輔。

駿輔「三年前、お父さん、タクシーの仕事に慣れた頃で」

双葉「うん……」

駿輔「東京の、青山のケーキ屋の前で」

双葉「うん……」
駿輔「後ろ姿のこう、感じですぐわかった、文哉だって」

×　×　×

回想、三年前、都内の住宅地。

タクシーを停め、客を降ろしている運転手の駿輔。

車を出そうとした時、前方のケーキ店前に軽トラがあり、荷物を降ろしている作業着の男が目に入る。

健二である。

驚き、見つめている駿輔。

駿輔の声「大人の顔になってた。相変わらず細い体で荷物、一生懸命運んで、汗かいて、真面目に働いてた」

健二の運ぶ箱から果物が落ちるのが見えた。

拾って戻すそれは、日向夏だ。

駿輔、引きつけられるようにタクシーから降りる。

×　×　×

駿輔「お父さん、それで、タクシーから降りて」
双葉「うん（と、期待して）」
駿輔「何て声かけようかって」
双葉「照れたの？」
駿輔「何て言えばいいのか、お父さんのことわかるのか」
双葉「わかるに決まってる」
駿輔「とにかくこのまま、このまま文哉が何言おうと、このまま文哉、家に連れて帰ろうと思って」
双葉「うん」

×　×　×

回想、三年前、都内の住宅地。

荷物の積み降ろしをしている文哉の後ろ姿に向かって歩み寄っていく駿輔。

あともう少しでという時、ふいに立ち止まる駿輔。

駿輔の声「だけどお父さん、声かけなかった」

×　×　×

双葉「え……何？　何で？」
駿輔「近くの家からカレーのにおいがした」
双葉「（え、と）」
駿輔「前の晩、灯里がはじめて家でカレー作ったことを思い出した。おまえとお母さんとみんなで食べて、少し甘いよとか上出来だよとか勝手なこと言い合って、でもみんなお代わりして、最後には空《から》になった鍋覗き込んで、嬉しそうにしてた灯里の顔、思い出して。双葉も灯里もお母さんも、みんな笑ってて」

双葉「（首を振り）……」

駿輔「今ここで文哉に声かけたら、あの笑顔が消えると思った。守ってきた家族が、壊れると思った」

×　×　×

回想、三年前。

駿輔、踵を返し、再びタクシーに乗り込む。

逃げるようにして震える手でサイドブレーキを下ろし、アクセルを踏み、横道へと走り去る。

荷物を積み降ろす健二の後ろ姿が残った。

×　×　×

駿輔「お父さん、ひとりで家帰った。おまえたちがいた。お父さん、ほっとして、またおまえたちと晩ご飯食べた」

双葉「（呆然と）何で……」

駿輔「俺は家族を守るために、息子を捨てたんだ」

双葉「何で⁉　何で⁉」

15　遠山家・居間

部屋の拭き掃除をしている隆美。

棚の上に写真立てがあり、双葉と灯里を挟むようにして、駿輔と隆美が立っている笑顔の記念写真。

埃を拭きながら愛《いと》しそうに見つめる隆美。

駿輔の声「文哉が逮捕されてからの一週間でお母さんの髪は真っ白になったよ。お腹には灯里もいて。もう駄目なんじゃないかと思ったよ。でもお母さん、頑張ったんだ」

16　国道あたり

ライトバンの傍らで話している双葉と駿輔。

駿輔「頑張って、頑張って、今日までこんなお父さんと一緒にいてくれた。おまえたちの母親でいてくれた」

双葉「お兄ちゃんだってそうじゃない。お母さん、お兄ちゃんのお母さんじゃない！」

駿輔「……お父さんが悪いんだ」

双葉「お兄ちゃんだって家族だよ」

駿輔「文哉は人を殺したんだ！」
双葉「……」
駿輔「人を……わかってくれ」
双葉「（駿輔を見て）……」
駿輔「（弱々しく双葉を見て）……」
双葉「……ごめん、わからない」
駿輔「……」
双葉「ひどいと思う。親じゃないと思う」
駿輔「……」

17　三芙根湖・湖岸

浮かない表情で歩いてくる双葉。

橋桁《はしげた》に釘《くぎ》を打って修理している洋貴の姿が見えた。

双葉「（あ、となって声をかけようとする）」

しかし声をかけるのはやめて、腰を下ろす。

黙々と修理している洋貴の後ろ姿を眺める。

足下の草を千切って洋貴に向かって投げたりする。

ぱらぱらと舞う。

釘を打ち終えた洋貴、足で踏んで橋桁の強度を確かめ、立ち上がり、行こうとして、ようやく気付く。

双葉が座っている。

洋貴「いつからいたんですか？」
双葉「あの、深見さん、犬派ですか、猫派ですか？」
洋貴「はい？」
双葉「あ、そういう質問されると困る人ですか？」
洋貴「何すか？」
双葉「……あの、お母さん（と、恐縮して）」
洋貴「それ、いいです」
双葉「え、でも……」
洋貴「好きな野球選手いますか？」
双葉「はい？」
洋貴「好きな野球選手」
双葉「野茂選手です」
洋貴「（あ、と思って）物真似とか出来ますか？」
双葉「出来ませんよ、何でですか」
洋貴「や……とにかく、母のことはもういいんで」
双葉「……はい」

双葉、周囲を見回して。

双葉「今日、お客さん、いないんですね」

18　湖の上

ボートに乗って湖面を漂っている洋貴と双葉。

釣《つ》り竿《ざお》を垂らしている双葉、要領がよくわからず、洋貴を見るが、洋貴はぼんやりしている。

双葉「こういう風にするといいよとかないんですか？なんか教えてくれる的な」

洋貴「あ、無理っす。自分釣りやんないんで（と、携帯を見たりして）」

双葉「あれ、珍しいですね、携帯見たりして」

洋貴「あの人からさっき電話あって、またかけ直すって」

双葉「あの人？　あ、藤村五月さんですか、東京で会った」

洋貴「何であの人でわかったんすか？」

双葉「深見さん、照れてる感じで、あの人って言ったんで」

洋貴「照れた感じで言ってませんよ」

双葉「じゃあいいです」

双葉、釣り竿を洋貴に渡し、洋貴、受け取る。

双葉、座り直して反対側を向く。

鳥が湖面に浮かんでいる。

双葉、深呼吸し、洋貴の後ろ頭をちょっと横目に見たりしながら。

双葉「……なんか変な感じですね」

洋貴「はい？」

双葉「こういうところにいると、なんか、世界中何にも悪いことなんか何にもない気がしてきます」

洋貴「悪いこと、何にもですか」

双葉「過去も未来も世界中、悪いこと、怖い夜も、何にも悪いこと無しで」

洋貴「そう言われると、そういう気してきますね」

双葉「でしょ」

洋貴「じゃ、あれですね、遠山さんも普通の女の人ですね」

双葉「……深見さんも普通の男の人」

洋貴「僕ら、普通のあれですか」

双葉「普通のあれですね」

洋貴「それも、いいですね」

双葉「いい、かな」

洋貴「ま」

双葉「ま、ね」

洋貴「（苦笑し）変な想像してしまいますね」

双葉「（苦笑し）してしまいますね。このままずっと……」

洋貴、ふっと思って。

洋貴「でもそれって、亜季もいなかったことになりますね」
双葉「……ですね」
洋貴「（俯き、薄く苦笑して）」
双葉「あ、あの果物の名前わかりました。日向夏です」
洋貴「日向夏？」
双葉「父が知ってました」
洋貴「（顔色が変わり）じゃあやっぱり……！」
双葉「（首を振り）父は居場所知らないと言ってます」
洋貴「え、や、でも、嘘かも……」
双葉「嘘じゃないと思います」
洋貴「どうして？」
双葉「妹はお母さんっ子で、わたし、ずっとお父さんっ子で、わかるんです。あ、この人、目つむってるんだなって」
洋貴「……？」
双葉「大事なことから目つむってると、こういう目になるんだなって。なんかなんとなくわかりました。人って逃げてばかりいると、命より先に目が死ぬんだなって」
洋貴「……」
双葉「（寂しげに微笑み）かわいそうなお父さん」
洋貴「（双葉を見つめ）……」

洋貴の携帯が鳴りはじめる。
双葉「あ、あの人じゃないすか？（と、からかうように）」
洋貴、携帯を取り出そうとして、手が滑る。
ぽちゃんと湖に落ちる携帯。
洋貴・双葉「あ……」

19　遠山家・前の通り（夕方）

軽トラが停まり、降りてきた双葉。
降りて見送る洋貴。
互いに、じゃと手を挙げ、礼をして帰っていく双葉の寂しげな後ろ姿。
洋貴「（見送って）……」
洋貴、軽トラに乗り込み、出発する。車を走らせる。
傍らに家があり、遠山家が見える。
徐行し、この家かなと思いながら行き過ぎようとした時、前方からライトバン。
運転しているのは駿輔。
ハンドルを握る手首に腕時計があるのが見える。
駿輔は洋貴の車の方を特に意識することなく、遠山家の中に入っていった。

車体にある、クリーニング店のロゴ。
洋貴「(強い眼差しで見据えていて)……」

20　遠山家・居間

深夜、布団が敷いてあり、駿輔と隆美が眠っている。

駿輔の目は開いていている。

静かに起き出し、台所に行って、水道の蛇口から直接水を飲む。

目を開け、その様子に気付きながら黙っている隆美。

21　草間家・事務所（日替わり）

デスクの前に立っている紗歩、引き出しを開け、中を確認したりしていると、背後に気配。

振り返ると、廊下に健二がいて、こっちを見ている。

紗歩「……悠里ちゃんなら社長とジュース買い行きましたよ」

紗歩「(苦笑)」

何も言わず、そのまま歩いていく健二。

22　同・食堂

もやしのしっぽを千切りながら眠ってしまった真岐がテーブルに伏している。
健二がその肩にタオルケットをかける。
健二「(真岐の寝顔を見つめ)……」
健二、置いてあった帳簿を手にし、出ていこうとすると、真岐が目を覚ました。
真岐「あ……健ちゃん」
健二「あ、すいません」
真岐「(首を振って、顔を気にして)跡付いてない?」
健二「はい」
真岐「健ちゃん、もやし平気?」
健二「何でも食べます」
真岐「何でも? 好きな食べ物とかないの?」
健二「……いいですか?」
真岐「何?」
健二「この間夜食に作っていただいたのとか」
真岐「夜食? あー、卵かけご飯じゃない、あんなの」
健二「全然違います。自分で作っても美味くないから」
真岐「卵落とすだけだよ」

健二、目を逸《そ》らし、俯き加減で。

健二「ほんと、感謝してます。社長にも真岐さんにも」

真岐「(苦笑し) 大げさ」

健二「はい」

と頭を下げて、出ていく健二。

真岐「また卵かけご飯作るね！」

23　クリーニング工場・外～道路

荷物を積み込み、配達に向かおうとしている駿輔。

運転席に乗り込もうとして、助手席に置いたままの日向夏が目に入る。

×　×　×

回想フラッシュバック。

懸命に荷物の積み降ろしをしていた健二。

×　×　×

駿輔「……(顔をあげて)」

車に乗り込み、走り出す。

道路脇に洋貴の乗った軽トラが停まっていた。

洋貴「(強い眼差しで)」

駿輔のライトバンを追うようにして出発する。

24　空き地

歩いてくる駿輔、元の家があった空き地の前に立つ。

周囲を見回し、空き地を見つめる。

柵を越え、中に入っていく。

見回すものの何もなく、地面に這いつくばる。

草木をかき分け、探し回る。

ごみが落ちているばかりで何もない。

諦めて息をつき、立ち上がった時、柵の向こう側に立っている洋貴。

駿輔「(すぐにわからず) ……？」

洋貴「深見、です」

駿輔「……(内心動揺しながら) ご無沙汰しております」

25　喫茶店

入ってきた洋貴と駿輔、客のいない店内を見回して。

駿輔「どこがいいですか？」
洋貴「（見回し、席を示し）そこで」
　二人、席に行って。
駿輔「（奥の椅子を示して）どうぞ」
　洋貴、拒否するように手前に座る。
駿輔「すいません。失礼します」
　駿輔、奥の席に座る。
駿輔「（メニューを取って差し出し）何にしますか？」
洋貴「（店員に）アイスコーヒーください」
駿輔「（店員に）二つ」
　落ち着かず、互いに目を伏せている二人。
駿輔「（咳払いをし）……あの、本来ならお宅に伺って、正式に謝罪をすべきところなのですが……」
洋貴「そうゆんじゃなくて。そうゆう、なんか決まった感じのことじゃなくて、あなたが知ってることを聞かせてほしいんですけど」
駿輔「はい……」
洋貴「はいじゃなくて」
駿輔「すいません。息子とは逮捕以来会ってません。当時は面会も拒否されましたので……」
洋貴「どうしてですか？」
駿輔「わたしに会いたくなかったのだと思います」
洋貴「どうしてですか？」
駿輔「……（内心何かあるが、答えない）」
洋貴「だからって、ずっと放ったらかしですか？」
駿輔「すいません」
洋貴「すいませんはいいんで、文哉は何で亜季を殺したんですか？　自分がしたこと今どう思ってるんですか？」
駿輔「……わかりません」
洋貴「あなた、父親ですよね？」
駿輔「……すいません」
　隣のテーブルの客が二人のことをちらちら見ている。
洋貴「だからすいませんとかじゃなくて、何なんすか？　全然なんか他人《ひと》ごとみたいに……」
　ふいに背後から声がかかる。
女の声「あんた、三崎さんか？」
　洋貴と駿輔、え？と振り返り見ると、六十歳程度の女（香本房江《こうもとふさえ》）が同年代の友人と隣のテーブル席に座っている。
房江「三崎さんよね。わかる？　香本」
駿輔「あ、どうもご無沙汰しております（と、恐縮し）」
房江「（不審な目で駿輔を見て）帰ってきた？」
駿輔「いえ……」

房江「（洋貴を見て）……ひろくん？」
洋貴「（よくわからないまま）は……」
房江「（洋貴に、自分を示し）お習字の。ひろくんでしょ？　亜季ちゃんの……何で、この人といるの？」
洋貴「ちょっと……」
房江「（駿輔を見て）ネクタイも締めんで、よく会えるわね」
駿輔「（頭を下げて）」
房江「わかってるの？　おたくの息子、あんな可愛い女の子殺したのよ……（ぼそっと）よく生きてられるわ」
駿輔「（頭を下げて）」
房江「おたく、昔から偉そうだったもんね。（洋貴に）いいの？　この人、こんな態度で」
洋貴「や……」
房江「頭下げなさいよ。手付いて謝りなさいよ」
洋貴「や、そういうあれじゃ……」
房江「土下座しなさいよ」
駿輔「……」
房江、興奮して立ち上がって。
房江「土下座しなさいよ！」
洋貴「あの……（と、止めようとすると）」

駿輔、席を立ち、床にひざまづいた。
手を付き、頭を下げる。
洋貴「……！」
房江「人殺し！」
頭を下げ続ける駿輔。
困惑する洋貴。
房江「亜季ちゃん返してあげなさい！」
洋貴、目を逸らして。
洋貴「……やめてください」
友人が房江を座らせる。
しかし土下座をし続ける駿輔。
洋貴「やめてください……やめてください……」
駿輔「（頭を下げ続けながら、聞いていて）……」
洋貴「やめてください」

２６　商店街

歩いてくる洋貴と駿輔。

駿輔「改めて謝罪に伺います。お母さんにもお会いして……」

洋貴は聞いていないのか、よそ見していて。

洋貴「あそこでよく文哉とたこ焼き食べながら、宿題して、たまに将来の話とかしました」

たこ焼き屋があり、食事用のベンチがある。

駿輔「そうですか……」
洋貴「あの店で一緒にスニーカー買いました。あそこでCD借りました。当時、僕ら、友達だったんで」
駿輔「はい……」
洋貴「あの、文哉殺してもいいですか?」
駿輔「……!」
洋貴「ま、どこにいるかわかんないし、仕事あるし、漫画も読みますけど、殺す時が来たら多分殺すと思います。あなたが文哉を探す気ないみたいだし」
駿輔「(答えられず)……」
洋貴、そんな駿輔に苛立ちを感じ。
洋貴「僕の、死んだ父は、ちょっと駄目なところのある父でしたけど、でも、父は最後に、なんてゆうか、覚悟してました。多分、どう生きるかずっと考えてて、どう死ぬかずっと考えてて、最後は覚悟しました。すごく悲しいこととか、恐ろしいこととか、理不尽なこととか、そんな逃げ出したくなるようなことと向き合う覚悟をしました。僕もそういう父を最後の最後に尊敬しました」
駿輔「……」
洋貴「彼女もお父さんっ子だって言ってました」

駿輔「……双葉ですか」
洋貴「あいつも言ってました。あのたこ焼き屋で」

×　×　×

回想フラッシュバック。
たこ焼き屋のベンチに並んだ十四歳の洋貴と文哉の後ろ姿。
手首を触りながら話している文哉の横顔。
洋貴の声「ま、どっちかって言うと、お父さんっ子かな、て」

×　×　×

駿輔「……」
洋貴「そういう……そういう感じなんで」
と言って、先に歩いていく洋貴。
駿輔「……(たこ焼き屋のベンチを見つめて)」

27　釣り船屋『ふかみ』・外(夕方)

軽トラが停まって降りてきた洋貴、浮かない表情で店に入ろうとして気付く。
五月が立っており、俯いている。
洋貴「え……あ……あの」
五月、深い息をついて、顔をあげて。

五月「良かったあ」
洋貴「はい?」
五月「だって急に連絡取れなくなって、ひとり暮らしだってお聞きしてたから、何かあったのかと思って……」
と言って、安堵から座り込んでしまう。
洋貴「あ……」

28 遠山家・前の庭
双葉、帰ってきて、家の中に入ろうとして、気付く。
停まっているライトバンに乗っている駿輔。
何か考えている様子。
双葉、……と歩み寄り、窓をコンコンと叩く。
顔をあげ、自嘲的に微笑う駿輔。
手には日向夏。

29 同・居間
双葉、台所に行き、冷蔵庫から麦茶を出して入れる。
双葉「お母さんたち、買い物かな」
駿輔、居酒屋のバイトのシフト表を見ている。
双葉「駅前の二階に大きい居酒屋あるでしょ」
駿輔「そうか、そうか良かったな」
双葉、麦茶を二つ持ってきて、飲もうとするが、駿輔は飲もうとせず、遠い視線。
双葉「……?」
駿輔「……お父さん」
双葉「うん?」
駿輔「文哉に会いたくなった」
双葉「……」
駿輔「文哉に会って、今すぐこの家連れて帰りたい」
双葉「……」
駿輔「正直どうすればいいのかわからない。何を話せばいいのかわからない。ただ、ただ、文哉ともう一度一緒に暮らして、もう一度一緒に飯食って、働いて、生きて」
双葉「(頷き、何度も頷く)」
駿輔「文哉と二人で償っていこうと思う」
双葉「うん、二人じゃないよ、わたしもいるよ」
駿輔「ありがとう」
双葉「お母さんだって、灯里だってわかってくれるよ。だってお兄ちゃんはお兄ちゃんだもん」
駿輔「…… (不安があるが) うん」

双葉「また家族みんな一緒に……」
　と言いかけた時、玄関から物音がした。
　楽しげに笑いながら隆美と灯里が帰ってきた。
隆美「ただいま。灯里が久しぶりにカレー作るって」
灯里「久しぶり？　久しぶりじゃないでしょ、久しぶりか」
　などと言いながら二人して台所に入っていく。
　双葉と駿輔、決心を確認するように目を合わせて。
駿輔「……」
双葉「……」

30　釣り船屋『ふかみ』・店内

　話している洋貴と五月。
洋貴「ほんとごめんなさい、こんなとこまでわざわざ」
五月「わざわざですよね、勝手に勘違いしてわざわざ」
洋貴「あ、や、じゃなくて、いい意味のわざわざで」
五月「いい意味。良かった……あ、終電何時でしたっけ」
洋貴「あ、送ります、車で、東京」
五月「遠いから」
洋貴「どっちみち明日とか東京行こうと思ってたんです」
五月「どうして？」
　洋貴、傍らに置いてあったノートを開いて示す。
　東京医療少年院の住所と電話番号が書かれてある。
洋貴「この間お話しした……」
五月「あー」
　次のページをめくると、薩川裕子《さつかわゆうこ》とあり、電話番号が書かれてある。
洋貴「父が犯人のことを聞いた看護師さんです」
五月「東京で会えるんですか？」
洋貴「どうでしょう……」
五月「だったらちゃんと約束してから行かないと」
　五月、携帯を出して、番号を見ながら押しはじめる。
五月「（携帯を耳にあて）あ、もしもし、恐れ入ります」
洋貴「え……」

３１　遠山家・居間

台所で灯里がカレーを作っている。
隆美、冷蔵庫からビールを出してきて運ぶ。
テーブルには双葉と駿輔。
隆美、駿輔のグラスにビールを注ぎながら。

隆美「またあの人が来たの？」
駿輔「え……いや」
隆美「じゃ何？　何かあったんでしょ？」
駿輔「……カレー食べ終わってから」
隆美「今話して」
駿輔、覚悟を決めて。
駿輔「（隆美を真っ直ぐ見つめ）文哉を探そうと思う」
隆美「（表情変わらず）……」
双葉「（隆美の反応を窺って）……」
灯里が台所から。
灯里「お母さん、ニンニク最後？」
隆美「最後よ」
駿輔「……すぐに居場所がわかるとは思えないけど、必ず見つけ出して」
灯里「火ゆるめた方がいい？」
隆美「そうね」
駿輔「この家に連れて帰ってこようと思う」
隆美「（薄く微笑み、そして俯く）」
駿輔「お母さんが心配するのはわかる。文哉が今どんな人間なのかもわからない。でも俺を信じてくれ」
隆美「（俯いていて）」
双葉「お母さん。わたしからもお願い。わたし、お兄ちゃんと一緒に暮らしたい」
隆美「（俯いていて）」
双葉「（答えを待って）……」
駿輔「（答えを待って）……」
灯里「出来たよ」
隆美「はい（と、顔を上げて）」
立ち上がり、台所に向かう隆美、ふっと止まって。
隆美「（振り返って、微笑み）お父さん、頭冷やして」
駿輔「……！」
双葉「……！」
灯里、カレーの鍋を持ってくる。
灯里「何の話してんの？」
隆美「ううん、犬飼いたいとかそういう話よ」
灯里「えー、犬飼いたい？　（駿輔に）何犬？」
駿輔「そんな話してない」
隆美「はいはい、もうおしまい。ご飯つぐね」

と台所に行こうとする隆美。

駿輔「お母さん、ごめん」
隆美「(振り返って)いいの」
双葉「(無理かと諦めの表情になり)」
駿輔「もう決めたことだから」
隆美「……」
双葉「!」
駿輔「俺は文哉を連れて帰ってくる」
灯里「え? 何? 何て?」
隆美「違うの、灯里……」
駿輔「お兄ちゃんと一緒に暮らそう」
隆美「お父さん、酔ってるのよ」
灯里「お兄ちゃんって、あのお兄ちゃん?」
駿輔「文哉だよ」
隆美「灯里の前でそんな名前出さないで」
駿輔「家族の名前だよ」
灯里「(不安が込み上げてきて)お母さん……」
隆美「大丈夫よ、灯里。お母さん、そんなの認めないから」
駿輔「わかってる。灯里も心配だと思う。だからこれから時間かけて話し合って……」
隆美「話し合ったって答えは同じよ」
駿輔「隆美」

隆美、呆然としている灯里の腕を取って。

隆美「大丈夫よ、灯里。大丈夫だから……」
双葉「(その様子を見ていて)……」
隆美「そんなの絶対許さない。何のために家守ってきたのよ。何のために十五年間頑張ってきたのよ」
駿輔「守れるさ、これからだって守れる」
隆美「この家に人殺しは入れません!」
駿輔「!」
双葉「!」
隆美「七歳の子供を、女の子を殺したの! まともな人間じゃないの! 何をするかわからないの!」

隆美はおびえているのだ。

双葉「お母さん……」
隆美「まともじゃないの。まともじゃないの」
双葉「お兄ちゃんは家族だよ」
隆美「家族なんかじゃない」
双葉「ひどいことしたけど、お兄ちゃんはお兄ちゃんだし。わたしたちが受け止めるしか……」
隆美「灯里、向こう行きましょ」

隆美、灯里を連れて部屋を出ようとする。

灯里「お母さん」
隆美「大丈夫よ」
灯里「お父さんの話、聞いてあげよ」

隆美「(え、と)」
灯里「わたしだって嫌だよ、怖いし」
隆美「いいの、あなたは黙ってなさい」
灯里「でもお姉ちゃんの言う通りだよ。お兄ちゃんはお兄ちゃんだし、家族は家族だし、しょうがないじゃん」
隆美「灯里……」
灯里「お父さんが守ってくれるんだよね?」
駿輔「ああ」
灯里「じゃあ(と、笑顔になって)」
隆美「(呆然と)……」
駿輔、立ち尽くす隆美を見て、心配して。
駿輔「わかった、ありがとう。この話はまた今度にしよう。ごめんごめん、せっかくカレー作ってくれたんだもんな。とりあえず食おう食おう」
灯里「うん」
双葉「あっためなおそうか」
双葉、置いてあったカレーの鍋を持って台所に行く。
駿輔「ご飯入れよう」
駿輔も台所に行く。
呆然と立ち尽くしたままの隆美。
灯里「お母さん、カレー食べよ」
隆美「灯里、違うのよ」
灯里「うん?」
隆美「あのお兄ちゃんはね……」
振り向いた駿輔、隆美が何を言おうとしているか察し。
駿輔「隆美? 隆美!(と、止めて)」
隆美「お母さんの子供じゃないの」
駿輔「…… (うなだれて)」
灯里「……」
双葉「……」
隆美「あの子はお母さんが産んだ子じゃないの」
駿輔「……」
灯里「……そうなの?」
隆美「そうよ、だから灯里はなんにも」
双葉、鍋を持ったまま。
双葉「……」
駿輔「(首を振り)」
灯里「じゃあ、何? 誰がお兄ちゃんのお母さんなの?」
隆美「そんなことはいいじゃない」
灯里「お姉ちゃん、わかる?」
双葉、ぽかんとしていて。
双葉「……」

隆美「もういいでしょ、ただそれだけのこと……」
双葉「(何か思い返して)あれ……?」
隆美「とにかく……」
双葉「わたしは?」
隆美「……!」
駿輔「……!」
双葉「わたしはどっち? わたしは……」
隆美「(内心動揺しながら、必死に微笑んで)何言ってるの、双葉はお母さんの……」
双葉「(そんな隆美を見て、確信し)……」
隆美「(そんな双葉を見て)……(呻き声を上げ)」
手のひらで顔を覆い、泣き崩れる隆美。
駿輔「双葉……!」
双葉「あ、違う違う、いいよいいいいよ」
灯里「お姉ちゃん……!」
双葉「大丈夫大丈夫。カレー落とさないから」
駿輔「双葉。違う。おまえは……」
双葉「お父さん、ちょっとごめん、そこカレー置くし」
双葉、駿輔を避けて、カレー鍋をテーブルに置く。
双葉「……参ったな、へへ(と、微笑って)」

32　釣り船屋『ふかみ』・店内
五月、携帯を押さえ、傍らで見守っていた洋貴に。
五月「お父さんのこと、よくおぼえてらして、力になりたいとおっしゃってます」
洋貴「そうですか」
五月「ただ、この方は犯人の直接の担当じゃなかったそうです。別の看護師の方がいたそうです」
頷く洋貴、代わって携帯を受け取って。
洋貴「もしもし。あ、はい、息子です。いえ、こちらこそ父がお世話に。はい。はい。そうです。その担当をされてた看護師の方にお会いしたいの……はい?」
五月「(?と聞いていて)」
洋貴「行方不明、ですか」

33　草間家・廊下~事務所
卵かけご飯のセットが載ったお盆を持ってくる真岐。
扉を開けると、事務所内に誰もいなかった。
真岐「あれ? 健ちゃん?」

34　釣り船屋『ふかみ』・店内

洋貴、メモを取りながら携帯を切って、五月に返す。

五月「行方不明って?」
洋貴「担当の看護師で、東雪恵《あずまゆきえ》さんという方がいらして」
五月「ええ」
洋貴「文哉が退院してしばらくして、なんか、突然行方不明になったって……どういう意味ですかね?(と、不安)」

35　山間道路

他に走る車のいない暗い山の中の道路を走っている果樹園のトラック。
助手席に紗歩が乗っている。

紗歩「社長の娘さんのこと好きだったんじゃないんですか? ま、いいすけど、ホテルどこですか? カラオケあるとこがいいなあ」

答えず、ただじっと前を見て運転している健二。

健二「(無表情)」

走るトラックの荷台には、大きなシャベルが無造作に置いてあり、車の揺れに合わせて音をたてている。

36　遠山家近くの道路

見回しながら走ってくる駿輔。

駿輔「双葉!? 双葉!?」

しかしどこにも双葉の姿はない。

駿輔「双葉!(と、叫ぶ)」

37　国道あたり

大型車が行き交う中、歩道を歩いている双葉。
日向夏を持っている。
立ち止まり、虚ろな目で日向夏を見つめる。

×　×　×

回想。
森の中を手を繋いで歩いている十歳の双葉と十四歳の文哉。

文哉「お兄ちゃんと双葉は同じだよ。夜を見たんだ」
双葉「夜……?」
文哉「うん、同じ夜を見たんだ」
双葉「(よくわからず)……?」

×　×　×

双葉、日向夏を握りしめ、なんとなく構えてみて、正面に背中を向けるようにして投げてみる。

飛んでいき、地面に落ちてこんこんと転がる日向夏。

双葉、ぽかんと見つめて。

双葉「あ、野茂出来た」

第4話終わり

それでも、生きてゆく

第5話

1　釣り船屋『ふかみ』・店内（夜）

携帯を切って、話している洋貴と五月。

五月「行方不明って？」

洋貴「担当の看護師で、東雪恵さんという方がいらして」

五月「ええ」

洋貴「文哉が退院してしばらくして、なんか、突然行方不明になったって……どういう意味ですかね？」

五月「二人が外で会っていた可能性もありますよね」

洋貴「捜索願も出てるけど、見つからないって」

五月「何か、あったのかもしれませんね」

洋貴「何かって……？」

五月「再犯罪、とか」

洋貴「……（と、動揺）」

2　山間道路

荷台にシャベルを載せて、走っている健二と紗歩が乗っているトラック、路肩に停まって。

紗歩「（周囲の暗がりを見て）何？」

健二「（黙っていて）」

紗歩「（苦笑し）あんた、そういう趣味？」

紗歩、楽しそうにシートをリクライニングさせる。

しかし健二、外に出て、助手席側に回ってドアを開ける。

紗歩「え？」

3　釣り船屋『ふかみ』・店内

動揺した様子で話している洋貴と五月。

五月「深見さん、本気でその犯人を探してるんですか？」

洋貴「まあ」

五月「わたしも手伝ってもいいですか？」

洋貴「（え、と）」

五月「わたしの母を殺した犯人は自殺したんです」

洋貴「……」

五月「わたしも父も、なんか気持ちの持って行き場所なくて、犯人の家族相手に民事裁判を起こしたんですけど、やっぱりそんなんじゃ釈然としないまで……」

洋貴「（頷き）」

五月「だから少しでも……」

するとその時、ドアが開いた。

洋貴と五月、振り返ると、双葉が立ってい
た。
双葉、軽いノリを作って手を挙げかけて、
五月がいるのに気付き、慌てて。
双葉「しまった。ごめんなさい」
と再び閉めようとする。
五月「こんばんは」
双葉「はい、こんばんは」
五月「わたし、もう帰りますから」
双葉「や……」
五月「どうぞ、ってわたしが言うことじゃないですよ
ね（と、微笑って）」
洋貴「いえ（と、双葉に入れば？と）」

4　山間道路

車のヘッドライトに照らされて手前は見え
るが、奥は真っ暗な森を、虚ろな表情で見
ている健二。
紗歩、傍らにいて。
紗歩「ちょっと……ちょっと！　ねえ、何なの⁉　勘
弁してよ、明日だって朝早いのに……」
と言って運転席に乗り込もうとすると。
健二「明日が来ると思ってるんですか？」
紗歩「へ？」
健二、紗歩の背後に立って。
健二「何で明日が来るなんてわかるんですか？　勝手
に来ると思ってるんですか？」
紗歩「（振り返って、見て）……あんた、やっぱり人
殺しだ」
健二の感情のない目。
健二、紗歩の首筋に手をあてて。
健二「僕の名前は？」
紗歩「（おびえはじめて）……」
健二「僕の名前言ってみてください」
紗歩「……雨宮、健二」
健二「そうです、忘れないでください。忘れたら……」
健二、森の方を示して。
健二「夜のところに置いていくから」
紗歩「……」
健二「わかりました？」
紗歩「……（頷《うなず》く）」
健二「じゃ、帰りましょう」
健二、運転席に乗り込む。
紗歩、急《せ》かされるように助手席に乗り込む。
Uターンし、走り去るトラック。

5　釣り船屋『ふかみ』・店内

三人座って素麺を食べている洋貴、双葉、五月。

五月「そしたらお言葉に甘えて二人で泊まらせていただきましょうか？（と、双葉に）」
双葉「あ、はい」
五月「遠山さんと深見さんは長いんですか？」
双葉「あ、えっと……（と、洋貴を見て）」
洋貴「（受けて）あ、はい、あ、結構子供の頃から」
五月「幼なじみ。じゃ、何でも知ってる感じですか」
洋貴「そう、ですね」
双葉「ですね」
五月「じゃあもしかして犯人のことも？」

素麺を拾った箸が止まる洋貴と双葉。

五月「（洋貴に）同級生だったんですよね？」
洋貴「……遠山さんはまだ小学生だったし」
双葉「小学生です」

またずるずると同時に素麺を食べる洋貴と双葉。

五月「本当言うとお二人付き合ってるんですか？」

食べかけてむせる洋貴と双葉。

五月「大丈夫ですか⁉」

洋貴と双葉、慌ててティッシュで拭《ふ》いたりしながら。

洋貴「全然、そんなの」
双葉「全然、無いです」

6　同・客室

布団を二つ並べて、入っている双葉と五月。
五月は文庫本を読むなどし、双葉は携帯でメールを返信している。
宛先は『お父さん』で、本文には『心配しないで。元気です。明日帰ります。』と。
送信していると、五月が言う。

五月「深見さんって、手、綺麗ですよね」
双葉「はい（と、思わず答えるものの、え？と）」
五月「遠山さん、多分わたしの気持ち、もう気付いてると思うんですけど」
双葉「（何だろうと思いながら）……あ、消しますか？」

双葉、立ち上がって電気を消そうとすると。

五月「遠山さんも、わたしと同じ気持ちですよね？」
双葉「……消しますね」

双葉、小さな灯《あか》りを残して消す。
布団に入るものの落ち着かない様子で。

双葉「（混乱し、わさわさと）……」

7　同・店内

まだ起きていて看護師のメモを見ていた洋貴、二階に上がろうとすると、床に双葉の靴と五月の靴がある。
五月のは綺麗に揃っているが、双葉のは少し乱れている。

洋貴「……（薄く苦笑し）」
双葉のを揃え直す。

8　草間家・事務所（日替わり・朝）

朝ご飯を食べている五郎と真岐と悠里と紗歩。
健二の席が空いていて。

紗歩「……（びくびくとした様子で、空いている席を見て）」
真岐「紗歩ちゃん、昨夜健ちゃんと出かけてた？」
紗歩「……パチンコ連れていってもらいました」
真岐「健ちゃん、パチンコするの？」
五郎「昔いた奴がよくやってたからな、気利かしたんだろ」
紗歩「（空いている健二の席を見ていて）……健二さんは？」
五郎「東京に配達行った」
紗歩「そうですか。そうですか。いただきます！」

9　釣り船屋『ふかみ』・店内

洋貴、五月がしていたネックレスを手にし、携帯で話している。

洋貴「ええ、洗面所に忘れてあって。はい。はい。大丈夫ですか。じゃあ、来週東京に行く時にお持ちします。はい。どうも。気を付けて（と、切る）」
双葉、朝ご飯のパンを食べていて。
双葉「気を付けて（と、真似して）」
洋貴「はい？」
双葉「いえ……わたしも今度東京行こうかな」
洋貴「もう十時ですよ」
双葉「すいません、昨日なかなか寝れなくて」
洋貴「（ふと思って）昨日何であんな時間に……」
双葉「ごちそうさまでした」
双葉、皿を運ぼうとすると、洋貴、受け取る。
洋貴「気を付けて」
双葉「どうも」
双葉、出ていこうとして、戸を開けると、

立っている駿輔。
双葉「え……」
洋貴「……！」
菓子折を持った駿輔、洋貴を見て会釈《えしゃく》して。
駿輔「……」
双葉「……」
洋貴「……」

10　介護アパート『海寿園《かいじゅえん》』・廊下

車椅子に乗った老人が介護士に押されて通る。
古びていて、設備もあまり整っていない。

11　同・泰子の部屋

何もなく狭い部屋に介護用ベッドがあり、三崎泰子が横たわっている。
折り紙を手にし、無闇に折っている。
介護士が横に来て、声をかける。
介護士「三崎さん、三崎泰子さん。お客様ですよ」
背後に立っている客に会釈し、部屋を出ていく介護士。
客が傍らに座り、持参したコンビニの袋を横に置く。
泰子は折り紙をくしゃくしゃにしてしまい、客の足下に落ちた。
客は落ちた折り紙を拾って、広げて伸ばし、また泰子の手に握らせる。
客は、健二であった。
健二「（悲しげに泰子を見つめ）おばあちゃん」
置いたコンビニの袋には日向夏が数個入っている。

○　タイトル

12　釣り船屋『ふかみ』・店内

駿輔が持参した袋を開けて、中のクッキーの詰め合わせを見る双葉。
双葉「クッキーて（と苦笑し、二階を見上げて）……」

13　同・達彦の部屋

入ってきた洋貴と駿輔。
駿輔、達彦の位牌と骨壺があるのに気付き、その前に行こうとする。
洋貴「あ、いいです」
駿輔「ご挨拶を……」
洋貴「いいです。父の前であなたと話したかっただけだから」

駿輔「……はい」

駿輔、諦め、洋貴の前に座って、頭を下げ。

駿輔「お母様にお会い出来ませんか。十五年前に出来なかった謝罪をさせてください」

洋貴「……文哉は」

駿輔「文哉は必ず見つけます」

洋貴「どうやって？」

駿輔「以前のわたしたちの家に日向夏が……」

洋貴「あ、はい」

駿輔「以前見かけた時にも配達していました。日向夏の栽培をしてる農園をしらみ潰しに当たってみます。見つけ次第、家に連れて帰って、必ず償わせます」

洋貴「……」

洋貴、置いてあった紙を手にし、駿輔の前に置く。

洋貴「父が見つけた、文哉の描いた絵です」

駿輔「……（手を出しかけて）よろしいですか？」

洋貴「（頷く）」

駿輔、緊張し、紙を手にし、広げてみる。

鉛筆で描かれた、湖に浮かぶ亜季の絵。

駿輔「……！」

洋貴「事件のすぐ後じゃありません。少年院を出る直前に描いた絵ですって」

駿輔「（呆然と）……」

洋貴「文哉は反省してません」

駿輔「いや、でも……」

洋貴「文哉が退院したと同時に行方不明になった看護師の人もいます。捜索願が出てるんです」

駿輔「……！」

洋貴「昔記事に出てましたよね。どうしますか、文哉が今でもそういう、悪魔のような少年だったら」

駿輔「……（答えが出ない）」

洋貴、絵をしまって。

洋貴「謝罪のことは母に伝えておきます」

駿輔「お願いします……」

１４　同・店内

洋貴と駿輔、二階から降りてくると、テーブルに顔を伏し、眠っている双葉。

駿輔「……ふた（と、起こそうとすると）」

洋貴「昨日寝てないみたいです。何かあったんですか？」

駿輔「……」

洋貴、駿輔に椅子を示し、外に出ていく。

駿輔、双葉の傍らの椅子に腰掛けると。
双葉「お父さん」
テーブルに伏したまま言う双葉。
駿輔「何だ、起きてたのか」
双葉「ウトウトしてた」
駿輔「帰ろう」
双葉「うん」
と言いながら起きない双葉。
駿輔「お母さんも灯里も待ってる」
双葉「うん」
駿輔「すごく心配してる」
双葉「うん」
駿輔「双葉。おまえのお母さんはお母さんだけだよ」
双葉「いつから？」
駿輔「……おまえが一歳の時」
双葉「再婚？」
駿輔「ああ」
双葉「そっか。一歳じゃおぼえてないか」
駿輔「ああ」
双葉「お兄ちゃんは五歳の時か。お兄ちゃんはおぼえてるのかな？　お母さんが変わった時のこと」
駿輔「……おぼえてた」
双葉「そっか。何か言ってた？」
駿輔「(首を振り)……」
双葉「そっか」
駿輔「……でもお母さんはおまえのことも、文哉のことも自分の本当の子供として……」
双葉「一個だけ教えて」
駿輔「うん？」
双葉「わたしとお兄ちゃん産んだ人。今、生きてる？死んでる？」
駿輔「……」
双葉「……」
駿輔「死んだ」
双葉「……写真、ある？」
駿輔「(首を振って)無い」
双葉「何かある？」
駿輔「おまえが成人式に着た振り袖がそうだよ」
双葉「……あれ、そうだったんだ」
駿輔「お母さんが取っておいてくれたんだ」
双葉「そっか……ねえ、その人、どんな髪型だった？身長はどのくらい？　芸能人で言うと……」
駿輔「もういいだろ」
双葉「……うん」
双葉、立ち上がって伸びをして、大きく欠伸《あくび》して。

双葉「深見さん、クッキーは食べないと思うよ」

15　同・外

戸にもたれかかって、話を聞いていた様子の洋貴。

洋貴「（双葉の気持ちを思っていて）……」

16　遠山家・玄関（夕方）

帰ってきた駿輔と、続いて双葉。
廊下からその様子を見た灯里、はっとして。

灯里「（居間に）お母さん！　お姉ちゃん帰ってきた！」

出てくる隆美と灯里、玄関に来る。
顔を合わせ、すべて飲み込んだ上で。

隆美「おかえり」
双葉「ただいま」

駿輔、双葉の背を押し、居間に行く四人。

隆美「ご飯出来てるよ。手洗ってらっしゃい」
双葉「うん」

17　日垣家・居間（夜）

食事を終えて、お茶を飲んでいる洋貴、耕平、由佳、涼太、日垣、響子。

日垣「店は順調？」
洋貴「はい」
耕平「全然順調じゃないでしょ、今のシーズンであれじゃ」
響子「洋貴には客商売向いてないのよ」
耕平「じゃ、何が向いてんの」
響子「粘土とか得意だったよね」
由佳「あ、陶芸いいじゃないですか、今度教えてください」
洋貴「（響子に）ちょっと話あるんだけど」
耕平「何？」
由佳「お兄さん、お母さんに言ってるのよ」
耕平「わかってるよ。だから何って……」
響子「ごちそうさまでした。（洋貴に、上行きましょ）」

洋貴と響子、席を立ち、出ていく。

耕平「何!?」
日垣「耕平くん、しょうがないよ。彼には彼の生き方があるんだろう（と、どこか冷めた言い方）」
耕平「すいません……」

18　同・響子の部屋

響子、床に座って、洋貴に。

響子「ちょっと肩揉《も》んでくれる？」
洋貴「肩？」
　洋貴、響子の背後に座って、肩を揉む。
響子「マッサージ師も無理ね」
洋貴「はい」
響子「このへんこのへん、そうそう……で？」
洋貴「……三崎さんが母さんに会いたがってる」
響子「あ、もうちょっと左、そうそう」
洋貴「会って、謝罪したいって」
響子「やれば出来るじゃないの」
洋貴「聞いてる？」
響子「ごめん、聞いてなかった」
洋貴「三崎さんが……」
響子「会いたくないわ」
洋貴「あ、そう、じゃ、断っとく」
響子「うん」
　少しして、洋貴の肩を揉む手が止まる。
響子「あれ？　もう疲れた？」
洋貴「ごめん、やっぱり会ってみたらどうかな」
響子「……」
洋貴「会ってみたら」
響子「どうして？」
洋貴「言いたいことがあるなら言った方がいいと思うし、もし殴りたいなら殴った方がいいと思うし」
響子「（苦笑し）」
洋貴「会って話せば、何かきっかけになるかもしれないし」
響子「何のきっかけ？」
洋貴「なんてゆうか、もう一回母さんの時間を動かす、なんてゆうかそうゆう……」
響子「殺したいほど憎い人なのよ」
洋貴「わかってる、わかってるけど。俺は母さんに幸せになってほしいから……」
　するとその時、ドアが開き、耕平が入ってくる。
耕平「母さん、風呂」
響子「お母さん、後でいいから」
耕平「今日入浴剤買ってたろ、あれ……」
洋貴「今話してるから……」
　耕平、洋貴の胸をどんと突き飛ばす。
洋貴「……！」
耕平「馬鹿にすんな」
響子「耕平」
耕平「母さんは幸せなんだよ！」
洋貴「……」
耕平「俺も、嫁さんもいて、孫もいて、ここでみんな幸せに暮らしてるんだよ。俺が作ったんだ。俺が作ったんだよ。壊さないでくれるかな⁉」

洋貴「……」

響子「もういい、もういいわ、お母さん、お風呂入る」

耕平「早く入れよ、箱根の湯買ってたじゃん。あったまりそうねって言ってたじゃん」

響子「うん、そうね」

洋貴「……」

19　遠山家・外

駿輔、ひとり立っていて、夜の空を見上げている。

× × ×

回想フラッシュバック。
文哉が描いた絵。

× × ×

駿輔「(思い詰めていて) ……」
玄関の戸が開き、隆美が出てくる。

隆美「……」

駿輔「……今戻る」

隆美「双葉のこと?」

駿輔「……」

隆美「文哉のこと?」

駿輔「……俺たち、離れた方がいいのかもしれない」

隆美「……」

駿輔「いや、もっと早くそうしてれば、せめておまえと灯里には別の人生を……」

隆美「ずるいな。わたしは自分の人生を一度も疑ったことないのに」

駿輔「……」

隆美「あなたと結婚したこと。文哉と双葉の母親になるって決めたこと、後悔してない。今でもおぼえてるの。はじめて双葉の手を握った時のこと。あの子、ぎゅって握り返してくれた。どうしてだろ、どうしてこんな小さな赤ん坊にこんなに力があるんだろうって思った」
隆美、手を見つめ。

隆美「きっと、ひとりじゃ生きられないからだと思ったの。わたしがこの子を守らなきゃいけないって思ったの」

駿輔「わかってる。わかってるさ、おまえはいつも……」

隆美「だけど文哉だけは、あの子だけは最後までわたしの手を握ってくれなかった」

駿輔「……！」
　寂しげに家に戻っていく隆美。
駿輔「……（葛藤し）」

20　都内のコーヒーショップ

　図書館でコピーしてきた十五年前の新聞や雑誌などが積んであり、目を通している五月。

　携帯のメールが届き、見ると、洋貴からで『ありがとうございます。明日十時にうかがいます』とある。

　微笑《ほほえ》み、返信しかけて、ふと気付く。

　逃亡する少年Aの両親という批判的なくりで、記事が出ているのが目に留まった。

　加害者の母は妊娠六ヶ月という見出しとともに、隆美が妊娠した腹を強調するような写真。

　隆美は十歳の双葉の手を握っている。

　隆美と双葉の目には目隠しが入れられている。

　五月、え？と思って、双葉の顔を見つめる。

　記事の中、長女は十歳とある。

五月「（十歳の双葉の顔を見つめ）……」

21　都内の学生街の駅前

　ショップ、ヘアサロンが建ち並んで、大学生やカップルが連れだって通り過ぎる中、見回しながら歩いてくる五月。
　ぽつんと立っている洋貴の姿があった。
　周囲の空気に不似合いな洋貴。
　五月、少し苦笑し、歩み寄っていって。
五月「薩川さんとの待ち合わせ、十時ですよね」
洋貴「はい。あ、これ……」
　洋貴、ジップロックに入れたネックレスを渡す。
五月「（くすっと笑って）警察みたいですね」
洋貴「すいません、汚しちゃいけないと思って」
五月「（微笑み）今日、遠山さんは？」
洋貴「はい？」
五月「いえ……行きましょうか」

22　都内、カフェ・店内

　洋貴と五月、待っていると、派手めな服装で、三十代半ばの元看護師・薩川裕子が入ってきた。

　少し困惑しながら、立ち上がって会釈する

二人。

×　×　×

テーブルに文哉の描いた絵を置き、話している洋貴と五月と薩川。

薩川「あ、でもわたしが医療少年院に勤務しはじめたのは、彼が退院する直前で、ほとんど顔合わせたことがなかったんですよ。この絵も掃除ん時に見つけて、記念に取っておいただけで」

洋貴「記念……？」

薩川「彼、人気あったんですよ。（洋貴を見て）あ、あなたにもちょっと雰囲気似てる（と、屈託なく微笑《わら》う）」

洋貴「……」

五月「その、この間電話でお聞きした、東雪恵さん」

薩川「噂ですよ？　二人は付き合ってたんじゃないかって」

洋貴「……」

五月「あの、そういうこと院内で可能なんですか？」

薩川「エッチとかですか？」

五月「……まあ、それも含めて」

薩川「わかんないけど、男と女だしね、止まんなくなっちゃったらしちゃうでしょ？」

洋貴と五月、……。

薩川「噂ですけどね」

五月「犯人が退院したと同時に行方不明になったって」

薩川「部屋の鍵もかけないで、ちょっとごみ出しに行く感じで消えたみたいですよ。八年前だから東さんも今頃は、三十ぐらいになったかな」

洋貴「生きてれば……」

薩川「はい？」

五月「あの、東さんのご家族は？」

洋貴「（思い詰めていて）……」

２３　道路

薩川と別れた後、歩いてくる洋貴と五月。

五月「わたし、東さんのご家族に連絡してお会い出来るかどうか聞いてみます」

洋貴「すいません、いつも」

五月「あと、訴訟のことも考えましょう」

洋貴「訴訟？」

五月「加害者家族にです」

洋貴「それは……（と、首を振る）」

五月「どうして？　加害者の家族にも責任はあるんだし……」

洋貴「いいんです」
　と歩いていく。
五月「(不満があって)……あの!」

２４　居酒屋・店内(夜)

　大手チェーンの店で、多くの客で賑わってる中、料理を持って急いでいる、ユニフォーム姿の双葉。

　客から、『お姉さん、注文!』と声がかかる。

双葉「はい、少々お待ちください!」

２５　釣り船屋『ふかみ』・外景

２６　同・店内

　戸が開き、缶ビールを二つ持った双葉が入ってくる。

　双葉、不安げに中を見ると、テーブルに突っ伏して寝ている洋貴の姿があった。

　あらと思いながら入っていき、向かいの席に座る。

　テーブルには大きな封筒があり、何か記事のようなものが少し見えている。

　寝息をたてて寝ている洋貴の顔。

双葉「(ぽかんと見つめ)……」

　洋貴の手が投げ出されているのを見る。

　双葉、洋貴の手を見つめ、自然と自分の手も伸びる。

　しかし数ミリのところで双葉の手が止まる。

双葉「……」

　指先が少し触れた。

　双葉、はっとして、手を引っ込める。

　困惑し、席を立って出ていこうとした時。

洋貴「何……?」

双葉「(あ、と振り返ると)」

　起きたばかりの洋貴。

洋貴「(双葉を見て)あ……」

双葉「すいません、そのまま寝ててください、そのまま」

洋貴「あ、何時ですか?」

双葉「十時とか十時十五分とか」

洋貴「電話しなきゃいけなかったのに……」

　洋貴、置いてあった大きな封筒を見て、ふと思い、脇の椅子に置く。

双葉「あ……(と、察し)どうぞ、してください」

洋貴「いいです、もう遅いんで」

双葉「した方がいいんじゃないですか？　十時だったらそんな遅くないと思いますよ」
洋貴「お風呂入ってる時間かもしれないし」
双葉「いや、そんなやらしい想像しなくても、普通に……」
洋貴「やらしい想像なんかしてないですよ」
双葉「でも照れてるし」
洋貴「いや、今はあれだけど、言った時はしてないですよ」
双葉「今はしたんですか？」
洋貴「お風呂想像するのはやらしいことですか、人間誰でも入るし、あれすか、遠山さん、お風呂入らないんすか？」
双葉「深見さん、わたしがお風呂入るところ……」
洋貴「してません！」
　と言って、大きな封筒を持って厨房に向かう。
双葉「何で逃げるんですか？」
洋貴「晩飯作るんです！」
　と厨房に入っていった。
双葉「（おかしくて微笑って）」
　厨房に入った洋貴、鍋を手にして。
洋貴「（おかしくて微笑って）」

×　×　×

　鍋が置いてあって、小皿を持った洋貴と双葉、鍋からインスタントラーメンを取って食べている。
双葉「いつもこういうのですか？」
洋貴「まあ」
双葉「こういう時間で良かったらお店のとか持ってきますよ」
洋貴「お店って」
双葉「バイトはじめたんで、居酒屋で」
洋貴「バイト。時給幾らですか」
双葉「九百円です」
洋貴「結構いい方じゃないですか」
双葉「うん、ラッキーだったんです」
洋貴「何か買うんですか」
双葉「何か買おうかな」
洋貴「とりあえず服買った方がいいんじゃないすか」
双葉「わたし、変な服着てますか？」
洋貴「てゆうか」
双葉「変ですか」
洋貴「今日東京行ったんすけど、結構みんなおしゃれ、でしたよ、（自分と双葉を指し）こういう感じの人たち、いなかったすよ」
双葉「わたしはまあ、こういうので十分です」
洋貴「僕もまあこういうので十分ですけど。あ、じゃ、ちょっとだけ自分変えられるとしたらどこ変えますか？」
双葉「え、どこかな。どうしよ。なんか会話弾む感じですね」
洋貴「何興奮してるんですか」
双葉「深見さん、先どうぞ」
洋貴「僕ですか。僕は……小さいことでいいんですよね」
双葉「決まりました？　わたしもそんな大きくないです」
洋貴「……カラオケ行かない？とか人に言ってみたいです」

二人、……。

双葉「そこまで小さく行きますか？」
洋貴「小さくないですよ」
双葉「いやいや、わたしのはだいぶ大きいですよ、ちょっと、びっくりすると思いますよ」
洋貴「どうぞ」
双葉「（咳払いし）スプーン曲げられるようになりたいです」

二人、……。

洋貴「大きい小さいの問題じゃないですよね」
双葉「すごくないですか？　びっくり……」
洋貴「無理ですよ（と、ラーメンを食べる）」
双葉「何ラーメン食べてるんすか、話打ち切ろうとしてませんか？」
洋貴「伸びちゃいますよ」
双葉「人が夢の話してるのにラーメン伸びるとか伸びないとか言う人はモテないと思いますけど（と、食べる）」
洋貴「別にモテたいとか思わないんで」
双葉「あ、へえ、じゃ、好きな人出来たらどうするんすか」
洋貴「別に、出来ない予定なんで」
双葉「そうなんすか？」
洋貴「そうすね」
双葉「つまんないすね」
洋貴「遠山さんは好きな人いるんすか？」
双葉「いないすよ」
洋貴「つまんないすね」
双葉「いやいや、全然十分です」

と言って、黙々とラーメンを食べる双葉。

洋貴「（ふと見て）……そのうち、上手く行きますよ」

双葉「無理ですよ」
洋貴「さすがにスプーンは無理だと思いますけど、辛《つら》いこと、色々あると思うけど……」
双葉「（え、と思って）……」
洋貴「そのうち、上手く行きますよ」
双葉「あれ……母の話のこととかの、聞いてました？」
洋貴「……（肯定）」
双葉「あ、なんか今日は優しいなあと思ったら、そうか……」
鼻をすする双葉。
双葉「ラーメン久しぶりだから」
洋貴「いつもこれくらいですよ」
双葉「いつもこれくらいの感じだったらいいなあ」
洋貴「じゃ、いつもこれくらいの感じにしますよ」
双葉、こらえようとしながら涙が出そうになって。
双葉「あの、もう一回言ってもらってもいいすか、ラーメン食べながらでいいんで、あの、今の……」
洋貴「……」
洋貴、箸を置いて、双葉の手に手を伸ばす。
触れかけるが、少し引く。
近い距離に手を置いて。
洋貴「上手く行きますよ、遠山さん、がんばってるから」
双葉「恐縮す」
双葉、必死にこらえながら涙をこぼし。
洋貴「いえ」

×　×　×

双葉、厨房で皿を洗っていると、洋貴、入ってきて。
洋貴「この間の部屋でいいですか？」
双葉「いいんですか？」
洋貴「三回目だから」
双葉「すいません」
しかし二人はあきらかに緊張し、意識している。
洋貴「あの」
双葉「はい」
洋貴「や、何でもないです」
双葉「え、言ってください」
洋貴「……」
双葉「……」
洋貴「さっき、本当は手握ろうかなって思いました」
双葉「……さっき、握ってくれるのかなって思いました」

洋貴「すいません」
双葉「すいません」
洋貴「でも、そういうことありますよね」
双葉「あります」
洋貴「……遠山さん」
双葉「はい」
洋貴「布団、敷いてきます」
双葉「はい」

洋貴、出ていく。

双葉、どきどきしながら皿を洗い終え、厨房を出ていこうとして、ごみ箱の中に気付く。

ん？と思って、手にして見ると、先ほどの大きな封筒からはみ出した雑誌の記事のコピー。

目隠しの入ったお腹の大きな隆美が十歳の双葉を連れた写真の載った、三崎家を糾弾する記事。

双葉「……」
見つめるうちに思わずしゃがみ込む双葉。
双葉「……（深い深い息を吐く）」

27　同・客室

布団を敷いている洋貴、ふと思い出す。

×　×　×

回想、都内の道路。

五月、バッグからコピーされた資料を洋貴に見せる。

目隠しの入った隆美と双葉。

五月「遠山さん、ですよね？　どうして妹さんを殺した家族なんかと一緒にいるんですか？」

×　×　×

洋貴「……」

28　同・店内

二階から戻ってきた洋貴、厨房の中を見ると、双葉の姿がない。

あれ？と思って、店内を見るが、いない。

外に出ていこうとして、テーブルに、先ほどの記事が置いてあるのに気付く。

はっとして見ると、共にメモが置いてある。

双葉の文字で、『ありがとうございました。わたしはもうじゅうぶんです』とある。

洋貴、慌てて出ていこうとする。

しかし止まる。
葛藤し、椅子に座り込んだ。

洋貴「……（深い深い息を吐く）」

29　遠山家・双葉と灯里の部屋

灯里、布団に座って、落ち着かない様子で隣の双葉の布団を見ていると、携帯が鳴った。着信を見て、慌てて出て。

灯里「お姉ちゃん⁉　何してんの？　お父さん、今探しに行ったよ。お母さんも……お姉ちゃん、今どこにいるの？」

30　駅の待合室～双葉と灯里の部屋

既にほとんど消灯されて閉鎖され、周囲にひと気の無くなった駅前のベンチに腰掛けている双葉。

双葉「うん？　うん、友達んち」
双葉、ベンチにごろんと横になり、話す。

双葉「ほんとほんと、心配しないでって言っといて」
以下、遠山家の部屋の灯里とカットバックし。

灯里「わかった。あ、ちょっと待って、お姉ちゃん、あのさ、今度ディズニーランド行かない？」

双葉「ディズニーランド？」

灯里「ウチって、行ったことないじゃん？　ほら、そういうのはあれだしって言って」

双葉「そうだね」

灯里「ごめん、わたし去年友達とこっそり行っちゃった」

双葉「そうなんだ」

灯里「お姉ちゃんといつか一緒に行こうと思ってたのに、友達と行っちゃった」

双葉「（苦笑し）いいよいいよ、何？　気にしてんの？」

灯里「みんなで行きたいね」

双葉「……そうだね」

灯里「行こうね」

双葉「うん、行こうね。じゃ、切るね」

灯里「お姉ちゃん」

双葉「何」

灯里「ううん、呼んでみただけ」

双葉「……灯里」

灯里「何？」

双葉「呼んでみただけ（と微笑って）おやすみ」

灯里「（微笑って）おやすみ」
双葉が携帯を切った。

灯里「(双葉を思って)……」
　双葉、立ち上がって、始発の時間を指さしながら確認すると、六時過ぎにある。
　まだまだかと息をつき、夜の空を見上げて。
双葉「……」

31　釣り船屋『ふかみ』・店内(日替わり)
　客たちが出ていくのを見送って。
洋貴「お気を付けて」
　置いてある釣り道具を片付けようとすると、店の電話が鳴りはじめる。
洋貴「(出て)はい。ああ。誰が。や、来てないけど。ほんとだよ、来てないよ。何で。何でって聞いてるんだよ。いなくなったのか？　母さん、いないのか⁉」

32　介護アパート『海寿園』・廊下
　老人が行き交う中、見回しながら歩いてくる双葉。

33　同・泰子の部屋
　入ってくる双葉。

　介護ベッドに横たわっている泰子。

　辛い双葉、しかし思いを押し殺し、傍らに行く。

双葉「おばあちゃん。双葉だよ。双葉、来たよ。わかる？」

　目を閉じていて、反応のない泰子。

　双葉、ふと見ると、枕元に幾つかの折り紙がある。

　折り紙の金魚だ。

双葉「金魚……すごいじゃん。おばあちゃん、折ったの？　ここの人が折ってくれた？」

　反応のない泰子。

双葉「今日さ、久しぶりにおばあちゃんち泊まっていい？　双葉、なんか疲れちゃったよ」

　双葉、泰子の手を握って。

双葉「……わたし、どうしたらいいんだよ」

34　日垣家・外景(夜)

35　同・居間
　深刻な表情の洋貴、耕平、由佳、日垣。

　耕平、電話をかけているが、相手は出ないらしく、受話器を置く。

耕平「(ため息をつく)……」

由佳「（耕平に）大丈夫よ、お母さん、しっかりされてるから」
耕平「（洋貴に）母さんに何かあったらどう責任取る気？」
洋貴「……」
耕平「動揺させるようなこと、わざわざ言いに来てさ。母さんがどんな思いでこの十五年間生きてきたかわかってたらあんなこと簡単に言えないでしょ、そっとして、前向きに生きられるように応援すべきでしょ！」
洋貴「……」
日垣「耕平くん」
耕平「すいません。（洋貴に）何とか言えよ」
洋貴「……」
耕平「何で黙ってるんだよ。なあ！」
日垣「お兄さんに言っても仕方ない」
耕平「すいません」
日垣「警察に連絡しよう」
耕平「はい……」
耕平、由佳が持ってきた子機を手にし。
耕平「（洋貴に）もう帰って」
耕平、子機でかけようとした時、玄関の開く音。

全員、！となって、振り返る。
響子が入ってきた。
響子「ただいま」
全員、！と驚いて。
日垣「……おかえりなさい」
響子「（洋貴に気付き）来てたの」
洋貴「（頷き）……」
耕平、響子に詰め寄って。
耕平「どこ行ってたの？」
響子「ごめん。（日垣に）お話したいことがあります」
日垣「何でしょう？」
響子と日垣、向かい合って座って話そうとすると。
耕平「何、何の話？　どんだけ心配してたと思ってんの？　捜索願出す寸前だったんだよ？　一体どこ行って……」
響子「亜季のところよ」
全員、……。
日垣「お墓参りですか」
響子「亜季が死んだところに行ってきました」
全員、！と。
響子「亜季が殺されたところに行ってきました」
耕平「何でそんなところに行くのさ」

響子「そんなところじゃないわ、亜季が最後に生きてたところなんだから」

耕平「だからそういう意味じゃなくて……」

耕平の肩を摑む洋貴。

洋貴、耕平を見据えながら座らせる。

響子、話しはじめる。

響子「十五年ぶりに、家に帰りました。わたしたち家族が暮らしてた家です。十二時半になるの待って、出発しました。あの日の亜季と同じ時間に、同じ道歩くことにしました。亜季と猫の赤ちゃん見つけたことがある路地が途中にあって、今はそこに猫よけのペットボトルが並んでました。小学校のチャイムの音が聞こえてきました。亜季の友達はみんな、どうしてるのかな。もう亜季のこと忘れちゃったかな。怖い思い出なのかな。そんなこと思いながら橋を渡ると、角にクリーニング屋さんがあって、道が二つに分かれてます。亜季があの日行こうとしてた公園はどっちからでも行けて、亜季は元々お地蔵さんのある道を通ってました。でもあの日は郵便ポストの道を行きました。お地蔵さんの道は車が多いから、郵便ポストの道を通りなさいってわたしが教えたからです。亜季はその道の途中で、金槌《かなづち》を持った少年に会いました。大きなモクレンの木が立ってて、ヒグラシが鳴いていました。そこにわたしの何か、人生の大きな落とし穴が見えました。あれから十五年経《た》って、今のわたしは人から見たら、随分と落ち着いてるように見えるかもしれません。でも本当は違うんです。正直に言います。わたし、みんな、わたしと同じ目に遭えばいいのにと思って生きてきました。(日垣を見て)優しくされるとあなたに何がわかるのと思いました。(由佳に)子供連れた母親見ると、疎《うと》ましく思いました。(耕平を見て)前向きに生きようって言われると、死にたくなりました。ごめんなさい。わたしはずっとそういう人間です。駄目だ駄目だ。人、愛そう。前向き、なろう。そう思った五分後に、みんな死ねばいいのにと思いました。ごめんなさい。母親から子供取ったら、母親じゃなくなるんじゃなくて、人じゃなくなるのかもしれません。森の中を歩きながら、今日わたしはこのまま死ぬんだろうって、他人事《ひとごと》みたいに思ってました。森の向こうで、地面が青く光ってるのが見えて、あ、あれか、あそこで亜季はって思ったら、わたし、走り出しました。ごめん、亜季、ずっと来なくてごめんね。待っててたね。たくさん待ってたね。そこで亜季の夢見ながら消えていこうと思いました。でも夢に出てきたのは、あの少年でした。わたし、亜季が何したの、亜季がどんな悪いことしたの、聞いたけど、少年は何も答えてくれなくて、ただわたしを見返していました。その時気付きました。この子と今のわたしは同じ人間だ。人をやめてしまった人だって。目を覚まさなきゃって思いました。このまま死んだら亜季が悲しむ。亜季に嫌われちゃう。そう思ったら、はじめて、生きようかなと思えました。亜季の分も生きようかな。目を覚まして、湖の水で顔を何べんも何べんも洗いました。昔、亜季が殺された時、色んな人が色んなこと言いました。時代のこととか、教育のこととか、何か少年の心の闇だとか少年法だとか、理由を解明すべきだとか言って、色んなこと言いました。今更何を言っても時間は戻らないって言いました。わたし、何を言ってるのかわかりませんでした。何にもわからないから、わたしが放っといたから亜季は死んだんだって思うようにしました。わたしが道を変えたから、わたしがスカート履かせたから、亜季は死んだんだって。そやって少年のことは考えないようにしました。だけど、だけど、そうじゃない。そうじゃないの。わたしは、誰かじゃないの。新聞の記者の人じゃないから、偉い大学の先生じゃないから、わたしはただの母親だから、理由なんかどうでもいいの。わたしはただのお母さんだから、言いたいこと、ひとつしかないの。言いたいことはずっとひとつしかないの。ないの。亜季を返してって。亜季を返してって。亜季を返してって。ひとつしか、なかったの」

洋貴、耕平、由佳、日垣、響子の思いを目の当たりにし、呆然としている。

響子「わたし、あの少年に会いに行きます。会って、亜季を返してもらいます」

全員、動揺して。

耕平「返してもらうって……（と、首を振る）」

響子「耕平、今までありがとう。ずっとお母さんの心配してくれて、ほんとありがとう」

耕平「……」

響子「（日垣に）お世話になりました。今日までよくしていただいたこと、何てお礼を言えばいいのか」

日垣「響子さん、待って。ここを出ていくんですか？」

響子「はい。これ以上ご迷惑をかけてしまいます」

日垣「迷惑って、あなた、何しようとしてるんです？」

響子「（答えず、由佳に）由佳さんもありがとう。涼太くん、元気に育ててあげて」
由佳「困ります。お義母《かあ》さんいてください」
耕平「何⁉　意味わかんないよ⁉　何言ってんの⁉」
響子、深々と頭を下げて。
響子「ありがとうございました」
顔をあげた響子、洋貴の方を見る。
洋貴、すべて承知したようにいて。
響子「じゃ、洋貴、行こっか」
洋貴「うん」
耕平、日垣、由佳、！と。
洋貴「お世話になりました。僕が母と暮らします」
と言って、深々と日垣に頭を下げる。
洋貴「（顔を上げ、強い決意の眼差しで）」
日垣、由佳、呆然と。
耕平「（怒りの目で洋貴を見ていて）……」

36　釣り船屋『ふかみ』・外景（日替わり、朝）

37　同・達彦の部屋
荷物を整理している洋貴と響子。
響子「お父さん、嫌がるかな、何を今更って」
洋貴「いいんじゃない」
響子「ちょっとかび臭いね」
洋貴「今から掃除するよ」
響子「ご飯は、交代制にしようか」
洋貴「作ってくれるんじゃないの」
響子「いい年して何言ってんの」
洋貴「それ目当てで引き取ったんですけど」
響子「（洋貴を見て、苦笑し）」
洋貴「何」
響子「照れるね」
洋貴「馬鹿じゃないの」
二人、笑っていると、店内から戸を開ける音がした。
洋貴「（ん？と振り返って）」

38　同・店内
洋貴と響子、店に出てくると、入ってきた誰かが戸を閉めている。
誰？と思って見ると、振り返ったのは、隆美。
響子「……」
隆美「……」
洋貴「……」

39　介護アパート『海寿園』・泰子の部屋

介護ベッドに眠る泰子の傍ら、ベッドに頭を乗せてまだ眠っている双葉。
廊下よりこつこつと足音が聞こえてきて、扉が開き、誰かが入ってくる。
双葉、物音に目が覚め、顔をあげる。
部屋の中に立っている人影。
健二である。

双葉「(ぽかんと見つめる)……」
双葉「……お兄ちゃん」
健二「うん」
双葉「お兄ちゃん？」
健二「うん、双葉」
双葉「お兄ちゃん！」
思わず立ち上がりかけた時。
健二「双葉。お兄ちゃんと一緒に行こうか」
双葉「(え、と)」
健二「……」
双葉「……」

第5話終わり

それでも、生きてゆく

第6話

1　介護アパート『海寿園』・泰子の部屋

　入ってきた健二に気付いた双葉。

双葉「お兄ちゃん！」

　思わず立ち上がりかけた時。

健二「双葉。お兄ちゃんと一緒に行こうか」

双葉「（え、と）」

　健二、折り畳み椅子を広げるなどし、座る。

健二「（泰子を見ながら）おまえ、お腹痛くなんなかった？」

双葉「……？」

健二「お兄ちゃんさ、前にピンクのチョークは食べられるって言ったら、双葉おまえ、食べたろ。あれ、ほんとは嘘なんだよ。あの後、お腹痛くなんなかったか？」

双葉「（ぽかんとし）……」

健二「あの後大丈夫だったか？」

双葉「……（ぷっと笑って）お兄ちゃん、本気で聞いてる？」

健二「何？」

双葉「十五年も前だよ？　小学校の時だよ？　大丈夫だったから、今ほら、こうして大きくなってるでしょ？」

健二「そっか。いや……そうか」

双葉「気にしてたの？（微笑って）おかしい」

健二「おまえ、お腹すぐ痛くなるし」

双葉「おかしい（と、微笑って）」

健二「あ、双葉いるんなら買ってくればよかったな」

双葉「何？」

健二「来る途中でお祭りやっててさ、リンゴ飴売ってた。双葉、好きだったなあと思ってたから」

双葉「好きだったっけ？」

健二「お祭り行ったら一番に食べてたよ。口のまわりいっぱい赤いの付けてさ。買ってくればよかったよ」

　双葉、そんな健二を見て。

双葉「……（俯《うつむ》いて）」

健二「どうした？　食べたかったか？　双葉？」

双葉「……（顔を上げ）おかえり」

健二「……」

双葉「おかえり（と、一生懸命微笑って）」

2　釣り船屋『ふかみ』・店内

　洋貴と響子、二階から降りてくると、入ってきた誰かが戸を閉めている。

　誰？と思って見ると、振り返ったのは、隆

美。
三人、緊迫した中で。
隆美「遠山と申します」
洋貴「(響子を気遣って見て)……」
響子「こんにちは」
隆美「こんにちは」
響子「(洋貴に)お茶持ってくるわね」
と厨房に行く。
隆美「あ、結構です……!」
しかし厨房に行く響子。
隆美「(見回し)娘が伺ってませんでしょうか?」
洋貴「いえ……いないんですか?」

×　×　×

蛇口を思い切りひねって水を出している響子。
響子「……違う」
蛇口を閉めて、冷蔵庫に行き、麦茶を出す。

×　×　×

洋貴と隆美、座る。
テーブルの上には荷物が乱雑に置いてあって、洋貴、横にざっくりと片付ける。

洋貴「これ、この間、ご主人が持ってきてくれました」
クッキーの缶があって。
隆美「あ……(と、思い当たって)」
洋貴、開けてみると、可愛い感じのジンジャーマンクッキーである。
隆美「ごめんなさい。得意先に伺うのに、何持って行けばいいのかって聞かれたので、まさかこちらとは……」
洋貴「美味《おい》しいんですか?」
隆美「人気のあるお店で」
厨房の響子、麦茶を入れたグラスを三つ持って少し緊張しながら出ていく。
響子「外、暑かったでしょう」
隆美「そうですね、多少」
響子、麦茶を配りながら。
響子「(洋貴にグラスを示し)揃ってるの無いの?」
洋貴「うん」
響子「(隆美に)何でいらしたんですか?」
隆美「えっと……」
響子「あ、何でっていうのは、あの、交通手段のことです」
隆美「あ、電車とバスです」

響子「身延線《みのぶ》？」
隆美「はい。あの」
響子「はい」
隆美「ご無沙汰しております（と、会釈して）」
響子「（会釈して）大崎《おおさき》先生のところでお会いしたのが」
隆美「はい、最後です」
響子「駅ビルの」
隆美「はい、三階の」
響子「かび臭いところだった」
洋貴「何の話？」
響子「よく一緒だったのよ、パッチワークで」
隆美「カルチャースクールです、駅前の……」
隆美のバッグの中から携帯の音がして。
隆美「ごめんなさい（と、押さえて）」
響子「どうぞ」
隆美「いえ、主人だと思いますので」
響子「どうぞどうぞ」
隆美「……失礼します」
隆美、立ち上がって、背を向け、携帯に出る。
響子「（内心ひと息をつき、麦茶を飲む）」
洋貴「（そんな響子を見て）」
隆美「もしもし。うん。ううん。今、深見さんの。そうなの。じゃなくて、双葉探して。うん」
響子「（洋貴にクッキーを示し）何？」
洋貴「この間、（隆美を示し）ご主人にいただいて」
響子「何でいただいたもの出すの」
洋貴「だって」
隆美「あの」
洋貴・響子「はい」
隆美「主人もこちらに伺いたいと言ってるのですが」
響子「あ、どうぞどうぞ」
隆美「車なので三十分ほど」
響子「どうぞどうぞ」
隆美「（礼をし、携帯に）うん、じゃあすぐ。うん」
響子「（洋貴に）他にないの？」
洋貴「柿ピー……（と、行こうとする）」
響子「……」
洋貴「じゃあ、無いよ」
隆美「（戻ってきて）すいません、今参りますので」
洋貴・響子「はい」

3　介護アパート『海寿園』・泰子の部屋

双葉、健二に折り紙を渡す。
双葉「ほら、小学校の時わたしが好きだった」
健二、折り紙を受け取って、折りはじめ。

双葉「ここ、よくわかったね」

健二「色々、電話して」

双葉「おばあちゃんに会いたかったの？」

健二「……」

　じっと泰子を見る健二。

双葉「今はどこに住んでるの？」

健二「（曖昧に小さく首を傾《かし》げ）」

双葉「携帯は？」

健二「（首を振る）」

　下を向き、折り紙を折っている健二。

双葉「あんまり聞いちゃ駄目？」

健二「……双葉、もうリンゴ飴好きじゃないか？」

双葉「（え？と思うが）あんまり」

健二「そうか……」

双葉「だってお兄ちゃんといた時、双葉、十歳だよ。お兄ちゃんと一緒だった時より、お兄ちゃんいなくなってからの方が長いもん」

健二「そうか……」

　健二、折り終えて、双葉に差し出す。金魚の折り紙だ。

双葉「（見つめ）……お父さんたちに会いたくない？」

健二「（俯いていて）……」

双葉「この間さ、わかったんだよ。わたしとお兄ちゃんはお母さんが違う人だって。知ってたんだよね？　お兄ちゃん、ひとりでそういうの抱えてたんだよね？」

健二「……」

双葉「やっぱりあれだね、わたしとお兄ちゃんが仲良かったのは、わたしたちだけ……」

　健二、ふいに立ち上がる。

　双葉の頭に手のひらを乗せて、髪をくしゃくしゃっとする。

双葉「……」

健二「お兄ちゃん、帰るわ」

双葉「え……」

　健二、出ていこうとする。

双葉「（葛藤して）……」

　双葉、慌ててバッグを手にし、立ち上がって。

双葉「双葉も一緒に行く」

健二「……」

双葉「連れてって」

健二「……」

双葉「……」

○　タイトル

4　草間家・前

五郎、果物のダンボールを運ぶなどしていると、真岐が悠里と手を繋ぎながら来て。

真岐「健ちゃん、また配達？」

五郎「いや、今日は休ませてほしいって言ってた」

真岐「里帰りとかかな？」

五郎「あいつにはそういう実家はない」

真岐「そうなんだ。家族、ないんだ……」

健二を思う真岐。

五郎「(そんな真岐を複雑そうに見て）……」

5　同・健二の部屋

簡素で何もない部屋の中、ハンガーにかかった健二の作業着を探りながら携帯で話している紗歩。

紗歩「わかってる。わかってるってば。あっくんのこと疑ってるわけじゃないよ。何とかするって。ほんとだって」

押し入れを開けて、画材道具などを開けて見る。

紗歩「えー、嫌だもう、ほんと？　紗歩も、紗歩もあっくん、愛してる。えー、全部」

画材道具を開けて、気付く。

通帳とキャッシュカードがしまってあった。

6　釣り船屋『ふかみ』・店内

お茶を飲む洋貴、響子、隆美、間を持て余していて。

響子「……（洋貴に）今何時？　テレビ点く？」

洋貴「うん」

響子「はじまってるんじゃないかな」

隆美「あ、再放送ですか？」

響子「そう、見てます？」

隆美「はい」

響子「昨日見ました？　妊娠しちゃったのよね」

隆美「ええ、どうするんでしょうね」

響子「いやー、だってどっちの子かわからないでしょ？」

洋貴「……（と、リモコンでテレビを点けて）」

7　同・外

洋貴、出てくると、ライトバンが停まった。

降りてくる駿輔、洋貴に会釈して。

駿輔「家内は……」
洋貴「母とドラマ見てます」
駿輔「（え、と）……不倫のやつですか」
洋貴「そうです」
駿輔「すいません」

8　同・店内

洋貴と駿輔、入ってくると、テーブルに座った響子と隆美、台の上のテレビを見上げて見ている。

駿輔「……」
響子「（気付いて）……（隆美に）ご主人」
隆美、立ち上がる。
駿輔「（隆美に頷き）」
隆美「（頷き返して）」
響子「（テレビを見つつ）今終わりますから、ちょっと待ってください」
真剣な駿輔、響子に頭を下げて。
駿輔「大変ご無沙汰しております」
と名刺を出し、響子に渡す。
響子「（テレビを見つつ）今お茶を」
駿輔「あ、いえ」
響子「（隆美にテレビを示して）このネクタイ、変よね」
と言って、厨房に行く。
洋貴「（駿輔に、椅子を示し）どうぞ」
と言って厨房に行く。
隆美「（ジンジャーマンクッキーを示し）何でこんなの」
駿輔「あ……」

9　同・厨房

洋貴と響子、冷蔵庫の前で小声で話している。

響子「コーヒーの方がいいかしら？」
洋貴「インスタントしかないよ、ミルクもないし」
響子「何でお客さん用に買っておかないの」
洋貴「あの人たちはお客さんじゃないだろ」
響子「だって……あ、お腹すいてないかしら？（冷蔵庫を開けて）あ、つゆあるじゃないの。お素麺茹《ゆ》でようか」
洋貴「（呆れ）……」
響子、ネギを持って、包丁を手にする。
包丁を持ったまま、すぐに動かない響子。
洋貴「（見て）……俺、切るよ」
洋貴、響子の手から包丁を受け取る。
響子「（苦笑して）ちょっと、何、お母さん、そんなこと」

10　同・店内

洋貴、来て、駿輔と隆美に。

洋貴「今母が素麺茹でてるんで」
駿輔「いえ、深見さん……」

厨房に戻ってしまう洋貴。
駿輔と隆美、真剣な顔つきで小声で話し合う。

駿輔「（隆美に）どうする」
隆美「遠慮し過ぎるのよくないんじゃないかしら」
駿輔「じゃあ、食べるのか？」
隆美「ほどほどに」
駿輔「何口？」
隆美「三口か四口」
駿輔「いや、でも、まだ謝ってないんだろ？　食べる前に先に謝った方がいいんじゃないか」
隆美「お素麺よ。伸びちゃったら失礼になるでしょ」
駿輔「じゃあ食べてから」

11　動物園・駐車場

駐車したライトバンから降りてくる双葉と健二。
前方には動物園が見え、歩き出す二人。

双葉、振り返って、ナンバーが千葉県内なのを見る。

12　釣り船屋『ふかみ』・店内

素麺を食べている洋貴、響子、駿輔、隆美。
隆美、食べて箸を置く。
駿輔ももうひと口食べて箸を置く。

響子「あ、まだたくさんありますから」
駿輔「いえ、もう」
隆美「ごちそうさまです」
響子「じゃあ洋貴、食べて」
洋貴「うん」
響子「ずっと主人と息子だけで住んでたでしょ、冷蔵庫になんにもなくて、こんなものしか」
駿輔「いえ」
隆美「いえ」
響子「二十九にもなって。ほんとお父さんと一緒で、いい加減なんだから……」

駿輔と隆美、困惑していて、互いに目配せし合って。

駿輔「（姿勢を正し）あの……」
響子「三崎さんは」
駿輔「はい」

響子「お体は大丈夫ですか?」
駿輔「あ、はい」
響子「主人はお酒好きだったし」
駿輔「何度かお会いしたことがあります」
響子「市役所通り?」
駿輔「あ、はい」
響子「スナックでしょ、女の人がいる。たまに隠れて行ってたのよ」
駿輔「あ、いえ……」
響子「ママの名前聞いたことあった。何て名前でした?」
駿輔「いえ……」
響子「もう今は行ってないんですか?」
駿輔「勿論です」
隆美「主人はもうお酒は飲んでません」
響子「そうですか」
駿輔「(再び姿勢を正し)深見さん。わたしたちは……」
響子「わたし、今は深見じゃないんですよ。主人とは離婚しましたから。スナックが原因じゃないですけどね?(と、笑って)」
笑えない駿輔と隆美。
駿輔「あれから十五年経ちましたが……」
響子「(笑顔が消えて)あれからって?」
駿輔「息子が事件を起こして……」
響子「事件って?」
駿輔「……娘さんの命を奪いました」
洋貴「(食べながら横目に響子を見ていて)……」
響子「わたしたちは息子がしたことを忘れたことはありません。勿論許していただけるとは……」
響子「最初はね」
駿輔「……?」
響子「最初は、亀が風邪を引いたんですよ。(洋貴に)ね?」
洋貴「うん」
響子「知ってました? 亀ってね、風邪引くんですよ。くしゃみしたり、肺炎になるんです」
駿輔・隆美「(そうですかと頷く)」
響子「亜季が死んでね、わたしも、誰も世話しなくなったから亀、風邪引いたんです。(洋貴に)ね?」
洋貴「川に放しに行った」
響子「亀をそっと放したら、川の水が冷たくて、思い出しました。娘の手が冷たかったことを。手を握ったら冷たかったんです。冷たくて冷たくて……」
言葉が途切れる響子。
駿輔「申し訳ありません」

隆美「申し訳ありません」
響子「……」
駿輔「わたしが父親の責任を果たさなかったことが」
隆美「わたしもあの子の母親になれなかったから」
響子「そうじゃなくて！」
　立ち上がる響子、駿輔に向かって手を振り上げる。
　洋貴、立ち上がる。
　じっと動かない駿輔。
　しかし響子、手を挙げたまま動かず、やがて下ろす。
響子「……スイカ、切りましょうか」
隆美「いえ、結構です」
響子「（洋貴に）お皿下げて」
　響子、皿を持って、厨房に行く。
隆美「あの……！」
洋貴「スイカ、食べていってください」
隆美「でも……」
洋貴「食べたら帰ってください。今日は、多分これが精一杯なんで（厨房の方を見ながら）」

×　×　×

　厨房の中、スイカを出している響子。

洋貴の声「最初が亀で」

×　×　×

洋貴「テレビ映らなくなっても直さなくなったり、カレンダーめくらなくなったり、そうやって壊れてったんです」
駿輔・隆美「……」

13　道路

　湖を後にして走っていくライトバンの車内に、駿輔と隆美。
　隆美、フロントミラーに映る釣り船屋を見ながら。
隆美「……上手く話せなかったわ」
駿輔「上手くって」
隆美「そうね、そんなのないわね」
駿輔「今度お会いする時は文哉も連れていく。それが俺たちの義務なんだ」
　ダッシュボードの上に果樹園のリストがある。
隆美「……あの日、文哉が逮捕された後、あなた、警察に行ったでしょ」
駿輔「ああ」

隆美「わたし、リビングにひとりでいたら急にビデオが動き出して、録画がはじまったの」
駿輔「……文哉か？」
隆美「予約してたみたい。夜のニュース」
駿輔「……」
隆美「そんな子が改心してると思う？」
駿輔「……」

14　釣り船屋『ふかみ』・厨房

洋貴と響子、洗い物をしている。
洋貴、見ると、響子の手は動いておらず、水道が出しっぱなしになっている。
洋貴、黙って見守っていると、響子、あ、と気付き、蛇口を閉める。

洋貴「……何で叩かなかったの」
響子「（苦笑し）叩いちゃえば良かったかな」
洋貴「さあ」
響子「どんぶりのこと思い出しちゃったのよ」
洋貴「どんぶり？」
響子「お父さん、あの人たちの家の前を車で通ったことあったんだって。雨の日で、玄関の前に出前で取ったラーメンのどんぶりと餃子のお皿が積んであって、雨水が溜まってたって。お父さん、それ見て、あっちはあっちで色々あるんだなって」
洋貴「（苦笑）」
響子「この人何言ってんのって思ったけど……あっちはあっちで色々あるんだなって」
洋貴「（苦笑し）別に同情することないでしょ」
響子「洋貴だって、加害者の妹と仲良くしてるじゃないの」
洋貴「仲良くなんか……」
響子「双葉ちゃん、いなくなったって？」
洋貴「……（と、少し動揺）」
響子「（洋貴の動揺を見て、微笑み）あなたからの電話待ってくれてるんじゃないの？」
洋貴「……」

15　動物園・園内

双葉、ベンチに座って待っていると、健二がソフトクリームをひとつ持って戻ってきて、双葉に渡す。

健二「いいよ、早く食べろよ、溶ける」
双葉「お兄ちゃんのは？」
食べる双葉。
健二「双葉、仕事は？」
双葉「（少し迷うが）居酒屋さんでバイトはじめたと

こ」
健二「そうか」
双葉「美味しい」
健二「就職出来なかったか」
双葉「うん？」
健二「学校でも嫌な思いさせられたか」
双葉「……全然。全然、無い無い無い」
健二「あいつら……（と、嫌悪感）」
双葉「ほんとだよ、そんなん無いって！」
　興奮して、思わずソフトクリームが落ちる。
双葉「あ……」
　ティッシュを出して拾おうとする双葉。
　しかし健二、足で蹴って横に追いやって。
健二「もう一個買ってやるよ」
双葉「いいよいいよ」
健二「お兄ちゃんも働いてるから、貯金もしてるし」
双葉「貯金？　すごいじゃん」
健二「ちょっとずつだけどな、ほんとちょっと」
双葉「あ、もしかして被害者の家族のために？　そうだよね、お兄ちゃん、やっぱり……」
　健二、ポケットから何か折り畳んだ紙を取り出し、少し恥ずかしそうに双葉に渡す。
　双葉、広げて見ると、フェリーの乗務員募集の小さな求人広告だ。
双葉「フェリー……？」
健二「因島《いんのしま》ってあって」
双葉「因島？」
健二「瀬戸内海。乗務員募集してるんだ。いや、見つけたの二年前だからもう募集終わってるかもしれないけど……そこに住んで、仕事あったらなって」
双葉「へえ、何でここなの？」
健二「俺とおまえのお母さんが生まれたところだから」
双葉「（え、と）……」
健二「俺、お母さんのお墓があるところも知ってるし、墓もそこに移して、って思って」
双葉「そう……」
健二「双葉も、双葉も一緒に行くか？」
双葉「え……」
健二「……」
双葉「……」
健二「……」
双葉「何で行くの？」
健二「電車か、飛行機か」
双葉「乗ったことないから、飛行機がいいな」

健二「……」
双葉「飛行機がいいな」
健二「……窓際？」
双葉「（頷き）窓際がいい」
健二「（頷き）双葉、窓側、お兄ちゃん、通路側」
双葉「（微笑っていて）」
双葉の携帯が鳴った。
双葉、着信画面を見ると、洋貴からだ。
健二「（？と双葉を見て）」
双葉「（ううんと首を振って、しまって）」
健二、遠い目で。
健二「別に待つことないか」
双葉「うん？」
健二「明日出発しよう」
双葉「（え、と）……」

16 釣り船屋『ふかみ』・店内

ひとりいる洋貴、双葉の番号にかけているが、相手は出ない。
諦めて切った時、鳴り出した。
あ、と思って、慌てて出て。
洋貴「もしもし……！（相手が違って）え。あ。どうも」

17 都内のマンションの前〜釣り船屋『ふかみ』・外

ごく一般的なマンションから出てきたばかりの五月、携帯で洋貴と話していて。
五月「東雪恵さんが生きてました」
以下、カットバックして。

×　×　×

携帯で五月と話している洋貴。
洋貴「……あ、はい、聞こえてます。はい。はい」

×　×　×

五月「ご両親は既に捜索願を取り下げてました。ただ、今どこにいるのかまでは教えてくださらなくて」

×　×　×

洋貴「はい。はい。わかりました。はい。明日東京に行きますので、一緒に。はい」

×　×　×

五月「それからこの間の薩川さんから東雪恵さんの当時の写真を見せてもらいました。写真撮ったんで、送りますね」

洋貴、携帯を切って。

×　×　×

携帯にメールが着信した。
五月からのもので、添付写真がある。
開くと、看護師姿で写っている東雪恵。
控えめで、俯き加減のどこか暗い表情。

洋貴「(高揚感があって)……」

18　果樹園（夕方）

木の根元に腰掛けて、おもちゃを持ったまま寝てしまっている悠里。
五郎、笑みを浮かべて見ていると、真岐が来て。

五郎「おまえもちびの頃はこれぐらい可愛かったんだけどな」
真岐「昔はここの畑も半分くらいしかなかったよね」
五郎「そうだな」
真岐「お父さん、頑張ったんだね、わたしの面倒を見て」
五郎「……お母さんから預かった大事な宝物だったからな」
真岐「何、真面目はやめてよ」

苦笑する五郎、作業を続ける。

真岐「(そんな後ろ姿を見つめ)……お父さんさ、わたしがどうなったら、お父さん、幸せ？　どうなったら、お母さん、喜んでくれる？」
五郎「え……」
真岐「阪神の選手と結婚するとか」
五郎「(苦笑し）親を幸せにすることなんて簡単だよ」
真岐「何？」
五郎「親より長生きすることだよ」
真岐「……」
五郎「結婚なんてしたい奴とすればいい」
真岐「……実家ない人でも？　刑務所帰りでも？」
五郎「……」

通りの方をライトバンが走ってくるのが見えた。

真岐「あ、帰ってきた！」
五郎「(真岐の嬉しそうな顔を見て、許すような表情で)」

19　草間家・事務室

デニムのポケットに文哉の通帳とキャッシュカードを突っ込んだ紗歩、デスクの引き出しを開け、書類のファイルを手早くめくって見ていて、手が止まる。
労災保険の証書のようなもの。
雨宮健二とある。
誕生日の欄を見ると、昭和五七年九月十八日である。

紗歩「(微笑み)」

20　日垣家・響子の部屋(夜)

由佳、入ってくると、耕平がぽつんと座っている。

由佳「涼太がパパはって。おもちゃ動かないの」
耕平「うん……」
由佳「耕平？　(少し苛立《いらだ》って)涼太が呼んでるよ」
耕平「(え、となって)ごめんごめん、今行く」
立ち上がり、出ていこうとする耕平。
由佳「(部屋を見て)ひどいよね」
耕平「……」
由佳「十五年も前のことにまだこだわって」
耕平「おまえが言うな」
由佳「え……」
耕平「や、ごめん、違う、違う違う(と、笑顔を作って)」

21　都内、マンションのエレベーターの中〜廊下(日替わり)

乗っている洋貴と五月。

五月「民事裁判のこと、考えていただけました?」
洋貴「……何階ですか?」
五月「あ、三階です」
洋貴、三階を押す。
五月「裁判起こすならわたしももっと力になれるし……」
洋貴「そういう、感じじゃないんで」
五月「遠山さんに遠慮してるんですか?」
三階に到着し、降りる二人、廊下を歩きながら。
洋貴「もう、あの、大丈夫なんで、自分ひとりで」
五月「(不満)……」
目の前のドアが開き、出てくる女・東春美《はるみ》(60歳)。
五月「あ、東さん」
春美、五月を見てあからさまに嫌そうな顔をする。
五月「(洋貴を示し)昨日お話した深見さんです」
洋貴「(会釈)」

五月「娘さんは……」
春美「（遮って）明日息子の結婚式なんです」
洋貴「はあ……」
五月「おめでとうございます。じゃあ、娘さんもご出席……」
春美「呼んでるわけないでしょ。ウチとは無関係なの」
五月「それはやっぱり、雪恵さんが犯罪者と交際してたからとか？」
春美「（周囲の目を気にし）……帰ってください」
と言って、行こうとする。
五月「（落胆し）……」
洋貴「あの」
春美「ウロウロされたら……」
洋貴「娘さんの居場所教えてもらえないなら、明日結婚式場に伺います」
春美「！（と、動揺）」
五月「（え、と驚いて洋貴を見て）」
洋貴「（春美を見据えて）……」

２２　道路

話している洋貴と五月。
五月「驚いた。深見さんがああいう強気なこと言うなんて」
洋貴、メモを見て、行こうとすると。
五月「まだ勤務中なんじゃ」
洋貴「あ……」
五月「結構時間ありますね。映画見て食事したとしても……」
洋貴「……」
五月「……わたし、迷惑ですか？」
洋貴「そういうわけじゃ……」
五月「わたし、同じ境遇だから、わたしには深見さんの悲しみがわかります。半分に分け合えます」
洋貴「……」
五月「遠山さんは、あの人は深見さんの悲しみを二倍にする人です」
洋貴「……」
五月「……ごめんなさい。じゃ現地に九時集合で」
踵を返し、歩いていく五月。
洋貴「……」

２３　公園

腰掛け、コンビニのおにぎりを食べている洋貴。
携帯を出し、双葉にかける。

しかし出ず、息をつく。
携帯を操作し、東雪恵の写真を呼び出す。
見ていると、雪恵の手に何か赤いものが見える。
何だろうと思って、拡大させる。
金魚の折り紙である。
何だろう?と見ていると、携帯が鳴り出した。
画面を見ると、遠山双葉とある。

24　駅前の通り

派手めの車が走ってきて、停まる。
車内の助手席に紗歩と、運転席にホスト風の男・谷口《たにぐち》が乗っている。
紗歩「えー、わたしが行くの?」
谷口「だって紗歩ちゃんのお金でしょ」
紗歩「使うのはあっくんじゃん、もう何でもわたしにさせるんだから」
車から降りてくる紗歩、帽子をかぶって、周囲を見回しながら銀行のATMへと入っていく。

×　×　×

車内の谷口、欠伸《あくび》をしながら待っていると、ATMの前に警備会社の車が停車して、降りてきた警備員が中に入っていくのが見えた。
慌てて車を出し、走り去る谷口。

25　草間家・事務所

健二、鍵かけにかかった車のキーを手にする。
健二「……」
五郎、デスクで帳簿を見ながら。
五郎「何時に戻れる?　真岐がよ、今日ちらし寿司作るって」
健二「六時には戻ります」

26　同・健二の部屋

出かける支度をした健二、押し入れを開ける。
画材道具を出し、持ち出そうとして気付く。
留め金が外れている。
え?と思って開けてみると、通帳の袋だけが残っており、通帳もカードもない。
健二「(ぽかんと)……」

外から真岐の声が聞こえた。

真岐の声「お父さん！」

27　同・廊下

健二、出てくると、電話の子機を持った真岐が血相を変えて五郎に話している。

真岐「警察！　警察から電話！」

立ち尽くしている健二。

28　カラオケボックス・室内

音を消したカラオケが点けっ放しで、ミラーボールが回っている中、ミートソースを食べている双葉。

コンコンとノックの音がした。

双葉、ミートソースをどうしようか迷いながら置く。

フォークをくわえているのを忘れたままで、扉前に行き、緊張しながら開ける。

洋貴が立っている。

洋貴「（双葉がくわえたフォークを見て）……」

双葉「……？（と、フォークに気付き、自嘲的に笑って、後ろ手にしまって）どうぞ」

中に入る二人。

双葉「あ、飲み物とか注文します？（受話器を手にし）持ってきてくれるんですよ、ものすごい日焼けした人が」

洋貴「付いてますよ（と、双葉のシャツの胸元を示す）」

双葉、見ると、ミートソースの跳ねたのが付いている。

双葉「あ……あー」

双葉、おしぼりで一生懸命拭《ふ》きはじめる。

双葉「もう、やだな、白いの着てんの忘れてた……」

洋貴、回っているミラーボールを見上げて。

洋貴「え、ひとりで歌ってたんですか？」

双葉「歌ってないですよ、二曲ぐらいしか」

洋貴「家出中なのに」

双葉「え、家出中は歌っちゃいけない決まりあるんですか、深見さんだってこの間カラオケ行きたい的なこと言ってたじゃないですか」

洋貴「え、何歌ってたんすか」

双葉「え、石川《いしかわ》さゆりとかですよ」

洋貴「天城越え」

双葉「ウイスキーがお好きでしょです」

洋貴「え、ひとりでそんなの歌ってたんすか」

双葉「え、悪いですか」

洋貴「だいぶ面白い人だと思います。え、他には?」
双葉「何でもいいじゃないすか」
洋貴「何で隠すんですか」
双葉「坂本冬美《さかもとふゆみ》のまた君に恋してるです」
洋貴「え、お酒の歌ばっかりじゃないですか」
双葉「あ、そうすか」
洋貴「家出してずっと何してたんですか?」
双葉「(え、と)……」
　双葉、誤魔化《ごまか》すようにメニューをめくりはじめる。
双葉「何飲もうかな……」
洋貴「昨日とか何してたんですか?」
双葉「ま、おばあちゃんとこ行ったり」
洋貴「あ、僕、ウーロン茶で」
双葉「え?」
洋貴「ウーロン茶ないですか?」
双葉「ありますよ。ちょっと待ってください。わたし、まだ決まってないんで……(と、動揺している)」
洋貴「お父さんとお母さん、ウチに来ましたよ。ウチの母に会いました」
双葉「そうなんですか……」
洋貴「遠山さんのこと心配してましたよ」
双葉「……ま、深見さんには関係ないですし」
洋貴「……僕も心配しました。何かあったんじゃないかって」
双葉「……」
　双葉、立ち上がって受話器を手にし。
双葉「深見さん、ジンジャエールでしたっけ」
洋貴「どうしたんすか?」
　双葉、受話器に向かって。
双葉「すいません、ジンジャエール二つ。はい、あとフレンチポテトと、あとミックスピザと、かりかりベーコンのサラダと……ジンジャエール言いましたっけ?」
洋貴「(変だなと見ていて)……(気付く)」
　テーブルの上に置いたマイクの横、逆さにひっくり返った赤い折り紙。
　洋貴、手を伸ばして取ると、金魚だ。
洋貴「……」
双葉「あ、やっぱりミックスピザやめて、シーフードピザ。え、無いんですか? じゃあ……(と、気付く)」
　金魚の折り紙を見ている洋貴。
双葉「……ジンジャエールだけでいいです」
　と告げ、受話器を置く。
洋貴「(双葉を見て、問うようにし)……」

双葉「……」
洋貴「……」
双葉「……昨日、お兄ちゃんに会いました」
洋貴「……」
双葉「おばあちゃんの老人ホームで、偶然……」
洋貴「……」
双葉「でも……」
洋貴「文哉、今どこにいるんですか？」
洋貴、双葉に詰め寄る。
驚いて座ったまま後ろに下がっていく双葉。
双葉「え、あ、や、あの、目が怖いですよ」
洋貴、追って。
洋貴「何で逃げるんですか。教えてください」
双葉、立ち上がって、逃げて。
双葉「いや、どうなんでしょ」
洋貴、双葉の元に行く。
洋貴「どこにいるんですか？」
テーブルを挟んで、追う洋貴、逃げる双葉。
双葉「ま、座りましょうよ」
洋貴「何で隠すんですか？」
洋貴、テーブル越しに双葉の腕を摑もうとする。
双葉「何するんですか、やめてください」
洋貴「知ってるんでしょ？」
双葉「暴力反対」
洋貴「文哉は反省してましたか⁉」
双葉「……」
扉がノックされ、開く。
店員「ドリンクお持ちしましたー」
店員、立ち上がっている二人を特に気にすることなく、飲み物をテーブルに置く。
待っている洋貴と双葉。
店員「ごゆっくりどうぞー」
と言って、出ていく。
座る洋貴と双葉。
洋貴「……（息をつき）何でジンジャエール」
双葉「……」
双葉、ポケットから何か紙を出し、洋貴に投げる。
ひらひらっと落ちたのを拾う洋貴。
見ると、動物園の半券だ。
洋貴「……何ですか？」
双葉「わたし、ゴリラ好きなんですよ」
洋貴「はあ」
双葉「お兄ちゃん、おぼえてたんで、連れてってくれたんです」

洋貴「……それで？」
双葉「ま、そういう感じで」
洋貴「そういう感じって」
双葉「じゃあねって」
洋貴「……そうですか」
双葉「そうです」
洋貴「（双葉を見て）」
双葉「……（目を逸《そ》らして）」
洋貴「……」
　洋貴、ジンジャエールを一気に飲む。
双葉「あ、でも……」
洋貴「わかりました」
双葉「（え、と）」
洋貴「自分で探します」
双葉「……」
洋貴「すいませんでした」
双葉「何がですか」
洋貴「元々、立場違うし、僕とあなたは」
双葉「……」
洋貴「そういう、関係じゃないし、僕とあなたは」
双葉「……」
洋貴「……はい」
双葉「……はい」

　立ち上がる洋貴。
　伝票を見て、財布から千円札を数枚出して、置いて。
双葉「あ、や……」
洋貴「ご両親に会ったら、元気だって伝えておきます」
双葉「……元気かな」
洋貴「……決めたんでしょ」
双葉「……？」
洋貴「誰と生きるか決めたんでしょ」
双葉「……」
洋貴「僕は……（寂しく微笑み）お疲れっす」
　出ていった洋貴。
　双葉、シャツに付いたミートソースを拭きながら。
双葉「もう、やだな、もう、やだな……」

29　同・店の外

　出てきた洋貴、急ぎ足で歩いていく。
　店のごみ箱を蹴飛ばす。
　苛立って行きかけて、戻って、ごみ箱を立て直す。
　通行人が行き交う下で、ごみを拾い集める。

洋貴「……（悲しみが込み上げる）」

30　道路（夕方）

歩道を歩いてくる双葉。
車道をライトバンが走ってきて、停まった。
見ると、乗っているのは健二。

双葉「……」

降りてくる健二、双葉の元に来て。

健二「飛行機で行けなくなった。駅に車置いて電車乗り継いで行こう。お金、少ししかないけど、お兄ちゃん、何でもして稼ぐから」

俯いている双葉。

健二「どうした？　飛行機乗りたかったか？」
双葉「（首を振る）」
健二「どうした？」
双葉「……行く前に寄ってほしいとこがあるの」
健二「……？」
双葉「深見さんに会いに行こう」
健二「……」
双葉「深見さん、お兄ちゃんに会いたがってるの。妹さんのことで、会いたがってるの。会ってあげて」
健二「……」
双葉「わたしも一緒に行くから。もしもしかしたら、もしかしたらってことがあっても、わたしがお兄ちゃん、守るから、お願い、会お？」
健二「何で？　何で双葉が洋貴のこと」
双葉「……一緒なの。わたしと深見さん、一緒なんだよ」
健二「……」

健二の表情が冷たくなっていく。

双葉「（気付かず）この十五年間ね、立場は逆だけど、一緒の思いで生きてきたの。なのにさ、わたしだけお兄ちゃんに会ったの、ずるいじゃない。深見さんもお兄ちゃんに会いたいのに、ずるいじゃない。だから、ね、お願い、お兄ちゃんが反省したところ見せてあげて？」

健二、息が荒く、動揺したように。

健二「……反省って？」
双葉「深見亜季ちゃんのこと」
健二「何でお兄ちゃんが反省するんだ」
双葉「（え、と）」
健二「何でそんなこと言うんだよ。二人だけの兄妹なのに」

健二、車に乗ろうとする。

双葉「……お兄ちゃんが亜季ちゃん殺したでしょ」
健二「亜季ちゃんは天国に行ったんだよ」

双葉「(首を振って)……」

健二「お兄ちゃんが行かせてあげたんだよ」

双葉「(首を振って)……」

健二「生まれてこない方が良かったから」

双葉「(首を振って)亜季ちゃんは生きたかったんだよ」

双葉、健二に詰め寄って。

双葉「生まれてこない方が良かったわけないじゃない!」

健二、双葉を振り払って、突き飛ばす。

倒れる双葉。

健二、逃げるようにして運転席に乗ろうとする。

立ち上がった双葉、健二に追いすがって。

双葉「悲しんでる人たちがいるんだよ!」

健二もまた動揺した様子で、双葉を突き飛ばす。

倒れる双葉、立ち上がって追いすがる。

双葉「十五年間毎日毎日悲しみ続けた人たちがいるんだよ! 悲しくて悲しくて、泣きすぎて涙も出なくなった人たちがいるんだよ!」

健二、また突き飛ばす。

健二、車に乗り込み、ドアを閉めた。

双葉、ドアにしがみついて。

双葉「何で⁉ 何で⁉ 何でお兄ちゃん!」

健二、構わずライトバンを出し、あっという間に走り去ってしまった。

双葉「(呆然と)……」

31　駅の改札口付近(夜)

洋貴、歩いてくると、前方で待っていた五月が駆け寄ってきて。

五月「大丈夫です、まだいます」

と言って、駅の改札横の方を示す。

売店があって、中で働いている店員の姿があり、客に釣り銭を渡して顔をあげたのは、眼鏡をかけた東雪恵(35歳)である。

洋貴「……」

駅周辺は会社員や学生が行き交っており、洋貴を邪魔そうにして通る。

舌打ちされ、壁際あたりに凭《もた》れて待つ洋貴と五月。

洋貴「……僕といて恥ずかしくないんすか?」

五月「何でですか?」

洋貴「や……ほんとに、もう、いいんで」

五月「深見さん、妹さんのために、家族のためにって、一生懸命頑張ってらっしゃるから。わたし、そういう人の力になりたいんです。がんばってる人の力になりたいんです」
洋貴「……（苦笑して）藤村さん、僕のこと勘違いしてます」
五月「はい……？」
洋貴「僕は別に、何かを頑張ったことなんかないし、誰かのために何かしたこともありません。この年まで就職もしないで、父親に食わしてもらって、外を歩くのがまぶしくて、死にたいって思いながら漫画読んで、死にたいって思いながらコンビニに着てく服選んで。死にたいって思いながら小便してクソして、あんな山の中の家にずっとへばりついてた、ナメクジみたいな人間なんです」
五月「（なんとなく笑って）」
洋貴「面白いこと言ってません」
五月「……」
洋貴「妹の復讐するとか言いながら何にも出来なくて、復讐復讐言いながら相変わらずグラビアとかちょっと見たり、復讐言いながら目やに付けたまま夜んなって、また小便してクソして、ナメクジみたいにべたべたべたべたべた地べた這いずり回ってるんです」
五月「……じゃあ、何なんですか？」
洋貴「何が」
五月「わたし別に深見さんをヒーローみたいに思ってませんし、小便だってクソだってしてると思ってます。でも加害者のこと探してるんでしょ？　何で探してるんですか？」
洋貴「……」
五月「自分の人生を取り戻そうって思ってるからでしょ？　恥ずかしいことじゃないと思いますけど」
洋貴「……どう答えればいいんですか？」
五月「はい、って言えばいいと思いますけど」
洋貴「……」
洋貴、雑踏の中、自分を思って。
洋貴「……はい」
五月「深見さん」
洋貴「まだ何か？」
五月「そろそろ仕事終わるみたいです」
別の店員と交代している雪恵。
洋貴「（見据え）……」

32　草間家・廊下〜玄関

真岐が心配そうに見ている中、五郎が紗歩を連れて、食堂に行こうとしていて。

五郎「こっち来い」
　すると玄関のドアが開き、健二が帰ってきた。
真岐「健ちゃん！　通帳、無事だったよ！」
健二「……」

３３　同・食堂

　通帳を置いて、向かい合っている健二と五郎と紗歩。
五郎「謝れ、健二に謝れ」
紗歩「（ふてくされていて）……」
五郎「何だ、その態度は！　もう一度警察行くか！」
健二「社長、もういいです」
五郎「しかしおまえ、このまま置いとくわけにも……」
健二「ほんとに、もう」
五郎「……おまえがそう言うなら」
　その時入ってくる悠里。
悠里「健ちゃん！」
　追いかけてくる真岐。
真岐「コラ悠里、まだ入っちゃ駄目！」
五郎「いいぞ、もう終わった」
真岐「終わったって？」
五郎「健二が許すって」
真岐「嘘。何で？　お金取ったんだよ⁉」
健二「もういいんで」
　健二、悠里にせがまれて、だっこする。
真岐「信じられない」
　紗歩、悠里をだっこしている健二を睨《にら》んでいる。
真岐「人がいいんだから」
紗歩「……人がいい？（と、ぷっと吹き出す）」
五郎「あ？」
紗歩「こいつの金取って何が悪いのかな？」
真岐「ほら、全然反省してないじゃない」
紗歩「人殺しの金取って何が悪いのかな？」
健二「……」
五郎「！」
真岐「え……」
紗歩「あんただけだよ、知らないの。この人さあ……」
五郎「おい！」
紗歩「本当の名前は三崎文哉っていうの！　中学ん時に七歳の女の子殺してんの！」
真岐「……」
五郎「……」
健二「……」
紗歩「女児殺害事件犯人の少年Ａなんです！（と、笑う)」

真岐「……(五郎を見る)」

五郎「(しまった、と)……」

真岐「……(健二を見る)」

健二「(俯いていて)」

悠里「少年Aって何?」

真岐、少しずつ恐怖が込み上げて。

真岐「悠里、こっちおいで……」

悠里「嫌だ、健ちゃんがいい」

真岐「こっちおいで!」

真岐、引きはがすように悠里を抱き取って。

真岐「(愕然《がくぜん》と健二を見て)」

悠里を抱いて、部屋を飛び出していく真岐。

笑う紗歩。

健二「……」

34　駅の改札口付近

仕事を終え、売店から出てきた雪恵。

猫背気味にそそくさと通行人の間を歩いていこうとした時、目の前に立つ洋貴と五月。

洋貴「あの、深見と申します。東さんですか」

雪恵「……」

洋貴「三崎文哉のことをお伺いしたくて来ました」

雪恵「……あ、はい(と、感情に変化なく)」

五月「少しお時間よろしいですか?」

雪恵「じゃ、そこの喫茶店で(と、指さす)」

洋貴と五月、指さされた方を見た瞬間。

踵を返し、走り出す雪恵。

洋貴と五月、!となって、追う。

35　駅裏の路地

走ってくる雪恵。

後を追ってくる洋貴と五月。

洋貴、雪恵の腕を摑んだ。

雪恵、もう一方の腕に持っていたバッグで洋貴の横っ面を殴った。

しかし洋貴、摑んだ腕を放さず、引き寄せて。

雪恵「(顔を伏せ)……」

洋貴「(見据えて)……」

第6話終わり

それでも、生きてゆく

第7話

1　駅裏の路地

走ってくる雪恵。
後を追ってくる洋貴と五月。
洋貴、雪恵の腕を摑んだ。
雪恵、もう一方の腕に持っていたバッグで洋貴の横っ面を殴った。
しかし洋貴、摑んだ腕を放さず、引き寄せて。

雪恵「（顔を伏せ）……」
洋貴「（見据えて）……」
五月「（殴られた洋貴を心配し）大丈夫ですか？」
洋貴「（構わず、雪恵を見据え）深見亜季、わかりますか？」
雪恵「（え、と）……（思い当たり、洋貴を見て）」
洋貴「深見亜季の兄です」
雪恵「（洋貴を見て、気持ちが揺れて）……」
洋貴「（真っ直ぐに見据えて）……」

2　草間家・廊下～真岐の部屋（日替わり、朝）

五郎、扉を開け、真岐の部屋に入ろうとすると、扉前に椅子などが寄せられており、ほんの少ししか開かない。

五郎「何してんだ……」
室内には悠里を膝《ひざ》に抱えた真岐がいて。
真岐「ひとり？」
五郎「ああ」
悠里を置いて、ドア前に来る真岐。
真岐「（息をついて）わたしが悠里連れて帰ってきた時に何で教えてくれなかったの？　三崎文哉が……」
五郎「雨宮健二だ」
真岐「七歳の女の子を殺した人よ」
五郎「罪は償った。真面目に働いてたろ。おまえだって、健二を気に入って……」
真岐「馬鹿にしないで。わたしは母親なんだよ」
五郎「……」
真岐「何より先に悠里の母親なんだよ⁉」
五郎「……（真岐の思いを受け止め、頷く）」
真岐「怖いの。すごく怖いの（と、心底おびえている）」
五郎「……わかった」

3　同・倉庫前～中

紗歩、歩いてくると、健二が果物の入った箱を抱え、倉庫から出てくる。
紗歩「何してるんですか？　多分わたしたち二人共、クビですよ。あ、逆恨みしないでくださいね」

健二は淡々と行ってしまった。
紗歩、怪訝《けげん》に感じながら倉庫の中に入っていく。
不自然な感じでロープが地面に落ちており、倒れている木箱。
見上げると、そこに横木がある。

4 釣り船屋『ふかみ』・外

停まった車から降りてくる耕平。
忌々《いまいま》しげに店の方を見て、歩み寄ろうとして、あっと忘れ物に気付き、車の後部座席からトウモロコシが大量に入った袋を二つ出して、両手に提《さ》げる。

5 同・店内

両手にトウモロコシを提げて入ってきた耕平。
店内には誰もおらず、あれ？と思っていると、奥から掃除機を持った響子が出てきた。

響子「耕平」
耕平「お……（と、トウモロコシを差し出す）」
響子「随分たくさん買ったのね」
耕平「兄ちゃんは？」
響子「今お客さん連れて戻ってくる。東京医療少年院に勤めてた看護師の方だって」
耕平「えっと、それって……」
するど、入ってくる洋貴と、続いて雪恵。
洋貴「（響子に）東さん」
響子「（礼をして）」
雪恵「（礼をして）」

×　×　×

耕平が隣のテーブルで頬杖付いて猜疑心《さいぎしん》のある顔で眺めている中、向かい合って座っている洋貴と響子と雪恵。
雪恵「わたしにお話し出来るのはみなさんを救えるような、そんな類《たぐい》のお話ではありません。余計辛い思いをされるかもしれません。それで良ければお話しします」
洋貴「お願いします」
雪恵、手元のグラスを弄《もてあそ》ぶようにしながら淡々と。
雪恵「九年前、わたしが東京医療少年院に勤め出した時、もう三崎文哉さんはいて、退院する一年前でした。その頃既に彼の治療はほぼ終了したんです」

洋貴「終了って言うと……」
雪恵「罪を悔い改め、社会生活を送れる人間になったということです」
洋貴、響子、耕平、……。
雪恵「三崎文哉は更生した。誰もがそう信じてました。ただひとりを除いて」
洋貴「誰ですか？」
雪恵「彼自身です」
洋貴、響子、耕平、！と。

6　回想、東京医療少年院・廊下

大きな音をたてて十数名の少年たちが階段の上り下り運動をしている。
到着したての二十六歳の雪恵、先輩看護師の川藤雅美《かわふじまさみ》に案内されて歩いてくる。
川藤「男子棟は二階が身体的疾患を抱えてる子たちで、三階が精神的疾患。四階は長期の子とか、ま、特別な子」
雪恵「特別な子……？」
少年たちが整列し、スクワットをはじめた。
川藤「ねえ、あなたの噂って本当なの？　前にいた病院で横領して、男に三百万貢いでたって。公にはされなかったらしいけど。ねえ、本当のとこどうなの？」
雪恵「（冷めた様子で）三百万じゃなくて、三千万です」

7　同・グラウンド

雪恵と川藤、出てくると、十数名の少年たちがバーベキューをしている。

川藤「こうやってグループに分かれて運動したり、勉強したり。それぞれ子供たちの特徴に合わせて治療してるの」

雪恵、ふと気付く。

端の方に腰掛けている少年。

二十歳の文哉で、スケッチブックに何か描いている。

雪恵「……？」

バーベキューをしている教員に呼ばれ、川藤が行った。

雪恵、文哉の傍らに行く。

雪恵「何を描いてるの？」

雪恵、後ろから覗き込むと、湖のスケッチである。

雪恵「池？　あ、湖か。どこの湖？」

文哉「三日月湖です」

雪恵「聞いたことないな。どうして湖の絵を描いたの？」

文哉「……わかりません」

雪恵「そう」

　文哉、立ち上がって礼をし、建屋に歩いていった。

　川藤が駆け寄ってきて。

川藤「四階の子よ」

雪恵「あ……」

川藤「ここじゃ山中《やまなか》くんって呼んでるけど、本当は別の名前なの。三日月湖であった女児殺害事件わかる？」

雪恵「犯人、なんですか？」

川藤「見えないでしょ、あんな顔して七歳の女の子を湖で殴り殺したなんて。でも安心して。彼はもう治ってるから」

雪恵「湖……」

　文哉の後ろ姿、振り向かず立ち去った。

雪恵「（見送って）……」

8　現在、草間家・廊下

　悠里、バドミントンを手に、健二の部屋の前にいて。

悠里「健ちゃん、健ちゃん」

　真岐が来て。

真岐「悠里、何してるの。こっち来なさい」

悠里「あのね、バドミントン……」

真岐「早く！」

9　同・健二の部屋

　カーテンを締め切ったまま薄暗い部屋の中、扉に張り付き、外の声を聞いていた健二。額に汗が流れ、体が震えている。

　立ち去っていく足音が聞こえた。

　健二、安堵《あんど》し、扉から離れる。

　床には何十枚もの紙が散乱していた。どの絵もこの周辺の風景をスケッチしたものだ。

　健二、足を折り曲げ、両手を広げ、スクワットをはじめる。

　黙々とスクワットを続ける。

健二「一、二、三、一、二、三……」

○　タイトル

10　回想、東京医療少年院・渡り廊下（日替わり）

　見下ろす中庭で少年たちが整列して、スク

ワットをしている。
文哉の姿もあり、黙々とスクワットをしている。
渡り廊下から見下ろしている雪恵と川藤。
川藤「母親が自分の子供を川に投げ捨てた事件があったの。その母親はね、虐待してたわけじゃなくて、子供のことをものすごく愛してたの。ただ、家の前に川が流れてたの。母親は子供が過って川に落ちてしまうんじゃないかって、毎日不安で不安で仕方なかった。不安はどんどん大きくなって、ある時とうとう、母親は我が子を川に放り投げた。抑えきれなくなった不安を消す一番簡単な方法は実際にそれをやってしまうことだったから」
雪恵「してはいけないことを想像してしまう……」
川藤「(頷き) 先生の診断だと、父親が家庭に無関心だった上、元々厳しかった母親が突然事故死したことが大きなトラウマを残したんじゃないかって。結局、あの子本人が一番わかってないのよ、どうして人を殺したのか」
雪恵、黙々とスクワットをしている文哉を見つめ。
雪恵「……」

11 同・廊下

文哉、歩いてくると、雪恵が来る。
雪恵、文哉の前に立って塞ぐようにし、周囲を見回しながら、何か差し出す。
文哉、見ると、キャラメルの箱だ。
雪恵「早くしまって」
しかし文哉はぽかんとし、受け取ろうとしない。
雪恵「心配しないで。わたし、君のファンよ」
文哉「……」
雪恵「君に興味があるの。ねえ、本当に治ってるの? 治ったふりしてるだけなんじゃないの?」
文哉「……」
教官が集合をかけている。
雪恵「何か欲しいものがあったら言ってね」
と言って行こうとすると、文哉、ぽつりと言う。
文哉「リス」
雪恵「リス……?」

12 同・グラウンド(日替わり)

筆に絵の具を付け、シンプルな花を描いて

いる文哉。
横から覗き込んで見ている雪恵。

雪恵「たぬきの毛の筆もあったよ。今度買ってこようか?」

文哉、何か取り出し、傍らに置く。
雪恵、見ると、折り紙の金魚だ。

雪恵「……もしかして、リスのお礼?(と、嬉しく)」

13　同・診察室(日替わり)

医師からの診察を受けている文哉。
手伝いをしている雪恵、医師が席を外した隙に、絵の具を出し、文哉に渡す。
文哉、受け取って、代わりに金魚の折り紙を渡す。

14　同・廊下(日替わり)

他の少年たちと階段の上り下り運動をしている文哉。
降りてくる雪恵、すれ違いざまに文哉に筆を渡す。
文哉、金魚の折り紙を渡す。

15　安アパートの雪恵の部屋(夜)

帰ってきた雪恵、灯りを点ける。
質素で、ひどく散らかった部屋。
買ってきた牛丼に冷蔵庫から出した生卵を落とし、机の前で食べる。
机の上にはたくさんの金魚の折り紙が並んでいる。
また新たに貰った金魚を加え、食べながら見つめ。

雪恵「(微笑む)」

16　現在、草間家・廊下

五郎、健二の部屋の前にいて、ノックしようとしていると、廊下の向こうから子機を持った紗歩が。

紗歩「社長、電話すよ」
五郎「誰だって」
紗歩「(子機に)さあ」
五郎「もしもし?」

17　同・健二の部屋

カーテンの隙間から窓の外を見ている健二。

窓の外に、悠里の姿が見える。
真岐と一緒に庭への水まきをしている。

健二「（無表情で）」

18　遠山家・居間

電話している駿輔。

駿輔「従業なさってる方のことでお伺いしたく」
駿輔の手元には果樹園の一覧表があり、上から順に幾つかの果樹園に×印が付けられており、草間の果樹園のところにペン先がある。

駿輔「いえ。実は人を探しておりまして。二十八歳の……」

19　草間家・事務所

電話で話していて、少し動揺している様子の五郎。

五郎「二十八歳。はあ。あ、いや、従業員のことは何ともお答え出来ませんが。（ふと思って）あの、遠山さんとおっしゃいましたか。おたくさん、どなた？」

20　遠山家・外

隆美と灯里、洗濯物を干すなどしながら。

灯里「あれ、これ、わたしの靴下だっけ」
隆美「それは双葉のよ」
灯里「これは？」
隆美「それも双葉、そっちが灯里の」
灯里「よくわかるね」
隆美「（双葉のシャツを見て、悲しげに）……」
灯里「お姉ちゃん出ていったのは、お母さんのせいじゃないよ。お姉ちゃん、二十五なんだから」
隆美「でもお母さんがあんなこと言わなければ……」
などと話しているところに、家から出てくる駿輔。

駿輔「ちょっと出てくるわ」
隆美「どこ行くの？」
駿輔「千葉の果樹園」
隆美と灯里、その意味を察して。

隆美「……（俯き）」
灯里「お兄ちゃん、見つかったの？」
駿輔「まだわからない」
灯里「もしいたら？」
駿輔「（隆美を見て）……」
隆美「……あなたは文哉の父親だから、会えばわかるわよね？　あの子が今、どんな人間なのかわかるわよね？」

警戒している隆美。

駿輔「……わかってる。任せてくれ」

と言って、車に乗り込む。

隆美、不安げな灯里の肩を抱いて。

隆美「お父さんを信じましょ」

21　回想、東京医療少年院・渡り廊下

中庭で文哉を含む少年たちがスクワットをしており、見下ろしながら話している雪恵と川藤。

川藤「子供たちの間で噂になってるのよ。あなたと山中くんが二人きりで会ってるって」

雪恵「(文哉を見ていて)……」

川藤「もしそんな話が外部にでも漏れたらあなたの一生が台無しになるのよ……聞いてる？」

雪恵、中庭を見ていると、文哉が座り込んだ。

22　同・診察室

雪恵「(あ、と)」

カーテンで囲われた中、ベッドに横たわっている文哉のシャツを開き、体温計を差す雪恵。

雪恵「あの人たち、羨ましいのよ。わたしだけ君に信頼されてるから」

じっと目を閉じている文哉。

雪恵「もうすぐ退院ね」

文哉「はい」

雪恵「嬉しい？」

文哉「はい」

雪恵「自由になるのが嬉しいの？」

文哉「治ったのが嬉しいです」

雪恵「……治ったの？」

文哉「はい。先生が治ったって言いました」

雪恵「そう……どうして治ったら嬉しいの？」

文哉「人を殺すのはいけないからです」

雪恵「……」

雪恵、少し寂しげにし、文哉の脇から体温計を抜き。

雪恵「君がいなくなったら……」

文哉「お願いがあります」

雪恵「何？」

23　同・図書室

誰もいない図書室に入ってきた文哉と雪恵。

雪恵、扉の鍵をかけて。

雪恵「時間、気にしないでいいから」

× × ×

書棚の前、画集を見ている文哉。

雪恵、見ると、文哉が見ているのはルーベンスのキリスト昇架。

雪恵「ルーベンス」

文哉「(知っているのか?と雪恵を見る)」

雪恵「あ、全然詳しくないのよ。フランダースの犬の最終回に出てきたから」

絵をじっと見つめている文哉。

雪恵「ネロと一緒ね。この絵、好きなの?」

文哉「亜季ちゃんが教えてくれました」

雪恵「亜季ちゃ……(と、言いかけて気付き)深見亜季ちゃんのこと?」

文哉「生まれてこなければ良かったのにって言いました」

雪恵「そう……」

雪恵、絵を見つめる文哉を見ていて、ふっと思って。

雪恵「もしかして、自分のこと言われてると思った?」

絵をじっと見ている文哉。

雪恵「だからその子を……」

ふいに扉を叩く音。

川藤の声「何してるの? 東さん、開けなさい!」

雪恵、落胆して、ふと気付くと、文哉が置いてあったボールペンを握りしめている。

不穏な眼差し。

雪恵「……(優しく微笑み)大丈夫よ」

とその手からボールペンを抜き取って。

雪恵「今度プレゼントするから」

と画集を書棚にしまう。

24 同・廊下～渡り廊下(日替わり)

資料を持って歩いてくる雪恵、鍵のかかったドアを開け、出ようとすると。

後ろから来た誰かが、雪恵とともに外に出た。

え?と見ると、文哉だ。

文哉「(礼をする)」

雪恵「……もうあなたに近づいちゃ駄目って言われてるの」

文哉「はい」

雪恵「明日で退院でしょ。問題起こしたら……」

文哉、紙を丸めた筒を雪恵に差し出す。

雪恵、筒を受け取り、輪ゴムを外して広げて見ると、亜季が浮かんでいる湖の絵である。

雪恵「……誰かに見せた？」

文哉「（首を振る）」

雪恵「絶対見せちゃ駄目。外に出られなくなるわ」

雪恵、絵の中の亜季を示して。

雪恵「深見亜季ちゃん、でしょ？」

文哉「（首を傾げる）」

雪恵「違うの？　じゃあ何？　これは何？」

文哉、絵の中の亜季をじっと見て。

文哉「金魚」

雪恵「……」

文哉「かわいそうな金魚」

雪恵「……」

25　同・会議室（日替わり）

院長による文哉への許可証の授与が行われる。

普段着を着た文哉。

何人かの列席者の中、保護司の高田進一郎もいる。

院長「仮退院許可決定証。三崎文哉。平成十五年六月二十七日、仮退院を許可する。おめでとうございます」

文哉「……」

受け取るのを躊躇《ちゅうちょ》している文哉。

院長「おめでとう。三崎くん。ほら」

文哉「……（受け取り）ありがとうございます」

26　同・正門〜外の通り

高田とともに出てくる文哉、歩き出す。

高田「世の中はな、今ラーメンブームなんだよ。中じゃラーメンなんか食えなかったろ、なあ」

文哉、頭上のカーブミラーを見上げている。

後方から付いてきている雪恵の姿。

院内で履くサンダルのまま付いてきている雪恵。

距離を置いたまま、付いていく雪恵。

27　ラーメン店

ラーメンを食べている文哉と高田。

洗面所から戻ってきた高田。

高田「これからはな、まっとうに働いてまっとうに生きろ。それが被害者への償いになるんだから」

文哉「はい（と、食べていて）」

離れたテーブル席に雪恵の姿があり、ラーメンに手を付けず、文哉の後ろ姿をじっと見ている。

食べ終え、支払いをして出ていく文哉と高田。

店員が丼を下げていると、テーブルに紙ナプキンを折り紙にした金魚がある。

ん?と見ていると、雪恵が横に来ていて、金魚を取り、自分のテーブルに行く。

折り紙を見つめる雪恵、何かに気付き、開いてみる。

住所が書かれてあり、名前には雨宮健二とある。

雪恵、その紙を無造作にポケットにしまって、伸びたラーメンを黙々と食べはじめる。

28　自動車工場（日替わり、夕方）

油まみれになった作業着姿の健二が仕事を終えて、工場から出てくる。

買い物袋を提げ、照れたように立っている雪恵。

特に顔を見合わすことも会話することもなく、共に歩き出す。

29　古びたアパート・外階段

急な外階段を上がっていく健二と雪恵。

足下が滑りそうになる雪恵に手を貸す健二。

30　同・健二と雪恵の部屋（夜）

質素だが、よく片付いて生活感のある部屋、折り紙の金魚が糸を通して吊るして飾ってある。

小さなテーブルでお好み焼きを焼いて、箸で取り分け、黙々と食べている健二と雪恵。

×　　×　　×

夜、並んだ二つの布団に寝ている健二と雪恵。

雪恵、天井を見つめながら。

雪恵「……（ふふっと苦笑混じりに笑って）」
健二「（雪恵を見る）」
雪恵「（首を振って）ちょっと、驚いてるだけ。君がね、真面目に働いてるところを見ると嬉しいの。君も変わったし、君に出会ってわたしも変わって、なんか驚いてるの」
健二「……治った？」

雪恵「うん、治ったよ」

健二「もう消えた？　殺す僕は消えた？」

雪恵「（頷き）消えたよ。君はもう特別な子じゃない。もう誰も殺さない」

　雪恵、健二の方に行き、布団に入る。

　健二の上に覆い被さる。

　顔を寄せ、無表情の健二にキスをする。

　ただ受け入れている健二。

31　同・廊下～外階段（深夜）

　カタンカタンと音がする中、寝間着姿の雪恵、心配して出てくると、外階段に健二の姿。

　寝間着姿のまま階段の上り下りをしている。

雪恵「（込み上げる不安を必死に抑え）……」

32　産婦人科の前

　出てくる雪恵。

　立ち止まり、腹を押さえ、考え込むように俯く。

　薄く笑みを浮かべ、携帯を取り出し、かけはじめる。

33　古びたアパート・外階段

　帰ってきた健二、階段を上がってくる。

　手にはコンビニの袋があり、牛乳が入っている。

　途中でふっと立ち止まり、足下の段を見る。

34　同・健二と雪恵の部屋

　玄関にある雪恵のサンダル。

　帰ってきた健二、サンダルの横に立ち止まり、靴を脱ぎ、中に入っていく。

　食事の支度がしてあり、待っていた雪恵。

雪恵「（笑顔で）おかえり」

　健二、座って、袋に入っていない牛乳パックを置く。

雪恵「（健二の表情を窺《うかが》い見ながら微笑み）お腹すいた？」

健二「（頷く）」

雪恵「（不安を押し殺し）食べようか。いただきます」

　雪恵、食べながら、置いてあった本を引き寄せ。

雪恵「あのさ、これ……」

　健二は食べずに、じっとしている。

雪恵「どうしたの？」
健二「ビール」
雪恵「飲みたいの？」
健二「（頷く）」
雪恵「珍しいね。じゃあさ、後で買ってくる」
健二「……」
雪恵「……わかった。今行ってくるね」
　お腹を気にしながら立ち上がる雪恵。
雪恵「行ってきます」
　サンダルを履く雪恵。
健二「……」
　出ていった雪恵。
　健二、雪恵が出そうとしていた本を手にする。
　画集で、開いてみると、ルーベンスのキリスト昇架。
健二「（じっと見て）……」
　立ち上がる健二、玄関で靴を履こうとするが、しかし手間取り、靴下のまま外に出る。

35　同・廊下〜外階段
　出てきた健二、外階段の前に行く。

　見下ろした階段の一番下、倒れている雪恵の姿。

　苦しそうにし、お腹を押さえている。

　健二、足下を見る。

　コンビニのビニール袋がある。

36　現在、釣り船屋『ふかみ』・店内
　雪恵の話を聞き、絶句している洋貴、耕平、響子。
雪恵「彼の二度目の殺人です。彼は十四歳の時の彼のままだったんです」

37　回想、古びたアパート・健二と雪恵の部屋（夕方）
　西日が差し込む中、赤ん坊用の服がごみ箱に捨ててあり、床に座り込んでいる虚ろな雪恵。

　目の前に一冊のノートがある。

　雪恵、開いてみる。

　小さな文字がびっしりと一面に埋められている、健二による日記。

　目に付くところを読みはじめる雪恵。

健二の声「六月二十八日。工場の仕事がはじまる。溝きりを任された。訓練所で習ったのとは少し違ったけど、明日からはもう少し上手く出来ると思う。アパートに帰って、雪恵が作った餃子を食べた。雪恵はよく笑う。僕はあまり考えないようにしてる」

以下、適時、店内で雪恵の話を聞いている洋貴、響子、耕平とカットバックしながら。

雪恵、ページをめくる。

健二の声「七月十九日。雪恵と一緒に電車に乗った。デパートでお風呂の蓋《ふた》を買った。レストランでエビフライを食べた。雪恵がトイレに行った時、隣のテーブルに小学生の女の子が来て座った。僕はフォークを少し離して置くことにして、雪恵が戻ってくるのを待った。我慢出来た」

雪恵、ページをめくる。

健二の声「九月四日。社長に届け物を頼まれて地下鉄に乗った。前の席で本を読んでいる女の人が指に絆創膏を貼っていた。付いていった。ワンルームマンションの前まで行った。一時間そこにいて、帰った。僕は治っている。もう人は殺さない。カーテンは水色だったと思う」

雪恵、ページをめくる。

健二の声「九月五日。昨日のマンションに行った。もう一度カーテンの色を確認しようと思った。よく見えなかったのでドアを開けようと思ったけど、開かなかった。屋上に行った。町がよく見えた。また頭の中の井戸を覗き込んでみた。水は入ってなかった。渇いている。水を入れたい。すごく困る。死にたい」

雪恵、ページをめくる。

健二の声「十月一日。川田《かわだ》さんのハンマーを家に持って帰った。夢を見た。川田さんのハンマーで雪恵の頭を何回も何回も叩いた。雪恵は叩かれながら餃子を作った。目が覚めたら、雪恵が朝ご飯を作っていたので食べた。味がしなかった。またいつかしてしまうと思う。またいつかしてしまうと思う。生まれてきてはいけなかった」

雪恵、ページをめくる。

健二の声「十一月九日。すごく気分が良い。空が青い。緑が光っている。雪恵が笑っている。井戸の中は水で一杯だ。何とかなるかもしれない。休みを貰って、雪恵と旅行に行こうと思う」

雪恵、ページをめくる。

健二の声「十一月九日。人間は悲しい。どうして生まれたのかわからないまま生まれてきて、どうして生きてるのかわからないまま生きて、何もわからないまま何もわからないまま死んでいく」

雪恵、ページをめくる。

健二の声「十一月九日。殺す僕がいる。殺す僕は僕の子供を殺すだろう。僕は見てるだけ。殺す僕が僕の子供を殺すのを見てるだけ。それでも僕は生きている」

雪恵、思わずノートを閉じる。
突っ伏し、涙を流し、嗚咽《おえつ》して泣く。
吊るされた金魚の折り紙が風に揺れている。

38　現在、釣り船屋『ふかみ』・店内

雪恵の話を聞いている洋貴、響子、耕平。

雪恵「その日彼が仕事から帰ってくる前にアパートを出ました。逃げたんです。それ以来、彼とは会っていません。彼を、救うことが出来ませんでした……！」

深く項垂《うなだ》れる雪恵。
洋貴、響子、耕平、……。
響子、心配そうに雪恵の傍らに行き、肩を抱く。

響子「辛かったね」
雪恵「（首を振って）ごめんなさい」
洋貴「いいえ。話してくれてありがとうございます」
雪恵「まだ彼に会いたいですか？」
耕平「……」
響子「……」
洋貴「……はい」
雪恵「以前、彼の保護司だった方から聞きました。彼は今、千葉にある果樹園で働いています」
洋貴「……」

耕平と響子が洋貴を見る。

洋貴「……ちょっと、お茶、入れます」

39　同・厨房

入ってくる洋貴、冷蔵庫を開けようとして止まり、扉に手を付く。
抑えきれず、高まっていく思い。

洋貴「……！」

40　現在、草間家・外

出てくる五郎、車に乗ろうとすると、紗歩が来て。

紗歩「あ、社長、わたしの給料なんですけど……」
五郎「帰ってからにしてくれ」

車に乗り込み、走っていった五郎。
舌打ちし、見送った紗歩。
ふと見ると、バドミントンとぬいぐるみを

持った悠里が出てきた。

紗歩「(見て)……」

41　同・廊下～真岐の部屋

携帯で話しながら来る真岐。

真岐「うん、しばらく泊めてくれないかな。娘とわたし。うん、落ち着いたら戻るんだけど。ううん、別に何があったとかじゃないんだけど。ありがとう」

携帯を切って、部屋に入る。

悠里の姿が無い。

真岐「(え、と)悠里?」

42　同・廊下～健二の部屋

真岐、健二の部屋の前に来て、一瞬躊躇しながらも扉を開ける。

はっとして、止まる。

健二がスクワットしている。

無表情。

真岐、得体の知れない恐怖を感じて、動揺しながら。

真岐「悠里は?」

スクワットを止め、ぽかんとしてる健二。

真岐「悠里どこ⁉」

中に入る真岐、押し入れの襖を開け、中を見る。

布団を乱暴に引きずり下ろす。

無表情でその様子を見てる健二。

真岐「どこにやったの? 悠里、どこに……(と、気付く)」

足下にたくさん落ちている風景画。

中から一枚を拾い上げると、日向夏の木の絵。

木の根元には、小さな女の子が体を折り曲げるようにして横たわり、死んでいるように見える。

空から光が差し込み、照らしている。

真岐、女の子をぽかんと見つめ、震えて。

真岐「何なの、あんた……」

真岐、健二に摑みかかって。

真岐「ケダモノ! 悠里をどこにやったの⁉」

健二「(無表情)」

43　国道沿いの主要交差点あたり(夕方)

車から降りていて待っている駿輔。

果樹園のライトバンが走ってきて停まる。

窓から顔を出す作業着姿の五郎。
五郎「三崎さんか？」
駿輔「（頷き、頭を下げる）」

44　草間家近くの道路
真岐、悠里を探して呼びかけ、走っている。
真岐「悠里！　悠里！」

45　果樹園
紗歩と悠里がバドミントンをしている。

紗歩「違う違う、こう、脇くっつけて、そうそう、羽根をよく見て、そうそう、そう！」

転んでしまう悠里。

紗歩、駆け寄って、少しすりむいた膝を見て。

紗歩「痛かった？　もう帰ろうか」

悠里「大丈夫、まだやる」

紗歩「お、偉い。じゃ、羽根取ってくるね」

と微笑み、木の向こうに取りにいく紗歩。

木々の間を入ってきて、羽根を見つけて拾って、ふと顔をあげると、目の前に健二の足下がある。

顔は見えない。

紗歩「……びっくりした。何すか？」
じっと立っている健二。
紗歩「ちょっと遊んであげてただけですけど……（ふっと健二の手元を見て）何、持ってるんですか」
紗歩の顔が恐怖に歪む。
紗歩「あの、それ危ないですよ、ねえ、放しましょうよ」
木々の向こうで待っている悠里。
悠里「紗歩ちゃん、まだ？」
紗歩、はっとして、健二を見据えたまま。
紗歩「悠里ちゃん、お母さんところ、戻りな！」
悠里「えー！」
紗歩「いいから早く戻りな！」
悠里「嫌だ！」
紗歩「早く……！」
健二、踵を返し、悠里の方に行こうとする。
紗歩「駄目……！」
紗歩、健二に追いすがろうとした時。
振り返った健二の手が、頭上に振り上がった。
紗歩「（あ、と見上げて）……」
待っている悠里。
何やら木々の向こうで、どさっという音が

　　聞こえた。

悠里「紗歩ちゃん？」

　　悠里、どうしたんだろうと見ていると、

　　木々の向こうから現れた健二。

悠里「紗歩ちゃんが健ちゃんに変わった！」

　　健二の手には金槌がある。

健二「（無表情で悠里を見ていて）」

　　しかし息は荒く。

46　国道沿いの主要交差点あたり

　　車を停め、路肩で立ち話をしている駿輔と

　　五郎。

　　駿輔、経過を話した様子で。

駿輔「今更だとは承知しています」

五郎「ま、俺はただのあれだから、とやかく言う偉そ

　うなもんじゃないが、健二は……息子さんはあん

　たに会いたがらないかもしれない」

駿輔「はい」

五郎「あんたや家族の話を自分からしたこともない」

駿輔「はい」

五郎「それでも、どうしても会うというなら、それな

　ら今度は、今度こそは見捨てたら駄目だ」

駿輔「……」

五郎「出来んのなら、会わずに帰った方がいい」

　　駿輔、五郎をしっかりと見つめ。

駿輔「会わせてください」

五郎「……」

　　五郎、背を向け、車の方に行って。

五郎「後ろ付いてきて」

駿輔「はい」

47　果樹園

　　見下ろしている健二の顔。

　　呼吸が荒く。

48　駅前

　　停められた軽トラから降りてきた洋貴と雪

　　恵。

　　洋貴、礼をすると。

雪恵「こんなこと言うべきでないんですが……」

洋貴「……？」

雪恵「（涙ぐんで）彼を、楽にしてあげてほしい」

洋貴「（雪恵を見返し）……」

　　礼をし、駅の方に走っていった雪恵。

　　見送った洋貴、車に乗り込むと、助手席の

　　耕平が。

耕平「何話してた？」
洋貴「別に。おまえも帰るならここで……」
耕平「俺だって亜季の兄ちゃんだし、誰か止める奴がいないと、兄ちゃんが人殺しになったら困るから」
洋貴「……あ、そう」
　車を出す洋貴。

49　果樹園

　見下ろしている健二の顔。
　呼吸が荒く。

50　釣り船屋『ふかみ』・店内

　拭き掃除をしたりしている響子。
　ふいに外から物音がして、びくっとして警戒し。
響子「どなた？　誰？　洋貴？　耕平？」
　ゆっくりと戸が開き、申し訳なさそうに伏し目がちに立っている双葉。
響子「あ……」
双葉「（下を向いたまま会釈して）」
響子「もう、びっくりさせないでよ」
双葉「ごめんなさい」
　と踵を返し、帰ろうとする。
響子「双葉ちゃん、座ろ」
双葉「や……」
響子「座ろ」
双葉「はい」

51　果樹園

　見下ろしている健二の顔。
　健二の前には、地面に石を並べている悠里の後ろ姿。
健二「（見つめていて）……」
　悠里、ひとり遊びしながら。
悠里「（膝の擦り傷を見て）痛い」
　と泣きはじめる。
健二「……悠里ちゃん」
悠里「痛い、健ちゃん」
　振り返る悠里。
　健二、泣いている悠里をじっと見つめ。
健二「……じゃ、お母さんところ、帰ろうか」
　頷く悠里、立ち上がって歩き出す。
　健二、持っていた金槌を離す。
　しかし離れない。
　もう一方の手で手首を握り、ようやく離れ

た。
　深い息を吐き、投げ捨てた。

52　釣り船屋『ふかみ』・店内

　麦茶を入れ、トウモロコシとともに持ってきた響子。
　恐縮して固まって座っている双葉の前に置く。

響子「これほら、本当は生で食べるやつ」
双葉「ごめんなさい」
響子「次謝ったら、罰ゲームよ」
双葉「え、どんな罰ゲームですか？（と、身を乗り出す）」
響子「（その感じに笑って）」
双葉「（あ、と思って）……ごめんなさい」
響子「あ、謝った」
双葉「あ……（と、頭を下げて）」
　響子、試しにひとつ取って齧って。
響子「あー、こういう味なんだ。美味しいよ。食べないの？」
双葉「あの……」
響子「洋貴？　洋貴は、千葉のね、果樹園に行った」
双葉「果樹園……」
響子「多分だけど、あなたのお兄さん、そこに」
双葉「……！」
　思わず立ち上がる双葉。
響子「どうしたの？」
双葉「いえ」
　また座る双葉。
響子「（笑って）」
双葉「……（と、真顔で）」
響子「（それを見て）ん？」
双葉「ん……あの……ごめんなさい」
響子「また……」
双葉「兄は反省してません」
　双葉、悲痛な思いで告げた。
響子「（ぽかんと）……」
双葉「会って、確かめました。兄は、あの人は亜季ちゃんの命を奪ったこと、反省してません」
響子「……」
双葉「ごめんなさい、ごめんなさい、ごめんなさい」
　涙をこぼす双葉。

53　草間家・食堂

　動揺している真岐、一一〇番にかけようとしている。

悠里の声「お母さん！」
真岐、え⁉と振り返ると、悠里が走ってきた。
真岐「悠里！」
真岐、半泣きの悠里を抱き留める。
真岐「どこ行ってたの……！」
悠里の膝の傷に気付く。
真岐「どうしたの？」
悠里「転んだ」
真岐「どこで遊んでたのよ……」
すると、健二が入ってきた。
真岐「……」
健二、真岐に少し頭を下げ、また出ていく。
真岐、健二の服に少し血が付いているのに気付く。
真岐「（え、と）……」
悠里の膝の傷を見る。
真岐「……悠里？」
真岐、悠里の手、足、顔を探るようにして。
悠里「ママ、痛いよ」
真岐「あの人と何して……（と、言葉に詰まる）」
悠里「あの人って？」
それ以上聞けず、真岐、振り返って。
真岐「（憎悪）」

54　同・健二の部屋

荷物をバッグに詰め、出ていく支度をしている健二。
気配に気付き、振り返る。
真岐が立っている。
真岐はその手に包丁を持っている。
真岐「悠里に何したの？」
健二「……（首を振る）」
真岐「何したの？」
健二「（首を振る）」
真岐、健二に迫ってくる。
動かない健二。
真岐「平気な顔して。子供殺した人が平気な顔して。何なの。どういうこと？　何で生きてられんの？」
健二「（目を伏せ）……」
真岐「ねえ、あんたが殺した子供にも母親がいたのよ。大事に大事に育てた母親がいたのよ？　あんたにだっているでしょ、母親がいるでしょ？　わかんないの？」
健二「（苦しく）……」
また息が苦しくなる健二。

真岐「そういうの奪って、奪ってさ、何で平気なの⁉
何で生きてんの⁉　死ねば？　死になさいよ！
死んで償いなさいよ！　あんたみたいな人間、生
まれてこなければ良かったのよ！」
深い深い息を吐く健二。
真岐「あんたなんか生まれてこなければ……」
すっと前に出る健二。
健二「(虚ろな目)」

55　釣り船屋『ふかみ』・店内

俯き、泣いている双葉。
雨戸を閉めたりしている響子、泣いている
双葉の姿を見て戻ってきて、双葉の隣に座
る。
響子「(双葉の) 泣かないの」
まだ泣いている双葉。
響子「泣いてたら罰ゲームよ」
と言って、双葉の肩を抱いて揺すったりす
るが、まだ泣いている双葉。
響子、双葉の膝をくすぐって。
響子「双葉ちゃん、泣かないの」
双葉、涙を無造作に拭《ぬぐ》って、顔をあげ。
双葉「どんな罰ゲームですか？ (と、半泣きのまま)」
響子「(微笑み) バンジージャンプかな」
双葉「バンジージャンプ。はい」
響子も双葉の涙を拭いてあげながら。
響子「意外と泣き虫なんだから」
双葉「はい、意外とそうなんです」
響子「(微笑み) 双葉ちゃんって面白いね」
双葉「全然面白くないです、つまんないです、クラス
で一番つまんなかったんです」
響子「洋貴もそんなこと言ってたかな」
双葉「そうなんですか？」
響子「あの子、あんまり笑わないし」
双葉「そうですね。でも、たまに笑います」
響子「そう？」
双葉「深見さんがたまに笑うと、すごく嬉しいです。
深見さんのお母さんが笑うのも、すごく嬉しいで
す」
響子「そう？」
双葉「人が笑ってるのを見てるのが好きなんです。あ
ー、この人笑ってるなあと思って見ちゃうんで
す」
響子「そう……」
双葉「わたしが想像する夢の博覧会っていうのがあっ
て……」

響子「夢の博覧会？」
双葉「深見家さんのお家があって、覗いて見ると、深見さんと深見さんのお母さんと弟さんたちが笑顔でご飯食べてるんです。隣行くとウチの家もあって、父と母と妹がやっぱり笑顔でご飯食べてるんです」

56　高速道路

走っている軽トラの車内に運転席の洋貴と助手席の耕平。

双葉の声「みんな、笑いながらご飯食べてるんです」

57　釣り船屋『ふかみ』・店内

話している双葉と響子。

響子「双葉ちゃんは？」
双葉「はい？」
響子「あなたはそれを外から見てるの？」
双葉「そうです」
響子「どうしてお家に入って、一緒にご飯食べないの？」
双葉「わたしは……」
響子「一緒に笑えばいいのに」
双葉「わたしはそういうのは、全然よくて……」
響子「幸せになりたいって思っていいの」
双葉「（え、と）……」
響子「あなたも洋貴も幸せになりたいって思っていいの」
双葉「……」
響子「絶対に幸せになれないってわけじゃないの。なるために、あなたと洋貴で考えるの」
双葉「……」

58　高速道路

走っている軽トラの車内に運転席の洋貴と助手席の耕平。

響子の声「二人で、お互いの幸せを」

59　釣り船屋『ふかみ』・店内

話している双葉と響子。

双葉「……（ふっと思って）あの、わたし」
響子「何？」
双葉「深見さんに、ハンカチとハンカチを入れるポケットが付いてる服を買ってあげたいです。深見さん、いつも手を洗ったりした後、こう、ズボンで拭いたりしてて」
響子「うん」

双葉「あと、ご飯とかも、あの、深見さん、食べ物何が好きなんですか？」
響子「洋貴は、冷凍みかんかな」
双葉「……全然作り甲斐《がい》ないですね」
響子「ね。双葉ちゃんが洋貴にしてもらいたいことは？」
双葉「え……無いです無いです」
響子「無くないでしょ」
双葉「……（自嘲的に微笑って）無いです」
響子「（微笑み）じゃ、しまっておいて。しまっておいて、洋貴のことを信じてあげて」
双葉「……はい」

60　高速道路

走っている軽トラの車内に運転席の洋貴と助手席の耕平。

61　草間家・外

二台の車が停車して、降りてくる駿輔と五郎。
五郎、案内して、家の中に入っていく。
五郎「逃げだしはしないと思うが、驚くだろうな」
駿輔「はい……（と、緊張して）」

62　同・廊下〜健二の部屋

五郎に連れられて入ってくる駿輔。
五郎「（食卓の方を覗き込み）真岐？　出かけたかな」
五郎、健二の部屋の前に行き、ドアをノックする。
五郎「健二？　健二？」
返事がない。
真岐の部屋から出てくる悠里。
五郎「お、悠里。健ちゃんは？」
悠里「わかんない」
五郎「わかんない？　お母さんは？」
悠里「お部屋で寝てる。起きないの」
五郎「（駿輔に）悪いね、ちょっと待って」
と言って、行く。
駿輔、健二の部屋の扉を開けて中を見る。
誰もいない健二の部屋。
駿輔「（見つめ）……」

63　同・真岐の部屋

五郎、入ってくると、ベッドの中に真岐の姿があり、口元まで布団をかけ、眠るようにしていた。

五郎「どうした？　具合悪いか？」
返事はない。
五郎「健二、どこ行った？　実はな、今あいつの……」
五郎、違和感に気付く。
五郎「真岐……？」
真岐の顔にかかった布団をゆっくりとずらす。
顔面蒼白の真岐。
五郎「……おい」

64　同・健二の部屋

部屋に入ってきた駿輔、机にきちんと畳んで置いてある作業着を見たりしていて、気付く。

机に切り抜きがあり、ルーベンスのキリスト昇架。

駿輔「……」

外から聞こえてきた、五郎の絶叫。

駿輔「……!?」

65　山道のトンネルあたり

真っ暗なトンネルの中から、ゴン、ゴンと音が聞こえてくる。

暗い中、健二がおり、自ら壁に頭を打ち付けている。

額から血を流し、打ち続けている。

66　高速道路のサービスエリア・駐車場（夜）

軽トラが停まっており、耕平が降りてくる。

耕平「ションベン行ってくる。コーヒーとかいる？」

運転席で地図を見ている洋貴。

洋貴「（首を振って）」

サービスエリアに走っていく耕平。

洋貴、室内灯を消し、ダッシュボードを開ける。

新聞紙とガムテープで巻いた、包丁とわかる包み。

洋貴、見つめるうちに、手が震えはじめ、止まらず、包みを胸にぐっと抱き寄せる。

荒い息を抑え、包みをズボンの腰のあたりに押し込んだ。

洋貴「……（覚悟の眼差しで）」

第7話終わり

それでも、生きてゆく

第8話

1　果樹園（夜）

果物の木々に囲まれた中、地面に顔を突っ伏して倒れている紗歩、顔をあげる。
しばらくぽかんとしているが、はっとして思い出し、周囲を警戒する。
立ち上がって見回すが、誰もおらず、安堵する。
歩いていて何か踏み、拾い上げてみると金槌だった。
思わず手から離して。

紗歩「……（恐怖が蘇《よみがえ》ってくる）」

2　草間家・健二の部屋

駿輔、入ってくると、ベッドの中の真岐にすがりつき、狼狽《ろうばい》している五郎の姿がある。

駿輔「どうしました？」

五郎「何でもない。何でもないんだ。ちょっとな。（真岐に）真岐？　どっか痛いか？　お父さんに見せてみろ」

駿輔、傍らに行き、動かない真岐の顔を見る。
生気を失った真岐の顔。

駿輔「（はっとし）……救急車呼びます」
と携帯を出し、かける。

五郎「救急車（と、大げさに感じ）……（しかし理解し）」
五郎、真岐の頭を起こして。

五郎「病院、病院行こうな、真岐、お父さん、今病院連れてってあげるから、な、大丈夫だよ」
五郎、何かを感じ、ふと自分の手を見ると血がついている。

五郎「……!!」

3　同・事務所〜廊下

紗歩、入ってくると、駿輔、携帯で話していて。

駿輔「はい。意識はないように見えます。わたしは……三崎と申します。はい、大至急お願いします！」

五郎「真岐！　真岐！」

紗歩「！　死んだの？」

駿輔「（え、と思いつつ）……いえ」

紗歩「（周囲を見回し）あいつは？」

駿輔「はっ？」

紗歩「三崎文哉だよ！」

駿輔「……！」
紗歩「またやったんだよ！　あいつ、またやったの！」
駿輔「‼」
　　悠里が入ってきて。
悠里「お母さん、お熱出たの？」
駿輔「……（頷き）大丈夫だよ」

4　暗い道

　　ぼろぼろの自転車を押しながら歩く健二。
健二「……」
　　ふと見ると、その視線の先には、交番の赤い灯りが見えている。
　　ゆっくりと、その方向に歩いてゆく健二。
　　近づいてくる灯り。
　　健二、交番の前で足を止める。
　　しかし、中には誰もいない。
健二「……」

5　道路

　　コンビニの前にバンが停まっており、車内に洋貴。
　　地図を持ってコンビニから出てくる耕平、乗り込み。

耕平「やっぱ、この道であってるっぽいよ」
　　洋貴、車を出す。
　　走る車の中、話す洋貴と耕平。
耕平「犯人に会ったらどうすんの。話し合い？　殴り合い？」
洋貴「……さあ」
　　洋貴、運転していて前方の景色を見ていて。
耕平「兄ちゃんさ、俺のこと冷たいと思ってる？」
洋貴「何で？」
耕平「俺だって加害者のこと憎い気持ちあるんだよ。結婚してなかったら俺だって……俺、来年もうアナゴさんと同い年だし」
洋貴「アナゴさん？」
耕平「マスオさんの同僚だよ。ちなみに兄ちゃんは銭形警部と同じ年だよ」
　　洋貴が右折しようとして、視界の逆をなにげなくすっと通り過ぎていく自転車の後ろ姿。
洋貴「（右折しながら）あ、そう……」
耕平「ブラックジャックが二十八歳。星一徹が三十三歳。ラオウが三十歳」
洋貴「（別のことを考えている）……」
耕平「三十で、我が生涯に一片の悔いなしだよ？　兄ちゃんなんか悔いありまくり……」

ふいに急ブレーキを踏む洋貴。

耕平「何⁉」

車から降りて、飛び出していく洋貴。

耕平「ちょ、どこ行くの⁉」

6　駅前周辺の通り

走ってくる洋貴。

先ほど自転車が走っていったあたりを見回す。

再び走り出す。と、腰に差したナイフの入った包みが落ちる。

慌てて拾う洋貴、包みを見つめ。

洋貴「(緊張していて)……」

クラクションがプップッと鳴らされ、見ると、耕平が運転してきたバン。

耕平「どうしたの？」

洋貴「……(力が抜け、首を振り)いや、ちょっと見間違い」

洋貴、耕平と代わってまた運転席に乗った。

走り去っていくその向こう、自転車置き場から出てくる健二の姿がある。

淡々と駅の方へと歩いていく。

7　草間ファーム・看板近く

車から降りる洋貴と耕平。

耕平「この辺だけど……」

洋貴、耕平の地図を取りあげ。

洋貴「ちょっと、見してみろよ」

すると、救急車の音が聞こえてくる。

近づいてくる救急車。

洋貴たちの車の横を通りすぎる。

見送っていると、その後ろから、駿輔の車が来て止まる。

降りてくる駿輔。

洋貴「(駿輔を見て)あ……」

駿輔「(重い表情で会釈)」

洋貴「文哉は？」

駿輔「(首を振る)」

洋貴「……(嫌な予感)」

8　駅のホーム

誰もいないホームに健二ひとり、フェリーの求人のチラシを見ている。

ふと、自分の腕を見ると、傷があり血がついている。

健二「（ポカンと見つめる）」
　そこに、電車が到着する。
　ゆっくり乗り込む健二。
　扉が閉まり、健二を乗せた電車が走り去った。

○　タイトル

9　釣り船屋『ふかみ』・店内
　厨房から出てくる双葉と響子。
　お盆に載せてきたご飯と味噌汁と簡単な料理を手分けしてテーブルに並べる。
響子「ちゃっちゃって作っちゃったけど」
双葉「美味しそうです」
　二人、手を合わせて。
双葉・響子「いただきます」
　食べる二人。
双葉「やっぱり美味しい」
響子「お腹すいてたんでしょ。何食べてたの、家出中」
双葉「（指を折って）うどん」
響子「うどん」
双葉「（指を折り）うどん」
響子「うどん」
双葉「（指を折り）うどん」
響子「うどん」
双葉「（指を折り）ミートソース」
響子「あ」
双葉「うどん（と指を折って）」
響子「うどんあるわよ」
双葉「ご飯美味しいです」
響子「千葉だったらそろそろ着いてる頃よね」
双葉「もう会ってるかもしれませんね……」
響子「そうね」
双葉「（緊張している）……（食べて）美味しいですね」
響子「（察しつつ）なめ茸食べる？」
　と瓶を手にし、開けようとするが、開かない。
　双葉、代わりましょうと手を伸ばすと、双葉のバッグの中で携帯が鳴った。
響子「鳴ってる」
双葉「でも、かけてくるならわたしじゃなくて……」
　携帯を出して見ると、着信は公衆電話からだ。
双葉「公衆電話です（と響子に言って、出て）もしもし？」

しかし相手は出ない。

双葉「もしもし？」

響子「(出ない？　と)」

双葉「(頷き) もしもし……深見さん？」

10　都内の街角～釣り船屋『ふかみ』・店内

公衆電話で受話器に耳をあて、聞いている健二。

双葉の声「深見さん？　聞こえますか？」

健二「(虚ろな表情で) ……」

健二の手には、双葉の携帯の番号がメモされた瀬戸内海フェリーの乗組員の募集チラシがある。

双葉の声「もしもし？　もしもし？」

健二「……双葉」

以下、店内の双葉と響子とカットバックして。

双葉「(え、と) ……お兄ちゃん？」

響子「……！」

健二「うん」

双葉「お兄ちゃん。そう。びっくりした」

健二「びっくりって？　何で？」

双葉「え、ううん。今どこ？　深見さんと一緒？」

健二「双葉は？」

双葉「わたしは……三芙根湖の深見さんの家。深見さんのお母さんと一緒にいる」

健二「……」

双葉「ねえ、お兄ちゃん、どこ？」

健二「(周囲を見回し) ……」

双葉「もしもし？　どこか出かけてるの？　深見さんと一緒じゃないの？」

健二「深見さん……」

双葉「え？　深見洋貴さん」

健二「深見洋貴さん……」

双葉、健二が怒っていると感じて。

双葉「ごめん。深見さんのことはいい。お兄ちゃん、どこにいる？　今から会お？　そこ行くからわたし……」

健二、フェリーのチラシを見ながら。

健二「(目が鋭くなってきて) 双葉」

双葉「何？」

健二「おまえが嫌だって言うからこんなことになったんだ」

双葉「何……こんなことって……」

健二「(何か言う、オフで)」

双葉、健二からの言葉を聞いて。

双葉「……！（と、ショックを受ける）」
響子「（それに気付き）……？」
受話器を叩きつけるように置く健二。

11　釣り船屋『ふかみ』・店内

切れた携帯を持ったまま、ぽかんとしている双葉。
響子、心配そうに双葉を見て。
響子「どうしたの？」
双葉「……（首を振り）」
携帯を切る双葉。
店の電話が鳴った。
響子「今度はこっち……」
響子、電話の方に行き、出る。
響子「はい、深見です……耕平？　どうした？　病院？」
双葉「（聞き、はっとして）……」
双葉、話している響子を見つめながら、嫌な予感が押し迫ってきて。
双葉「（激しく動揺）……」

12　遠山家・居間〜救急病院・駐車場

電話に出ている隆美と、傍らで心配そうに聞いている灯里。
隆美「（動揺していて）えっ？　文哉がまた……」
以下、駐車場で話している駿輔とカットバックし。
駿輔「いや、まだわからない。わからないんだ」
隆美「……」
駿輔「でも、もしそうなら……とにかく灯里を連れてそこを出る準備をしておくんだ」
隆美「はい」
駿輔「双葉とも連絡を取って帰るように伝える」
隆美「わかった。はい、気を付けて……あ、（何か言いかけるが、切れていて）」
隆美、携帯を切って、思わず灯里を抱きしめる。
灯里「お母さん……」
隆美「ごめんね、ごめんね」

13　救急病院・駐車場

電話を切った駿輔。
駿輔「……」
その横の車から、洋貴と耕平が電話を切りながら出てくる。
洋貴、駿輔の方を見る。

洋貴と目が合う駿輔。

駿輔「……」

洋貴「……」

洋貴、病院の中へ入っていく。

駿輔「……」

１４　同・廊下

看護師に場所を聞いて、廊下を歩いてくる洋貴、耕平、駿輔。

奥に手術中のランプが灯った手術室がある。

長椅子に横になって眠っている悠里。

立ち上がってランプを見据えている五郎の姿。

洋貴、耕平、駿輔、……。

手術室から医師が出てきて、五郎の元に来る。

医師「お父さん？」

五郎「……」

医師「お父さん？」

五郎「あ、あの、入院になりますかね？　長くなるようなら、あいつのパジャマ持ってきてやらんと」

医師「(困ったな、と)」

五郎「いや、あいつね、着るもんにうるさいんですよ」

医師「落ち着いてください」

五郎「落ち着いてます、落ち着いてます、はい」

医師「今も手術は続いていますが、予想以上に脳に損傷があります。手術が上手くいっても、相当の後遺症を覚悟していただかなくてはなりません」

五郎「……」

聞いている洋貴、耕平、駿輔、！と。

五郎「入院、ということですかね。ということは、あれですか、シャンプーいりますか。あいつ、いつもわざわざ取り寄せたのをあれして……」

医師「(困惑しながら) 娘さんは髪の毛を強く引っ張られた痕跡があります。事故とは考えられません」

聞いている洋貴、耕平、駿輔、……、と。

医師「警察には消防の方から既に連絡が行っています」

と言って、歩いていく。

五郎、眠る悠里を見て。

五郎「どうしようか、悠里。お母さんのパジャマ……困ったな、パジャマ買ってきてやらんと……」

悲痛な思いで見ている洋貴と耕平と、駿輔。

駿輔「……」

背を向け、歩き出す駿輔。

洋貴「どこ行くんですか？」

15　釣り船屋『ふかみ』・店内

携帯を前にして、呆然として座っている双葉。

響子、来て。

響子「お風呂沸いたわよ」

双葉「（項垂れていて、小さく首を振って）」

響子「（そんな双葉を見て）……」

響子、ポットで急須にお湯を入れながら。

響子「亜季がいなくなった日もね」

双葉「（顔をあげ）……」

響子「警察からの連絡待ってる間、主人と言い合ってたの。先にお風呂入ったらって。でも入らないいま朝になって警察が来て、亜季のこと聞いて、結局そのまましばらくお風呂のことなんか頭に浮かばなくなっちゃって……」

双葉「（何か言いたげ）」

響子「（見て）あなたの家もそうだった？」

双葉「（頷く）」

響子「みんな、臭かったでしょ？」

双葉「（頷く）」

響子「ご飯とお風呂は済ませられるうちに済ました方がいいのよ。また長い一日がはじまるかもしれないんだから」

双葉「……（何とか薄く微笑んで）」

16　国道沿いの大型スーパー

寝具売り場でパジャマを見ている駿輔。
どれにすればいいのかと迷っていると、買い物籠にシャンプーなどを入れた洋貴が来る。

洋貴「わかります？」

駿輔「わりと背が高い方だったんで……」

二人して、色々見たりしながら。

洋貴「あの女の子、何歳ぐらいですかね。あんな小さいのに母親がいなくなったら……」

駿輔「……まだ亡くなったわけじゃ」

洋貴「でも先生の話だと、かなり難しいんじゃ……」

駿輔「まだわかりません」

駿輔、ひとつを選んで、洋貴、ひとつを選んで、二人で比べたりしながら。

洋貴「親父が死ぬ前に言ってました。あいつはまたやるって」

駿輔「……」

洋貴「もっと早く見つけてれば……」
駿輔「……」
耕平、やってきて。
耕平「これどうかな？　なんかサラサラになるやつ」
洋貴、耕平に近づきシャンプーを手に取り。
洋貴「アロマって、どんなの？」
耕平「ウチのかみさんに聞い……駄目だ、兄貴んちにいるって言ってきたんだった」

17　救急病院・ロビー

買い物袋を提げて戻ってきた洋貴、耕平、駿輔。
女の子の笑い声が聞こえてきて、見ると、五郎に連れられた悠里が走っている。
五郎「コラコラ、転ぶぞ」
五郎も洋貴たちに気付いて。
五郎「……？」
駿輔、洋貴に買い物袋を渡して。
駿輔「お願いします」
頷き、洋貴と耕平、五郎の元に行く。
洋貴「あ、あの……」
耕平「これ、良かったら使ってください」
洋貴と耕平、五郎に買い物袋を渡す。
五郎、受け取って見ると、中にはパジャマやシャンプーが入っている。
五郎「（あ、と）……」
洋貴「すいません、勝手なことして」
耕平「シャンプー、バラの香りのとアロマの香りのとありますから好きな方で」
五郎、思わず頭を下げる。
同じく頭を下げる洋貴と耕平。
洋貴「早く良くなるといいですね」
五郎「あの……？（と、どなたですか？と）」
洋貴「あ、えっと……」
耕平「（自分たちを示し）三崎文哉に妹殺されました」
五郎「え……」
耕平「（洋貴を示し）兄です、（自分を示し）弟です」
洋貴「はい」
五郎「そうですか……そうですか」
耕平「そうです」
洋貴「はい」
少し離れたところからその様子を見ている駿輔。
悠里が走ってきて、ぶつかった。
転びそうになったのを支える駿輔。
駿輔「気を付けて」

悠里「おじさんも悠里のママ待ってるの？」
駿輔「……（頷く）」
悠里「じゃあ、一緒に遊んでようか」
駿輔「……うん」
　駿輔、悠里を抱えて持ち上げる。はしゃぐ悠里。
五郎「（そんな悠里を見ながら、洋貴と耕平に）深見さん、でしたか」
洋貴「はい」
五郎「ウチに来た時に大体のことは聞いてます。亡くなった方のためにもあいつにまっとうな人生をと思ってましたし、娘もあいつを気に入って、（言葉に詰まり）いや……いや、まさか……俺が雇った奴が……」
耕平「……」
洋貴「……」
　すると、廊下を急ぎ足で来る医師と看護師。
医師「草間さん」
五郎「はい」
　五郎、医師の元に行く。
　洋貴と耕平、不安そうに見守っている。
医師「血腫は取り除きましたが、脳挫傷が広範囲です。意識が戻る可能性は低いです。あちらで詳しいお話を……」
　医師、奥に促そうとすると、五郎はそのまま立ち止まって。
五郎「それは、あれですか……昔職場の仲間が事故で意識戻らんままなって、聞いたら、その……（言葉に詰まりながら）昏睡状態、ちゅうんだと」
医師「（頷き）そうです」
五郎「そ、その仲間はそのまま目覚まさんでそのまま……」
医師「はい」
五郎「……」
　洋貴、見ていると、立ち尽くしている五郎の後ろ姿が震えはじめ、足下が崩れた。
　おおお！と嗚咽をあげ、伏せた。
　駿輔、悠里を抱きかかえたまま、五郎を見て。
駿輔「……」

18　釣り船屋『ふかみ』・店内

　響子、店の電話に出ている。
響子「そう……」
　響子、自分を落ち着かせるようにし。
響子「そう。そう。はい。洋貴。声はかけなくていいから、力になれることがあったら何でもお手伝いしなさい。何かあっても警察に任せて。わかった？　はい。じゃあ」
響子、受話器を置く。
響子「あー（と、思わず声を漏らして）」
壁に手を付く。
バスタオルが落ちているのが見えた。
響子、はっとして顔を上げると、濡れた髪の双葉が立っていた。
双葉「（呆然と）」
響子「……！」
立ち尽くしたままの双葉。
響子、歩み寄り、双葉をそっと抱きしめる。
棒立ちのままの双葉。
響子「（首を振って）あなたのせいじゃないのよ……」
ふっと離れる双葉。
双葉「あ、あの……わたし……」
響子「……？」
双葉、思い余った様子で荷物と上着を手にし。
響子「どこ行くの⁉」
双葉「あ、会いに行ってきます」
響子「誰に？　洋貴？　お父さん？」
双葉「（首を振る）」
響子「お兄さん？」
双葉「（首を振って）……被害者の方に」
響子「……」

19　遠山家・居間

受話器を置き、呆然としている隆美。
隆美の後ろ姿を不安そうに見ている灯里。
隆美、それを感じながら、穏やかな表情を作って振り返って。
隆美「さ、もう寝なさい。学校に起きられないわよ」
灯里「学校、行けるの？」
隆美「ええ」
灯里「だってその人、もう目を覚まさないんでしょ⁉」
隆美「……大丈夫」
灯里「でもお兄ちゃんが犯人だったら……」
隆美「誰にも邪魔させない」
灯里「（え、と）」
隆美「灯里はどこにでもいる普通の十五歳の女の子として生きるの。誰が何を言っても、お母さんが絶対に守るから」
隆美、灯里を抱きしめる。
灯里「（涙がこぼれて）」

隆美「（涙を堪《こら》え、強い眼差しで）」

20　草間ファーム・実景（日替わり）

21　草間家・台所

眠そうな紗歩。ジャージ姿で台所をガサガサあさる。

刑事の声「草間さーん、失礼します」

刑事たち、入ってくる。

刑事「袖《そで》ケ浦《うら》署です。実況検分に参りました」

警察手帳を出し。

22　救急病院・駐車場

車の横に、虚ろな目で座り込んでいる駿輔。

駿輔「……」

×　×　×

回想フラッシュバック。

十五年前、報道陣に囲まれて双葉を連れて家を出る駿輔。

×　×　×

駿輔「……（やりきれない思いで）」

23　同・集中治療室前の廊下

長椅子に座っている洋貴と耕平。

洋貴の膝を枕にして、寝ている悠里。

耕平「この子、もう母親に頭撫でてもらったり出来ないんだな」

洋貴「……」

ペタペタとスリッパの音がして見ると、五郎が両手にペットボトルと袋を抱えて来た。

五郎、耕平にお茶と袋から出したあんパンを渡して。

五郎「ありがとうね」

五郎、洋貴にお茶と袋から出したあんパン渡して。

五郎「ありがとうね」

洋貴「（頭を下げて）」

耕平「すいません」

五郎、ジュースを悠里の横に置いて、もう一本残ったお茶とあんパンを見て。

五郎「あの人は……」

洋貴「戻ってきたら、渡しておきます（と、受け取って）」

五郎、治療室の方を見て。

五郎「まだ入れんらしい、参ったな（と、笑っている）」
　洋貴と耕平、……。
　ふっと目を開ける悠里、洋貴の膝から降りて座る。
悠里「手術終わった？」
五郎「終わったよ……」
悠里「ママ、お熱もうない？」
五郎「う、うん、もうちょっとな……」
　五郎、不安そうに治療室の方を見る。
洋貴「病院の方に聞いてきましょうか」
　洋貴、立ち上がって行こうとすると。
　医師に案内された男女の刑事たち（吉村《よしむら》と大江《おおえ》）が来た。
医師「草間さん。（吉村たちを示し）こちら袖ケ浦署の」
五郎「あ、ご迷惑おかけします」
吉村「（軽く会釈し、医師に）被害者を先に」
医師「こちらです」
　医師に促され、吉村と大江、治療室に入ろうとする。
　立ち尽くしている五郎と、悠里。
　洋貴、それを見ていて、医師に。
洋貴「あの、ちょっと！　先にお父さんと娘さんを……！」
医師「ただの患者ではないんです。被害者でもあることをよく理解してください（と、迷惑そうに）」
洋貴「や、だって……！」
五郎「いや、いいんだ、いいんだ。ありがとう」
　入っていく医師と吉村たち。
五郎「（洋貴に）すまんね」
洋貴「（首を振って）……」

２４　同・駐車場

　袋を提げた洋貴、来て、駿輔の車があるのを確認し、車内を見る。
　駿輔はおらず、周囲を見回す、ふと見ると、何かに気付く。
洋貴「……」

２５　同・前の道

　表をふらふらと歩く駿輔、虚ろな目でふらりと車道に出てしまう。
　向かってくる車。
　そこへ、洋貴が入ってきた。
　駿輔を引っぱり、歩道へ連れ戻す洋貴。
　よけて、座り込んだ二人の脇を、車が通り

過ぎる。
駿輔「……」
洋貴「……」
俯いている駿輔。
駿輔「……（しぼり出すように）死んで償えるとは思ってません。だけど、生きて償えるとも思えない」
洋貴「……」
駿輔「償えません、どうやっても」
洋貴「……」
駿輔「この後、十五年生きたって……償えません……」
洋貴、駿輔の前に来る。
洋貴、持ってきた袋からペットボトルとぐしゃぐしゃになっているあんパンを出す。
洋貴「さっき、あのお父さんが買ってきてくれました……あなたの分だとおっしゃってたんですけど……」
駿輔「（はっとして、あんパンを見つめ）……」
洋貴、そばに落ちている財布に気付き、取りにいく。
拾い上げた時、中から家族写真が落ちる。
そこには、笑顔の双葉。
洋貴「（双葉を見て）……いっつもなんか我慢してるみたいに笑って」
駿輔「……？」
洋貴「いっつもひとりで抱え込んで……もう、これ以上彼女を苦しめ……（と、言いかけ、やめて）」
首を振り、出ていく洋貴。
洋貴「……」

26　走る電車

乗っている双葉。

27　三芙根湖近くのバス停

バスが到着し、降りてきた由佳と、抱きかかえられた涼太、あともうひとりの足下(健二)。
由佳、ベビーカーを広げ、涼太を乗せて歩き出そうとした時。
もうひとり降りた者が声をかける。
健二の声「すいません」
由佳「はい？」
健二の声「このあたりで、釣り船を貸してる店をご存じですか」
由佳「ふかみですか？」
健二の声「そうです」

由佳「（微笑み）今行くところです。ご案内します」
　頭を下げて顔をあげる健二。
健二「どうもすみません」
　由佳、荷物を抱えたままで重そうにベビーカーを押している。
　健二、それを見て、荷物を持ってあげる。
由佳「あ、ありがとうございます」

２８　救急病院・集中治療室前の廊下

　洋貴と駿輔、戻ってくると、悠里とあやとりをしている耕平がおり、目線で示す。
　治療室の前に五郎と吉村と大江がおり、話している。
吉村「えーっと、行方不明の従業員は雨宮健二……」
五郎「はい……あ、や、本名は違います」
吉村「え、何、偽名？」
五郎「三崎……あいつは、三崎文哉と言います」
吉村「三崎？（思い当たり、顔色が変わって）三日月湖のか」
　察した大江、さっと離れ、廊下を走っていく。
吉村「何でそれを早く言わないんですか」
五郎「すいません」
吉村「（周囲の刑事に）応援呼べ」
　駿輔、覚悟の顔で吉村の前に出て。
駿輔「（吉村に会釈し）三崎文哉の父親です」

２９　釣り船屋『ふかみ』・店内

　由佳がベビーカーを押して入ってきて。
由佳「こんにちは」
響子「由佳さん」
由佳「あ、今お客さんが……」
　荷物を持って入ってくる健二。
響子「いらっしゃいませ……？」
由佳「どうもすいません。あっ、ここに（とテーブルを指し）」
健二「はい」
　健二。荷物をテーブルに置く。
　淡々としているが、普通の印象の健二。
由佳「今、バス停で」
響子「……」
由佳「耕平、来てます？」
響子「え、帰ったわよ」
由佳「嘘、入れ違い？」
　周りを見回している健二。
響子「……」

由佳「お母さんひとりですか？　じゃあ今日は釣りは……」

響子「ちょっと待ってくださいね。見てみます」

30　同・達彦の部屋

響子、入るなり、しゃがむ。
体が震え出す。

響子「（文哉だと理解していて）！」

31　救急病院・ロビー

吉村や大江ら刑事たちとともに出てくる駿輔、悠里を連れた五郎。

五郎「（虚ろな様子）」

駿輔「（五郎を気にかけていて）」

少し遅れてくる洋貴と耕平。
悠里の靴が脱げる。
駿輔、拾ってあげ、五郎に渡す。

五郎「すまんね（と、淡々と）」

駿輔「（いえ、と頭を下げ）」

吉村「（駿輔と五郎に）では、お二人、署までお願いします」

駿輔「はい」

32　同・表

大江「じゃあ、こちらに（と、駿輔に、車を示す）」

駿輔、五郎たちと別の車に乗ろうとした時。

駿輔「！」

何かに気付く駿輔。
洋貴も気付いて。

洋貴「！」

タクシーから双葉が降りてくる。

双葉「お父さん……（と、涙がにじんで）」

駿輔「双葉……！」

思わず駆け出す双葉、駿輔の元に行く。
駿輔、双葉の肩に手をかけ。

双葉「お父さん」

駿輔「大丈夫だ、心配するな。全部お父さんが……」

と言いかけて、ふいに気付く。

五郎「（双葉と駿輔を憎悪の目で見ている）」

駿輔「……！」

双葉「……？（と、よくわからず戸惑って）」

五郎「あんたの娘か？」

駿輔「……はい」

五郎「そうか……」

駿輔「（頭を下げる）」

双葉、察して、慌てて駿輔から離れて。
双葉「(頭を下げて)」
五郎「娘か……」
駿輔「……」
双葉「……」
五郎「娘がいるのか……」
五郎、顔が歪んで涙を流し、駿輔に掴みかかる。
五郎「返してくれ！　俺の娘、返してくれ！」
五郎、激しく駿輔を揺さぶり、されるがままの駿輔。
激しく動揺する双葉。
洋貴たち、！と。
五郎「娘返してくれ！　娘返してくれよ！」
刑事たちが割って入るが、五郎は止まらない。
五郎「返してくれよ！　娘、返してくれよ！」
突き飛ばされ、倒れる双葉。
刑事たち、五郎を引き離し、悠里とともに車に連れていき、乗せる。
駿輔「(呆然と)……」
双葉「(呆然と)……」
洋貴「(辛く見つめ)……」

吉村「(駿輔に)三崎さん(と、促す)」
駿輔「はい。(双葉に)家に帰るんだぞ」
と言って、駿輔も車に乗り込む。
五郎たちの乗った車、駿輔の乗った車、走り去る。
残った洋貴と耕平と、しゃがんだままの双葉。
耕平、双葉の荷物を拾う。
洋貴、双葉を見つめ、そして傍らに座って。
洋貴「……遠山さんのせいじゃないよ」
洋貴、双葉の震える肩に手をやろうとすると。
双葉「わたしのせいです」
洋貴「(首を振って)遠山さんは何も……」
双葉「お兄ちゃんがそう言ったんです」
洋貴「(え、と)」

×　×　×

回想フラッシュバック。
健二からの電話に出ている双葉。
健二「おまえが嫌だって言うからこんなことになったんだ」
双葉「何……こんなことって……」

健二「双葉のせいで、また人殺した」
双葉「……！（と、ショックを受ける）」

×　×　×

双葉「……わたしのせいです！」
洋貴「……」

33　釣り船屋『ふかみ』・店内〜厨房

響子、事務所で台帳を探している。

由佳「じゃあお言葉に甘えていいですか、すぐ用意するんで」
健二「はい」

響子、見ると、由佳が涼太を健二に抱かせている。

響子「！」
由佳「お母さん、お鍋借りますね」
響子「ええ……」

響子、店内に戻り。

響子「ごめんなさい、息子が出かけてるものですから、ちょっとわからないんだけど」

響子、台帳を健二の前に置く。

響子「お名前を」
健二「はい」

健二、涼太を抱いたままペンを持とうとする。

響子「あ、代わりましょう」
健二「大丈夫です」

健二、雨宮健二と書く。

響子「あめみやさん」
健二「……」
響子「あまみやさん？」
健二「はい」

健二、続けて千葉の住所を書く。

響子「よくいらっしゃるんですか？」
健二「いいえ」

健二、書き終え、響子、受け取って。

響子「じゃあ、今息子に電話して聞いてみますので」
健二「はい」

響子、受話器を取って、健二の様子を横目に窺《うかが》い見ながらかけようとすると。

健二「あの」

健二、響子の方に来る。

響子「はい……？（と、警戒し）」

健二、涼太を見せて。

健二「濡れてます」
響子「え？　あ……」

響子、涼太を受け取りお尻のあたりを触る。距離がかなり近い響子と健二。
響子「（緊張しながら）おしっこしたみたいですね」
厨房よりほ乳瓶を持って出てくる由佳。
由佳「すいません」
響子「由佳さん、おむつ持ってきた？」
由佳「おしっこしました？　すいません（と、涼太を引き取り）あっ、奥使っていいですか？」
響子「えぇ」
由佳、バッグを持って達彦の部屋へ。
残される響子と健二。
響子「……あっ、えっと竿《さお》……」

34　道路

耕平の運転する『ふかみ』のバンが走り、その後ろを洋貴が運転する駿輔のバンが走っている。
助手席で窓に凭れ、虚ろな表情の双葉。
洋貴「（心配そうに見ていて）とりあえず遠山さんの家まで送ります。あれだったらウチでもいいし……」
双葉「……」
洋貴「……」

35　釣り船屋『ふかみ』・店内

響子「色々あるんですけど、わかります？」
竿が並んでいるところを示す。
健二、来て、見る。
響子「どれでもいいと思うんですけど」
健二「（竿を見ていて）……」
響子、台の上に釣り糸を切るためのハサミが置いてあるのに気付く。
はっとして、ハサミを取り、ポケットにしまう。
振り返ると、健二がその様子を見ていた。
健二「……」
響子「……」
互いに理解する。
響子「……文哉くん」
健二「はい」
響子「今日ね、洋貴、出かけてるの」
健二「そうなんですか」
響子「何の用？」
健二「妹を迎えに来ました」
響子「妹さんも洋貴と一緒よ」
健二「……」

響子「千葉の農家のお宅で事件があったの。娘さんが襲われて昏睡《こんすい》状態だって」
健二「……」
響子「かわいそうに、お子さんもいるらしいのに、無念だったと思うわ。そう思わない？」
健二「……わかりません」
響子「どうしてわからない？」
健二「わかりません」
響子「わからなくないでしょ？」
健二「わかりません」
響子「わからないはずないわ！　あなたがやったんだから！」
健二「(目が泳ぎはじめる)……」
響子「あなたがやったんでしょ⁉」
健二「忘れました」
響子「忘れたんなら思い出しなさい！」
健二、落ち着かない様子で。
健二「無理です。病気なんです。そういう病気なんです」
響子「……」
健二「病気って、自分じゃどうにもならないから……」
響子、健二の顔を掌底《しょうてい》で打つ。
健二「！（と、驚いていて)」
響子、健二の腕を掴み、自分の腹に当てる。
健二、引っ込めようとするが、響子は押しつける。
響子「ここよ、亜季はここにいたの。わたしのお腹の中に十ヶ月いたの」
臆《おく》する健二、嫌がり、手をどける。
響子「その間、母親が何を思うと思う？　ひとつだけよ。健康に生まれますように。健康に生まれますようにって。毎日毎日十ヶ月そのことだけを思うの。亜季は生まれた時女の子なのに三千三百六十グラムもあって、大きくなるね、あなた、大きくなるねって話しかけたの」
健二「……（うう、低く唸《うな》りはじめる)」
響子「摑まり立ち出来るようになったら家のね、台所の横の柱に背中付けて背を測って、並んだ傷見ながら今年はこれだけ伸びたね、ご飯いっぱい食べたからだねって笑ってたの。小学校に行って、はじめは大きかったランドセルがだんだん小さく見えはじめて、亜季はきっと、中学生なる頃にはお母さんの背を越しちゃうんじゃないって言ってたの。言ってた頃に、あなたに殺されたの。わかる？」
健二「(ううと低く唸っていて)」

響子「わかる?!」
健二、唸りながら背を向け、行こうとする。
響子、追って、胸を摑んで振り向かせて。
響子「あなたが殺したの。あなたが亜季を殺したの。わたし、あなたが中学生の時だったとしても、あなたが心を失ってたのだとしても、わたしはあなたを許さない。絶対許さない！」
健二、叫びながら響子を突き飛ばす。
健二「あああああ！」
倒れる響子、テーブルで背中を打つ。
響子「……！（と、痛む）」
健二「ああああ！　あああああ！　あああああ！」
健二、響子にまたがり、髪の毛を摑む。
響子「殺しなさい！　殺せるなら殺しなさい！　わたしは死にません！　あなたが死ぬまで絶対に死にません！」
響子、手元にあった椅子の足を摑んだ時。
健二、響子の胸の中に顔を埋めた。
響子「（はっとし）……（少し気を許し）文哉くん？」
健二、顔をあげ、平然とした顔で。
健二「亜季ちゃん、綺麗だった」
響子「（え、と）……」
健二「三日月湖に浮かんでる亜季ちゃん、綺麗だった」
響子「……（涙があふれて）」
健二「それはよくおぼえてるんです。だからおばさん、そんなに落ち込まないで……」
響子、摑んだ椅子を振り上げた。
健二に向かって、横殴りにする。
健二の側頭部に直撃する。
響子の上にどさっと倒れる健二。
響子「亜季！」

36　走る車

双葉「深見さん」
洋貴「はい」
双葉「前に言ってましたよね。いつか心の底からやったあって思える時が来るのかなって……なかなか来ないですね」
洋貴「……はい」
双葉「来そうな感じ、ないですよね」
洋貴「はい」
双葉「わたし、もう諦めてもよくないですか？」
洋貴「……」
双葉「てゆうか、死んだ方がよくないですか？」
洋貴「……」

３７　道路

洋貴が運転する車、急停車する。
車内の洋貴と双葉。

洋貴「……別に、別に死ぬのは結構ですけど」
双葉「……」
洋貴「遠山さんが死んだら、僕も死ぬと思います」
双葉「……」
洋貴「なんで、二人分の命だと思っててください。そう思っててください」
双葉「……何でそんなこと思わなきゃいけないんですか？　わたしと深見さんは加害……」
洋貴「そんなのもういいだろ！」
双葉「……！」
洋貴「諦めるとか言うなよ！　死ぬとか言うなよ！　そんな悲しい顔するなよ！」
双葉「（驚いていて）……」
洋貴「あんたにそんなこと言われたら俺は……俺は……」
双葉「……深見さん」
洋貴、ハンドルに突っ伏して、言う。
洋貴「俺だって、出来るもんなら何もかも忘れて、出来るもんなら何もかも投げ出して……」
双葉「……」
洋貴「どこかずっと遠くの、誰も知らない、僕らのことを誰も知らないところに、行きたい……」
双葉「……」
洋貴「二人で行きたいんです」

第8話終わり

それでも、生きてゆく

第9話

1　釣り船屋『ふかみ』・店内

響子、摑んだ椅子を振り上げた。
健二に向かって、横殴りにする。
健二の側頭部に直撃する。
響子の上にどさっと倒れる健二。

響子「亜季！」
僅《わず》かに動いている健二の口元。
奥の扉が開き、ほ乳瓶を持った由佳。

由佳「なんか落ちました？」
と暢気《のんき》に言って、状況を見る。

由佳「！（と、息を飲んで）」
我に返る響子、顔をあげて、うずくまっている健二の姿を見て。

響子「……！」

由佳「お客さん、どうしちゃったんですか……!?」
響子、まだ動揺しながら起き上がって。

響子「わたし……わたしが」
足が折れて落ちている椅子。

由佳「え、こんなんで、あれしたんですか」

響子「この子、三崎文哉なの」
静かに目を開ける健二。
身をよじらせ、起き上がろうとしている。

響子「（はっとして）洋貴か耕平に電話してくれる？」

由佳「はい。あ、警察は？」

響子「……先に洋貴に」
頷き、奥に行く由佳。
起き上がる健二。

響子「教えて。どうして亜季だったの？」

健二「……」

響子「どうして亜季だったの？」

健二「たまたま、道で会ったから……」

響子「……」

健二「別に、誰でも……」

響子「（辛く）……」
慌てて、逃げるように出ていこうとする健二。

響子「逃げないで！　洋貴があなたに会いたがってるの！　人間として向き合いたいと思ってるの！」
健二、一瞬止まるが、出ていってしまう。
見送った響子、はっとして電話を取り、慌てて一一〇番を押しはじめる。

2　道路

停車した洋貴のバンの車内、洋貴と双葉。

洋貴「どこかずっと遠くの、誰も知らない、僕らのことを誰も知らないところに、行きたい……」
双葉「……」
洋貴「二人で行きたいんです」
双葉「……はい」
洋貴「はい？」
双葉「あ、死にたいとか言ってごめんなさい」
洋貴「あ、はい」
双葉「ごめんなさい」
洋貴「いえ」
双葉「……どこですかね」
洋貴「はい？　あ、文哉の行き先ですか？」
双葉「え、あ、はい」
洋貴「心当たりないですか？」
双葉「（考え）……」
洋貴「警察に捕まったら、また会えないかもしれません。そしたらまた同じことを繰り返すことして……」
双葉「（思い出し）あ」
洋貴「はい？」
双葉「前兄と会った時、本当の母が生まれたところの話をしてたことがあって……」
洋貴「お母さんの……？」
双葉「わたしに一緒に行かないかって……」

洋貴の携帯が鳴った。
洋貴、着信を見ると、『母』からで、車を降りて外に出て、携帯に出る。
洋貴「もしもし。うん。え。どこに⁉　何で文哉が」
双葉「（聞いていて）⁉」
双葉もまた降りようとして足が当たり、ダッシュボードが開く。
中に入っていた、ナイフの入った包みが見えた。
双葉「（はっとして、洋貴の方を見て）……」

3　釣り船屋『ふかみ』・店内

入ってきた洋貴と双葉を出迎えている響子。
洋貴「警察は？」
響子「夕方ちょっと来て、千葉の警察と連絡取るって」
双葉「お怪我は？」
響子「（首を振り）お腹すいてない？　何か作るわ」
響子、厨房に行き、双葉も行く。
洋貴、息をついて腰掛け、置いてあった帳簿の健二の名前を見て。
洋貴「……」

4　袖ケ浦署・署内の廊下

刑事の大江とともに出てくる駿輔。

大江「息子さんはまもなく指名手配する方針です。接触がありましたらご連絡ください」

駿輔「（頷き）」

大江「ま、親御さんですから我が子を信じたい気持ちもおありでしょうし、こちらも人権には配慮しますので……」

駿輔、深く頭を下げて。

駿輔「息子を逮捕してください。お願いします。（またさらに深く下げて）お願いします！」

5　遠山家・双葉と灯里の部屋

灯里と隆美、灯里の洋服をまとめ、鞄に詰めている。

隆美「お父さん、もうすぐ帰ってくるから」

灯里、学校の制服を見て。

灯里「何回着たっけ。買うの勿体なかったね……」

隆美「（辛く）……」

すると、戸が開けられる音がした。

6　同・玄関〜居間

隆美「おかえりなさい……」

隆美、来て、玄関の戸を開けながら。

立っていたのは、健二。

健二「（目を伏せていて）ただいま」

隆美「……」

思わず腰が砕けて、しゃがみ込んでしまう隆美。

隆美「文哉……」

息を切らし、動揺して少し震えている健二。

隆美、壁に掴まって立ち上がって。

隆美「……ここ、よくわかったわね。あ、双葉から聞いた？」

健二「（震えていて）……迷惑ですか」

隆美「（首を振って）と、とにかく上がって」

健二「……（中を見ると）」

灯里の姿があって。

灯里「（驚いて見ている）……」

隆美「灯里よ。あなたの妹」

灯里「（会釈）」

健二「……」

隆美、客用のスリッパを出して、勧め。

隆美「お父さんももうすぐ帰ってくるから」

健二「（スリッパを見て、何か思っていて）……」

隆美「文哉に会いたがってるの、ね、待ってて」

中に入る健二。

隆美、外の様子を見回しながら戸を閉めて、振り返ると、健二はスリッパを履かずに入っていった。

隆美「スリッパ……！」

健二「お客さん用でしょ」

隆美「……ごめん」

健二「鍵閉めて……！」

隆美「……どうして？」

健二「警察は偉そうだし、捕まりたくないんです」

と言って、居間に入り、身を潜めるようにして隅に膝を抱えてしゃがみ込む。

隆美、灯里、恐怖を感じていて。

7　三芙根湖・湖岸〜釣り船屋『ふかみ』・外

双葉、湖の方を見ていると、洋貴が来て。

洋貴「送っていきます」

双葉「バスで……」

洋貴「文哉から連絡行ってるかもしれないし」

双葉「はい。兄と会ったら何を話すんですか？」

洋貴「……話せるのかな」

双葉「（え、と）」

二人、車の方に歩いていきながら。

洋貴「……あれ、あるじゃないですか、人体模型。ほら、理科の実験室のところによくあった」

双葉「あ、はい」

洋貴「昔、亜季が死んだ後、あの人体模型見ながらよく思ったんです。心はどこにあるんだろうって」

双葉「心……」

洋貴「あの模型には、心臓も脳も肺も、腎臓とか肝臓とか全部あるけど、心はどこにもないじゃないですか」

双葉「はい」

洋貴「俺ってこれと同じなのかなって思ってました」

双葉「……」

洋貴「文哉もそうかもしれない。心がないのかもしれない。そしたら話なんか出来ないですよね……」

洋貴、バンに乗り込んだ。

双葉、乗りかけて、ダッシュボードを見て。

双葉「（不安で）……」

○　タイトル

8　遠山家・外

駐車したバンから降りてきた洋貴と双葉。

双葉、玄関を開けようとすると、鍵がかかっている。

双葉「買い物行っちゃったかな……」

と言っていると、戸が開き、隆美が出てきた。

隆美「双葉……」

双葉「（恐縮しつつ）ただいま」

9　同・居間

健二、窓際に立ってカーテンの隙間から、双葉と、傍らに立っている洋貴を睨むように見ている。

10　同・玄関前

話している洋貴、双葉、隆美。

隆美「（洋貴に深々と頭を下げて）」

双葉「お兄ちゃんから連絡来てない？」

隆美「（洋貴を気にし、動揺を隠し）ええ」

双葉「（洋貴に）じゃあ」

洋貴「はい。（隆美に会釈して）」

洋貴、車に戻りながら、双葉に小声で話す。

洋貴「もし文哉と連絡取れたら……」

双葉「警察より先に連絡します」

洋貴、頭を下げ、車に乗り込んだ。

11　同・居間

双葉と隆美、入ってくると、灯里が立っていて。

双葉「お（と、照れたように）」

目が泳いでいる灯里。

双葉「どしたん？」

灯里「……帰ってきた」

双葉「え？」

洗面所から水が流れる音がして、扉が開いて、出てくる健二。

双葉「……！」

健二「（冷めた横目で双葉を見て）」

健二、カーテンを気にして閉め直し、座る。

健二が電気点けっぱなし、ドア開けっぱなしなのを消して閉める隆美。

双葉「（呆然とし）……」

隆美「帰ってきてくれたのよ」

灯里「お家にいてくれるんだって」

隆美も灯里も動揺を隠し、健二に気を使っている。

双葉、健二を見ながら強い思いが込み上げ

てきて。

双葉「……（隆美に）一一〇番したの？」
健二「（びくっとして双葉を見る）」
隆美「お父さんが帰ってくるの待ちましょ」
双葉「（強い目で健二を見て）……」
健二「（きょろきょろと落ち着きなく見回していて）……」
隆美「どうしたの？」
健二「僕はどこで寝ればいいの？」

双葉、隆美、灯里、……。

隆美「（戸惑いながらも）そうね。どこがいいかしら。じゃあ、お母さん、双葉と灯里と寝るから、ここでお父さんと一緒でいい？」
健二「狭い家だよな。（双葉に）なあ、狭くない？」
双葉「……そうかな」
健二「前住んでた家はお兄ちゃんにも双葉にも部屋あったろ」
双葉「……しょうがないと思う」
健二「お父さん、ちゃんと仕事してるのか」
双葉「クリーニングの配達してる。汗かいて頑張ってる」
健二「（隆美に）晩ご飯何？」
隆美「何がいいかしら。灯里、買い物行ってきてくれる？」
健二「あるものでいいよ」
隆美「でも……」
健二「その子、外出たら裏切るかもしれないし」
隆美「あなたの妹よ」
健二「僕が少年院に入れられてる間に産んだんでしょ」

隆美、灯里、……！と。
双葉、健二に詰め寄って。

双葉「何言ってるの……？」
健二「何って」
双葉「みんながこの十五年間どんな思いで……」
健二「お兄ちゃんを恨んでたんだろ」
双葉「恨んでなんかいないよ！　恨んでないから、家族を恨めないから苦しかったんじゃない！」
隆美「双葉！（と、制し）」
双葉「何であんなことしたの⁉　わたしのせいなの⁉　だったら何でわたしを殺さないのよ⁉」
隆美「双葉」
双葉「もう取り返しつかないんだよ⁉　わからないの⁉　お兄ちゃんが奪ったのはお金でも物でもないんだよ、命だよ。命を奪ったら、もう償えないんだよ⁉」

健二、置いてあったハサミを手にする。

双葉「（動揺しながらも見返し）」

健二「（興奮して、双葉を見据え）」

隆美、双葉を健二の前から引き離す。

健二、あー！と叫んで、うずくまって。

健二「（震える声で）死んだ人はいいよ！」

双葉「（え、と）」

健二「死んだ人は死んだら終わりだけど、殺した方は生きていかなきゃいけないんだ！　かわいそうなんだ！」

双葉「（絶句し）……」

ふいに電話が鳴った。

灯里、健二を気にしながら、受話器を取って。

灯里「はい。はい。そうです。遠山です」

双葉、携帯を持って奥に行く。

灯里「え。はい。はい。え。わかりません。あの、どちら様ですか？」

返事を聞き、灯里、驚いて受話器を押さえ。

灯里「新聞社」

12　道路

走る洋貴のバンの車内。

携帯にメールが着信し、路肩に駐《と》める洋貴、開くと、双葉からで、『あにがうちにいます』とある。

洋貴、⁉となって、再びバンを出し、Uターンする。

13　遠山家・外（夕方）

帰ってきた駿輔、戸を開け、中に入る。

14　同・居間

駿輔、入ってくる。

怯《おび》えた様子の健二が立っている。

健二「……」

駿輔「……」

台所に不安そうな双葉、灯里、隆美。

健二、外を気にして、ドアを閉める。

手にはハサミを持ったままだ。

駿輔「（ハサミを見て）……」

互いに緊張していて。

隆美「今、晩ご飯の支度してるの」

駿輔「……（状況を察し、息をつき）文哉」

健二「……」

駿輔、すっと手を出し、健二の手からハサ

ミを取り、必死に自分を抑えながら、見据えて。

駿輔「おかえり」

健二「……（頷き、小声で）ただいま」

駿輔、健二の肩に手をやって。

駿輔「背はあんまり変わってないな」

健二「お父さんが大き過ぎるんだ」

駿輔「そうか。足のサイズは？」

健二「二十六」

駿輔「そうか。ちょっと焼けてるか」

健二「果樹園で働いてたから」

駿輔「そうか」

父に対す中学生のような健二。

双葉「（見守っていて）……」

×　×　×

食卓に晩ご飯が並んでいる。

席に着いた双葉、健二、灯里、駿輔、隆美。

五人、いただきますと言って、食べはじめる。

少しして、駿輔、健二を見て。

駿輔「本当はな、山にでも行こうと思ってた」

黙って食べている健二。

駿輔「お父さんな、就職するまではよく山に行ってたんだ。おまえが見つかったら、二人してテントとシェルフ持って、山、乗鞍岳《のりくらだけ》、駒《こま》ヶ岳《たけ》、ゆくゆくは谷川岳《たにがわだけ》。星を見ながらおまえと話が出来たらって思ってたんだ。何年かかってもいい、おまえとの関係を取り戻そうと思ってた。何十年でも待つよ。でもな、お父さん、まだ諦めてない。おまえが戻ってくるまで、お父さん、待ってる。だから食べ終わったら、お父さんと一緒に警察行こう」

黙って食べている健二。

駿輔「自首するんだ。お父さん、付いていくから……」

健二「また僕を捨てるんですか？」

駿輔「（え、と）」

健二「東京で会ったよね」

駿輔「（え、と）……」

健二「僕は配達中で、お父さん、タクシーの運転手で」

×　×　×

回想、三年前、都内の住宅地。

タクシーで客を降ろし、前方のケーキ店の前で荷物を降ろしている健二の姿を見つけた駿輔。

驚き、見ている駿輔。

××××

駿輔「(驚きながら)気付いてたのか……」
健二「お父さん、僕に声をかけないで見て見ぬふりして」

×××

回想、三年前、都内の住宅地。
健二、荷物を運んでいて、車の窓ガラスに映った駿輔の姿に気付く。
歩み寄ってくる駿輔。
しかし駿輔は踵を返し、立ち去っていった。
健二、寂しげに見ていて。

×××

健二「僕を捨てたんだよね。邪魔だから。邪魔だったから」
駿輔、深く項垂れて。
駿輔「……すまなかった」
双葉「お兄ちゃん、お父さんは……(と、庇《かば》おうと)」
健二、冷めた目になって。
健二「そうやって、お母さんのことも見殺しにしたんだ」
駿輔「(え、と)……」
双葉、灯里、隆美、?と。
健二「ごちそうさま」
健二、皿を片付けはじめて。
健二「(隆美に)美味しかった。時々思い出してました、あなたの料理、上手だったから」
隆美「(首を振って)……」
健二「(灯里に)悪かったね、怖がらせて」
灯里「(首を振って)……」
健二「君は僕と関係ないから気にしないで。勉強頑張って」
灯里「はい……」
健二、奥の部屋に行こうとする。
駿輔「何言ってるんだ? 俺が見殺しにしたって。おまえの母親はベランダで洗濯物を取ろうとして……」
健二、双葉を見て。
健二「俺と双葉の前でお母さんは飛び降りたんだ」
双葉「……」
全員、!?と。
健二「双葉は赤ちゃんだったけど、一緒に見たんだよ。お母さんがこっち見ながら、夜の向こうに落ちてくのを」

双葉「（呆然と）……」

駿輔、動転し、思わず興奮して。

駿輔「馬鹿なこと言うな！　警察が現場検証をした！　外から目撃した人もいた！　おまえの勘違い……」

健二「あなたに絶望して、僕たちに疲れて死んだんだ」

駿輔「（呆然と）……」

健二「（双葉に）お兄ちゃんと一緒に行こう」

隆美「行くってどこに？」

双葉「（思い当たり）……」

健二「双葉」

双葉「……（小さく首を振る）」

健二「双葉（と、懇願するように）」

双葉「（健二を見て、はっきりと首を振る）」

健二「……」

15　同・外の通り〜家の外

洋貴のバンが到着した。

車内の洋貴、緊張した面持ちで、家の方を見ながら降りようとして、ふと思う。

ダッシュボードを開け、ナイフの包みを見る。

洋貴「（迷って）……」

しかし取らずに、車を降りる。

遠山家に歩み寄っていこうとした時、玄関のドアが開いた。

出てきたのは、健二である。

洋貴「……」

健二、しばらく歩いて、洋貴に気がついた。

健二「……」

対峙し、見合う。

健二、ふっと手を挙げ、まるで、よおと声をかけるような仕草。

洋貴もまた同じようにして返す。

二人、そのまま時が止まったように見合っていた時。

駿輔の声「文哉！」

家から出てきた駿輔。

声を聞き、途端に弾かれたように走り出す健二。

外の道路へと走っていった。

はっとする洋貴、追う。

駿輔、隆美に。

駿輔「警察に連絡して！」

と告げ、駿輔もまた飛び出していく。

隆美、家の中に戻る。
双葉、抱きついてくる灯里を受け止めながら、道路の方を見て。

双葉「……！」

16　釣り船屋『ふかみ』・店内

響子、ひとり待っていると、車のドアが閉まる音。
帰ってきたのか？と思って出迎えようとすると、戸が開いて、入ってきたのは記者風の男とカメラマン。

記者A「あ、どうもこんばんは」
カメラマンは既に響子にカメラを向けようとしている。

響子「（困惑し）……」

17　国道沿いの道路

大型トラックなどが激しく往来している国道の脇の道を、走っている健二、少し遅れて洋貴、さらにかなり遅れて駿輔が走っている。

18　道路

走る洋貴。
逃げる健二の背中を見ながら必死に追う。
後ろから走ってきている駿輔。

洋貴「（健二の背中を睨み付けながら）」

19　遠山家・外

パトカーが停まっており、ランプを回している。
刑事に状況を説明している隆美。
道路を見ながら待っている双葉。

20　駅前の道路

走ってくる洋貴。
健二の姿が見えない。
必死に見回すが、周囲には帰宅者、学生たち。
駿輔が息を切らしながら追いついてきた。

21　商店街

見回しながら走ってくる駿輔。

22　裏通り

走ってくる洋貴。

しかし息が切れ、膝に手を付いて止まる。
狭い路地を歩く。
曲がり角を横切る。
なにげに横を見る。
すぐ目の前に、歩いてきていた健二がいた。

洋貴「……」
健二「……」

健二の手が先に出て、洋貴の顔面を殴った。
洋貴、背を向けて逃げようとする健二の背中にしがみつき、そのまま倒れ込む。
洋貴、亀の状態になった健二の背中に馬乗りになり、背中を側頭部を殴る。
声をあげながら不器用に殴る。
動かない健二。
洋貴の方が鼻血が出ている。
洋貴、疲れて息を切らしながら健二の脇に手を差し入れ、裏返そうとする。
しかし足を摑まれ、倒された。
また二人して倒れ込む。
二人、足を出し、不器用に蹴り合う。
体を起こして、不格好に組む。
互いに声をあげて、健二の方が洋貴を押し込み、壁に叩きつける。
後頭部を打った洋貴。
口を動かし、健二に何か言おうとしながら、ずるずるとしゃがみ込む洋貴。
健二、しばらく洋貴を見下ろし、背を向けて、よろよろと立ち去る。
洋貴、起き上がろうとするが、動けない。
鼻血を垂らしながら、意識を失う。

×　×　×

走ってくる駿輔、倒れている洋貴に気付き、駆け寄り、洋貴の肩を抱き。

駿輔「深見さん！　深見さん！」
目を覚まし、はっとする洋貴、見回す。
駿輔「（首を振る）」
洋貴、悔しく、地面を殴る。
洋貴「（叫ぶ）」

23　遠山家・前の通り

双葉、通りに出てきて心配そうに待っている。
道路を幾つかのヘッドライトが近づいてきた。
洋貴たちかと思って見ていると、来たのは

一台ではなく、三台四台とバンからハイヤーまで様々な車両が連なって駐まる。
次々と記者やカメラマンたちが降りてきた。

記者B「(表札を見て) おい、ここだここだ」

記者、カメラマンたちがどんどん来る。
テレビクルーによってまぶしい照明がかざされた。
光に包まれる遠山家周辺。
記者が双葉に近づいてきて、声をかける。

記者B「遠山さんですか?」

双葉「……(頷き)」

大量のフラッシュが一斉に浴びせかけられる。

24　走る電車の中

酔っぱらいが歌っており、迷惑そうに車両を変えて出ていく乗客たち。
構わずひとり残って座っている、健二。
帽子を深くかぶって俯いている。

25　遠山家・双葉と灯里の部屋

隆美と灯里、洗面器の氷水とタオルを持って入ってくると、布団に横になっている顔を腫らした洋貴と、傍らに座って心配そうな双葉。

隆美「どう?」

双葉「うん……ありがとう」

洗面器とタオルを双葉に渡し、出ていく隆美と灯里。
双葉、タオルを冷水に浸して絞り、洋貴の腫れた頬にあてる。
動き、目を覚ます洋貴。

双葉「あ……痛かったですか?」

洋貴「冷たかったです」

双葉「ごめんなさい」

洋貴「いえ」

双葉「痛いところないですか」

洋貴「……まゆげの」

双葉「まゆげ?」

洋貴「横のところが痒《かゆ》いです」

双葉、まゆげの横のところを掻《か》く。

双葉「このへんですか」

洋貴「もうちょっと上です、あ、そこです」

双葉「強弱的には?」

洋貴「強で。あ、はい、どうも」

双葉「他に何かありますか? 何か食べたいものと

か」

洋貴「いや、特に……」

双葉「わたし、作ります」

洋貴「いや……」

双葉「いや、作れるんで、大抵。何食べたいですか」

洋貴「冷凍みかん」

双葉「……」

洋貴「作れないすか」

双葉「作れます、実力の百億分の一で作れると思います、冷蔵庫に入れるだけですから」

洋貴「冷蔵庫に入れたら駄目ですよ、冷凍庫ですよ。ほら、作れないじゃないですか」

双葉「冷凍みかんは料理じゃないです。ほぼ素材です。お粥《かゆ》か何か作ってきますね」

と立ち上がろうとすると。

洋貴「逃げられました……」

双葉「……」

洋貴「すぐそこにいたのに、もう少しだったのに……ナイフ、持ってかなかったんです。何でか、置いてってしまったんです……」

双葉「……良かったです」

洋貴「……」

双葉「違います。良かったのは、兄のことじゃなくて。深見さんに人を殺してほしくないからです」

洋貴「……」

双葉「深見さんにはそういうの似合わないと思います。深見さんにはナイフとかより、冷凍みかんの方が似合います」

洋貴「放っとけって言うんですか」

双葉「警察が……」

洋貴「また同じ十五年、(言い直し) これから一生、またあんな思いしながら生きていけって言うんですか⁉」

双葉「あの時は未成年だったけど、今度は……」

洋貴「責任能力がないってなるかもしれないんだ！ そしたらまた裁判もされないまま、出てくるんだ！ 亜季のことも、あの家の人たちのことも忘れて、平気な顔して、またどこかで暮らしはじめるんだ！ そして、また同じことを誰かに……！」

双葉「……！ (と、辛そうにしていて)」

洋貴、双葉を見て、はっと気付いて。

洋貴「……もういいです。次は忘れないようにします」

立ち上がる洋貴、部屋を出ていく。

双葉「深見さん！ 動かない方が！」

26　街の景色（日替わり）

27　日垣家・居間

テレビ画面の中、ワイドショーが放送されており、顔にモザイクをかけられた双葉が映っている。

ごめんなさいごめんなさいと謝っている様子。


アナウンサーの声「この千葉県袖ケ浦市内の果樹園で起こった悲劇から一週間経った今も雨宮健二容疑者の消息は依然として摑めないままですが、ここに来て、その過去が注目されております」

テロップに、『雨宮容疑者の過去に疑惑⁉』とある。

見ている耕平、日垣、由佳。

日垣「まだはっきりとは伝えてないようだな」
耕平「ええ……申し訳ありません」
日垣「謝ることはないよ。ただ、どこかの週刊誌で犯人の正体が報じられるのも時間の問題だと思うよ」
由佳「そうなったら大騒ぎになるよね……」
耕平「（心配し）……」

28　草間家・事務所

紗歩、入ってくると、五郎がデスクに座っている。

書類を前にペンを持ったまま、ぽかんとしている。

紗歩「……ちょっと休んだ方がいいんじゃないすか？」
五郎「あれこれな、あれこれ金がかかるそうなんだ……」
紗歩「医者から、もう目を覚まさないって言われてるんですよね？　だったら……」
五郎「（出来ない）……」
紗歩「……社長。何でわたし、クビにしないんすか」
五郎「あ？　辞めたいのか？」
紗歩「あんなことになったの、わたしのせいだと思うんすよ。わたしがあいつ、追い詰めたつうか……（目を逸らしながら、思いが込み上げていて）」
五郎「……（紗歩の肩を叩き）警察から聞いた。悠里を助けようとしてくれたんだろ」
紗歩「（首を振って）……」
五郎「（注文書を渡して）午後までに頼む」
紗歩「はい」
紗歩、出ていきかけて、思い出して。

紗歩「あ、（外を示し）今日も来てましたけど」
五郎「……構わんでいい」

29　同・外

紗歩、出てくると、スーツを着た駿輔と隆美が炎天下に立っている。

紗歩を見て、頭を下げる二人。


紗歩「……車出すんで、そこどいてもらえます？」

駿輔と隆美、頭を下げ、端に寄る。

車に乗り込む紗歩、走っていく。

頭を下げ、待ち続ける駿輔と隆美。

30　三芙根湖・湖岸

作業をしている洋貴と、傍らに五月。

通りの方に報道のバンが停まっており、カメラマンがこちらにカメラを向けているのが見える。

二人、それを見ながら。

五月「犯人が三日月湖の少年Aだって公になったら、あの家族は日本中から石を投げられると思います」
洋貴「家族が事件を起こしたわけじゃないのに……」
五月、洋貴のそんな言葉に少し驚きながら。

五月「遠山さんがテレビ映ってるの見ました？　もうちょっと上手く謝ればいいのに。怒るのが下手な被害者家族と、謝るのが下手な加害者家族……不思議な二人」
洋貴「……別に」
五月「支え合ってますよね」
洋貴「……」
五月「もし本当にあの人のこと大事に思ってるなら、もう復讐なんて考え捨てた方がいいと思います。あの人を追い詰めるだけだと思います」
洋貴「……」

31　遠山家・玄関〜居間（夜）

隆美の兄・悟志が顔を出し、コンビニの安い弁当が四つ入った袋を駿輔に渡す。


駿輔「どうもすいません」

悟志、少し困った様子で出ていく。

頭を下げて見送った駿輔、食卓に弁当を置く。

灯里がテレビのニュースを見ている。

駿輔「双葉は？」
灯里「寝てる」
隆美「お味噌汁だけでも作るわね」

灯里「なくてもいいよ」
隆美「（首を振って）お父さんと話して決めたの」
灯里「何を……？」

32　同・双葉と灯里の部屋

駿輔、入ってくると、双葉がベッドに仰向《あおむ》けに横たわり、天井を見ている。

駿輔「ご飯だ」
双葉「うん……」
駿輔「みんなで食べる最後のご飯だ」
双葉「（え、と駿輔を見る）」

33　同・居間

食卓に着き、コンビニのお弁当ともやしだけのお味噌汁を食べる双葉、灯里、駿輔、隆美。

駿輔「（味噌汁を飲み）美味《うま》い」
隆美「もやししか無かったから」
駿輔「美味いよ」

灯里はショックを受けている様子で、箸を持たず。

灯里「社員寮って……？」
隆美「清掃会社。お母さん、頑張るから」
灯里「嫌だよ、お父さんも一緒に行こうよ」
駿輔「お父さん、これから一生かけて償っていくことになるんだ。一緒には行けない」
灯里「いつも言ってたじゃない、どんなことがあっても家族一緒にいるんだって！」
駿輔「お父さんには、もうおまえたちを幸せにする権利がないんだ。俺が全部持っていく。おまえたちはおまえたちの人生を生きてくれ」

苦渋の思いで言って、また味噌汁を飲む。

駿輔「美味い。美味いな」
双葉「（そんな駿輔を見つめ）……」

×　×　×

手分けして片付けをしている駿輔、隆美、灯里。
双葉も皿を下げていて、ふっと目に入る。
音を消して点いているテレビの画面の中、千葉の傷害事件の報道がされている。
病院に入っていく五郎の後ろ姿が映っている。
五郎は悠里の手を引いている。
悠里は手に熊のぬいぐるみを持っている。

双葉「（じっと見つめ）……」

34　同・外（深夜）

懐中電灯で照らしながら、家族の荷物をバンに積み込んでいる灯里、駿輔、隆美。
双葉が手ぶらで出てくる。

双葉「ごめん。わたし、明日用事済ませてから行く」
隆美「用事って？」
双葉「深見さんに。お礼と、お別れ、まだしてないから」

35　果樹園（日替わり）

五郎と紗歩、作業をしていると、誰かが来た。
見ると、双葉だ。

五郎「あんた……」
深々と頭を下げる双葉。

紗歩「誰すか？」
五郎「健二の妹だ」
紗歩、双葉の元に行き、肩を突く。
木にぶつかる双葉。

紗歩「いい加減にしなよ！　毎日毎日！」
双葉「（頭を下げて）」
紗歩、双葉を摑んで揺さぶって。

紗歩「あんたらさ、謝罪どうこうの前にすることあるだろ！　兄貴、どこ行ったんだよ⁉」
五郎、気付く。
双葉の鞄からソーイングボックスが落ちて蓋が開き、針と糸がばらまかれている。
五郎、紗歩を止めて。

五郎「何の用だ……？」

36　病院・中庭

五郎に連れられて歩いてくる双葉。
中庭で看護師と遊んでいる悠里の姿があった。

五郎「悠里！」
悠里、気付いて。

悠里「おじいちゃん！」
熊のぬいぐるみを手に、駆けてくる悠里。

双葉「（辛く、悠里を見つめ）……」
五郎「悠里、そのぬいぐるみ見せてくれるか？」
悠里「おじいちゃん、手綺麗？」
五郎「（苦笑し）洗ってきた」
悠里、ぬいぐるみを五郎に渡す。
五郎、見ると、お尻から尻尾のあたりの縫《ほう》製《せい》が裂け、綿が見えている。

五郎「……（双葉に）これか？」
双葉「（頷く）」
五郎「（悠里に）破れちゃったのか？」
悠里「うん」
五郎「ごめんな、おじいちゃん、気付かなくて。（双葉を示して）お姉さんが直してくれるって」
悠里「本当⁉」
悠里、ぬいぐるみを双葉に差し出す。
双葉「……（五郎を窺い見る）」
五郎「やってくれ」
双葉「はい」
双葉、ぬいぐるみを受け取り、悠里とともにベンチに腰掛ける。
悠里「直る？」
双葉「うん、あんまり上手じゃないけど、頑張るね」
少し離れて見守る五郎。
鞄からソーイングセットを出し、糸をぬいぐるみの色と合わせ、選ぶ。
針に糸を通す。
双葉「この子、何て名前？」
悠里「りぼんちゃん」
双葉「りぼんちゃんね。ちくっとするね」
針をぬいぐるみの裂け目に刺し、縫いはじめる。
悠里「お姉ちゃん、ママみたい」
双葉「……お母さん、お裁縫、上手だった？」
悠里「うん、お料理も上手だよ」
双葉「そう」
悠里「お掃除は下手なの」
双葉「（微笑み）そう」
悠里「気合い入れるの」
双葉「気合い？」
悠里「掃除機持って、言うの。よっしゃ、行くぞ！って」
双葉「（微笑み）よっしゃ、行くぞ？」
悠里「うん」
双葉「そう」
悠里「あのね、悠里ね、心配ごとがあるの」
双葉「心配ごと？」
悠里「ママ、ご飯食べてないの」
双葉「……」
悠里「今日木曜日でしょ。前の水曜日からご飯食べてないの」
涙が出そうになるのを堪える双葉。
双葉「お薬飲んでるから大丈夫よ」
悠里「何の味のお薬？」

双葉「味？」
悠里「ママね、みたらし団子のタレのところが好きなの。みたらし団子のタレの味のお薬あるかなあ」
双葉「……（涙を堪えて）出来たよ」
双葉、ぬいぐるみを悠里に渡す。
悠里、ぬいぐるみを色んな角度から見て。
悠里「（笑顔で）ありがとう！」
双葉「（辛く）どういたしし……」
言葉に詰まり、涙を堪えている双葉。
五郎「（そんな双葉を見て）……」

37　草間家・外

車から降りてきた双葉と五郎。
五郎「……悠里、喜んでたな」
双葉「（頭を下げる）」
五郎「頭は下げんでいい。あんたのご両親にも言っておいてくれ。今は謝ってもらう気にもならん」
双葉「（頷く）」
五郎「正直に言って、娘のこと思うと、あいつをこの手で捕まえて、殺してやりたい」
双葉「……」
五郎「しかし俺まで刑務所に入ったら悠里が……」
涙を溜める五郎。

双葉「……」

38　果樹園

歩いてくる双葉、木々の間を歩く。

携帯が鳴っている。

見ると、洋貴からの着信だ。

出ずに放っておき、やがて切れた。

電源を切り、しまう。

ふっと気付く。

大きな一本の果実の木に、ラップコーティングされた写真が飾ってある。

植樹した時のものらしく、スコップを持った悠里を真岐が頬を付けるようにして抱き上げている。

笑顔の二人。

見つめる双葉、しゃがみ込み、涙があふれてくる。

声をあげて泣く。

泣いて泣いて、そして静かに顔を上げる双葉。

双葉「……（覚悟の眼差し）」

39　書店

入ってくる双葉、地図のコーナーに行く。
全国版の道路地図を手にし、開く。
めくっていき、瀬戸内海あたりの地域を見る。
目が留まる。

双葉「（じっと見つめ）……」

40　レンタカー店

受付にて、案内表を見ながら店員と話している双葉。

双葉「あ、乗り捨てって言うんですか、片道なんで現地で返却出来るのがいいんですけど」

41　道路

走ってくるレンタカーに乗った双葉。
道路脇にスーパーマーケットがあるのを横目に見て、思い立ち、中に入っていく。

42　釣り船屋『ふかみ』・店内（夕方）

洋貴、鏡に向かって絆創膏を剝《は》がしたりしていると、外から車の音。

43　同・外

出てきた洋貴、見ると、車は既におらず、湖の方をレンタカーが走っていくのが見える。
洋貴、ん？と思って。

44　三芙根湖・湖岸

桟橋のところに走ってくる洋貴。
レンタカーは走り去った。
洋貴、何だろう？と思いながら、ふと気付く。
発泡スチロールの箱が置いてある。
ん？と思って開けてみると、中には氷がたくさん詰まっている。
氷をかき分けて見ると、中から出てきたのは凍ったみかん一個。
裏返すと、マジックで、（`・ω・´）といった顔が描かれてあった。

洋貴「……」

45　国道沿いのファミレス・外

レンタカーを駐め、降りてくる双葉。

店の周辺の植え込みをなんとなく眺めたりしながら店内へと入っていく。

46　同・店内

席に着いた双葉の元にウエイトレスが来る。

双葉、メニューを開きかけて。


双葉「あ、えっと、タンドリーチキンとパン」

ウエイトレス「申し訳ありません、そちらのメニューは先月で終了しました」

双葉「あ……じゃあ、ナポリタンください」

ウエイトレス「かしこまりました」

と言って行くウエイトレス。

双葉、店内を見回したり、外を見たりしていて。

双葉「（ふと思う）……」

双葉、思い立ったように紙ナプキンを取る。

通りがかったウエイトレスに。

双葉「あの、書くものありますか？」

ウエイトレスからボールペンを受け取る。

双葉、ペンを持って、紙を見て。

深見さんへ、と書く。

47　釣り船屋『ふかみ』・店内

洋貴、傍らに冷凍みかんを置き、携帯で双葉の番号にかける。

しかし留守番電話になって、発信音が鳴る。

洋貴「深見です。遠山さん。あの、連絡ください」

と言って、切ろうとして、ふと思う。

洋貴「……（再び携帯に）あの。深見ですけど。あの、この前言ってたことですけど。人体模型の話。心の。あれ、僕、思ったんですけど、あれから思ったんですけど。心は、心って……」

48　国道沿いのファミレス・店内

双葉、紙ナプキンに書いている。

はじめの行の『深見さんへ』に続いて、『ごめんなさい』と書く。

49　釣り船屋『ふかみ』・店内

携帯の留守番電話に話している洋貴。
洋貴「心って、大好きだった人から貰うものだと思うんです。僕は亜季から心を貰いました。父から心を貰いました。母から心を貰いました。人を好きになると、その人から心を貰えるんですよね。それが心なんですよね」

50　国道沿いのファミレス・店内

双葉、紙ナプキンに書いている。

少し躊躇《ためら》いながらも、『好きでした』と書き、『遠山』と書く。

ウエイトレスが来て、ナポリタンを置く。

双葉、紙ナプキンを傍らに置き、食べはじめる。

51　釣り船屋『ふかみ』・店内

携帯の留守番電話に話している洋貴。

洋貴「遠山さん、あなたからも貰いました。ちゃんとあなたから貰ったの、僕今持ってます。だから。あなたから何て言うか、復讐よりも大事なものがあるんじゃないかって、今思って。だから何て言うか……今からそっち行きます」

52　国道沿いのファミレス・店内

双葉、ナポリタンを食べていて、口元にケチャップが付き、手元にあった紙ナプキンで口元を拭く。

拭いていて、はっと気付いて、くしゃくしゃの紙ナプキンを見ると、『好きでした』と書いた文字の上からケチャップがべったり付いている。

双葉「……（苦笑し）」
双葉、紙ナプキンをくしゃっと丸め、灰皿に捨てた。

53　釣り船屋『ふかみ』・外

洋貴、バンに乗り込み、出発しようとして、気付く。

ダッシュボードが開いており、中に入れておいたはずのナイフの包みが無くなっている。

洋貴「……!?」

54　国道沿いのファミレス・駐車場

駐めてあるレンタカーの車内に双葉、地図を見ている。

× × ×

回想フラッシュバック。

遠山家に来た健二、双葉に言った言葉。

健二「（双葉を見て）お兄ちゃんと一緒に行こう」

×××

地図を見ている双葉。

×××

回想フラッシュバック。

動物園で乗務員募集の切り抜きを双葉に見せる健二。

健二「因島ってあって」

健二「俺とおまえのお母さんが生まれたところだから」

×××

地図の中、因島。

双葉「（強い眼差しで見つめ）……」

地図を置き、エンジンをかける。

ダッシュボードを開けて、ナイフの包みが入っているのを確認し、閉める。

双葉、ふうと息をして。

双葉「よっしゃ、行くぞ」

車を出す双葉。

55　釣り船屋『ふかみ』・外

立ち尽くしている洋貴。

洋貴「（双葉を思って）……！」

第9話終わり

それでも、生きてゆく

第10話

1　釣り船屋『ふかみ』・客用トイレ（早朝）

入ってくる洋貴。
小便器の前、用を足しはじめていて、ふと目の前の小窓を見る。
なにげに開けてみると、洋貴の顔が淡く照らされる。

洋貴「（何かを見つめ）……」

2　因島、畑

畑に囲まれた道を浴衣を着た三人組の、四年生ぐらいの女の子たちがはしゃぎながら歩いてくる。
農作業をしている老夫婦（村上《むらかみ》威夫《たけお》、美《み》代《よ》）、女の子たちのひとりを見て。

美代「りんちゃん、あんたぁ、お母さんにゆうてぇや、ぬか漬け取りにきぃゆうてぇや」
女の子「またじゃ。りんちゃんじゃないよ、うち、りのよ」
美代「何ゆうとん、遠慮せんと」

笑いながら行く女の子たち。
威夫たち、農作業を続けていると、また誰か来た。
健二である。

威夫「あついですのぉ」
健二「三崎文哉と申します」
美代「（ん？と思って、気付き）雅美《まさみ》の息子ね？」
健二「（頷き）……」

3　遠山家・居間

荷物が減り、雑然とした様子の部屋を見ている洋貴。
駿輔、慣れない様子で麦茶とグラスを持ってくる。

駿輔「別居しまして、今は別です。そのことでまた双葉を追い詰めてしまったのかもしれません（と、心配し）」
洋貴「文哉から言われたそうです。あんな事件を起こしたのはおまえのせいだって。彼女のことは僕が探します」
駿輔「……暑いですね」

駿輔、窓を開け、蝉の鳴き声が飛び込んでくる。

駿輔「文哉、死んだ母親のことを話してました。事故ではなく、自殺だったと。当時文哉は五歳でしたし、曖昧な記憶だとは思いますけど……」

洋貴「……（思い返す）」

×　×　×

回想、車中で話した双葉。

双葉「前兄と会った時、本当の母が生まれたところの話をしてたことがあって……」

双葉「わたしに一緒に行かないかって……」

×　×　×

洋貴「（内心はっとして）あの、その亡くなったお母さん、出身はどこですか？」

4　釣り船屋『ふかみ』・店内

洋貴、道路地図を手に、二階から駆け下りてくると、厳しい顔つきの耕平がいる。

洋貴、そのまま行こうとすると。

耕平「あのさ」

耕平、財布を開けて、一万円を出して、迷ってさらに一万円足して、洋貴に渡す。

耕平「新幹線って乗り物あるの知ってる？」

洋貴「いらないよ……」

耕平「帰ってきて、で、返して」

洋貴「……（ありがとうと目で言って）」

5　同・達彦の部屋

耕平、入ってきて、達彦の骨壺の前にいる響子の傍らに座る。

耕平「行っちゃったよ」

と言って、買ってきた週刊誌や新聞を響子の前に投げ置く。

響子、見ると、週刊誌に千葉の傷害事件の指名手配犯の闇の過去といった見出しで記事が出ている。

響子「（見つめ）……」

耕平、響子のそんな背中を見て、ふと思う。

耕平「……俺、母さんに頑張れって言い過ぎたかな？」

響子「うん？」

耕平「高校とか大学の頃さ、みんなでカラオケ行くじゃん？」

響子「うん」

耕平「みんな、売れてる歌歌うでしょ」

響子「うん」

耕平「歌詞にさ、出てくんだよね、希望、とか、光、とか。ま、俺も歌うんだけどさ、歌ってながら俺、で、何？て思うんだよね。希望って何？　光って何？って」

響子「うん……」
耕平「みんな、わかってんのかなって思ったけど、なんか聞けないし、ノリ悪い人だとか、被害者家族だから暗いとか言われるの面倒くさいし」
響子「うん」
耕平「そうやって俺、そんなノリのまんまで俺、母さんに、頑張ろうよって言ってた」
響子「（首を振って）耕平、励ましてくれた」
耕平「カラオケで歌う希望しか知らない奴に励ます資格ないでしょ」
響子「そんなの誰にもわからないのよ」
耕平「兄ちゃんは？」
響子「洋貴？　はどうなのかなあ……」
　響子、ふと目に入る。
　耕平が買ってきた中に、タブロイド紙がある。
　加害者家族は夜逃げ済みといった非難する見出しがあり、目隠しされた隆美が灯里を庇おうとしている。
　目隠しされていてもわかる灯里の悲痛な表情。
　アパート名など住所のわかる背景も写っている。
響子「（写真の灯里を見つめ）……」

6　JR・緑の窓口

　窓口で新幹線の切符を買っている洋貴。
洋貴「広島まで。はい、自由席で」

7　因島の実景点描

　瀬戸内海をまたぐしまなみ海道があり、港があり、町がある。

　提灯《ちょうちん》が並び、御神輿《おみこし》の前で団扇《うちわ》片手に法被《はっぴ》を着た人たちが談笑するなど、祭りが近づいている様子。

8　フェリー乗り場・駐車場

　不器用に縦列駐車され、かなり曲がって駐められるレンタカー。

　車内の双葉、シートベルトを外し、バッグを持ち、出ていきかけて止まる。

　ダッシュボードを開け、ナイフの入った包みを見る。

　通りの方を自転車に乗った警察官が通り過ぎるのを警戒して見送り、急いでバッグに入れる。

降りてくる双葉、バッグを抱いて歩き出す。
鍵をかけるのを忘れてまた戻ってかける。

9　海岸通り

歩いてくる双葉。
先ほどの浴衣姿の三人組の女の子たちが通り過ぎる。
海が見え、沖合でサーフィンしている。
水着姿の若者たちが楽しげに行き交う中、電話ボックスがあり、中に入っていく双葉。
電話ボックスの中、電話帳を広げて見る双葉。
旅館の広告が並んでいる。
先頭の旅館の番号を確認し、携帯を取り出す。
画面を見てふと気付き、電話帳を置いてかけてみる。
留守番電話サービスの声が流れ、続いて。

洋貴の声「深見です。遠山さん。あの、連絡くだ……」
慌てて切る。
よぎる思いを振り払うようにし、再び電話帳を広げ、かけはじめる。

双葉「あの、恐れ入ります、宿泊されてる方のことで……」

○タイトル

10　草間家・外

車を停め、降りてくる五郎、助手席の悠里を下ろす。
見ると、スーツ姿の駿輔がおり、頭を下げている。
五郎、見向きもせず、悠里を連れて家に入る。

悠里「（駿輔を横目に見て、五郎に）選挙の人？」

五郎「さ、お家入ろ」
残り、頭を下げ続ける駿輔。

11　同・居間

冷蔵庫を開け、悠里にジュースをあげる五郎。
ジュースを持って奥に行く悠里。
五郎、座って、何やら書類を出して見ている。
延命治療拒否の同意書である。

五郎「（葛藤するように見て）……」

葛藤を振り払うように首を振り、慌てて同意書をくしゃくしゃと丸め、ごみ箱に捨てる。
作業着姿の紗歩が入ってきた。
紗歩「(外を示し) 友達に頼んで、シメてやってもいいすよ」
五郎「(苦笑し) 飯田《いいだ》さんたち、どうした？」
紗歩「苗木どうするのかわからないからって帰りましたよ」
五郎「悪いことしたな」
紗歩「作付けしないいんすか？」
五郎「……土地な、半分売却することになるかもしれん」
紗歩「(理解し) ……そうすか」
五郎を気にかけつつ、出ていく紗歩。
五郎、息をついてお茶を飲みつつも。
五郎「(どうしてもごみ箱が視界に入ってしまう) ……」

12　木造アパート・外景

13　同・部屋の中
隆美、清掃員の制服を着て料理の支度をしていると、コンビニの袋を提げた灯里が帰ってきた。
隆美「おかえり」
灯里「ただいま (と、顔は見えず)」
隆美、支度しながら灯里の表情を見ず。
隆美「お姉ちゃんから連絡あった？」
灯里「ううん」
隆美「そう……お昼、魚焼いたのあるから食べておいて」
灯里「うん」
隆美「転校の手続きは明日一緒に行き……」
灯里「いってらっしゃい」
隆美「いってきます」
と言って、出ていく隆美。
残った灯里、買ってきたタブロイド紙を開く。
目隠しされた灯里と隆美の写真。
このアパートの前で撮られたらしき写真だ。
灯里「(ぽかんと見つめ) ……」
頭の中でシャッター音が鳴り響く。

14　因島、海岸通り
水着姿の若者たちが行き交う脇で、まだ電

話ボックスの中にいて、しゃがんでいる双葉の姿。
海には不似合いな佇まいで、汗だらけ。
電話帳の旅館の欄を見ているのだが、ひどく暑く、扉を開けて、呼吸をする。
再び電話帳を広げ、かけようとすると、ボックスの扉をコンコンと叩く音がした。
見上げると、洋貴が立っている。

洋貴「……」
双葉「……」
双葉、咄嗟《とっさ》に扉を足で押さえ、開かないようにする。
洋貴「……（参ったなと息をつき）」
洋貴、扉越しに前に座って。
洋貴「海、いいすね」
双葉「そうすね」
洋貴「今って夏だったんすね」
双葉「そうすね」
洋貴「あの、ナンパとかされましたか」
双葉「や、別にされてませんけど」
洋貴「え、ひとりからもですか」
双葉「あれです、バリア張ってあるんで」
洋貴「あの、そこ、すごく暑くないですか」
双葉「まあ、暑いと言えば暑いパターンですけど」
洋貴、見ると、扉の隙間に双葉のバッグがある。
洋貴、さっと引き出し、取ろうとする。
双葉、摑んで止めた。
洋貴「ちょっと貸してもらえます」
双葉「や、貸すとかいうあれとかないんで」
洋貴「僕の、車の、あれ、中に置いてあったやつ、持っていきましたよね、ねえ」
双葉「や、言ってる意味わかんないですね」
洋貴「返してください」
双葉「てゆうか……あの、ちょっと出ます」
出てくる双葉、苦しげに息をして。
双葉「暑い」
洋貴「（苦笑し）水飲みます？」
双葉、無視して歩き出し、洋貴、付いていく。
洋貴「そんなもの持ち歩いてどうするんですか」
双葉「深見さんに言われたくないです」
洋貴「返してください」
双葉「帰ってください。近寄らないでください」
洋貴、双葉の腕を摑んで、止めて。
洋貴「あなたに出来るわけないでしょ」

双葉「深見さんには出来るんですか」
洋貴「……」
双葉「人殺し、きついですよ。深見さんのお母さんも、弟さんもきつくなりますよ。なんで、家族のことは家族で丸くおさめて、するんで」
洋貴「全然わかってないですね」
双葉「はい？」
洋貴「自分が人殺しになるより遠山さんがなる方がきついです」
双葉「……」
洋貴「というか、正直ものすごい怒ってます。不満です。ひとりで勝手にこんな、（自分と双葉の間を示し）ここ、そういう信頼ない感じだったんですか⁉」
双葉「……」
洋貴「そんなもんだったんですか⁉」
双葉「……」
　双葉、洋貴の言葉が届いて。
双葉「……わたしだって同じです。自分がなるより、深見さんがなる方がきついです」
　洋貴、双葉のバッグを取り、中からナイフの包みを出し、服の内ポケットに入れて。
洋貴「はい」
　洋貴、電話帳を見て。
洋貴「ありました？　村上さん」
双葉「旅館を探してたんですけど……」
洋貴「あ、名前も知らなかったんですね……」
双葉「え？」
洋貴「あなたと文哉のお母さん、旧姓村上というそうです。村上雅美さんです」
双葉「村上、雅美……」
洋貴「はい」
双葉「へえ……へえ（と、苦笑して）」
洋貴「（そんな双葉を見つめ）……」

１５　市役所・外

　浴衣姿の者たちが行き交っている。
　出入り口の階段あたりに腰掛け、名前入りの地図を見ている洋貴と双葉。
双葉「わたしはまだ0歳だったんで、だから全然、そういう、兄みたいなの、無いんです。わたしの母は、やっぱりお母さんだから」
洋貴「（頷き）……あ、ここ、村上ですね」
　互いに見つけていき。
双葉「あ、村上」
洋貴「あ、村上だ」

双葉「村上、村上」
洋貴「結構ありますね……」
双葉「村上」

16　農家の一軒家・外景

17　同・納戸
　健二、納戸の棚を開け、たくさんの荷物の中から何か引っ張り出している。
　美代、後ろから見ていて。
美代「雅美は出ていく時にみな持ってってったけぇ」
　モノクロの若い女性が写っている写真を見つけた。
健二「これは……」
美代「それはウチの姪っ子じゃ」
　健二、どんどん奥の棚を探しはじめる。
美代「写真なんか探してどうするん」
　呆れて出ていく美代。
　黙々と探し続ける健二。

18　町中の通り
　地図を見ながら歩いてくる洋貴と双葉。
　村上と表札のある家があり、中の人に声をかける。

19　農家の一軒家・居間〜納戸
　農作業から戻ってきた威夫と美代。
　食卓の上に、健二の分の食事が残ったままある。
威夫「まだおるんかのぉ？」
　二人、どうしたものかと思いながら納戸へと進み、戸を開けると。
　西日が差し込む中、暴れ回ったようにすべての荷物が壊され、裂かれ、散乱している。
　顔を伏せ、壁に凭れてしゃがんでいる健二。
　威夫と美代、⁉となって。
　西日に照らされ、顔をあげる健二。
健二「（苦しく顔が歪んでいて）」

20　山沿いの道
　歩いてくる洋貴と双葉、田畑のある集落へ向かう。

21　農家の一軒家・納戸
　対峙している健二と、威夫と美代。
　健二、訥々《とつとつ》と話しはじめる。

健二「僕の家にはお母さんと僕と赤ちゃんがいました。赤ちゃんが泣くと、あー、嫌だ。もう嫌だ。生まなきゃよかった。お母さんはそうゆいます。お父さんは帰ってきませんでした」

威夫と美代、何を言ってるんだ？と。

健二「僕は押し入れにいました。押し入れの中のところは夜のところみたいでした。お母さんはお父さんとハワイに行った話を何度もしました。水着のままで赤い大きなエビを食べたお話しました。あんたたちが生まれてこなければ何回もハワイに行けた。産まなければ何回もハワイに行けた、言いました。お母さんはお洗濯物を持って、ベランダのところに行きました。お母さん。どこ行くの。どこ行くの。天国に行くとゆいました。天国のハワイに行くとゆいました」

威夫、美代に目配せし、美代、その場を離れる。

威夫、健二を警戒しながら。

威夫「すまんが、雅美は勝手に嫁に行って勝手に死んだ。ウチはもう関係ないから……」

健二は聞いておらず、話し続ける。

健二「お父さんと双葉と新しいお母さんを殺す夢を何回も見ました。ああ、僕みんな殺してしまう殺してしまうと思って、死のうと思って、金槌を持ってたのは三日月湖には柵があるから壊そうと思ったからですけど、そしたら洋貴の妹が歩いてて、洋貴の妹は最近読んだ本の話して」

× × ×

回想、十五年前。

森の中を歩いていく十四歳の文哉と亜季の後ろ姿。

亜季「ネロは生まれてこない方が良かったんじゃない？」

聞いている文哉の後ろ姿。

亜季「悲しいことばかりなのに、何で生まれてきたの？」

聞いている文哉の後ろ姿。

× × ×

健二「お母さん助けて、お母さん助けてって思ったけど、お母さんの顔が思い出せなくて、思い出せなくて、押し入れの夜のところで赤い大きなエビが見えて、目が覚めたら洋貴の妹……三日月湖に浮いてました」

威夫「おまえ、子供、殺したのか……？（と、恐怖を感じ)」
健二「(微笑み) 大丈夫です。次はちゃんと自分を殺します」

22　同・外

家の中から出てきた健二、虚ろな目で歩いていく。
手にはビニールテープを持っている。
傍らにはっさくがなっている木がある。

23　集落の道

歩いてくる洋貴と双葉。

高台からふと見下ろすと、美代に案内されて自転車に乗った警察官が走っていくのが見えた。

24　農家の一軒家・外

洋貴と双葉、走ってくると、はっさくの木の傍らで威夫と美代が警察官と話している。
警察官「なんも盗《と》られとらんのじゃろ?」
美代「人、殺したゆうとった」
洋貴と双葉、え!?となって。
警察官「どこ行った?」
美代「祭り行ったんじゃなぁんかね、どこであるんか気にしとった」
威夫「ほいじゃが自殺するゆうとったぞ」
洋貴と双葉、!と。

25　木造アパート・部屋の中

帰ってきたばかりの隆美、清掃員の制服をハンガーにかけながら話していて。
隆美「灯里、ごめん、シフト入ったから明日転校の手続き行けなくなったわ。あさってにしましょ」
背を向け、何かを見ている様子の灯里。
灯里「いいよ、学校はもう」
隆美「(え、と思って心配し) じゃあお昼の休憩時間に抜け出すから市役所で待ち合わせしようか」
と話しながら灯里の元に行き、気付く。
灯里が見ていたのは、タブロイド紙に掲載された目隠しされた灯里の写真。
隆美「……!」
灯里「いいよ、もう、学校行ったって……」
隆美「よしなさい!　こんなの!」
灯里「(声をあげて)」
泣き伏した灯里。
隆美「灯里!」

隆美、震えて泣きわめく灯里の肩に手をやって。

隆美「灯里。灯里」

するとその時、ドアをノックする音。

隆美、はっとして、灯里を守るようにして抱きしめ、自身も怯えていると。

響子の声「遠山さん?」

台所の磨《す》りガラスから見える、響子らしき姿。

隆美、灯里を気遣いながら玄関に行き、扉を開ける。

響子が立っている。

隆美「(深々と頭を下げて)」

響子「(会釈して)急にごめんなさい。新聞見て」

隆美「(また頭を下げて)ご迷惑おかけします」

響子、奥で泣いている灯里を見て。

響子「……(上がっても)いいですか?」

隆美「え……?」

響子、返事を待たずに上がっていき、灯里の傍らに。

響子「灯里ちゃん、だったかな。深見です」

すすり泣いている灯里、顔をあげて。

灯里「(目は伏せながら)申し訳ありません」

響子、首を振って、灯里を強く抱きしめる。

隆美、それを見て感極まって、嗚咽が漏れて。

隆美「(頭をもたげて、涙が出る)」

26　草間家・外

駿輔、立って待っていると、五郎が出てきた。

頭を下げる駿輔。

五郎、また無視して軽トラに乗りかけて、止まり。

五郎「乗れ」

駿輔「(え、と思うが)はい」

27　因島、小学校・校庭

盆踊り大会がはじまっている。

校庭の真ん中の大きな櫓《やぐら》で盆踊りが行われている。

流れる音頭に合わせて踊る浴衣姿の人々、家族連れ、若者が賑やかに行き交っている。

28　同・中庭〜プール

校庭の方から遠く盆踊りの喧噪が聞こえる

中庭の、柵の向こうにプールがあった。
またあの浴衣姿の三人組の女の子たちが自分らで持ち込んだ花火で遊んでいる。
ふっと柵の向こうに立って、見ている健二。

29　木造アパート・部屋の中

小さな食卓テーブルを挟んで座っている響子と隆美。
少し距離を置いて、膝を抱えて座っている灯里。

響子「十五年前、週刊誌であなたの写真を見ました。お腹が大きくて（と、灯里を見る）」
隆美「はい、この子です」
響子「わたし、その写真を見て、あなたを憎みました」
隆美「当然です」
響子「あなたもそうじゃありませんか？」
隆美「（え、と）」
響子「わたしたちを憎み続けてきたんじゃありませんか？」
隆美「（顔を上げ、強く首を振り）とんでもありません！」
響子「気付いていたはずです。被害者家族の誰かが嫌がらせしてるんだって」
隆美「（その通りだが、控えめに首を振り）……」
響子「だったらどうしてご主人と一緒にいたんですか？　どうして家族のままでいたんですか？」
隆美「そ、それは……」
響子「わたしたちに負けまいとして……」
隆美「（遮り、必死に首を振り）違います！　違います……」

響子、隆美の腕をぐっと掴む。

響子「わたし、あなたと話したくて来たんです（と、強い眼差しで見据える）」
隆美「（眼差しを受け）！」

見合う二人。
隆美、覚悟を決めて。

隆美「はい。憎んでいました」
響子「（頷き）……」
隆美「この十五年間、あなたのことを考えて生きてきました。事件の後、お腹の子を連れて死ぬことも考えました。だけど、以前あのパッチワークの教室で会ったあなたの顔を思い出したんです。あの人には同情してくれる人がいる、わたしには死ねという人がいる、何が違うのと思いました。ごめんなさい、娘が殺されたこと、息子が人殺ししたこと、苦しみにこの苦しみに何の違いがあるのと思いました。あなたを憎んで、あなたを憎むことで今日まで生きてきました……わたしは身勝手な、人でなしです」

涙を流し、テーブルに頭を付ける隆美。

隆美「お詫びのしようもありません！」

響子「(じっと見据えていて)……(灯里を見る)」

隆美の姿を見ながら、泣いている灯里。

響子「……ほっとしました」

隆美「(え、と)」

響子「あなたがこの十五年苦しんできたことを知って、今ほっとしたんです。わたしも人でなしです」

隆美「(首を振って)……」

響子「あなたたち許す日が来るとは今も思えません。ただ」

響子、傍らに置いてあるタブロイド紙を見て。

響子「今朝この写真を見ても、もう昔のような気持ちにはなりませんでした。不思議な感情……多分息子が、洋貴が双葉ちゃんに会った時と同じです。あの二人と同じです。わたしたちは被害者家族と加害者家族だけど、でも同じ乗り物に乗っていて、一生降りることは出来ない」

隆美「(驚き、響子を見つめ)……」

響子「じゃあ、行き先は一緒に考えないと」

隆美の目から涙があふれてくる。

隆美「(首を振って)やめてください。言わないでください！　わたしはあなたを憎んで、憎んで生きてきたのに、そんなこと言われたら、言われたら……！」

泣き崩れる隆美を、灯里が来て、抱きしめる。

響子「(涙し、睨むように受け止めるように見つめて)」

30　病院・病室

暗い部屋の扉が開き、入ってきた五郎と、駿輔。

照明が消えており、五郎、点ける。

五郎「(小さく苦笑し)点けても意味ないと言って消される」

多くの機械に囲まれ、幾つものチューブが這っている。

酸素マスクの下、荒い呼吸状態の真岐。

駿輔「(愕然とし)……」

五郎、椅子を置き、駿輔に座るように促す。

駿輔、座る。

五郎、テーブルの上にくしゃくしゃの紙を置く。
丁寧に伸ばしはじめる。
駿輔、それをじっと見ていると、延命治療拒否の同意書であった。
駿輔「……!」
五郎「もう自分で息をすることも出来ない。だけど、このまま延命を続けたら俺は孫に何も残せなくなる」
駿輔「(首を振って)保証は、わたしがどんなことしても……」
五郎「あんた、これで生きてると言えるのか!」
駿輔「……!」
五郎「今からサインする。父親が娘の命を諦めるところだ。あんた、目逸らさんと見とけ」
駿輔「……(と、絶句し)」
五郎、真岐の寝顔を見つめ、そしてサインを書きはじめる。
駿輔、書き綴《つづ》られていく名前と眠っている真岐の顔を見て、激しく動揺する。
後ずさりし、背を向け、部屋を出ていってしまう。
名前を書き終えた五郎、駿輔が出ていったのを見て。
五郎「(悲しく)……」

31　同・外
駐車したバンに乗った駿輔、止まる。
しかし車を出し、走っていってしまう駿輔。

32　因島、小学校・校庭
走ってくる洋貴と双葉、小学校に入ると、盆踊りが行われて賑わっている。
洋貴、人混みを探そうとするが、双葉は動かない。
洋貴「……?」
双葉、項垂れ、自分の考えに怯えるようにして。
双葉「このまま、このまま放っておけば、兄が自殺して……」
洋貴「……」
双葉「復讐、しなくてよくなるかもしれませんよね……」
洋貴「そんなこと……」
双葉「だってそしたら深見さんが罪を犯さなくて済むし、あの果樹園のお父さんたちだって喜んでくれるし、深見さんのご家族だってわたしの家族だってみんな……！」

動揺し、震えている双葉の肩をぐっと摑む洋貴。

洋貴「（動揺はあるが、葛藤を残したまま首を振り）……探しましょう」

３３　同・プール
盆踊りの音が遠くに聞こえる中、プールサイドにひとりいる健二。

飛び込み台に腰掛け、自分の足首を揃え、ビニールテープを巻いている。

足首を巻き終えると、今度は手首を揃え、ビニールテープの片端を持ち、もう片端を歯で噛む。

揃えた手首にテープを巻いていく。

歯でテープを中に巻き込んで結んだ。

両手両足を動かし、確認する。

立ち上がって、周囲を見回して、ふっと素顔で。

健二「……お腹すいたなあ」

と言って、後ろ向きにそのまま倒れ込んだ。

水しぶきが少し上がって、すぐに収まり、また何事もなく、ゆらゆら揺れている水面。

３４　同・校庭
盆踊りが行われている中、見回している洋貴と双葉。

ここじゃないと首を振って、学校の外に向かおうとした時。

校舎の中庭の方から出てきた三人組の女の子たちが笑いながら行くのが目に入る。

洋貴、なにげに見過ごして、ふと気付き、振り返る。

女の子のひとりが手にはっさくを持っていた。

洋貴「（もしかして、と）……」

３５　同・中庭〜プール
見回しながら来る洋貴と双葉。

洋貴と双葉、入り口を探して、照明が点いたままのプールサイドへと入る。

がらんとしており、健二の姿はない。

プールはわずかな照明を反射し、漂わせ、静かにゆらめいている。

洋貴、更衣室の方に行こうとすると。

プールの水面に目を凝らした双葉が。

双葉「（悲鳴のように息を飲む）」

洋貴、え⁉と振り返り、双葉の視線の先を見る。

プール中央の水面の下、黒い人影が見えた。

洋貴「！」

洋貴、駆け寄り、飛び込んだ。

双葉、プールの反対側へと駆け出し、見守る。

潜った洋貴、水中を進む。

前方の底に沈んだ健二の姿が見えた。

洋貴、急ぎ、前に進む。

健二の両手両足はビニールテープで縛ってあった。

洋貴、驚き、健二の体を摑み、引き上げながら浮上しようとする。

外で見守っている双葉。

洋貴が浮き上がってきたが、息をし、またもう一度沈んでいった。

見守る双葉。

双葉、焦り、見守っていると、水しぶきをあげ、健二を抱えた洋貴がプールサイドに摑まって出てきた。

双葉「！」

駆け寄り、手伝って健二を引き上げる双葉。

プールサイドに仰向けに横たわって、激しく呼吸をする洋貴。

双葉「大丈夫ですか⁉」

洋貴「（繰り返し頷く）」

双葉、両手両足を縛ってある健二に驚きながら、顔を見ると、顔面蒼白。

洋貴「息、息は⁉」

双葉、はっとして、健二の口元に顔を近づける。

双葉「！（となって、洋貴に首を振る）」

洋貴「！」

洋貴、起き上がって健二の元に来て、見る。

呼吸していない。

洋貴「（呆然と）……」

双葉、洋貴が動かないのを見て、そして健二を見て、はっとして。

双葉「お兄ちゃん！」

双葉、健二の上に跨《またが》り、胸を押しはじめる。

双葉「お兄ちゃん！　お兄ちゃん！」

何度も繰り返し、胸を押す。

健二に反応はない。

洋貴「（ぽかんと見ていて）……」

　双葉、必死に健二の胸を押している。

双葉「お兄ちゃん！　お兄ちゃん！　お兄ちゃん！」

　健二に反応はない。

双葉「！（と、声をあげて）」

　顔を覆う双葉。

洋貴「（そんな双葉と健二を見つめて）……」

　葛藤する洋貴。

　葛藤の末、覚悟の顔になる。

洋貴「どいて！」

　洋貴、胸の内ポケットからナイフの包みを出し、中身をあらわにした。

双葉「！」

　洋貴、ナイフで健二の手足のテープを切る。

　双葉に代わって跨り、健二の胸を押しはじめる。

　洋貴、何度も何度も胸を押しながら。

洋貴「文哉……文哉……文哉！　おい！　逃げんな！　逃げんな！　文哉、逃げんな！　逃げんな、文哉！」

　叫び、胸を押す。

洋貴「逃げんな！」

　遂に、健二の口から水がごぼっと吐き出された。

　洋貴と双葉、！と。

　洋貴、また口元に顔を寄せ、呼吸を確認する。

　洋貴、健二の顎を上げさせ、頭を抱え込むようにし、健二の口に口を付け、人工呼吸をはじめる。

双葉「（見守る）……」

　健二の口へと人工呼吸を続ける洋貴。

　水を吐く健二。

　体を震わせ、苦しそうに呻《うめ》いた健二。

　洋貴と双葉、！と。

　意識が戻り、呼吸をしている健二。

　健二、薄く目を開け、洋貴と双葉を見た。

３６　定食屋・店内

　客席テーブルで煙草を吸い、ビールを飲みながらテレビのナイター中継を見ている店主。
店主「交代交代じゃ、監督交代じゃ！」
　などと文句を言っていると、入り口のドアが開く。
店主「（テレビを見たまま）いらっしゃい」

入ってきたのは、双葉、健二、最後に洋貴。
まだ濡れて生乾きの洋貴と健二。

双葉「あの、三人なんですが」

店主「どうぞ」

店主、煙草をもみ消し、水を入れはじめる。
洋貴と双葉、テーブルを見て。

洋貴「ここでいいすか？」

双葉「はい」

洋貴、座る。
健二、その前に座る。

双葉「（見て）……」

双葉、洋貴の隣に座る。
向かい合った三人。
健二、すぐにメニューを手にし、見はじめる。

健二「お腹すいた」

洋貴「（そんな健二を見て）……」

店主が来て、三人に水を置く。

店主「祭りの帰りね？」

双葉「はい……」

店主「酔っぱろうて海に入ったんじゃろ」

健二「（メニューを置き、店主に）オムライスください」

と言って、席を立つ。

双葉「どこ行くの？」

健二「トイレ」

店主「お、その奥よ」

健二、店の奥に行ってしまった。

洋貴「（店主に）トイレに窓とかありますか？」

店主「あ？　無ぁけど……」

テレビからアナウンサーの声が聞こえて。

店主「お、打った。入ったか。入ったの入ったの。入らんかった。（洋貴と双葉に）オムライス三つ？」

洋貴「あ、はい」

双葉「（洋貴に）サラダとかいいですか？」

店主「ポテトサラダ美味しいよ」

双葉「じゃ、それで」

店主「オム三つに、ポテ一な」

と言って厨房に戻っていった。

双葉「（トイレの方を見て）どうするんですか？」

洋貴「（メニューを見たりして）……」

双葉「どうして助けたんですか？　さっきあのまま放っておけば……」

洋貴「わかんないす。てゆうか、自分だって」

双葉「……警察、呼ぶんですか？」

洋貴「自首、させようかと思って」

双葉「しないと思いますよ」
洋貴「させます。ちゃんと話して、自分で行かせます。わかんないです、わかんないですけど、あいつのこと信じてみようかと思って」
双葉「……（と、不安）」
出てきた健二、戻ってきて座る。
健二「（きょろきょろしていて）……」
双葉「……お兄ちゃん。深見さんが助けてくれたんだよ」
健二「うん」
双葉「深見さんが助けてくれなかったら死んでたんだよ」
健二「うん」
双葉「自殺、しようとしてたよね？」
健二「いいよ、またするから」
双葉「……！」
洋貴「じゃ、また助ける」
健二「……」
洋貴「何回死のうとしても、また助ける。逃がさない。色々聞いた。おまえが自分自身を怖がってるみたいなことも、怖がっておまえ、自分の子供が生まれる前に殺したことも」
健二「（揺れて）……」
洋貴「亜季に、生まれてこなければ良かったたって言われたことも」
健二「（動揺し）……」
洋貴「（低く抑えて）そんなくだらないことで殺したんだ」
と表情は変えないまま、机をどんと叩く。
健二「（びくっとし）……」
健二、水を飲み、落ち着きなくきょろきょろし。
健二「（厨房を見て）まだかな……」
テレビの中、ホームランが出たようでアナウンサーの声が聞こえている。
洋貴、健二を見つめ、穏やかに。
洋貴「文哉」
答えず、俯いて紙ナプキンを折っている健二。
洋貴「俺さ、ずっとおまえのこと探してたんだよ。何でかって言うと……」
洋貴、持っていたナイフの包みを出し、テーブルの上に置いて。
洋貴「これで殺そうと思って。しばらく持ち歩いてたんだ。多分あの時、（双葉を示し）この人に止められなかったらおまえ、殺して、今頃刑務所に入ってて、ってなってたと思う。で、俺は、まあ、あまり何も感じないままそういう運命かって、普通に受け止めてたと思う。でも、そうじゃなくなった。（双葉を示し）この人に止められて、この人と、知り合って……俺、多分、俺、変わったんだ」

双葉「（洋貴を見て）……」

洋貴「色々あったんだよ、あれから色々。この人とも色々あったし、母親とも色々あったし、おまえの両親とも色々あって、何てゆうかこう、もつれた釣り糸、ほどくみたいにして、だけど針とかぐいぐい刺さって、痛くて、知らなかった方が楽で。息詰まって。でも知りたくて。だんだん、だんだんなんかほどけてきたら、俺、本当はどうしたいのかわかんなくなったんだ。今もわかんない、わかんないんだけど、もうおまえを殺そうなんて思えなくなったんだ」

洋貴の一生懸命に語る思いを感じている双葉。

しかし見ると、健二は俯いていて、ただ紙ナプキンを折っている。

双葉「（不安に見守って）……」

洋貴「亜季がさ、何のために悲しいお話があるのかって聞いてきたことがあった。何でわざわざ悲しいお話を人間は作るんだろうって。現実が悲しいからかな。現実、亜季が殺されて、友達が犯人で、ばらばらになった家族があって、兄貴の無実信じながら、苦しんで信じながら生きた人がいて、どうしようもなく悲しい人ばかりで、悲しいから出会う人もいて、悲しい話ばかりで、逃げたくなる。だけど逃げても悲しみは残る。笑って誤魔化しても悲しみは取り残される。自殺したり人を殺したら、悲しみは増える。増やしたくなかったら、悲しいお話の続きを書き足すしかないんだ。どんなに悲しくても、辛くても、生き続けるしかないんだ」

健二は俯き、紙ナプキンを折る手は止まっている。

双葉、洋貴の思いを感じて。

双葉「（涙を溜めていて）」

洋貴「だからおまえも人間らしい心を取り戻して、はじめからやり直して、償いを……」

ふと止まる洋貴。

双葉「（どうしたんだろう？と見て）」

洋貴「……や。違うか」

双葉「（え、と）」

洋貴「そんな話、どうでもいいんだ。どうでもいい。どうでもいい、今の話全部忘れていいよ（と、俯く）」
双葉「（驚き、心配し）……」
洋貴「（俯いたまま）ただ、ただ、おまえに見せたいものがある。今朝、朝日を見たんだ。昨夜ずっと眠れなくて、朝方トイレに行って、トイレの中臭くて、窓開けたら朝日、見えて、便所臭いトイレの窓から朝日見えて、俺、そんなことあそこに住んで一度も感じたことなかったけど……（と、顔をあげ）」

×　×　×

回想、釣り船屋のトイレの中。

立った目の前にある小窓を開ける洋貴。

小窓から見える湖のその向こうに見える朝日。

洋貴の声「また今日がはじまるんだなって」

×　×　×

洋貴「楽しくても辛くても、幸せでもむなしくても」
双葉「……」

×　×　×

回想、しまなみ海道。

橋を渡るレンタカー、運転している双葉、海の向こうの朝日に気付き、見つめる。

洋貴の声「生きることに価値があってもなくても」

×　×　×

洋貴「誰を好きで誰を憎んでも、今日がはじまるんだなって。この十五年間毎日ずっと、あの便所の窓からは今日がはじまるのが見えてたんだなって」

洋貴、健二の手を摑む。

力強く握りしめる。

洋貴「上手く言えないけど、文哉さ、俺おまえと朝日を見に行きたい。おまえと一緒に見たい。もう、それだけでいい」

涙を流している双葉。

俯いている健二もどこか泣いているように思える。

洋貴「（涙を浮かべながら、微笑みをたたえ）おまえに希望を伝えてから、光を伝えてから、見送りたいんだ」

希望を思う洋貴と双葉、俯く健二の反応を

待つ。
静かに顔を上げる健二。
健二「(無表情)」
洋貴「……」
双葉「……」
健二「(厨房を気にして、息をつき)ご飯まだかなあ」
洋貴「(え、と)」
双葉「(え、と)……お兄ちゃん、今、深見さんの話聞いてたでしょ」
健二「え? お兄ちゃん、お腹すいてるんだよ」
洋貴「(呆然と)……」
双葉「(呆然と)……深見さんに答えて」
健二「じゃあ、自首すればいいのか。するよ」
双葉「違う……」
健二「謝ればいいのか。ごめんな、洋貴」
洋貴「……」
健二「双葉もか? ごめんな、双葉」
双葉「……」
洋貴も双葉も愕然としており、健二にはそれが理解出来ない様子で。
健二「何?」
洋貴「(絶望)……」
双葉「(絶望)……」

店主「お、一点入ったか?」
店主、オムライスが三つ載ったお盆を持ってきた。
店主「ホームランか? 姉ちゃん、ホームランか?」
双葉「……(頷く)」
店主「お、二塁三塁じゃないか。こりゃピッチャー交代かのぉ。はい、オムライス三つ」
店主、三人の前にオムライスを置く。
さっさと受け取り、ひとりで食べはじめる健二。
店主「はい、マカロニサラダ」
洋貴「……」
双葉「……」
店主「(二人の顔を見て)ん? 何ね? 何?」
洋貴「……ポテトサラダです」
店主「ポテ? マカじゃのぉて?」
洋貴「や、いいです、マカロニサラダで」
店主「美味しいよ」
と言って、行く。
洋貴、目の前のマカロニサラダをじっと見つめている。
双葉「……自分でポテって言ったのに」
洋貴、思わず口に手を当て、うってなる。

笑いが込み上げてくる洋貴。

はじめは小さく笑っていて、だんだん大声で笑いはじめる。

双葉「（驚き、見て）……」
洋貴「（大声で笑っていて）」
双葉「（そんな洋貴を見つめ、辛く）……」
関係なく、黙々とひとりで食べている健二。
健二「（顔をあげ、二人に）食べないのか？」
洋貴「……」
洋貴、食べはじめる。
双葉「……」
双葉も食べはじめる。
三人、黙々とオムライスを食べて。

37　警察署・前

祭りが終わって帰る人々が行き交う中、警察署の前の通りに立っている洋貴、双葉、健二。

洋貴と双葉、健二とともに行こうとすると。


健二「ひとりで行くよ」

洋貴「（気が抜けていて）……」

双葉「（洋貴を気遣って見ていて）……」

健二「じゃあ……あ、オムライス代」

健二、財布から千円札を出し、洋貴の手に持たせる。

洋貴「……あ、お釣り」

洋貴、自分の財布を開ける。

しかし健二、背を向け、歩き出した。

洋貴「（財布から小銭を出していて）お釣り……」

双葉「（健二の後ろ姿を見、思いが込み上げてきて）……」

警察署に向かって歩いていく健二。

洋貴、惚《ほう》けたように小銭を出して。

洋貴「おい、お釣り、二百四十円……」

ふいに走り出した双葉。

洋貴「え……」

双葉、健二に向かって、走っていく。

健二、背後から足音に気付いて、振り返ろうとした瞬間。

双葉、ジャンプした。

健二の背中に、ドロップキックした。

直撃を受け、前のめりに突っ伏して倒れる健二。

双葉もまた叩きつけられるように倒れるが、すぐに起き上がって、倒れた健二に馬乗りになって、叫びながらぼこぼこに殴りはじめる。
慌てて、二百四十円落としながら、駆け寄る洋貴。
洋貴、殴り続ける双葉を羽交い締めにし、止める。
しかし常軌を逸した様子の双葉は抗《あらが》ってふりほどき、健二を殴り続ける。
警察署の前にいた警官たちが駆け寄ってきた。
周囲の通行人たちも驚き、騒ぎになっている。
洋貴の制止も、警察官の制止も、ふりほどき、抗い、叫びながら殴り続ける双葉。
必死に止める洋貴もまた叫んで。

第10話終わり

それでも、
生きてゆく

第11話

1　回想～現在

十五年前、小学校の靴箱前。

靴箱の扉を開けて、中の状況を見たまま、ぽかんと立っている小学五年生の双葉。

周囲を行き過ぎる同級生たちの笑い声が聞こえる。

×　×　×

夜の駅前広場。

学校の上履きのまま、淡々と歩いてくる双葉。

家族連れやカップルで賑わっている。

腰掛けていると、どこからか聞こえてくるオルゴールの調べ、『星に願いを』。

双葉、どこから聞こえてくるのかと見回してみると、設置された柱時計から人形が出てきて回っている。

見つめ、耳をすまし、少し嬉しそうな双葉。

×　×　×

現在、フラッシュバック。

因島の警察署前、常軌を逸した表情で、叫びながら健二を殴り続けている双葉の顔。

×　×　×

十五年前、夜の駅前広場、オルゴールの『星に願いを』に耳をすましながら静かに微笑んでいる双葉。

×　×　×

因島の警察署前、常軌を逸した表情で、叫びながら健二を殴り続けている双葉の顔。

×　×　×

十五年前、夜の駅前広場、オルゴールの『星に願いを』に耳をすましながら静かに微笑んでいる双葉。

2　因島、警察署・医務室

騒々しくパトカーのサイレンの音などが外から聞こえる中、ベッドの中、横たわっている双葉。

虚ろな目で、自分の両拳に巻かれた包帯を見ている。

ふとパーテーションの外を見ると、少し開

いた扉の向こう、洋貴の姿が見える。
警察官と話しており、頭を下げている。

双葉「（洋貴の横顔をじっと見つめ）……」

話し終えた洋貴、来た。
洋貴、血の滲《にじ》んだ双葉の拳を見て。

洋貴「（悲しげに）……」

双葉「……兄は？」

洋貴「千葉の警察が引き取りに来るって」

双葉「……あの人が反省することはもう一生ないと思います。亜季ちゃんが殺された時のことも一生わからないままかもしれません」

洋貴「はい……」

双葉「悔しいです。こんなの許せないです。やっぱりあの時助けなきゃ良かった……（頭を下げて）ごめんなさい」

洋貴、首を振って、薄く微笑みかけ。

洋貴「僕も悔しいですよ。納得行かないし」

双葉「あのまま放っておけば……！」

洋貴「（首を振り）僕は多分、もう一回同じことになっても、また同じことすると思います。助けると思います」

双葉「……⁉」

洋貴「多分、僕の中にも文哉はいて、遠山さんの中にも文哉はいて」

双葉「（自分の指の包帯を見て）……」

洋貴「殺したら文哉と同じ人間になるじゃないですか。僕は文哉にはなりたくないです。遠山さんにもなってほしくないです。（微笑み）これで良かったんです」

双葉「……本当にそう思ってるんですか？」

洋貴「（僅かに疑問が浮かぶが、打ち消し）これからは自分たちのこと、考えましょう」

双葉「……（そうは考えられない）」

○　タイトル

3　長く暗い廊下（日替わり）

刑務官に連れられ、両手に手錠をかけられた健二の後ろ姿が廊下の奥へと進んでいく。
響き渡る足音だけ残して消える。

4　三芙根湖・湖岸

蝉が鳴き、快晴の昼下がり。
釣り客が訪れており、ボートに乗り込んでいく。
洋貴がロープを手にしながら荷物を積んで。

洋貴「いってらっしゃいませ」
　見送った洋貴、振り返ると、五月が来て。
五月「もう夏も終わりですね」
洋貴「はい、あっという間です」

×　×　×

　腰掛け、手みやげのマカロンを食べながら話している洋貴と五月。
五月「三崎文哉、拘置所に移送されたみたいですね」
洋貴「（マカロンを開けてみたりしていて）……」
五月「刑期は七、八年になるだろうって。責任能力ありとされただけ良かったのかもしれません」
洋貴「（曖昧に頷き）この黄緑のやつ、美味しいですね」
五月「ピスタチオです。彼に償う意思があるなら刑期だけの問題じゃないけど……償う気持ち、無いんですよね？」
洋貴「藤村さんはどの色が好きですか」
五月「これかな」
洋貴「苺？」
五月「（頷き）フランボワーズ。三崎文哉の面会に行く気はないんですか？　彼に会って反省を促して……」
洋貴「（首を振り）もう、終わったんです」
五月「（心配そうに見て）……」
洋貴「終わったんです（と、自分に言い聞かせるように）」

5　病院・廊下

　病室から出てくる五郎と悠里。

悠里「（気付き）お姉ちゃん！」

　双葉が立っていた。

　悠里、双葉の元に行き、双葉のまだ右手何本かの指に巻かれた包帯を見て。

悠里「お怪我治った？」

双葉「うん。はい、どうぞ」

　双葉、紙袋の中に入った、たくさんの手作りの髪留めゴムを取り出して見せて。

双葉「何色がいい？」

　双葉、悠里の留めていないぼさぼさの髪をブラシでとかし、悠里が選んだゴムで結び直してあげる。

6　町の中華料理店

　荒《すさ》んだ様子で、無精髭《ぶしょうひげ》の生えた駿輔、ネクタイを外し、寝間着やタオルなどが入った紙袋に詰め込む。

テーブルに餃子とビールが来ている。

駿輔、瓶ビールを注ぎ、見つめ、一気に飲み干した。

五郎の声「よくある話だそうだ。加害者家族の誠意なんてひと月も続きやしない」

7　病院・病室

双葉と五郎、ベッドの傍らに立って、横たわっている真岐の姿を見ている。

双葉「（ぽかんと見ていて）……」

五郎「人工呼吸はしていない。あと何日もしないうちに自分で息も出来なくなる」

双葉「……」

草間さんと外から看護師に呼ばれる。

五郎「もう来んでくれ、悠里がなついたら余計迷惑だ」

と言って、出ていく五郎。

双葉、ベッドの傍らの椅子に座り、真岐の顔を見る。

真岐の目尻に涙がひと雫《しずく》溜まっており、流れ落ちた。

はっとする双葉。

双葉「……（だんだん思いがわき上がってくる）」
×　×　×
看護師との話を済ませ、戻ってきた五郎、見ると、双葉がベッドの傍らにおり、真岐を見つめている。
五郎「まだいたのか」
双葉「（真岐を見つめたまま）……お願いがあります」
五郎「あ？」
双葉、顔をあげて、強い眼差しで。
双葉「お願いがあります」

8　高台の墓地・案内所付近（日替わり）

洋貴、響子、耕平、花と水桶を手にして歩いてくると、案内所のあたりに喪服姿の双葉、隆美、灯里の姿があった。

会釈する双葉、隆美、灯里。

洋貴と耕平、え？と。

響子「（驚く洋貴たちに）わたしが来てもいいって言ったの」

耕平「何で……」

対峙する六人。

洋貴と双葉、顔を合わせて、互いに緊張し

ている と。

響子「ここね、蚊が多いんですよ。(耕平に)あれ、シューってやつ、貸したげて」

隆美「申し訳ありません。今日は主人が……」

響子「お仕事?」

隆美「(迷いつつ)いえ……」

響子「(何となく察し)男の人なんて放っておけばいいのよ」

9 同・墓地の道

区分けされた墓地の間の、上り坂の道を歩いて登る洋貴、耕平、響子、双葉、灯里、隆美。

ひとつの家族のように混ざって。

10 同・墓地の中

景色を見渡せる高台の上にある墓。

腕まくりして深見家と書かれた小さな墓を洗っている洋貴と耕平。

耕平「親父と亜季、何か喋ってんのかね」

洋貴「デレデレしてんじゃないの」

響子、手際よく花を瓶に生けたり、お線香の用意をしたりしている。

響子「ずるいねえ」

傍らに立って見守っている双葉、灯里、隆美。

洋貴と耕平、墓を洗って、拭き終えた。

響子、花を墓前にたむけた。

響子「あー、良かった良かった。綺麗にしてもらえた。(洋貴と耕平に線香を渡して)はい、はい」

響子、線香を立てて、洋貴と耕平も線香を立てて。

響子「あ、あれ持ってきた? 薄いやつ」

耕平「持ってきたよ」

耕平、新聞紙にくるんだ薄いビールグラスを出す。

洋貴、グラスに缶ビールを注ぎ、置く。

響子、風呂敷から可愛い絵柄のお弁当箱を出し、蓋を開けて、墓前に置く。

シンプルで優しい感じのおかずが詰まっている。

響子、洋貴と耕平の腕を取って両隣に立たせて。

響子「はい」

響子、手を合わせる。

洋貴と耕平も手を合わせる。

三人の後ろ姿を見つめている双葉、隆美、灯里。
洋貴、少し目を開けて、横目で響子を見る。
手を合わせながら、涙をひと筋流している響子。

洋貴「……」
響子、目を開けて、さらっと目頭を拭って。

響子「さ」
と言ってその場を離れる。
響子、隆美の前に行って、対峙する。

響子「お願いがあります。亜季に謝らないでください」

隆美「(え、と)……」

響子「わたし、今亜季に言いました。あなた、ちゃんと生きたのよって。短かったけど、すごく短かったけど、あなたは幸せだったのよって。亜季の前では謝罪も、罰も、後悔もいりません。七年の人生をまっとうした亜季の冥福《めいふく》を祈ってください」

隆美「はい」
双葉、灯里、隆美、頭を下げる。

響子「(見下ろす風景を見)三芙根湖は見えるのかしらね」
耕平とともに歩いていく響子。
残った洋貴、隆美たちに線香を渡し、どうぞと促す。
墓前に行く隆美たち、線香を立てる。
手を合わせて目を閉じ、涙を流して祈り続ける。

洋貴「(双葉の背中を見守って)……」

11 同・墓地のはずれ

腰掛け、ペットボトルの炭酸飲料をラッパ飲みしながら遠い景色を眺めている響子。
耕平、隣に立っていて。

耕平「あの人たち、意外といい人たちなんだな」

響子「知らないわよ」

耕平「じゃ何で墓参りさせたのさ」

響子「おぼえておいてほしいの」
響子、またラッパ飲みして。

耕平「……この宇宙では、人に親切にすることが自分を助けることになる」

響子「宇宙?」

耕平「メーテルがそういうこと言ってた」
洋貴が来て、並んで横に座る。
響子、少し寂しげな洋貴を見て。

響子「亜季、喜んでた。お父さんもよくやったって言ってた」
洋貴「（自嘲的に笑って）」
響子「お母さんも感謝してる。犯人が例え反省してなくても、お母さんもう十分。十分です。洋貴が後ろめたく思うことなんて何にもない」
耕平「お疲れさん」
洋貴「……（薄く微笑み、頷く）」

12　釣り船屋『ふかみ』・外景（夜）

13　同・店内

事務所内で店の電話で話している洋貴。

洋貴「じゃ、耕平んち泊まんの？　え。何だよ。気、遣うって。え。まあ、いるけど」
双葉が来ており、座っているのが見える。
洋貴「何言ってんだよ。送っていくよ。はい。じゃあ」
受話器を置き、緊張しつつ双葉の方に行って。
洋貴「お母さんたち、良かったんですか。一緒に帰ろうって言われてましたよね」
双葉「電話しとくんで」
二人、もじもじした様子で。
双葉「……最近、どうですか？」
洋貴「最近……あ、ここの電球替えました」
双葉「あー」
洋貴「遠山さんは？　最近」
双葉「……昨日ガム踏みました」
洋貴「あー。もう取れたんですか？（と、足下を見る）」
双葉「取れてます、ほら（と、靴の裏を見せる）」
洋貴「あ、付いてませんね」
双葉「じゃあ、最近は電球替えたぐらいですか」
洋貴「いえ……（手元のリモコンを示し）電池取り替えました」
双葉「いっぱい取り替えてますね」
洋貴「たまたまです。遠山さんは他にどうですか。他に何か踏みましたか？」
双葉「どうかな、踏み系はそんなとこですね」
洋貴、双葉のまだ数本包帯の残った指を示して。
洋貴「痛いですか」
双葉「（首を振って）いえ……」
二人、思い返すようにして。
洋貴「これからも亜季が凧揚げしよって言ってた夢見るかもしれません。文哉が平気な顔して飯食ってるとことかまた思い出すかもしれません。でも終わったんです。母もそう言ってます」

双葉「……」

洋貴「本当言うと！　あの、取り替えたりとかばっかりじゃなくて、最近……遠山さんのこととか、考えてました」

双葉「(え、と)」

洋貴「遠山さんとのこれからのこと、とか。や、ま、それは難しいことで、その過去的なこととかで。でもその分自分には、未来的には、大切なもので、守りたいもので……」

双葉「(洋貴の思いを感じ)……」

洋貴「思うんです。希望って、誰かのことを思う時に感じるんじゃないかなって。希望って、誰かに会いたくなることじゃないかなって……」

双葉「……」

洋貴「あ、お茶出すの忘れてましたね」

と立ち上がって行きかけて。

洋貴「や、違う、まだ話の途中でした」

と戻って、また座って。

洋貴「……ずっと一緒にいられたらいいなって」

双葉「……」

洋貴「遠山さんと一緒にいられたらって。どんな昨日とかじゃなくて、どんな明日を見てるかで話が出来たらって」

双葉「……」

洋貴「すいません、何言ってるのか全然……」

双葉、気持ちを定めて。

双葉「わたしも、そうなったらいいなって思ってました」

洋貴「……」

双葉「ずっと一緒にいられたらいいなって思ってました。(苦笑し)そう思ってる人にそう言われると嬉しいもんですね」

洋貴「……(と、双葉を見ると)」

双葉「(洋貴を見て)でも、深見さんとお会いするのは今日で最後にしようと思ってます」

洋貴「(え、と)……」

双葉「千葉の被害者の方の娘さん、わかりますか。五歳の、悠里ちゃんという名前の女の子」

洋貴「(混乱していて)はい……」

双葉、洋貴を真っ直ぐ見て。

双葉「わたし、あの子の母親になろうと思います」

洋貴「……!?」

双葉「草間さんの果樹園に住まわせてもらうことになりました。わたしからお願いしたんです。いつかお母さんが目を覚ますまで、悠里ちゃんの面倒を見させてくださいって、母親代わりさせてくださいって」
洋貴「や、え、何であなたが……」
双葉「呆れられました。でも何回もお願いして説明して、受け入れてもらいました」
洋貴「目を覚ますのは無理だって聞いてますけど」
双葉「延命治療をしてくださることになりました」
洋貴「しても、覚めないかもしれないんですよね」
双葉「はい」
洋貴「一年とか二年じゃ済まないかもしれないんですよね」
双葉「はい、十年でも二十年でも悠里ちゃんがいる限り傍《そば》にいるつもりです。終わりとかないつもりです。母親になるのってそういうことだと思うから」
洋貴「……その子が大きくなってあなたが犯人の妹だって知られたらどうするんです。恨まれるかもしれませんよ」
双葉「受け止めます」
洋貴「加害者はあなたじゃないでしょ！　文哉でしょ！　遠山さん、ただの妹じゃないですか。何であなたが背負うんですか！　あなたが引き受ける理由ないでしょ！」
双葉「理由……あります。変な理由でもいいですか？　あ、でも本当の気持ちの理由です」
洋貴「何……」
双葉「真面目に生きたいんです」
洋貴「……」
双葉「真面目な人でいたいんです。甘えたくないんです」
洋貴「そんなの理由になんないです」
双葉「わたしにはなるんです」
洋貴「いつか忘れられるかもしれないじゃないですか」
双葉「亜季ちゃんが殺されたこともですか」
洋貴「……」
洋貴、双葉を思って、覚悟して。
洋貴「忘れられるかもしれないです」
双葉「忘れられるかどうか想像してみました。忘れられないと思いました。忘れていいかどうか考えました。忘れたらいけないって思いました」
洋貴「……（首を振って）僕も、遠山さんのこと忘れられませんよ」
双葉「（嬉しく、頭を下げ）……」
洋貴「何で自分だけそっち行くんですか。残った僕はどうすればいいんですか」

双葉「元々そうじゃないですか。わたしはこっち側で、深見さんはあっち側で、たまたまちょっと道が重なって……」
洋貴「違います。はじめはたまたまだったけど、途中からは違います。同じところを歩くことに決めたはずです。口に出して言ったりしなかったけど、言葉にはしなかったけど……約束したんです。約束して、歩いてたんです、僕ら、同じところ」
双葉「……ごめんなさい。もう決めたことです」
洋貴「……」
双葉「ごめんなさい。それがわたしの見てる明日です」
洋貴「(呆然と)……」
双葉「……お邪魔しました」
立ち上がり、出ていこうとする双葉。
俯いたままの洋貴。
双葉、出ていきかけるが、振り返り。
双葉「楽しかったです。普通じゃないけど、楽しかった」
と薄く微笑み、出ていく双葉。
洋貴「(俯いたまま)……」

14　近くの道路

立ち止まり、川を眺めるなどしている双葉。
双葉「(切なく思っていて、しかし顔をあげて)」
歩き出そうとすると、後ろから走ってくる足音があり、振り返ると、洋貴。
双葉「……」
洋貴「……来週とか、空いてませんか」
双葉「はい……?」
洋貴「一日だけでいいです。普通の人たちみたいにどっか行ったりとかしませんか。普通に、学校とかバイト先で知り合った人たちみたいに」
双葉「えっと……デート的なあれですか?」
洋貴「デート的な、てゆうかデートです」
双葉「あー。あ、一日だけですよね」
洋貴「はい、一日だけ」
双葉「……あ、はい」
洋貴「あ、はい」
双葉「はい」

15　走る電車の車内(日替わり)

空いている車内の座席に、ほんの少し間を置いて並んで座っている洋貴と双葉。
白いシャツなどシンプルにまとめた服装の洋貴と、おとなしめではあるものの女性的なワンピースを着ている双葉。

洋貴「晴れて良かったですね」

双葉「はい。（洋貴が手に切符持っているのを）落としますよ」

洋貴「あ（と、しまう）」

双葉「アメ食べます？」

洋貴「どうも。（貰って食べ）晴れて良かったですね」

双葉「はい（と、なんだか嬉しそうに微笑んで）」

16　遊園地・切符売り場～園内

洋貴と双葉、出入り口より入ってくると、目の前に広がっているアトラクションの数々。

洋貴「こういうの久しぶりですか？」

双葉「久しぶりですね。深見さんは？」

洋貴「僕も全然、十五年振……（と止まって、ジェットコースターを見て）あー、電車の窓から見えたやつですよ」

双葉「すごい落ちてますね」

洋貴「こうなってますもんね、あれ絶対眼鏡飛びますよ」

双葉「あ、落ちる、あ、落ちた」

洋貴「落ちた」

双葉「あ、多分眼鏡は外して乗ると思いますよ」

洋貴「僕も今言ってそう思いました。外すだろうなって」

17　拘置所・面会受付窓口

待合所に座っている駿輔、番号の書かれた面会整理表を折り曲げたりしている。

番号が呼ばれた。

駿輔、自分の面会整理表の番号を確かめて。

駿輔「……！（と、信じられない様子で）」

18　遊園地・広場

ウォータースライダーに乗って騒いでいる洋貴と双葉。

×　×　×

コーヒーカップに乗って笑っている洋貴と双葉。

×　×　×

芝生の上、フリスビーをしている洋貴と双葉。

洋貴「それが実は勘違いで、フリスビーだったんですよ」
双葉「あー、ありますよね。わたし、神社におみくじ結んだりしてる木あるじゃないですか」
洋貴「あーはい」
双葉「わたし、昔あれ、郵便ポストだと思ってました」
洋貴「誰が届けるんですか」
双葉「なんか届くシステムあって。不思議な手紙の木みたいな」
双葉の投げたフリスビーが洋貴の頭上を越えていく。
双葉「ごめんなさい！」
取りに行った洋貴、戻ってくると、双葉、立って風を受けている。
洋貴「(見つめ)……」
双葉「風、気持ちいいですね」
洋貴「そうですね」
双葉「来て良かった。誘ってくれて良かったです」
洋貴「また来週来ますか」
双葉「(微笑み、否定)」
洋貴「考え直せませんか？」
双葉「(微笑み、否定)」
洋貴「もっと楽に生きたっていいんじゃないですか」
双葉「無理なんかしてないです」
洋貴「辛くないんですか」
双葉「深見さん言ってたじゃないですか。希望って誰かのこと思うことだって。わたしは今、悠里ちゃんのお母さんになることで頭がいっぱいなんです」
洋貴「遠山さん、まだ二十五ですよ。何もしてこなかったし、まだしたいこととかいっぱいあるでしょ」
双葉「(ふとそれを思う)……」
双葉、投げてと言って手を出す。
洋貴、投げ、双葉、受けて。
双葉「それは深見さんがしてください。したいこといっぱいしてください。そしたらわたし、深見さんの夢見ますから。夢の中でそれ見て楽しみますから」
と言って、投げ返す。
洋貴、受けて、思う。
洋貴、納得出来ず、我慢出来ず、上空に向けて思い切りフリスビーを投げ挙げた。
双葉「なーにしてんすかー！」
洋貴「……」

19　拘置所・面会室

仕切りガラスの向こうに部屋が見える。
座っている駿輔、俯き、緊張している。
仕切りの向こうの部屋で扉が開いた音がした。
こつこつと足音がして、前の椅子に座った。
駿輔、躊躇しながら顔をあげると、目の前に座っている、健二。
ひどく顔色が悪く、髪の毛も半分ほど白い。

駿輔「(呆然と) ……」
健二、駿輔を見ている。
どこか悲しげだが、何も言おうとしない。

駿輔「……(視線を逸らして)」
駿輔、差し入れの紙袋を置き、中身を見せて。

駿輔「中、毛布はあるか。これから冷えはじめるだろ。何がいるかわからなくてな、着替えとタオルと歯ブラシと……」
取り出しかけて手が止まり、荷物が落ちる。
駿輔、思い返すようにし。

駿輔「はじめは、ただの赤ちゃんだったんだ。生まれた時は何も知らない可愛い赤ちゃんだったんだ。抱き上げて、こいつが大きくなったら一緒に山に登ろうと思ったんだ。文哉。お父さんだよ。深見亜季ちゃんを殺させたのも、草間真岐さんをあんな目に遭わせたのも、お父さんのせいだ。お父さんを恨んでくれ。憎んでくれ。俺がおまえをそんなところに行かせてしまった。おまえを壊してしまった」

健二「(表情は変わらないが、駿輔を見つめ) ……」

駿輔「お父さん、もうどうすればいいのかわからない。子供を殺した償いなんて出来るわけがない。おまえのことも何もわからない……」

健二「……お父さん」

駿輔「(顔をあげ) 何だ? 何だ、文哉?」
健二、すっと手を伸ばした。
健二の手が仕切りのガラスにあてがわれ、駿輔の前に手のひらを向けた。

駿輔「……」
駿輔、手を伸ばし、その手に合わせようとした時。

健二「お母さんの顔が思い出せないんだ」

駿輔「え……」

健二「何で……何で、何で、何で、何で何で何で!」
表情を一変させ、叫ぶ健二。

駿輔「(驚き)！」

健二「何で何で何で！　何で何で何で何で！」

係官が来て、健二を羽交い締めにし、連れていこうとする。

仕切りガラスに張り付くようにして抗う健二。

健二「お父さん、助けて！　お父さん、助けて！」

叫びながら連れていかれる健二。

健二「助けて！」

扉が閉まった。

駿輔「(呆然と)……」

仕切りガラスに健二の手のひらの跡が残っている。

駿輔、手を伸ばし、残った手のひらの跡に合わせる。

駿輔、落涙する。

涙を流し、ああ！ああ！と繰り返し嗚咽する。

駿輔「文哉！　文哉！　文哉！」

係官が来て、退席するように腕を取る。

駿輔、涙を流しながら仕切りガラスに手を付き、必死に叫ぶ。

駿輔「文哉！　待ってくれ！　待ってくれ！」

係官が二人がかりで駿輔を引きはがす。

駿輔「お父さん、ごめん！　お父さん、ごめん！　文哉！　文哉！(と、絶叫)」

20　遊園地・園内(夕方)

ジェットコースターに乗っている洋貴と双葉。

乗り終え、出口から出てくる洋貴と双葉。

行こうとして、ふと気付く。

写真が貼り出されている。

見ると、落下しながら両手を挙げて、満面の笑みで寄り添い気味に写っている洋貴と双葉。

洋貴「……」

双葉「……」

二人、互いの顔を少し窺い見て、互いの思いを察するようにして、その場を離れていく。

残った写真。

×　　×　　×

夕映えの中の大観覧車。

向かい合って乗っている洋貴と双葉。

洋貴、自分の背後の窓から見える景色を指さす。
双葉、隣に行って、景色を見る。
子供のように膝で座席に座って、眺める二人。

洋貴「……（ある覚悟があるような目で）」

21　瀟洒なレストラン・外景（夜）

22　同・店内

店内にはピアノがあり、なかなか高級そうな店。
壁際の席に向かい合って座って、シャンパングラスを手にしている洋貴と双葉。

洋貴「あ、じゃあ（と、乾杯の仕草）」
双葉「え、やるんですか、こういうのですか」
洋貴「何興奮してるんですか」
双葉「行きますよ。せーの」
二人、グラスを重ねて、飲んで。
洋貴「飲めるじゃないですか」
双葉「飲めますよ。行ったことはありますもん、バーとか」
洋貴「バー、行ったことあるんですか」
双葉「知ってますか、バーは、グラスの氷あるじゃないですか、あれが丸いんです、バーの氷は」
洋貴「丸ですか。それ、どんないいことあるんですか」
双葉「いい気分になります」
洋貴「へえええ」
二人、ぎこちない間があって。
洋貴「……あ、いっつもどんな会話してたんでしたっけ」
双葉「いっつもは……（と、表情が曇って）」
洋貴「あ、や、やっぱりいっつもの話はやめましょう」
双葉「深見さん（と、真顔で）」
洋貴「（察し、首を振って）やめましょう。せっかくこういうの飲んでるし、今日は普通にしようって……」
双葉「今日だけだから、今日しないと」
洋貴「……いつか、文哉が出所してからのことですか？」
双葉「（少し驚いて）はい。外に出て、今回みたいにまた反省してなくて、また同じことを……」
洋貴「（首を振る）」
双葉「三度目の……」
洋貴「（首を振って）今度は文哉に会いに行けるから」
双葉「（え、と）」

洋貴「僕、文哉に会いに行きます。何度でも行きます。拒否されても行きます」
双葉「でも深見さんは、もう普通に……」
洋貴「ごめんなさい、もう決めたことです」
双葉「……」
洋貴「（微笑み）そしたら、僕ら、道はまあ、別々だけど、同じ目的地、見てる感じするじゃないですか。それ、すごく嬉しくないですか」
双葉「……（俯き）」
客たちが何人か軽い拍手を送るのが聞こえた。
見ると、ピアニストが来て、ピアノの前に座った。
二人、覗き込んで。
洋貴「ここからじゃ見えにくいですね」
双葉「そうですね……」
ピアノの演奏がはじまった。
曲は『星に願いを』である。
双葉「（あ、と）……」
聞きながら洋貴を見つめる双葉。
洋貴「（シャンパンを飲んでいて、視線に気付き）はい？」
双葉「（首を振って）深見さん」
洋貴「はい」
双葉「あの時、はじめの時、深見さんに会いに行ったこと。何回も後悔したことあったけど、でも会いに行って良かったです」
洋貴「（照れて首を傾げ）そうですか？」
双葉「何回もごめんなさいって、何回も思ったけど、今は、ありがとうって思います」
洋貴「（照れて笑って）どうしたんすか、何すか」
双葉「（首を振って）……」
お待たせしましたと料理が運ばれてきた。
洋貴「食べましょうか」
双葉「はい」

23　星空の下、帰り道

縁石あたりに腰掛けて、少し離れたところに置いてあるバケツに向かって、拾った砂利を投げながら話している洋貴と双葉。
洋貴「外国とか、行きたいとことかあります？　パリとかローマとか、エルエーとかそういうの」
双葉「あーもう全然決まってます」
洋貴「どこですか」
双葉「イースター島です。すごい行きたいです」
洋貴「何するんですか」

双葉「モアイに……あ、内緒です。深見さんはどこですか?」
洋貴「僕は、外国詳しくないんですけど。あれ、何でしたっけ、牛を追いかける系のお祭りの」
双葉「あー、スペインとかのですよ」
洋貴「スペインとかですか」
双葉「でも深見さん、すぐ牛の角に刺されそうですよね」
洋貴「痛いですかね」
双葉「痛いってゆうか、命危険ですよ」
洋貴「命危険ですか(と、笑う)」
双葉「(笑って)横っ腹に牛の角ですよ」
洋貴「持ち上げられちゃいますよね」
双葉「持ち上げて、こう!ですよ」

×　×　×

バケツにかなりの小石が溜まっている。

双葉「飼育係とかなってみたかったですけど、あ、でも、コアラは苦手なんで、コアラ担当以外で」
洋貴「コアラ、可愛いじゃないですか」
双葉「え、コアラよく見てみてください。コアラって、鼻が取れそうじゃないですか」
洋貴「え、どんな鼻でしたっけ」
双葉「なんかリモコンの電池入れるところの蓋みたいなんですよ、こう、ぱかって取れそうな」
洋貴「電池入ってるとしたら単二ですかね」
双葉「単二か、単三二本ですよ」
洋貴「あ、ウチ今単三二本あります」

×　×　×

バケツが小石で埋まっている。

双葉「え、それが初恋ですか」
洋貴「初恋って言うか、髪の毛いい匂いするな的な」
双葉「昔からそういう変態パターンお持ちだったんですね」
洋貴「いやいや、向こうも僕に好意があったんですよ」
双葉「え、怖い」
洋貴「怖くないですよ。遠山さんは初恋いつなんですか」
双葉「無いです」
洋貴「出た。自分だけずるくないですか」
双葉「無いです無いです。深見さんの話しましょうよ」
洋貴「僕の話なんか面白くないですよ」
双葉「話は別に面白くないですけど、深見さんと話すのはだいぶ面白いです」
洋貴「だいぶ馬鹿にしてますよね」
双葉「してません。深見さんのいいところ、わたし、いっぱい知ってますし……知ってるんですよ」
洋貴「遠山さん、バレンタインとかあげました？」
双葉「普通に、優しいとことか」
洋貴「じゃなくて、チョコレート……」
双葉「すごく優しいです。なんか。深見さんの優しいところとか思い出すと、ちょっと涙出ます」
洋貴「（参ったなと）それはどうも」
双葉「あれ、何でしたっけ」
洋貴「だからバレンタインにチョコとか……」
双葉「そんなの……（と、言葉に詰まる）」
洋貴「手作りしたりとか……（と、気付く）」
双葉「（顔を背《そむ》ける）」
洋貴「……」
双葉「何でもないです、あれ……（と、涙ぐんでいる）」
洋貴「……」
双葉「なんか楽しくて、なんか。嫌だな。すいません、楽しいだけなんですけど。ちょっと深見さん、あっち、向いててください」
洋貴「……はい」
背を向ける洋貴。
泣いている双葉。
洋貴、石を拾って、バケツに投げる。
双葉、泣いている。
洋貴、また石を拾って、投げかけて、止まる。
双葉、洋貴の背中に手を付いている。
洋貴「……」
双葉「こっち見ないでください」
洋貴「（頷き）……行くのやめませんか」
双葉「（泣きながらも）やめません、行きます」
洋貴「……遊園地の写真、あれ、買えば良かったですね」
双葉「一枚七百円ですよ、勿体ないですよ、あんまり可愛く写ってなかったし」
洋貴「そうですか、大体いつもあれぐらいですよ」
双葉「ひどいこと言いますね」
洋貴「思い出なるし」
双葉「いいですよ。深見さん、これからいいこといっぱいありますよ。ミスユニバースと結婚するかもしれませんよ」
洋貴「したくないですよ」
双葉「あの、頭に載せる王冠みたいなやつ見せてくれますよ」

洋貴「王冠興味ないんで。王冠ない方が、遠山さんといる方が楽しいです」
双葉「あれ……なんかモテてるみたいで嬉しいな」
洋貴「そうですよ、このへん界隈じゃすごいモテてますよ」
双葉「深見さんも、このへん界隈じゃすごいモテてますよ」
洋貴「遠山さん」
双葉「もう終わります。終わります」
　双葉、涙を拭いて、顔を上げて。
双葉「はい、終わりました」
　立ち上がる双葉。
　洋貴も立ち上がって、振り返って。
双葉「（苦笑して）」
洋貴「（苦笑して）」
双葉「今日楽しかったです。一生の思い出になりました。ありがとうございました。帰ります」
洋貴「……」
　双葉、小さく手を振る。
　しかし応えない洋貴。
　双葉、もう一度手を振って。
双葉「手、振ってるんですけど」
　と言って、その手で洋貴の胸を叩く。

双葉「振ってるんですけど」
　また胸を叩く。
　繰り返し、叩き続ける。
　黙って受けている洋貴。
双葉「無視ですか。黙っちゃって。黙っちゃって。何にも言わないで。手振ってるんですけど」
　叩き、胸に手を置いたまま止まる。
洋貴「……」
双葉「……」
　洋貴、両手を伸ばす。
　双葉の肩を包んで、背中に回す。
　抱いている。
　頭を寄せ合って。
　強くなく、弱くなく。
　動かないまま。
双葉「深見さん、あの」
洋貴「はい」
双葉「ほんと言うと、ずっとこうしてほしかったです」
洋貴「はい」
双葉「ほんと言うと、わたし的にだいぶ嬉しいことです」
洋貴「はい」

双葉「あと……」
洋貴「はい」
双葉「足踏んでます」
洋貴「あ……すいません」
双葉「いえ」
静かに離れる二人。
洋貴「(思いを抑えきれず)……何で」
双葉「加害者の妹だからです」
洋貴「……」
双葉「……(頭を下げて)」
顔を上げると同時に背を向け、歩き出す双葉。
洋貴「(見送って)……」
離れていく双葉。
だんだん遠ざかっていく双葉の後ろ姿。
ふと止まって、双葉、振り返る。
双葉、手を挙げた。
双葉「いってきます!」
洋貴「……」
双葉「いってきます!」
洋貴「……」
洋貴もまた手を挙げた。
見合って。
双葉、思い切って背を向け、走り出した。
あっと言う間に見えなくなった。
洋貴「……」
洋貴、また縁石に腰掛ける。
小石を投げるとバケツに当たって、かーんと鳴った。
顔を手のひらで覆った。

24　果樹園（日替わり）

収穫作業をしている五郎と紗歩、遊んでいる悠里。
紗歩「(ふと遠くを見やって)社長、あれ」
五郎、ん?と見ると、向こうの方からバッグひとつ持った双葉が歩いてくるのが見えた。
紗歩「本当に来たんですね」
五郎「ああ……悠里(と、声をかけて)」

25　果樹園への道

果樹園に向かって歩いていく双葉。
双葉「(強い眼差しで)」

26　高い塀の道

　塀を見上げながら歩いてくる洋貴。
　葉書を持っており、洋貴宛で、差出人が駿輔の名前。

27　町工場

　洋貴、歩いてくると、騒がしい工作機器の音が聞こえる中、工場がある。
　重い荷物を抱えた駿輔の姿がある。
　油まみれになり、汗を流し、運んでいる。

　×　×　×

　工場の裏手あたり、話している洋貴と駿輔。
洋貴「拘置所の傍だったんですね」
駿輔「ここに住み込みして毎日通っています。会えたのは一度だけで、その後はずっと拒否されています」
洋貴「（頷き）……」
駿輔「でも、その時、文哉はわたしに助けを求めてました。今のわたしにとって、それだけが希望です」
洋貴「……（視線を落とし）」
　洋貴、駿輔の腕を見て。
洋貴「前、いい時計されてましたよね」
駿輔「あ（と頷き、手首に触れ、処分したことを無言で）」
　洋貴、ポケットから安物の腕時計を出し、見せる。
洋貴「父の時計です。スナックの十周年の粗品で……貰っていただけますか？」
駿輔「（え、と）……」
洋貴「（頷く）」
　駿輔、受け取って腕にはめて。
駿輔「（頭を下げる）」
　駿輔、拘置所の方を見て。
駿輔「寄って行かれますか？」
洋貴「はい」
　駿輔、ポケットから封筒を出す。
駿輔「何人か昔の友人にあたって、見つけたものです」
　洋貴、受け取って、中身を出して見て。
洋貴「……」
駿輔「私は、今でも自殺ではなくて事故だと信じています」
洋貴「……」

28　拘置所・面会室

仕切りガラスの前に座っている洋貴。
向こう側の部屋の扉が開き、係官に連れられた健二が入ってきた。
淡々とした様子で洋貴の前に座る。

健二「……妹、どうしてる?」
洋貴「……」
健二「妹……」
洋貴「もうおまえの妹じゃないよ、彼女は」

29　病院・病室

眠り続ける真岐の傍らに腰掛け、見つめている双葉。

双葉「あの、遠山双葉と申します。今日から、お母さんが元気になられるまで、悠里ちゃんの傍にいさせていただきます。すいません、ちょっと失礼します」

双葉、真岐の手を両手で握って、誓う。

双葉「悠里ちゃんを一生守ります」

30　拘置所・面会室

無言のまま向かい合っている洋貴と健二。
係官が時計を見て、時間だと告げる。
健二、立ち上がって、去り際に。

健二「俺のせいじゃない」

と言って戻っていこうとする。
洋貴、持っていた封筒から一枚の写真を出し、仕切りガラスの前にかざした。

洋貴「文哉!」

健二、振り返り、見る。
古い色あせた写真には、病院のベッドで、赤ん坊を抱いた女性。
優しく赤ん坊を抱き、笑顔を向けている女性。

洋貴「おまえの……」

写真に手を伸ばし、仕切りガラスに顔を寄せる健二。
見つめ、健二の目から涙がひとつ落ちる。

洋貴「(健二の涙を見つめ)……」

31　同・外

激しい雨が打ち付けている。
外に出てきた洋貴、雨を見上げ、ふうと息をつき、走り出した。
雨に打たれ、走る洋貴。

洋貴の声「遠山さん。今日僕はひどい夕立に降られました。友達だった奴の日から涙が溢れるのを見ました。雨が上がって、洗い流された町が光るのを見ました」

32　草間家・居間（日替わり）

エプロンをした双葉、朝ご飯を作りつつ、悠里の髪を結んであげている。
朝ご飯を食べている五郎と紗歩と悠里。

双葉の声「深見さん。ここ草間ファームでは最近猫の親子が住み着きはじめました。名前はナスカとモアイにしました。じゃれ合うナスカとモアイを眺めながら悠里ちゃんと指切りしました。ずっと一緒にいるよと約束しました」

33　釣り船屋『ふかみ』・店内

洋貴と響子、耕平と涼太を抱いた由佳も訪れており、みんなで手分けして料理の支度をしている。

洋貴の声「遠山さん。秋口になるといつも着てた上着がリバーシブルだったことに今日気付きました。この頃僕は毎朝五時半に起きて、枯れ草を箒《ほうき》で集めます。一日ごとに季節が移り変わるのを感じます」

洋貴、炊飯器を開けて、湯気が立っているご飯を茶碗によそっていく。

洋貴の声「どうやら最近僕はお客さんから、気さくなお兄さんだと思われてるようです。悪くない気分です」

34　草間家・事務所

五郎、双葉に現金書留を見せる。
差出人は駿輔である。

双葉の声「深見さん。図鑑を見ながら悠里ちゃんとお昼寝したら、象の鼻で運ばれる夢を見ました。あと、父から手紙が届きました」

35　町工場

油まみれ、汗まみれになって働いている駿輔。

双葉の声「少し長い返事を書いて並べてみると、わたしの字は父の字ととてもよく似ていました」

36　木造アパート・部屋

台所に立って、二人で食事を作っている隆美と灯里。

食卓には不揃いだが、四人分の椅子がある。

双葉の声「あと、母が作った焼きうどんを思い出して、真似して作ったらびっくりするぐらいまずかったのでひとりで食べました」

37　釣り船屋『ふかみ』・達彦の部屋

響子、達彦と亜季の位牌の前にご飯が盛られた茶碗を二つ置き、手を合わせる。

洋貴の声「遠山さん。母は今でも時々泣いていています」

38　同・店内

洋貴、耕平、由佳、涼太、響子、揃ってテーブルを囲んで食事をしている。

洋貴の声「だけどさっき、笑ってました。買い物したら777円だったのよと言って、笑ってました。例えば月曜日と木曜日に泣いたり、火曜日と金曜日は笑ったりして、そうやって続いていくのだと思います」

響子、涼太を抱いていて。

由佳「最近よく食べるんですよ」

響子「(洋貴に)だっこしてごらん」

洋貴「いや、いいよ」

響子、構わず洋貴に抱かせる。

不器用に抱く洋貴の様に、みんな笑って。

響子「お父さんがあんたたち抱いてる時もそんなだった」

耕平「似ちゃうんだなあ」

響子「似ちゃうのよ」

苦笑する洋貴。

洋貴の声「あと、食べたらまずかったアイスに当たり棒が出ました」

39　病院・病室

真岐のお見舞いに来ている双葉と悠里。

人工呼吸器によって呼吸している真岐。

真岐の胸に耳をあてる悠里、見つめる双葉。

双葉の声「深見さん。悠里ちゃんと電車に乗って病院に行きました。お母さんの心臓の音を聞いて、帰りはショッピングセンターへ行きました。誰かが飛ばした風船を、見えなくなるまで二人で見上げてました」

40　三芙根湖・湖岸(朝)

朝日を見ている洋貴。

紙と鉛筆を取り出し、何か書きはじめる。

洋貴の声「遠山さん。朝日を見て、まぶしくて、遠山さんの今日一日を思います」

41　果樹園

朝日を見ている双葉。
紙と鉛筆を取り出し、何か書きはじめる。

双葉の声「深見さん。こうして朝日を見てるとどうしてか、深見さんも同じ朝日を見てる気がします」

42　三芙根湖・湖岸

枝に無数の手紙が結びつけられた洋貴の手紙の木。
傍らに立ち、また新たに書いた手紙を結んでいる洋貴。

双葉の声「いつもあなたを思っています。わたしが誰かと繋いだ手のその先で、誰かがあなたの手を繋ぎますように」

43　果樹園

枝に無数の手紙が結びつけられた双葉の手紙の木。
傍らに立ち、また新たに書いた手紙を結んでいる双葉。

洋貴の声「繋いだ手に込めた思いが届きますように。悲しみの向こう側へ」

44　三芙根湖・湖岸

湖岸よりボートを出し、乗り込む洋貴。

双葉の声「悲しみの向こう側へ」
洋貴の声「進め」
双葉の声「進め」
洋貴の声「進め、って」

日差しを浴び、ボートに寝転んでゆらゆらと漂う。
目を閉じていて、ふっと何かを思い出したかのように目を開ける洋貴。

45　レンタルビデオ店・店内（日替わり）

あの日、洋貴がアダルトビデオを借りた店である。
店内はすっかりＤＶＤで埋め尽くされている。
中学生風男子二人が出入りしており、アダルトコーナーを覗き込んだりしている。
入り口が開く音が鳴って、洋貴が入ってきた。

洋貴「あの、すいません。これ、随分前にこちらでお借りしてたものなんですが」

と言って、レンタル袋を出し、カウンターに置く。
店員、見ると、アダルトビデオである。
怪訝に感じながら伝票を見て、１９９６の並びに啞然とする店員。

洋貴「延滞料、幾らになりますか？」

『それでも、生きてゆく』終わり

スケッチ

連続ドラマ企画「クラウディ・ハート（仮）」

ごく一部のスタッフとキャストが読むために書かれた「それでも、生きてゆく」の構想文。


わたしの人生が終わった一九九七年のこと。

わたしの住む町で、六歳の男の子が何者かに殺された。

遺体が市営プールに浮かび、しかもその体の一部が欠けていたらしく、日本中が大騒ぎしはじめた。

警察官とパトカーと報道陣が小さな町に大勢集まった。

親も先生も顔を歪めて怖い怖いと口走り、わたしたちは集団登校を義務づけられ、寄り道は禁止された。

市営プールで泳ぐことは出来なくなった。

犯人は変質者だと誰かが口にし、わたしたちは変質者の言葉の意味をおぼえた。

だけどわたしたちは犯人なんてどっちでもいいから早くこんな騒ぎが終わればいいのに、ただそう願っていた。

願いは叶って、二週間後、犯人は逮捕された。

十四歳の中学生だった。

放課後学校から帰ると、家の前にパトカーが停まっていた。

父はまだ会社にいて、母は壁を見ていた。

犯人は三崎悠。

わたしの兄。

大好きなお兄ちゃんだった。

成績優秀でスポーツ万能で、生徒会長だったお兄ちゃん。

わたしはその日少し頑張って寄り道してお兄ちゃん

のために買ってきたアイスが、日差しにとろとろ溶けてしまうのをやたらと心配していた。

十四年前のあの日、わたしは加害者家族になった。

◇

十四年前のあの日、僕は被害者家族になった。

弟を殺した犯人は、僕の友達だった。

弟は生まれつき足が悪く、僕はよくそれをからかったし、人に見られるのが恥ずかしくておいてけぼりにしたこともあった。

生まれてこなければいいのにと思ったことはしょっちゅうだし、実際口にしたことだってあった。

弟はそれでも僕のことを、お兄ちゃんお兄ちゃんと言って足を引きずりながら付いてきていた。

弟が誰かに殺されたと聞いた時も、その後町中がひどく騒がしくなった数週間のことも実際のところあまりおぼえてない。

友達の三崎悠とは中学に入ってから出会った。

僕は昔から内向的らしく、小学生の時に、おまえはいつか人を殺す目をしてると担任に言われたことがある。

先生の言葉はずっと引きずっていたし、自分でも同意してしまうところがあった。

だから悠のように誰からも好かれるタイプの同級生と友達になれるとは思えなかった。

そのことを話すと、あいつはいつも少し淋しそうな顔をして言ったものだ。

おまえは大丈夫だよ。

どうやら弟を殺した犯人が逮捕されたらしいとの知らせを聞いて学校から帰る途中、国道を走るパトカーの列の中に刑事に挟まれた悠の姿が見えた。

何だ、おまえだったのか、おまえが弟を殺したのか。

大丈夫じゃないのはおまえだったのか。

あんなに一緒にいたのに、どうして気付かなかったのだろう。

ひょっとしたら悠はサインを送っていたのかもしれない。

俺、もうすぐおまえの弟を殺すよと。

そうだ、悠に弟を紹介したのは僕だ。

悠が弟を傷つけるのに使ったナイフも僕が貸したものだ。

あの市営プールはいつも僕と悠の遊び場だったのだ。

パトカーを見送って見上げた空は厚い雲に覆われていて、このままいっそ雨が降り出してくれればいいのにと思った。

僕の人生が終わった一九九七年のことだ。

◇

二〇一一年。久し振りに父から電話があった。

あの事件の後、わたしの家族は散り散りになった。わたしの方は母の実家だった伊豆半島の小さな漁港で暮らしはじめたが、母もすぐにどこへやら失踪し、わたしは優しい祖父と祖母に同情されて育った。

わたしは今、二十五歳。

釣り客相手の民宿で働き、結婚を考えている恋人がいる。

彼を含めて、この町の人は誰もわたしの事情を、わたしの有名なお兄ちゃんのことを知らない。

きっと生涯、お兄ちゃんのことを誰かに話すことはないだろう。

わたしは人生における特別なものをあの日全部使い果たしたのだし、これから先はここでの小さな幸せをよりどころとし、平凡な人生を送るのだと思っていた。

祖母の葬儀が終わって、遂にわたしはひとりになった。

そんな時東京に弟と住む父から電話があった。

いつものように事務的な会話だけして、そして受話器を置く間際、ちょっとついでのようにして父がぽつりと言った。

あいつが外に出たらしいぞ。

細かいことはわからないが、どこかの町でごく普通に暮らしているらしい。

わたしは、あ、そう。とだけ答えて受話器を置いた。

まだお焼香のにおいの残る静かな廊下の片隅で、誰に知られることなくひとりきりで、わたしの戦いがはじまっていた。

◇

二〇一一年。

二十八歳になった僕は今東京の小さな不動産屋で働いているが、両親はまだあの町に住んでいる。

手がかかった分、弟を溺愛していた両親はしばらく泣き叫ぶばかりの毎日を送り、そのうち涙が枯れると、今度は怒りに転じた。

矛先は三崎悠ではなく、法律に向けられた。

悠を裁いた少年法には、悠の罪に与えられる罰が無かった。

悠は罰を与えられる代わりに精神鑑定というものを受けて、どこかの施設に入れられたらしい。

弟が何故殺されて、どのような最期を迎えたのか、犯人が今どこにいて、何を考えているのか、何ひとつ知らされぬまま事件が収束したことに両親は怒りを訴えた。

弁護士会と結束し、少年法の改正を推進した。

何年目かにそれは叶い、両親が涙を流して弟の遺影を掲げている記事をどこかで見たが、僕には関心が無かった。

客が訪れると図面をコピーしてマンションに案内する、僕の毎日はそんなことの繰り返しだ。

学生時代から付き合っていた彼女とは最近別れたが、またそのうち出来るだろうから不自由はしていない。

ただ時々、鏡を見て、思い起こすことがある。

おまえはいつか人を殺す目をしている。

あの先生はそう間違ったことを言ってなかったのではないか。

弟を殺したのが僕だとしてもおかしくなかったのではないか。

そんなことを思いながら、先輩に頼まれた来週の飲み会の店を検索していた時のことだ。

掲示板にある書き込みを見つけた。

あの少年が野に放たれた。

悠のことだ。

匿名の書き込みによると、あの凶悪少年は既に施設から出ており、北関東のどこかの町で平穏な生活を送っているとある。

よくある悪戯かもしれない。

僕はその書き込みにレスを返し、少年の居場所を問うてみたが、返信は無かった。

悠を探す方法はあるだろうか。

確か何年か前に実家に葉書が来たことがあった。

ごめんなさいとひと言だけ書かれてあった。

住所は書かれてなかったが、消印は南伊豆のものだった。

差出人は悠の家族だとその時すぐにわかった。

あいつには妹がいたっけ。

僕は仕事を辞めた。

ずっと考えていた目的を実行する時が近付いているんだと思った。

◇

父からお兄ちゃんの「帰還」を聞かされて以来、わたしは何度も同じ夢を見てる。

それは、お兄ちゃんとの幾つもの楽しい思い出と共に夢に現れた。

事件の少し前のこと、土曜日だったか、両親が出かけていない時、昨夜の残りをお昼ご飯に食べてたら、お兄ちゃんがわたしに問いかけてきた。

人を殺す人と殺さない人の違いは何だと思う？

わたしにはお兄ちゃんが何を言っているのかよくわからなかった。

ぽかんとしてると、お兄ちゃんは言った。

あのな、人間ははじめから人を殺す種類の人間と、人を殺さない種類の人間に分かれているんだよ。

正しいも悪いもない、ライオンが鹿を食べたり、ウサギがニンジンを食べるように、ただ人を殺すんだ。ライオンに鹿を食べるのが犯罪だと言ってもわからないように、人を殺すように生まれてきた奴に何を言っても仕方ない。

わたしはまだお兄ちゃんが何を言ってるのかわからなかったが、ひどく嫌な気分だけはして、聞いた。

わたしとお兄ちゃんは兄妹だから、同じ種類だよね。

お兄ちゃんは何も答えず、ただ笑った。

今ならわかる。

お兄ちゃんは、俺は殺す側の種類の人間だと告白していたのだ。

そんな夢を見るようになってから、わたしの中である思いが膨らみはじめた。

わたしはそれを抱えきれなくなって、恋人に話した。

誰にも話したことのないあの有名なお兄ちゃんのこと、今はどこかの町で自由に暮らしていること。

そして、わたし自身の後悔。

わたしはお兄ちゃんを止めることが出来たんじゃないか。

お兄ちゃんはわたしに止めて欲しくて、あんな話をわたしにしたんじゃないだろうか。

恋人ははじめわたしが冗談を言ってると思ったのか苦笑しながら聞いていた。

しかしそれが本当の話だと気付くと、そわそわしはじめ、急用があるからと言って帰っていった。

翌日から恋人は電話に出なくなった。

わたしは少しも悲しくなかった。

自分の中で膨らんでいく後悔の思いの方が大きかった。

わたしが止めてあげていれば、お兄ちゃんは人を殺さなかったんじゃないか、あの幼い男の子は命を奪われずに済んだんじゃないか。

身を押し潰すような思いに耐えられなくなりはじめた頃、わたしの前に、あの人が現れた。

東京からバイクに乗って現れたあの人は言った。

三崎悠はどこにいる?

◇

悠の妹は少しおびえたように僕を見て、ただ首を振った。

嘘だとは思えなかった、本当に知らないようだ。

僕の表情に落胆が浮かんだのに気付いたのか、彼女は少し気を許したようになって話しかけてきた。

あの、どなたですか? わたしもです、わたしもお兄ちゃんのことを探してるんです。

僕の中で何かが切れた。

気が付くと彼女を壁に押しつけ、喉元を絞め上げていた。

僕は自分の身元を名乗った。

そのお兄ちゃんが殺した男の子のお兄ちゃんだと。

被害者家族だと。

彼女の表情が一変し、逃げ出そうとした。

僕は女を追いかけ、髪を摑んだ。

持参したナイフを突き付けた。

僕はこの十四年澱のようにして心の奥に溜まっていた思いを彼女に向かって吐き出した。

弟を返せ! 人殺し!

僕がずっと考えていたこと。

あの日からずっと片時も、法改正を訴える両親の姿を見てる時も、客に物件を案内してる時も、ずっとずっと忘れなかったこと。

今日までずっと一番大きな気持ちを後回しにしてきた。

弟の復讐がしたい。

悠を殺したい。

僕に残ってるのはただそれだけだ。

どうして裁いてくれないんだという前に、被害者はどうしてみんな、復讐しないのか、ずっとそう思っていた。

悠がいないのなら、この女でいい。

悠が僕の弟を殺したのなら、僕は悠の妹を殺す、それでチャラだ。

◇

わたしはその時彼に首を絞められながら思っていた。

このまま死んでもいい。

わたしがお兄ちゃんの代わりに罰を受けるんだ。

わたしが死刑になるんだ。

わたしがお兄ちゃんを止めなかったからあんな事件が起こってしまったのだから。

だけど、彼はわたしの首を絞める手を緩めてしまった。

彼は泣いていた。

◇

悠が自殺しようとしてるところを見たことがある。

サッシに結んだ電気コードを首にかけていて、部屋に入ってきた僕と目が合うと、じゃあと別れを告げた。

僕は止めた。

どうしてあいつがそんなことをしたのかわからなかった。

今、悠の妹の話を聞き、ようやくわかった気がする。

あいつはあの時、自分が人を殺す種類の人間だとわかったのだ。

だからその前に、自分で自分を殺そうとしたのだ。


僕はそれを止めてしまった。

僕は人殺しを救ってしまった。

僕も同罪じゃないか。

言葉にすると、彼女が言った。

わたしもよ。

◇

わたしもあなたと同じです。

わたしはお兄ちゃんが事件の前に話していたことを伝えた。

自分が人を殺す種類の人間であること、人を殺すように生まれてきたと話していたこと。

すると彼は言った。

あいつは何をしようとしてたんだと思う?と。

何を?　しようと?　お兄ちゃんはあの男の子を殺しただけだ。

他に意味はないと思う。

しかし彼は、違う気がすると言った。

事件前、お兄ちゃんは彼にある質問をしたそうだ。

どうすればいいと思う?　たったひとりで、一回のチャンスで、出来るだけ大勢の人間を殺すにはどうすればいい?と。

◇

事件後、しばらく経ってからその言葉を思い出した。

悠は何を言っていたのだろう。

大量殺人をしたかったのか。

だとしたら何故僕の弟を、まだ六歳の弟ひとりを殺したのか。

その理由について推測じみた答えを出せたのは、つい最近のことだ。

十四歳の少年が六歳の子供を殺すということの意味。

事件は日本中に報道された。

町に警官が来て、パトカーが走って、小学校では集団登校がはじまって、寄り道が許されなくなった。

知らない人から話しかけられたら逃げろと言われた。

事件はニュースで報じられ、日本中で衝撃が広がった。

人は恐怖し、人に警戒した。

悠の起こしたたったひとつの事件によって、社会全体に陰惨な空気が漂いはじめた。

それが悠の目的。


あんたはそう思わないか?

あれから少年犯罪が増えたと思わないか?

あれから虐待が増えたと思わない?

あれから自殺した人が増えたと思わない?

あれから社会が狂いはじめたと思わない?

子供が死ぬ事件が普通になった。

またかと思うようになった。

慣れたんだよ、社会全体が、この重苦しい空気に。

年間三万人の人が自殺で死んでるこの社会。

ここは既に戦場だ。

まるでこの国全体に暗い雲がおおってしまったみたいだ。

◇

わたしは悲鳴をあげ、彼の言葉を遮った。

そんな馬鹿な話、信じられないと言って動揺するわたしにその人は話し続けた。

あいつは今、自由になった。

満足していると思うか?

これで足りてると考えると思うか?

わたしにはわからない、お兄ちゃんが今何を考え、何をしようとしているのか何もわからない。

もう一度はあるのか？

もう一度、二度、三度、同じことを繰り返す可能性はあるのか？

困惑するわたしを見て、その人は言った。

あいつは何度でも人を殺そうとするはずだ。

たとえ警察が捕まえても、また精神鑑定を受けて、何の罰も受けないまま外に出てきて、また同じことを繰り返す。

いつかこの空が真っ暗になるまでそれを繰り返すはずだ
まるでお腹がすいたから何かを食べるようにして、人を殺し続けるはずだ。

だから僕は、と言いかけて、彼は黙り込んだ。

わたしが代わりに、その言葉の先を継いだ。

だからその前にお兄ちゃんを殺すんですか？

◇

翌日、僕と彼女はあの町に行った。

生まれ育ったこの町に帰ってきたのは、僕も彼女も久し振りだった。

駅前の風景も、歩き慣れた商店街も、そこから川へと続く道も、あれから随分と変わっていた。

僕も彼女もどこかで安心してる自分を見つけた。

この町に帰ってくるのは怖かったのだ。

誰かに気付かれる怖れもあったが、それだけじゃない。

悠のことと、悠のいた風景は密接に関係してる。

風景が当時と変わらずにあれば、それだけ悠のことを思い出してしまう。

僕と彼女はたわいない思い出話をし、笑顔さえ浮かべながら懐かしい町を歩いた。

夜になって、あの場所を見つけるまでは。

◇

わたしと彼は目を疑った。

市営プールがあった。

何が残っていようと、ここだけは取り壊されているものと思いこんでいたのだ。

だけどあの頃と変わりなく、ただペンキを塗り替えただけの市営プールは残されていて、今もしっかりと水をたたえていた。

すぐに引き返そうと思ったし、彼はさっさと背を向けて、歩き出そうとしていた。

気が付くとわたしの足はプールに向かっていた。

後ろでその人が引き止める声が聞こえたが、わたしはもう止まらず、プールサイドに向かった。

透き通った水面がゆらゆら揺れて、光のかけらが泳いでいた。

ここにお兄ちゃんが殺した六歳の子供の遺体が浮かんでいた。

綺麗な水に浮かんでいた。

わたしはプールサイドに腰掛けて水面を眺めていて、気が付くと彼も隣にいて、同じように綺麗な水を眺めていた。

わたしたちの人生を壊してしまったこの場所を、こんなにも穏やかに見つめていられる。

不思議な思いに駆られ、もしかしたらあれは夢だったのかもしれませんね、そんなことを口にしかけた時のこと。

◇

プールの向こう、街灯の下に、坊主頭が見えた。
少し斜めに傾いたような、どこか記憶にある立ち姿。
僕と彼女のことを見ていた。
いや、ただこっちを向いていただけで、見ていたわけではないのかもしれない。
あの、何の感情も読みとれない黒い眼。
隣で彼女が声を漏らした。
お兄ちゃん。
三崎悠が立っていた。
悠に逃げ出す気配は無かった。
僕の顔を忘れたのだろうか、妹の顔を忘れたのだろうか。
ふたりが一緒にいることを疑問に思わないのだろうか。
何より、どうして、ここにいるんだ。
おい、悠。
呼びかけようとした瞬間、あいつが先に言った。
よお、元気か。
僕は思わず答えた。
ああ、元気だよ、
後から思えば馬鹿げた遣り取りだったが、その時は何の躊躇いもなく答えてしまった。
なあ悠、おまえに会いたかったんだ。
俺もだよ。

悠は笑顔だった。

だから一度として疑ったわけではなかったのに、聞いてしまった。

本当におまえがやったのか？　おまえが弟を殺したのか？

悠は手に提げていたビニール袋を投げてよこした。

泥の付いいたビニール袋。

幾つかの骨が入っていた。

発見された遺体には体の一部が欠けていた。

この骨がそれだとすぐにわかった。

僕がナイフを手にし、立ち上がった時、悠の姿は既に消えていた。

◇

帰りの電車でわたしと彼は、さっき見たお兄ちゃんのことを思い返した。

幻を見たのかと思った、ふたり同時に。

だけどあれは間違いなくお兄ちゃんだった。

背が伸びて、顔つきも二十八歳なりの大人の顔になって、だけどあれは間違いなくお兄ちゃんだ。

何も変わっていない。


多分お兄ちゃんは今でも別の種類の人間だ。

彼の言う通りもう一度犯罪を犯すのだ。

別の種類として、もう一度人を殺すのだ。

今度は止めなければいけない。

駅に着くと、彼は何も言わずに先に歩き出した。

わたしは追いかけ、腕を掴み、問いかけた。

これからどうするんですか？

◇

悠を探し出し、そしてこの手で殺す。

僕がそう答えると、彼女は言った。

わたしも仲間に入れてください。

信じたわけじゃない。

彼女は僕の邪魔をするかもしれない。

だけど、使えるかもしれない、そう思った。

こうして僕と彼女は三崎悠を探す旅に出た。

被害者家族と加害者家族の奇妙な旅。

◇

わたしと彼、そしてお兄ちゃん、十四年後の物語が今再びはじまろうとしている。

そして新たな連続殺人事件の幕が開こうとしている。

◇

その男は今、三崎悠とは別の名を名乗っている。

身元引受人となった男が経営する旋盤工場で働いている。

その男の過去を知っているのは社長だけだ。

よく働く男の評判はとてもいい。

社長の娘は男と同い年だが、最近離婚して、ひとり娘を連れて実家に戻ってきた。

青い空が好きだと言っていつも空を見上げてる娘で、男のことを随分と気に入ってる。

社長がある時男を呼び出した。

娘はおまえのことを気に入ってるようだが、おまえは娘のことをどう思ってるのか。

男は、心配しないでください、自分は自分の身をわきまえているから、娘さんを好きになったりしないと。

しかし社長は、おまえのことを息子のように思っているし、娘を嫁にやって、この工場を継がせてもいいと思ってると言った。

彼の過去をすべて承知した上で。

善意の固まりのような男だった。

その夜、男は娘を抱いた。

ここで家族を作るのも悪くない。

そんな思いに囚われながら、男は娘の首に手をかけた。

あの時の快感が忘れられない。

自分の腕の中でひとつの命が消えていく時の、あの感じ。

娘が男に聞いた。

あなたもよく空を見上げてるけど、どんな空が好き？

男は微笑み、答えた。

小さくちぎれた雲がたくさん浮かんでる、そんな空かな。

巻末座談会

「12年経った今だからこそ、消化できたものがある」

坂元裕二　脚本
永山耕三　演出
石井浩二　プロデューサー
永山瑛太　深見洋貴役
満島ひかり　遠山（三崎）双葉役
司会・上田智子

企画の成り立ち

永山耕三（以下、永山）　坂元さんと初めて仕事をしてから、もう30年以上だよね。「東京ラブストーリー」（1991年、フジテレビ）の前からだから。

坂元裕二（以下、坂元）　そうですね、35年くらいですかね。あっという間に、本当にあっという間に経ちました。

永山　そしてこの「それでも、生きてゆく」（2011年、フジテレビ　※以降「それでも」）が終わってからは12年だからね。

満島ひかり（以下、満島）　干支が一回り、ですね。

上田智子（以下、上田）　このメンバーで集まることってないんですか。

満島　終わってからは初めてですよね。

坂元　うん、打ち上げ以来ですね。あの打ち上げ、今までで一番楽しい打ち上げだったな。

一同　（笑）

上田　書くことがものすごく大変だったからこそ楽しかったということですか？

坂元　書くこととは関係なくて、いい空気が感じられて、とてもいい打ち上げだったんです。

上田　そうだったんですね。早速ですが、このドラマの成り立ちからお聞きしたいと思います。永山さんと坂元さんが飲んでいる時にこのドラマの話が持ち上がったとお聞きしたことがあるんですが。

坂元　西麻布の「ＰＢ」というロックバーで飲んでたら突然、「少年Ａに妹がいたという設定で、逮捕されたお兄ちゃんが出所したらきっともう一度罪を犯すと思っている妹目線の物語はどうか」って永山さんが言ったんですよね。

永山　そう。その瞬間に、坂元さんが「それいい！」って食いついたんだよね。

坂元　突然思いついたんですか？

永山　思いついたというか、以前にこのモチーフを会話のひとつとして使ったことがあって、その話をちゃんとやったら面白いなって思っていた。それと、もうひとつはね、坂元さんと一緒にやった「二十歳《はたち》の約束」（１９９２年、フジテレビ）という連ドラがあるんですけど、これがまさにこういう話だったんですよ。

坂元　……え？

永山　「それでも」ほど極端じゃないけれど、自分が事件に巻き込んだことが原因で死んだ男の妹に恋をする話。

坂元　ああ‼

永山　正直言うと、「二十歳の約束」では僕としてはうまくできなかったから、いつかこういうモチーフのものをちゃんと作りたいと思ってた。だから「それでも」の原型で僕が考えたのはラブストーリーで、極端な枷《かせ》のある「ロミオとジュリエット」のようなつもりでいたんです。坂元さんに預けた瞬間に全く変わっていったんだけれどもね。

坂元　そうだったんだ。「二十歳の約束」が頭にあったって初めて聞きましたし、僕は考えたこともなかったですけど。

永山　気がつかなかったでしょ？

坂元　気がついてなかった。確かに、構造は悲劇的な出会いですね。でもテイストが全く違う。なるほど、そうだったんだ、という感じです。

永山　多分、僕が「少年Ａ」と口に出してしまった瞬間に、当初思い描いていた構想とは全然違う方へ行ったんだろうけど、それを坂元さんに本当にうまくまとめて作り上げてもらったという感じですね。でもね、このドラマは局内で企画が通るまでが本当に大変で。当時、ちょっと重苦しい真面目な話は企画として通りにくかったんです。テレビというのは基本的に最大公約数を求めるものですしね。それでもなんとか企画を通そうって覚悟決めて、企画書用に坂元さんにプロットを書いてもらって提出した。予想通り難航して、結局、通ったのが半年ぐらい経った頃だったかな。

坂元　そんなにかかったんでしたっけ？

永山　たしかね。この企画書を出してから半年ぐらい京都にいたんですよ。それで東京に戻ってきたら、石井さんがプロデューサーを引き受けてくれて、企画も通ったところだった。

上田　ということは、永山さんが最初に企画提案をして、途中で石井プロデューサーが入られたということですか？

永山　そうですね。

石井浩二（以下、石井）　ちょうど、僕がバラエティからドラマに異動になった時だったんですよね。坂元さんの作品がもともと好きだったので、企画を通すために本当に頑張りました。会議は「この企画はドラマとして難しすぎる」という空気で、やる・やらない論争が巻き起こったんですよ。その場における僕の役割は「これはやるべきだ」っていうブーストをかけに行くことだった。

上田　「それでも」が、初の連ドラプロデュース作品ですか？

石井　そうです。直前まで「笑っていいとも！」の担当をしていました。元々、本当にドラマが好きで、演出もやりたいと思っていたんです。坂元さんの「Mother」はもちろんですが、山田太一さんの「ふぞろいの林檎たち」のような昔のTBS的な作品が好きで。当時、今だからこそ「それでも」のようなドラマをフジテレビでしっかりやるべきだという思いがあったので、会社と結構喧嘩もしました。僕が「それでも」を担当することになった瞬間、バラエティー時代に上司だった港《みなと》さん（現・フジテレビ社長）が「お前なんでコメディやんないんだよ！」って飛んできて（笑）。

一同　（笑）

石井　港さんには「コメディは十分やりました」って話しました（笑）。

坂元　元の部署から怒られるくらい、石井さんが「それでも」をやるっていうのが広まったんですね。

永山　怒られるというより、からかわれるって感じですね。

坂元　へえ。

石井　実際は企画が通る前から裏で勝手に進めてましたけど、正式に企画が通ったのは2011年1月ぐらいでしたよね。

永山　そうだね。

石井　それからすぐに3・11（東日本大震災）が起きて、局内で今度は「震災で大変な時期に、子供が殺されるドラマをやっていいのか」という声が出て。「震災が起きた今だからこそ、この作品をやるべきなんです！」と反論して、またも局内で大論争が巻き起こりました。坂元さんとも話していたことですが、「抗《あらが》えないところで身近な人が亡くなった時、その喪失感から人はどう気持ちを取り戻すのか」という意味で、「それでも」のシチュエーションも3・11も同じであって、だからこそ今「それでも」をやるべきなんだと。それを主張し続けて、なんとか反対の声を退けたんです。

震災に、内容に、人に揺さぶられた

上田　震災のお話が出ましたけれど、坂元さんは震災の後、1ヶ月くらい執筆が止まられたんでしたっけ？

坂元　そうでしたね。震災が起きた後、奈良の実家に帰ったんですよ。実家には僕の母親が趣味のキルトを作る部屋があるんですけど、そこにパソコンを置いて仕事部屋にしていた。ちょうどその時に書いていた第3話が、大竹しのぶさん演じる響子と双葉がスカートの丈について話すうちに、響子の母親としての心情が初めて出てくるという回なんですが、子供を失った母親をどう描けばいいのかなと悩んでいる時にちょうど震災が起こって。そこから1ヶ月、母のキルトの部屋で、全然書いてなかったですね。

上田　キャストは決まっていたんですか？

坂元　この頃には全部決まっていました。

石井　震災の日、坂元さんの事務所で打ち合わせをしてたんですよね。その時に揺れが来て、「あれ、これ揺れてません？」「揺れてますよね」って話してたらさらに大きく揺れたので、一回外に出て。

坂元　外出たんでしたっけ？

石井　はい。揺れが収まったところで中に戻ったら、もう一回ぐわんと揺れたので、今日はもうやめましょうって。

満島　「それでも」のことで一緒にいたんですか？

坂元　そうそう、本打ち（脚本の打ち合わせ）してたんですよ。

永山　あの頃はもう第1話はできてたんじゃない？

石井　そうですね。クランクインがゴールデンウィークぐらいでしたよね。満島さんは、東京都庁前でOLの写真を撮るシーンから入られましたよね。

一同　ああ！

坂元　お兄ちゃんに送る手紙ですね。

永山　双葉の嘘つき手紙だ。そういえば、瑛太さんは最初の構想からいたよね。
坂元　当初は犯人役を瑛太さんにやってもらうつもりで企画を立て始めたんですよ。
永山　企画を練っている間に、犯人じゃなくて被害者のお兄さんになっていた。
坂元　そうでした。僕は、瑛太さんと満島さんのお二人でやることしか考えてなかったし、そこから離れられなくなってたんですよ。当初、満島さんにはスケジュール的に無理だと断られたんですが、諦められずに直接お願いに行ったりして、なんとか引き受けていただいたんです。絶対にお二人じゃないと嫌だったし、もしダメだったら書けなくなるって確信してたので、必死でした。
満島　当時すでに、朝ドラで主人公の親友役と、満州の花嫁を演じる主演ドラマを掛け持ちすることが決まっていたんです。そこに、少年Aの妹役というお話が来て、スケジュールも無理だったし、「精神が崩壊します」って一度お断りしたんですけど、直接お会いしたら坂元さんと石井さんの意気込みがものすごく伝わってきて。それで、どうにかなるかもしれないなと思って死ぬ気でやることにしたんですよね。内容も本当にすごかった。あの頃、私は25歳で、瑛太さんは28歳で、今よりも客観的になれる部分が少ないというか、演じていると本当にその物語に取り憑かれそうになってしまっていたから、結構怖かったですね。瑛太さんとは撮影中、一言くらいしか会話してないです。
坂元　へえ。
永山瑛太（以下、瑛太）　当時、僕の父親が他界して、そのあとすぐに東日本大震災も起きて、自分の心がどこにあるかわからなくなっていた時期でした。仕事をできる状態でもなかったんですが、前から決まっていたアクションものの映画をどうにかやりきったところで。その次の作品である「それでも」に入る時には、もう何もできませんっていうある種の無気力状態だったんです。でも、お芝居の撮影が始まる前のポスター撮影で満島さんと会った時に、満島さんからすごく光をもらえる感じがして。希望を持てる予感がしたんです。ドラマの設定はすごく辛くて、双葉である満島さんにどう接していいのかもわからないし、展開もどうなるかわからなかった。まさか、最終回でハグするなんて思ってなかったし。
一同　（笑）
瑛太　確かに内容的には辛かったんですけど、ロケ現場だった長野県の諏訪《すわ》までは距離もあって移動時間も長いし、現場には永山さんもいるし、「それでも、生きてゆく」というタイトルも、全ての状況が僕の中で合致していって、やっていくうちに「うん、これなら生きていけるわ」って自分自身の気持ちが前を向いていったんです。第1話で双葉と洋貴が初めて交わす、「……あ」「え？」「や……」っていうやり取りも、自分の心情と照らし合わせるととても自然だった。あの頃、自分の中で何かがなくなっちゃってたから、洋貴を演じながら「そうだ、怒ってもいいんだよな。何かあったら俺も怒るよな」って徐々に感情を取り戻していったというか、心が新たにできていったような感じですね、今振り返ると。

上田　本当に洋貴とリンクしてたんですね。

瑛太　そうだったかもしれませんね。

坂元　本読みの顔合わせで瑛太さんにお会いした時、チャーハンにソースをかけるっていうのはどういう意味ですか、ってそれだけ訊かれたんですよね。

一同　へえ！

瑛太　（笑）

坂元　僕の父がかけてたんですよって話したんですよね。

永山　チャーハンにウスターソースをかけるっていうのは関西ノリの食べ方なんだよね（笑）。

心が入った脚本

上田　台本を初めて読んだ時の第一印象はいかがでしたか？

坂元　誰も覚えてないでしょう。

永山　いやいや覚えてますよ。僕はそれまで、人を殺したり死んだりする話ってあまり演出したことがなかったんですよ。「それでも」は、前提として7歳の妹が殺されることはもちろんわかってるわけだけど、初めて台本上で凧《たこ》が落ちた瞬間を読んだ時、「本当に人が死ぬその瞬間のシーンを演出するんだ、自分で言い出した企画とは言え、大変だ」と思いました。しかも被害者が子供じゃないですか。視聴者が見ていて痛くなきゃいけないし、でも痛すぎちゃいけないし、そのあたりのニュアンスが難しいなと思ったの。でもそれよりもね、第1話のファミレスのシーンで、洋貴の「普通のことじゃないんで、妹殺されんの」っていうセリフを読んで、「これは、とんでもないものを撮るんだ」って気がした。

上田　瑛太さんはいかがでした？

瑛太　当時は覚えるのに必死だったと思います。さっき満島さんも言ってたけど、役を演じる際の客観性みたいなものが当時はそこまでないから、例えば、次の撮影で満島さんがどんな表現をしてくるか前もって考えて準備するということもなかったし、自分はその時々のシーンに反応するだけだった。この座談会が決まってから、DVDを見ておこうかなと思ったんですけど、自分は持ってないだろうと勝手に思い込んでいたので、用意してもらったんです。

坂元 そうなんですか。

瑛太 はい。でも、自宅のDVDの棚を見たら、一番手前に置いてあって（笑）。

一同 （笑）

瑛太 これは「見ろ」ってことだ、やっぱり見なきゃいけないと思って、第3話まで見ました。ちょうど検視調書の……。

坂元 洋貴が響子に向かって読み上げるところですね。

瑛太 辛すぎて、ここまでで見るのを止めてしまいました。オンエア以降、「すごいドラマだったね」っていろんな人から言われて、少しずつ理解してきたつもりではいるんですけど、今になって見返したことで、やっぱり当時はわかっていなかった部分もあったし、すごいことが描かれてたんだって改めて気づけた。ただ、いい作品だということはわかっているんですけど、自分にとってどうだったかについては具体的な言葉になっていないというか、まだこの内容を受け止めきれてない自分がいるのかもしれないですね。でもこの間、ある撮影で満島さんと二人で車に乗ったんです、僕が運転席で満島さんが助手席で。それが、「釣り船屋ふかみ」の軽トラに二人で乗ったシーンとなんかリンクして。

坂元 フラッシュバックだ。

瑛太 シチュエーションも装飾も全然違うのに。

満島 瑛太さんは顔を真っ白にして目の下だけ赤く塗ってたり、私も口が緑色だったり、ものすごい格好をしてたのに、「あれ？ こういうの、前にあったよね？」って。

一同 （笑）

瑛太 見た目は全然違うんだけど、雰囲気はあんまり変わらないように感じて。

満島 空気は一緒でした（笑）。

上田 石井さんはいかがでしたか？

石井 坂元さんが書いたものを世の中で一番最初に読めるというのがとても嬉しかったですね。ただ、上がってきた初稿は内容的にとても素晴らしいんだけれども、長すぎてとても1時間では終わらない分量だったので、どこをどうカットするかを考えるのが一番大変でした。坂元さんの脚本はすべてが振りになっていて、全部繋がっているんですよ、だから、削れるかなと思ったところでもよく見ていくと削れなくて。それでも、「ここは削れるでしょうか?」と坂元さんに相談すると「わかりました」っておっしゃって、そこの部分だけ変えるんじゃなくて全部変えてくださった。そこが坂元さんのすごいところですね。あと、映画の脚本は結末まで全部書いてしまうものですが、連ドラは長丁場なので、結末や展開をあらかじめ決めることなく一話一話一緒に走りながら本を作っていく楽しさもありました。坂元さんがよく「キャラクターが立ったところで次へと続いていく、ライブで走るのが連ドラだ」とおっしゃっていたんですが、僕も脚本を読みながら先の展開を勝手に想像して泣いてしまったこともあるくらい、とても心が入った脚本だったんですよね。

「それでも」はとても難しい題材を扱っていることもあって、実際に娘さんや息子さんを事件で亡くされたご家族を何組か取材させてもらったんですが、放送が始まってから、取材したご家族の反応が心配だったのでご連絡してみたんです。それがちょうど第5話——大竹さん演じる響子が自分の本当の思いを吐露する長台詞の回の放送後だったんですが、ある被害者のお母さんが「素晴らしい」っておっしゃったんです。「響子が言っていたことは、本当に私が思っていたことそのままだった。でも、私たちは報道やドキュメンタリーのカメラの前で、『みんな死ねばいいのにと心から思う』なんて本音を言えないじゃないですか。だから、フィクションって、ドラマって、やっぱりすごいんだと思いました」って。それを聞いて、本当によかったと思いました。

坂元　それは初耳ですね。そうだったんですか。

石井　はい。本当に嬉しかったですよ。

このドラマの芯を摑めた、第1話のファミレスのシーン

満島　私が最初にもらったのは、今と違うシチュエーションの脚本だったんです。確か、ふかみの船着場で双葉ちゃんが寝ちゃってて、それを洋貴とお父さんが、あの子ちょっと危ないんじゃないかって介抱しようとするんです。でも、洋貴は女の人に触ったことがあんまりないから、興味本位で双葉をちょっと触ってみちゃったりする、みたいな(笑)。

坂元　ああ、あったあった!(笑)

満島　覚えてます?(笑)

坂元　今思い出した!(笑)

一同　(笑)

満島　それで、ちょっとチューしてみようとしたり

……という場面がいっぱいあって、「これって必要なんですか？」って訊いたのを覚えてます（笑）。

坂元 そうですね。チューを書いた記憶はないけど（笑）。

満島 準備の準備、初稿に近いものでしたよね？

一同 （笑）

満島 「多分これは変わると思います」って言われたくらい初期のものだったかと。脚本のこととはズレてしまうかもしれないけれど、私はその頃、あまりテレビドラマに出たくなかったんです。子供の頃に音楽活動でテレビに出ていて、見たことのある芸能人でいることにちょっと疲れていたからだと思います。映画だけだとじんわり知られることも、テレビに出たら搾取されてしまうんじゃないかと警戒もしていて。でも坂元さんと石井さんと出会って、「それでも」をやるって決めた。そうして始めてみて、さっき永山さんが言っていた第1話のファミリーレストランのシーンの撮影で、瑛太さんのお芝居や演出してくれる永山さんの姿を見ながら、東京に来る前の自分を思い出したんです。「そうだ、小学生の頃、テレビドラマを見るの好きだった」って。自分で選んでお金を払って観に行く映画ではなくて、テレビの向こうの不特定多数の人が見ることのできる物語。テレビの世界で時代と共にものを作ってきた人たちと「それでも」で出会えたという運命と、洋貴と双葉という同じものを抱えてきたからこそ引き合ってしまった二人の場面に心奪われてしまって。ここにいるスタッフ全員、年齢もやってきたことも違うけど、それでも同じものに向かってるんだってすごくホッとしたんです。

坂元 あのファミリーレストランは長野のお店でしたよね。

永山 そうでした。東日本大震災が起きた時って、ロケ場所探しの真っ最中だったんですよね。たまたま東北の方にリサーチに行ってたスタッフがいたりして、猪苗代湖《いなわしろこ》を見に行って震災に遭ったんじゃないかってすごく心配したりもしたんだけど。ちょうど世の中に節電という流れが起きていたこともあって、東京でナイトロケをすると怒られる事例もよくあったんです。それで、いっそ中部電力の管轄範囲でロケしようと決めて、諏訪に行ったんですよ。あのファミレス、とても変な場所にあってね、だからこそ空いていて、貸し切りで好きなように撮影ができたんです。なんだろう、洋貴と双葉がポンと二人で立っているツーショットの空気感……真ん中に立っているような立っていないような感じ、すごくよく覚えてますね。二人がファミレスの外に出てからのシーンもよく覚えてる。

満島　あの場面、よく覚えてます。

永山　双葉が外に出ていってしまって洋貴が追っかけて、結局そのまま表で喋っちゃうというシーン。ああ、このドラマではこういうやり取りをずっと続けていくんだって実感しました。瑛太さんは以前にもお仕事をしたことがあって、どういう顔の人かよくわかってたんですけど、満島さんがどういう顔の人かは、あの瞬間によくわかったという気がします。

上田　ファミレスの撮影前に、他のシーンの撮影はあったんですか？

永山　うん、撮ってました。連ドラって第1話、第2話の撮影にとにかく時間がかかるんですよ、試行錯誤してとにかく細かく撮影するし、3～4週間はかかる。でもここで時間をかけるとうまく回り出して、それこそ10日で一話分撮ってぽんぽんぽんぽん上がってくるようなスケジュールになっていくんです。「それでも」も最初の1ヶ月、手探りで一生懸命やりました。作品の内容的に下手なことできないぞっておっかなかったしね。他の連ドラの撮影では、話数を重ねて慣れてくるとちゃらけちゃったりすることもあるんだけど、「それでも」の時は、「ちゃらけてはいけません、ちゃらけてはいけません」って何度も自分に念押ししていました。

3時間を超える第1話の脚本の初稿

上田　次に、完パケ（完全に編集し放送できる状態にしたもの）を初めて見た時のことを坂元さんにお聞きしたいんですが。

坂元　今まで書いたドラマの中で、第1話の初稿が一番長かったのが「それでも」です。そのまま撮影すると3時間近くあったと思います。なぜかというと、亜季の事件の日の状況がわからないから、あの日起きただろう出来事――それこそ朝、響子が家を出て美容室に出勤するシーンとか、達彦が朝から何をしていたのか、亜季がどこに行ってどのように事件に遭ったのか、そして空に凧が見えて……と、最初から全部順番に書いていたからなんです。ファミレスでのタンドリーチキン云々《うんぬん》みたいな場面も、それまで僕が手がけた作品では書いてこなかったようなシーンです。「Mother」の頃までは、シーンが始まったらお話がちゃんと始まってたんですよ。でも「それでも」は物語の状況が僕にもまったく分からないからとにかく手探りで。何も起きていない状態から書いていかないと本筋にたどり着けないので、例えばファミレスに入って注文して、少し雑談して、そして本題に入って、その後また店から出ていくとか、本来なら必要ない部分も含めて一連の動きをどのシーンでも全部書いた。そうして出来上がった3時間くらいの脚本を1時間ちょっとに縮めていきました。最初は、落とすことになったシーンがない状態でちゃんと伝わるのかどうか心配だったんですけど、完パケを見て、演者とスタッフの皆さんのお力で物語がちゃんと生きている、伝わるものになっているってわかりました。第1話以降も、たしか最終話まで、その日起きたことを全部書くっていうシステムは続けたと思うんですけど、決定稿では落としたシーンが、出来上がってきた映像にちゃんと残っているのをすごく感じて、それが面白かった。洋貴と双葉が初めて出会うシーンも、どうすればいいのかわからなかったから、「……あ」「え?」「や……」というやり取りをわからないままに書いてたんですね。でもお二人が演じているのを見て、わかったんです。書いていても見えなかったものが、お芝居によって見えてくるんだということにこの第1話で気づけた。ちなみに、「それでも」を書くに当たって最初に決めていたのは、後半はラブストーリーをやろうということだけだったんですが、第5話の完パケで洋貴と双葉が話している姿を見て、「あ、これは最終回で二人がハグするまでのお話だ、そこまで行くことが素晴らしいんだ」と思い当たったんですよね。第1話のラストで瑛太さんがどんな顔をしているかがわからないと、あの役が何を背負っているのか僕にも見えてこなかったし、そうやって、上がってきた映像から僕自身に返ってくるものがたくさんあったんですよ。

上田　以前坂元さんにインタビューさせていただいた時、「それでも」は自分の文体が見つかったドラマだとおっしゃっていました。さきほどからお話に出ている「……あ」「え?」「や……」のやり取りのように、ふつうの会話はつっかえたりするものですが、脚本にもその通りに書かれていて、お二人もとても自然に演じられていました。それを坂元さんがまたご覧になって、次の脚本に生かされて、と、まるで手紙のやり取りのように共同作業で作っていかれたんですね。

坂元　本当にそうですね。脚本が上がって映像が上がって、というキャッチボールにそんなにタイムラグがなかったんです。当時は映像の上がりを待って書いても問題なく間に合うくらい速く書けたということもあります。今はそんなに速く書けないから、映像を待っちゃうと返せなくなっちゃうんですけど(笑)。

役を演じるというより、ドキュメンタリーだった

上田　満島さんは、先ほどから話題に上がっている

「……あ」「え？」「や……」みたいなセリフを脚本でご覧になってどう思われましたか？

満島　今思うと、たぶんあの頃は必死に「書いてあることを生きられるか」不安だったし夢中だったんだと思います。読んでるうちにのめり込んで、自分の体が双葉になっているから、脚本がどうとかじゃなくてドキュメンタリーをやっている感覚になるというか。支度したり思考したりもするけれど、脚本を読んで覚えるよりも、双葉のドキュメントが描かれているように体が反応していました。だから、第7話で文哉が再犯した時に双葉として怒ってしまって、「なんで再犯する話を書くのか、本当に嫌だ、もう信じられない」って、フジテレビの廊下のベンチで、文哉に当たるかのように石井さんに当たったこと、よく覚えています（笑）。

一同　（笑）

石井　そうでした、「双葉はこれ以上背負えない！」っておっしゃってましたね。

満島　自然と気持ちの動く脚本だったから。洋貴とのやり取りも濁りがなくて、どこまでも素直だった。さっき、待ち時間に会話がなかったと言いましたけど、よく考えたら、黙って一緒にいられるって本当にすごい。二人で車の中で待機している時も一言もなかったんですよ、「どうしてたんだろう？」って思うぐらい。……1回ぐらいは「今日晴れてますね」みたいな会話をしたかな？（笑）

一同　（笑）

満島　あとは「眠れてますか？」くらいかな。私たち二人とも、少年Aについての本や担当だった方の手記、それ以外にも自分の子供が被害に遭ってしまった親御さんの手紙、犯人から両親にあてた謝罪の手紙とか、脚本以外にも資料を毎日読んでいたので、「眠れないですよね」とか、そういう話はしたような気がするけど。

永山　こういう話を、ドラマ放送直後の12年前にするのと、12年経った今するのとでは相当違うと思うんだよね。

満島　そうですね。

永山　今だからやっと消化できたこともあるし、まだ消化しきれていないものもあるんですよね。撮影していた僕自身、第1話と第2話はどうだったんだろう、よかったんだろうかと今でも思う。でもきっと12年前に話していたら、終わったばかりの勢いで「これで良かったんですよ」って言い切れちゃうんだろうな。時間が経てば経つほど、これでよかったんだろうかって考えるようになってきますね。

上田　先ほど満島さんがドキュメンタリーだったとお

っしゃってましたけど、瑛太さんはいかがでしたか？

瑛太　僕も、同じようなことが起きていたと思います。さっきから何度も話に出ている響子の第5話の長台詞も、それを聞いて洋貴が涙するなんて脚本にはどこにも書かれてないいんですけど、僕はあの長台詞を聞くたびに何度でも涙が出てきてしまったんですよね。芝居じゃなくなっちゃってたんですよ、もう。ドラマが終わってしばらくたった頃、たまたまあのシーンがYoutubeから流れてきたことがあって。

一同　（笑）

瑛太　「そうだ、こんなことあったな」って思い出しながら流れてきちゃったシーンを見てたら、気づいたらやっぱり泣いていて。このシーンを撮影した時の感覚は覚えているんですけど、芝居じゃなくて音というか、響子を演じた大竹さんが発しているものによって生まれてくるイメージがあったんです。それまでまったく知らなかった響子の本心に、洋貴もあのシーンで初めて直面したんですよね。あれは何度聞いても新鮮というか、お芝居じゃなくて常に初めて聞いた話のように感じる。

満島　私はこの作品に、永山さんと大竹さんと風間（俊介）さん、この三人がいたことがよかったなと思ってます。三人ってすごくポップでメジャーなイメージが私の中にあって。最高なことだけど、瑛太さんと私だけだと本当にドキュメンタリーになってしまうキケンさもあったように思うから、大竹さんや風間さんがみんなをヒリヒリさせるお芝居をしてくれたり、永山さんが多くの人に届きやすい演出をしてくれることにすごく救われていたんじゃないかと。だからこそ、ドキュメンタリーのような二人の姿も映えたんじゃないかなって。

坂元　うん。

満島　作り手によっては「そのポップさはいらない、ガチでいこう」と思うタイプの人もいるかもしれないけど、私はこの三人がいたからテレビドラマになったんだって思う。もしいなかったら、放送しちゃいけないものになっていたかもしれない。

一同　（笑）

永山　うん。満島さんが言うように、特に意識はしてないけれど放送できるものを作りたいっていう感覚はありましたよね。例えば、痛い題材を扱ってる瞬間は、それがセリフとしては出てきても映像には映すまいとかね、テレビ的と言われると全くその通りですね。そういえば、さっき話に出ていた第5話の響子の長台詞、本当はもっととんでもなく長かったんですよね。

坂元　たしか、あの倍はありましたね。

一同　（笑）

坂元　あの長台詞は「よし書くぞ」って決めて、ファイルも別に作って、物語から一旦離れてそのことだけに集中したんですよ。亜季が殺害された場所に響子が行くじゃないですか。その日の気持ちを全部書いてたんですよ、やっぱり時系列で。その日あった出来事を一から順にという書き方は、それまでの作品ではしてなかったんです。さっき永山さんが言ったけど、人が、しかも子供が死ぬところから始まる物語だからということもあるし、第3話以降ですけど、やっぱり震災があったこともすごく大きくて。自分の中に緊張感があったんでしょうね。僕の中にもポップさというかエンターテインメント性があって、放っておくと面白い方に流れていくことがある。そのエンターテインメント性をなくそうとは思わないけど、できるだけ嘘はつかないようにしようとは思いました。満島さんがドキュメンタリーだったたって言ってたけど、まさに僕もキャラクターのその時その時を自分の中で再現しながら書いてたんですよね。現実世界では震災をきっかけにさまざまなことが起こっていて、気を緩めることができなかった。ドキュメンタリーとポップさの境目を意識していたわけではないけれど、どちらかに行きすぎないように無意識下で気をつけていたんだと思います。とは言っても、瑛太さんと満島さんも画面で見るとすごくキラキラしていましたけどね。例えば軽トラで二人がすごく睨み合っているシーンですら、やっぱりお二人にはキラキラ輝くものを感じるんです。それは、もし事件がなかったら二人にあったかもしれない、輝きみたいなものが漏れ出ていたからなのかなという気もしますね。

なんでもない雑談の尊さに気づいた

石井　坂元さんが毎話脚本をしっかり上げてくださったので、僕もよく現場に立ち会えたんですけど、そこでみなさんが脚本や演出について「これは違うんじゃないか」って侃々諤々《かんかんがくがく》と意見を言っている場面を見ると、本当に真剣に取り組んでくださっているんだと感じられて、僕はプロデューサーとしてすごく嬉しかったんです。初プロデュース作品が坂元さんの脚本で、永山さんの演出で、俳優のみなさんも素晴らしくて、僕はすごく恵まれていたなと思っています。洋貴と双葉の何気ない会話もクスッと笑えて、二人の不器用さがよく出ていて可愛らしくて、そこもすごく好きでした。坂元さんの会話の妙ですよね。

坂元　石井さんに最初に言われたんですよ、「Mother」

は虐待されている女の子を誘拐して本物の母娘になろうとするというシリアスな話なのに、いくつかユーモアのあるシーンがあって、そういうところが好きですって。石井さんがバラエティ畑から来た方だったこともあって、「それでも」はかなりシビアな題材だけどユーモアのある会話を心がけようって、ちょっと意識してたんですよね。

石井　脚本が全話脱稿した時に、坂元さんとお食事をしたんです。その時に「初稿が長いとき、プロデューサーは大抵本筋から外れた会話は削ろうとするんだけど、石井さんは逆に、『それでも』のようなシビアな作品では二人の何気ない会話こそが必要だから、そこは絶対削りたくないですって言ってくれたので、よかった」っておっしゃったんですけど、僕、それがすごく嬉しかったんですよね。

坂元　最終回なんか、放送用の完パケとDVDのディレクターズカット版とでは全然尺が違いますもんね。決定稿の脚本には残した部分も、撮影したら尺に収まらなくて、放送時は結構カットしてるから。

永山　そう。だからDVDで全部戻したんですよ。戻したという言い方も変だけど。

坂元　二人がデートの帰り道にベンチに座って石を投げながらする会話も、DVDではだいぶ戻ってますね。しょうもないコアラの会話、今でも面白いなと思うんです、自分でも。コアラの鼻がリモコンの電池を入れるところの蓋みたいって言って、あそこに電池が入ってるとしたら単2ですかね、単3二本ですかね、なんて（笑）。

一同　（笑）

石井　めちゃくちゃ面白かったですよね。

瑛太　……全然覚えてない。

満島　うん。今言われて、かすかにあったような気も……。

瑛太　なんとなく。

一同　（笑）

坂元　そうやって、洋貴と双葉が雑談するくだりが何回かありますけど、第5話の夜の『ふかみ』で二人がする「カラオケ行かない？とか人に言ってみたい」とか「スプーン曲げられるようになりたいです」っていうセリフを書いた時に、この物語はなんでもない雑談の瞬間こそ尊くて、全てのシーンはその小さな輝きに向かっていくためにあるんじゃないかと気づいたんです。第2話のお祭りのシーンで、ワールドカップで日本選手がゴールしたら「やったぁって思って、ガッツポーズしたり」って言うシーンもその前兆なんですけど、こんな二人が「やった！」って笑顔になったり普通の雑談ができる瞬間を書きながら待っている、というのが僕の書き方になっていったんだと思うんですよね。

脚本家・坂元裕二の変化

上田　坂元さんと長くお仕事されてきた永山さんは、「それでも」の脚本はどうご覧になりましたか?

永山　わかりやすく言うと、この人は最初から天才なんですよ。一番最初に一緒にやったのが「同・級・生」（1989年、フジテレビ）だったんだけど、「ふつうの人はこんなこと言わないよ」というとんでもなくポエティックなセリフをバンバン書く人で、当時はそれが好きな人とこそばゆいと感じる人がいた時代だったんですよ。その後、舞台「スタンド・バイ・ミー」（91年）、ドラマの「二十歳の約束」、「翼をください！」（96年）などをやっていって、坂元さんは自身より年下の人の話を書くのがうまいんだなということを知ったのね。でも「翼をください！」の後で坂元さんは一度ドラマを離れて、別のジャンルに旅に出られた。何年かして戻ってこられてから、職業作家の時代が始まるんですよね。あの頃って年間何本も書いていたんじゃない？

坂元　そうですね、2クール連続とか。

永山　「ラストクリスマス」（2004年、フジテレビ）、「西遊記」（06年、フジテレビ）、「トップキャスター」（06年、フジテレビ）って次々と書く職業作家みたいな時期があって、その後の「太陽と海の教室」（08年、フジテレビ）で「あ、坂元さん変わったな」と思ったのね。

坂元　悪い方に？

永山　そうじゃなくて。言うことを聞かない人になりつつあるんだって。

坂元　ははは（笑）。

永山　いい意味で「好き勝手書いてる」ってすごく思った。でもまだ完成形ではない感じだったんだよね。そうしたら他局で「Mother」（10年、日本テレビ）を書いていた。

坂元　（笑）

永山　「Mother」を見て、坂元さんが人の言うことをなんでもはいはいって聞くことをしなくなったということと、大人がちゃんと書けるようになったんだと思った。それで、一緒にメジャーポップなプログラムピクチャーじゃないものをやりたいと、とっても強く思って、少年Aの妹というモチーフを提案したんです。「それでも」はテレビドラマとしてステップが一段上がった、とんでもなく素晴らしい脚本だと思うんだけど、ただ、こんなヒリヒリするメジャーポップと正反対みたいな作品をテレビで放送していいのかという思いとのせめぎ合いはありましたね、僕はなにせメジャーポップの代表みたいな人間だから。坂元さんがその後お書きになった「最高の離婚」(13年、フジテレビ)や「カルテット」(17年、TBS)、「大豆田とわ子と三人の元夫」(21年、カンテレ)はまだメジャーポップな部分があるんだけど、「それでも」には皆無だと思う。でも、一度そこへ思い切って行ってみようよっていう話でした。

上田　エンターテインメント性と言えるかはわかりませんが、「それでも」は、次はどうなるんだろう、早く見たい、と視聴者が本当に引き込まれる作品でした。

永山　そう、この頃の坂元さんは作劇法も極端にうまくなってるんですよね。それ以前はセリフの力で押していく感じがあった。第5話の響子の長台詞なんて、坂元さんの元々の才能からすれば多分すぐに書けてしまう類《たぐい》のものだと思うんですよ。さっき「よし書くぞ!」って一生懸命書いたとおっしゃってたけど、それは題材が題材だったからというだけだと思う。元々のセリフ力に加えて、どういう順番でやっていくとより視聴者を引きつけられるかという構成力の部分も格段に上がっていたんだよね。

坂元　職業作家も長くやってましたからね、永山さんのおっしゃる「言うこと聞かなくなる」前に(笑)。

永山　おそらくその頃、「その役よりもこの役をもうちょっと立てた脚本にして」とか、「スケジュールがないからこの人(役)外して」とか、作品の筋とは関係のない要求を極端に聞いたんだと思うのね。それを経て、現在に至るっていうのかな。

坂元　あの頃は、B案、C案、D案、E案、F案ぐらいまで考えないとだめで、そこまでやってようやく脚本にOKが出るような日々で、パターンをとにかくいっぱい考えてたんですよね。そういう機会があると成長するのかなって思いますけどね。物書きとしてだけでなく、いろんな面においても。

とても真剣でピュアな現場だった

上田　瑛太さんと満島さんは、特に忘れられないシーンはありますか?

瑛太　今思い出したんですけど、第1話で洋貴が妹の亜季が亡くなった現場に行って涙が止まらなくなるというシーンの撮影で、一切涙が出てこなかったんです。その時に「まずいな」と思いましたね。だから「(洋貴は）もう涙が枯れ果てたんだ」と自分に言い聞かせた。そうじゃないと俳優として前に進めなかったんです。瞬間的に感情をボンって出さなきゃいけないんだけど、それが全然出てこなかったんですよ、内側にはあるのに。実際に起きた事件についての手記を読ませていただいて、自分の腹の底にある怒りだけでも悲しみだけでもない、憤りだけでもない、そのしこりみたいなものを全部ここで吐き出してやろうとして、違う力が入りすぎたのかもしれないですけど。あそこで泣けなかった時に、「この作品、ダメになっちゃうかもしれない」と思いながら帰ったことを思い出しました。それから、今日お話ししてて、遊園地でフリスビーをしたこととか、断片的に記憶がよみがえってきました。

坂元　ああ、最終回の富士急ハイランドですね。

瑛太　何を喋ってたかも思い出せないんですけど、洋貴と双葉として居る、しかもフリスビーって物理的に離れなきゃ遊べないから二人の間に距離があるんですよね。その後の、ベンチに座って二人で石を投げるシーンにしても、向かい合わないで違う方を向いてるんですよ。その距離の作り方が、演出なのか脚本の意図なのかはわからないですけど、振り返るとお芝居のやりやすさだったなと思うんです。さっき永山さんがおっしゃった、放送終了して12年経ったから消化できたことがあるとしたら、その距離感の取り方ですかね。最終回で洋貴と双葉がハグをしますけど、ハグをした時ってお互い相手の表情は見えないんですよ、でも触れた時に感じるものはすごく強く残る。あの時の双葉って、多分痩せてたと思うんですよね。一方、自分はその時ちょっと食いすぎてたみたいで……。

一同　（笑）

瑛太　ハグした時に痩せた双葉を感じて、「俺、こんな太ってちゃダメだよ」って反省したんですよね。すごく変な違和感が自分の中であったというか、自分の感覚として覚えてるんですけど。

坂元　別に太ってなかったですけど。双葉がどんどん痩せていったのはもう目に見えてましたけどね。

永山　痩せてったというか、やつれてったというか。

……だいたい遊園地でフリスビーしないよね。

一同　（笑）

満島　遊び道具に溢れた場所なのに！

坂元　でも、富士急って、そういうところですよね……？

永山　いや、フリスビーは……。

坂元　……ないか（笑）。

永山　うん、ないだろう。でも、そこであえて二人にフリスビーをやらせるところがいいんだろうと思った。

あの二人の距離感は、坂元さんの距離感だったような気がします。投げながら双葉に「行くのやめませんか」って洋貴が言うんだよね。

坂元　そうです。フリスビーをしてるうちにね、引き留めちゃう。

永山　遊園地は楽しいよね。

坂元　写真を買うかどうか迷ったり。

石井　遊園地に向かう電車のシーンも好きですね。二人の「晴れて良かったですね」っていう会話とか。

満島　話してるといろんな場面を思い出しますね。第7話で、響子と双葉が二人きりで、洋貴に何を買ってあげたいか話すシーンがあるんですけど、現場に入って初めて脚本について大竹さんと、「二人で向き合った時に、このセリフのままでは言いにくいかもしれないね」っていう話になったんです。それで、その回の演出担当の並木道子さんから坂元さんに連絡していただいて、大竹さんと三行ぐらいアドリブでやったんですよね。ここに居ない洋貴のことを大事に軽く、可笑《おか》しいねと同じ愛情を向けて話しながらも、近づくことのできない響子と双葉の距離を純粋にやり取りできた気がして、すごく印象に残っているシーンです。

……私ね、「それでも」以降、街中で声をかけられたかと思うと、めちゃくちゃ泣かれることがあるんです。泣かれたり、食べ物を渡されたりすることが増えました。

一同　（笑）

満島　ドラマのヒロイン史上、双葉は一番地味だったかもしれないですね（笑）。第9話とか第10話とか、衣装のTシャツの首元なんかかなりテロテロしちゃってて……。

坂元　ドラマ史上、Tシャツが一番ヨレヨレでしたよね。

満島　全然気にしてなかった（笑）。私も瑛太さんも、だんだん物語の中の人になりすぎちゃって、脚本があることをほとんど忘れているような、そんな時間が沢山あったように思います。坂元さんは、話が進むにつれ、よく俳優さんの呼吸を見て感じてそして書いているから、多分盗《と》るんです。私のことを盗って双葉を書くし、瑛太さんのことを盗って洋貴を書くから、もう双葉と洋貴という名の私たちでしかない場面もいっぱいあって。役との境界線が曖昧になってくるというか。第10話の洋貴と双葉と文哉の因島《いんのしま》の定食屋とか、プールとか、電話ボックスとか、最終回の遊園地とか、帰りのベンチのシーンとか、ふっと横を見たら、全国の地上波で放送されるドラマに出演しているとは思えない姿の人がいて……みんな、すごかった。

一同　（笑）

満島　第1話の最初から最終回のラストまでずうっと、頭で制するよりも心がぐるぐるしてたんです。でも、それが物語をつくることにおいては幸せな状態だと思います。スタッフも演者も全員、それぐらい夢中になれるチームで、夢中になれる脚本だった。みんな一生懸命で、一緒に体験しようとしてた。関わっている人たち全員が「それでも」のチームだった。こういう現場が毎回だったら最高だなって思うけど、そんなピュアな現場にはそうそう出会えないです。

因島の裏話

石井　そういえば、第10話の因島は、ロケの時に台風が直撃したんですよね。次の日はすっごくきれいに晴れて、朝日がぱっと見えて。

満島　ああ！　みんなで徹夜してロケして、3時間後の朝日を撮影するって言って。ちょうどパーキングエリアに撮影隊以外誰もいなかったから、スタッフ30、40人全員が出てきて横並びで地面に寝転がって、みんなで星を見て。青春みたいでしたよね、すごい覚えてる。

石井　（笑）

上田　因島は坂元さんの指定だったんですか。

坂元　あれは、文哉と双葉の母親の故郷に行きたいとお願いして、ちょうどいい場所を探していただいたんですよね。でも、今だったらありえないですよ、最終回直前の第10話で地方ロケやるなんて。

石井　坂元さんが、ストーリーの最初から日向夏《ひゅうがなつ》を出されていたので、その産地も含めて探したんですけど、どうやら瀬戸内海らしいと。文哉が逃げ込む島なので、あんまり大きい島でも嫌だし、小さすぎると余所者《よそもの》が来たらすぐわかってしまうし、と、ちょうどいいサイズの島を探していたら、因島というのは響きもいいし、字面《じづら》も囚人の囚に似ているし、って。でも、坂元さんがさすがだと思ったのは、洋貴と双葉が電話帳を見ながら母親の実家を探す時に「村上、村上」「結構ありますね……」っていうやり取り。

坂元　（笑）

石井　瀬戸内海の村上海賊の島だから、本当に島民の苗字が村上さんばっかりなんですよ。

坂元　そう。調べてみたら、因島は村上さんばかりだというので面白いと思って。「あ、村上」「あ、村上だ」って書いた。

一同　（笑）

上田　それで、文哉たちの母の旧姓も村上にしたんですか?

坂元　そうなんです。

特別な存在

上田　瑛太さんは、坂元さんが自分のことを盗って、瑛太さんでしかない洋貴を書くということについてはいかがですか?

瑛太　違う作品ですけど、映画の「怪物」(23年)をやった時にいろいろ感じましたね。『脚本家 坂元裕二』(18年、ギャンビット刊)で対談をさせていただいた時に、坂元さんが僕のことを「たとえ光生《みつお》(※「最高の離婚」で瑛太さんが演じた主人公)で笑わせてもらっても、深く届かない暗い部分があると感じさせてくれる。命の輝きと同時に、何か計り知れないという意味で死の匂いをもった俳優さんだと思う」って。

坂元　ああ。ちょっと変な表現して……申し訳ないです。

瑛太　いやいや。僕はその言葉で、もうずっと食っていけるというか、坂元さんとまたご縁があれば一緒にできるんだなというような感覚があるんです。僕、別にずっと不幸な人間ではないですし、どちらかというとポップで、根明《ねあか》な方なんで。

一同　(笑)

坂元　うん。

瑛太　それに、坂元さんの言う「死の匂い」という言い方が全然嫌じゃなかったんです。負の言い方じゃなかったんですよね。

坂元　意味的には、影があるところが好き、という感じで言ったんだと思うんですけど。でも、瑛太さんに「僕のこと『死の匂い』がするって言いましたよね」ってちょっと睨まれた時もありますよ、覚えてないだろうけど(笑)。

瑛太　(笑)。死の匂いも生の匂いも、表裏一体みたいに一緒なんじゃないかな。人はいつ死ぬかわからないし、生きていることが当たり前でもない。僕もずっとストイックに生きてるわけじゃなくて、どちらかというと怠け者だし。普段そんなに冗舌に何かを伝えられる人間ではない僕を、坂元さんの言葉が代弁してくれているというか。僕を生かすストーリーを与えてくれているんですよね。

上田　坂元さんはよく、「自分は脚本家だとか物語を書くということよりも、永山瑛太さんと満島ひかりさんが喋るセリフを書くのが仕事だ」とおっしゃいますよね。お二人は本当に特別な存在なんだと思うんですけど。

坂元　うん。そう決めたところがあって。僕の人生、もうこれから別の場所にいきたいという考えがなくなって。家族とも違うし、劇団でももちろんないけど。

満島　劇団！（笑）

坂元　劇団じゃないけど（笑）。「好きだな」と思った人たちと仕事ができれば僕は幸せなので。それに、もう自分の居場所を見つけたし、そこに根ざしたいというところがあります。お二人同時にまたご一緒するというのが今後あるのかどうかはわからないけど、時々一緒にお仕事していけたら、僕はもう何も望むことはないってぐらい、特別なんですよね。お二人と出会った時から、僕自身はわりと出来上がったところがあって、もう成長もしていないし。単に、そういうところに住んでおりますっていう話なんですけど。

満島　坂元さんも瑛太さんも私も、みんな親が鹿児島なんですよね。

坂元　そうですよね。

満島　同族意識。（笑）

永山　うちも薩摩だよ、薩摩藩。

坂元　あ、そうなんですね！

石井　……僕は長州なんですよ、山口なんで。

満島　薩長同盟だ！

一同　（笑）

ドラマの寿命

上田　結末をイメージせずに書いていくうちに、「あれ、こんな風になっちゃった」とご自分でも驚かれたことはありましたか？

坂元　全部そうだったんですよ、だから愛着があるんだと思うんですけど。「それでも」は僕の中では完全にラブストーリーとして残ってるんですけど、書き始める前は、永山さんから最初に聞いたコンセプト——少年Aによる殺人事件の人間模様を中心としたサスペンスをイメージしてたんですよね。それとは全く違うものになったし。もちろんサスペンス要素もたくさんあるんですけど、それよりも洋貴と双葉の他愛もないやり取り——みかんの落書きとか、そんなことばかりを思い返すんです。みなさんと一緒に作り上げた結果、そうなっていったんだなと思いますね。

上田　坂元さんはラブストーリーだとおっしゃっていますが、瑛太さん、満島さんはいかがですか？

瑛太　ラブストーリー……どうだろう。客観性というか、この作品をジャンル分けできない部分は、12年経った今でもあるんですよね。僕は洋貴という人間で、洋貴が見えているもの・感じるところだけで動いていたので。でも、確かにラブストーリーといえばラブストーリーだったかな。例えば待ち時間でも、双葉に対してどう話しかけたらいいんだろうって洋貴としてずっと考えていた。みなさんのお話を聞いたり、思い返してみると、ラブストーリーでもいいんじゃないかという気もしてきました。

坂元　もちろん、いろんな面があるんですけどね。

満島　誰かを想うって気持ちが、大切に、小さなことをこぼさないように描かれていたし、私たちもその壊れてしまいそうにパンパンな想いとかを、たまに行き場がなくなることも含めて大事にしてた気がします。たかが一つの作品かもしれないけれど、一生のうちに何度も出会えないものだったなって私は思うし、今でも「それでも」のことを考えると胸が熱くなるし、究極のラブストーリーな感じもしますけどね。坂元さんの脚本作品に何度か出演しているけど、「それでも」を好きな方の感じは、愛がものすごく深いし。

上田　泣かれてしまうぐらいですものね。

満島　そうなんです。

永山　あのね、最近になってわかったんだけど、テレビの連ドラって寿命が30年なのよ。それは、放送した時に生まれてなかった人が大人になってから見てみたらどう思うかっていうこと。30年経つと、ドラマはさすがに古く感じると思うんだよね。例えば、「東京ラブストーリー」が放送から32年経つんですけど、今見ると、機材もアナログだし、セットもペコペコだなって気になるのと、コンプライアンス的にも「どこでもタバコ吸うんだな」「酔っ払い運転してる！」みたいな話が出ちゃうんですよね。本筋と関係ないところで笑っちゃって。それでも、最後に面白かったねって言ってもらえるとまだ生きている作品だ、となるわけ。

一同　うん。

永山　その意味で言うと、今から20年後、「それでも」の放送当時生まれてなかった人が見たとしたも、この作品は絶対、一番通用すると思うのね。「それでも」の寿命、50年はあると思う。……そう言っておきながら、私はおっかなくて見返せないけどね。宮本理江子さんの演出回とかだったら素晴らしいと思って見られるんだけど、自分の担当回はおっかなくて……。

石井　僕もＤＶＤは見返してないんですよ。でもこの前、この座談会もあるしちょっとだけでも見ておこうと思ってＦＯＤの配信で久々に第1話を見たら、そのまま徹夜で全部見ちゃいました。

一同　へえ！

石井　続きが気になって（笑）。それで最後の二人の姿に感動して泣いてしまいました。

永山　おっかなくないんだ。

石井　そうなんです、それまでは怖さがあったんですよ、だからDVDも見なかったんですけど。でも見返したら、やっぱりいいなと思いました。
上田　満島さんは見返したりされますか。
満島　どうだったかな。「それでも」はどうやって見たらいいかドキドキしちゃうから。現場での永山さんの姿とかは覚えてるけど。
永山　だからさ、あと20年したら。
満島　あと20年、ですね。

みんなに愛されているドラマ

上田　被害者遺族と加害者家族を扱いながらラブストーリーでもあり、さらに少年Aの再犯までを描くという本当に難しい題材のドラマだったと思うのですが、最終回までを振り返って、最後に制作チームのみなさん、いかがですか？
永山　本当に真面目に作らなきゃいけないという思いでやってましたね。その一番の理由は、坂元さんがこの作品に取り掛かる時に「本当にヒリヒリするものが作りたいんだ」と言ったことなんです。ほわほわじゃなくてヒリヒリするもの。その思いに我々制作サイドは最初から乗ってるわけです。会社側は「そこまでヒリヒリするものじゃなくても……」というニュアンスがどこかにあったんだけど、結局、最後までヒリヒリの方向で攻めきった。12年経って思うんだけど、こんなヒリヒリするものを作ることなんて多分もうないと思うから、それをやりきった気持ち良さがあります。いろんなセリフがあったけど、洋貴と双葉に関してだと、最終回で二人がハグをするシーンの終わりに双葉が言う「あと、足踏んでます」。過去にも未来にもいろんなものを抱えた二人の思いがどんどん溢れていくあのシーンで、「足踏んでます」っていうセリフを書くのはすごい！
満島　確かに！　すごい。
上田　石井さんはいかがですか？
石井　まだ企画を通す前、「わかりやすいハッピーエンドにしなくてもいいので、ちょっとでも明るい未来の兆しが見えるところで終わるということさえ約束していただければ、僕は全力でこの企画を通します」と坂元さんにお話ししたことを覚えています。映画だったらバンと突き放して終わってもいいと思うんです。例えば第10話で、双葉がお兄ちゃんを警察署の前で蹴って殴るシーンでスパンと終わってもいいんですけど、テレビドラマはテレビを点《つ》けさえすれば見られるしたくさんの視聴者を相手にしているメディアなので、ラストには明るい兆しが欲しいとお願いしました。そして坂元さんは見事に最後まで書いてくださった。最終回の初稿を読んだ時に、本当に素晴らしいラストだなと思いました。「それでも」を見て救われた方はたくさんいると思うんです。だから満島さんを見ると泣いちゃうという方が多くなるんでしょうけれど。このドラマはヒリヒリしてはいたけど、突き放して絶望で終わるのではなく、見た人がタイトル通り「やっぱり生きていこうかな」と思えたドラマなんじゃないかなと。あと、映画でも同様のテーマを扱うことはありますけれど、映画は大体2時間くらいの尺なので、その長さでは被害者遺族か加害者家族かどちらかしか描けないと思うんですよ。でも、テレビドラマは1時間×十一話の長尺です。だからこそ坂元さんは、被害者遺族・加害者家族両方に寄り添って十一話かけて書いてくださった。一つの作品で両方をちゃんと丁寧に描けてよかったですし、プロデューサーとして本当にいい作品に恵まれたと心から思ってます。

上田　坂元さんはいかがですか?

坂元　例えば、テレビドラマの歴史の中では「それでも」って小さめだと思うんです。でも、直接お会いした人に「それでも」が好きなんですって言ってくださる方がとてもたくさんいて。僕も満島さんみたいに、話をしながら泣いてしまう方にもたくさんお会いしてきたし、そうやって直接会った人がこの作品の話をしてくれることがやっぱりすごく嬉しいことだし。「それでも」ってヒットしたわけではないし、どこかで強く語られ続けているという様子でもないんだけど、大切に思ってくれてる人がたくさんいて、僕に伝えてくれる感じがすごく嬉しい。それと、重い側面があるお話なのに、「あのドラマが好きなんです」という方はとても前向きにおっしゃってる感じがするんですよね。さっき満島さんが言っていたように、こういう題材なのに不思議とポップなところがあって、それがこの作品を愛《いと》おしいとか好きだと思ってもらえる要因なのかなと思います。僕は他にも重いテーマの作品を書いてますけど、それとはちょっと違うんですよ、好きだと言ってくださるみなさんの感じが。愛してもらってるんですよね。それがすごく嬉しい。やっぱり、緊張しながら、追い詰められながら、毎週毎週そのままやったら2時間を超える脚本を書いてたから(笑)。

一同　(笑)

坂元　心を込めて書いたらちゃんと誰かに届くんだなって思うんですよね。

(2023年10月5日)

ふりかえって

　このあとがきを書くにあたって、当時のメモ帳を開いてみたんです。記憶になかったんですけど、一行目にこんな言葉がありました。

〝がんばってもがんばっても〟

　これって、小田和正さんによる主題歌の歌詞にも同じ一節があるんですが、メモを書いた頃は歌詞を知る由《よし》もないので、不思議な符合です。

　ふりかえってみると、洋貴と双葉をはじめとする登場人物たちに共通する言葉だなと思います。

〝がんばってもがんばっても、報われない〟

〝がんばってもがんばっても、届かない〟

〝がんばってもがんばっても、戻れない〟

　どうしてそんなことをはじめにメモしたのかと考えると、やっぱり彼らを救うのが自分の役目だと思ったからだと思うんです。でもまあ、当たり前ですが、そんなことが出来るわけないじゃないですか。わたし自身に起こった災厄ではないし、そんな能力もないし。それこそ〝がんばってもがんばっても〟です。絶対に絶対に無理なんです。

　今だからわかることですけど、そういう絶対無理の水槽で溺れそうになりながらわたしが選んだのが、どうでもいいことを描く、ということだったのかなと思います。

　特に目新しいことではありません。涙が止まらない時でも、冷蔵庫のドアが開いてたら閉めにいくとか、大切な人が泣いてる時は、コンビニのスイーツを一個買っていくとか、些末な生活の一部のことです。

　劇中で言うと、洋貴と双葉が、コアラの鼻は電池をしまうところに似ているという話をしたり、響子が加害者家族に出すお茶菓子で揉めたり、駿輔が出前の器をどうするか悩んだりするのも全部、どうでもいい生活を取り戻すためにしていたことです。

　このドラマで、はじめに彼らの身に起こるお話はとても大きなものだし、次から次へと大きなお話が訪れるけど、わたしはそのお話に彼らの感情が流されるのを邪魔するように描こうと思いました。事件が起きるたびに登場人物は小さなことに目がいき、妙にこだわってしまう。大きい広い高いじゃなくて、小さくて狭くて低い視線で、事件に比べたらどうでもいいことを同じ比重で描こうって思っていたんだと思います。

　ご飯を食べて寝て誰かとおしゃべりする。そんな小さな生活が大きな物語から人を守ってくれる。逆に言えば、人はいつどん底に突き落とされるかわからないから、日頃から生活習慣だけは身につけておくのかもなということです。そうすれば、

〝がんばってもがんばっても、お腹はすくからお米を研《と》ぐ〟

〝がんばってもがんばっても、眠くなるから布団を敷く〟

〝がんばってもがんばっても、人が来たらスリッパを出す〟

　という感じに、それだけでまあまあ生きてることになるし、それが、それでも生きてゆくってことなのかもしれない。いや、丁寧な暮らしみたいに思われると恥ずかしいけど、このドラマって「殺人事件VS.冷凍みかんの作り方」みたいなお話だったのかなと、今は思います。

二〇二三年一〇月一六日

坂元裕二

番組制作主要スタッフ

脚本　坂元裕二
演出　永山耕三／宮本理江子／並木道子
プロデュース　石井浩二
音楽　辻井伸行
主題歌　小田和正「東京の空」（アリオラジャパン）
制作著作　フジテレビ

坂元裕二
（さかもと・ゆうじ）

1967年、大阪府出身。脚本家。1987年第1回フジテレビヤングシナリオ大賞を19歳で受賞しデビュー。以降、数多くのテレビドラマを手掛け、「わたしたちの教科書」（フジテレビ）で第26回向田邦子賞、「Mother」（日本テレビ）で第19回橋田賞、「Woman」（日本テレビ）で日本民間放送連盟賞最優秀、「それでも、生きてゆく」（フジテレビ）で芸術選奨新人賞、「最高の離婚」（フジテレビ）で日本民間放送連盟賞最優秀、「カルテット」（TBS）で芸術選奨文部科学大臣賞など受賞も多数。映画「怪物」（監督・是枝裕和）の脚本で、第76回カンヌ国際映画祭脚本賞を受賞。そのほかの主な作品に、ドラマ「いつかこの恋を思い出してきっと泣いてしまう」（フジテレビ）、「anone」「初恋の悪魔」（以上、日本テレビ）、「大豆田とわ子と三人の元夫」（カンテレ）、映画「花束みたいな恋をした」（監督・土井裕泰）、朗読劇「不帰の初恋、海老名SA」「カラシニコフ不倫海峡」「忘れえぬ忘れえぬ」、舞台「またここか」など。

本書は、フジテレビ系列にて放送された
「それでも、生きてゆく」全11話（2011年7月7日〜9月15日）の
シナリオブックです。

初出

「それでも、生きてゆく」第1話〜第11話　本書初出
スケッチ　『脚本家 坂元裕二』（2018年、ギャンビット）
巻末座談会　録り下ろし
ふりかえって　書き下ろし

協力　株式会社フジテレビジョン

それでも、生きてゆく

著者　坂元裕二
発行者　小野寺優
発行所　株式会社河出書房新社
〒151-0051
東京都渋谷区千駄ヶ谷2-32-2
電話　03-3404-1201［営業］
03-3404-8611［編集］
https://www.kawade.co.jp/
組版　株式会社キャップス
印刷　株式会社暁印刷
製本　株式会社暁印刷

2023年12月20日　初版印刷
2023年12月30日　初版発行

Printed in Japan
ISBN978-4-309-03164-4